U0804801

KUWEI
酷威文化
图书 影视

冷案重启

③ 深渊之光

樊落
著

江苏凤凰文艺出版社
JIANGSU PHOENIX LITERATURE AND ART PUBLISHING, LTD

图书在版编目（CIP）数据

冷案重启.3，深渊之光 / 樊落著.— 南京：江苏凤凰文艺出版社，2018.7

ISBN 978-7-5594-2206-4

Ⅰ.①冷… Ⅱ.①樊… Ⅲ.①推理小说－中国－当代 Ⅳ.① I247.5

中国版本图书馆 CIP 数据核字（2018）第 113953 号

书　　名	冷案重启.3，深渊之光
作　　者	樊　落
责任编辑	丁小卉　姚　丽
出版统筹	刘运东
特约监制	王兰颖
选题策划	王　蕾
文字统筹	王　蕾
营销统筹	苗玉佳
封面设计	程　然
责任监制	刘　巍　江伟明
出版发行	江苏凤凰文艺出版社
出版社地址	南京市中央路165号，邮编：210009
出版社网址	http://www.jswenyi.com
印　　刷	北京永顺兴望印刷厂
开　　本	680×970毫米　1/16
字　　数	400千字
印　　张	22
版　　次	2018年7月第1版，2018年7月第1次印刷
标准书号	ISBN 978-7-5594-2206-4
定　　价	39.80元

（江苏凤凰文艺版图书凡印刷、装订错误可随时向承印厂调换）

目录

CONTENTS

卷宗编号 05
彭罗斯阶梯

卷宗编号 06

捉迷藏

卷宗编号 05 ——彭罗斯阶梯

○○● 冷案重启 3 深渊之光

楔子

“呼……呼……呼……”

他大口喘着冲进走廊，灯都灭掉了，只能隐约看到前方黑乎乎的门板，惊喜涌上来，他暂时忘了被追杀的恐惧，拼命往前跑。

但左腿像是灌了铅，硬硬的拖不动，大门明明就在眼前却怎么也无法靠近。他急了，举起手里的刀转过身，顿时吓得叫起来——难怪他的腿动不了，原来是被人抓住了，那是个红衣长发的女人，半截身子趴在地板上，眼睛红得像要滴出血来，双手抱住他的腿死命往后拖。

“你不要怪我，不是我害你的，是他们出的主意，不关我的事！快放手！快放手！”

男人尖叫了两声，女人不仅没放，反而抓得更紧，血从额头上滴下来，吧嗒吧嗒落了一地。

看到了她眼中的怨恨，男人知道没救了，除非干掉她，否则自己根本逃不出去。

“去死吧！”

他一刀砍下去，空间里传来骨头的脆响，这给他带来了希望，接下来又砍了十几刀，抓在他腿上的力量终于松开了，男人一脚把障碍物踹开，往门口跑去。

走廊两边传来刺耳的响声，有人在尖叫有人在呻吟还有人在诅咒，墙壁上的油画仿佛活了一般，里面的人伸过手来抓他，男人吓破了胆，挥舞着刀一顿狂劈，目不斜视跑到了门口。

冷汗顺着额头流下来，他用袖子抹了把汗，顺手把卷了刃的刀丢开，去推门，可是门竟然锁着，他来回拧门把手，咔嚓咔嚓，咔嚓咔嚓……

门把手都快断掉了，门板却纹丝不动，他气得踹了两脚，自言自语道：“钥匙……钥匙在哪儿？”

进来后钥匙是谁拿的？好像是四眼，不对，是小路？还是大侠……

他抓着头发想了半天，当时他们四个人进了客厅，有人随手把钥匙丢在了客厅的茶几上，也就是说想要离开，他还得再去客厅一趟。

想起刚才恐怖的经历，男人头皮发麻，战战兢兢转过头，没想到眼前竟然站着一个人，那个人脸上像是涂了层粉，白得吓人，一点表情都没有，眼珠子直勾勾地看过来。

男人吓得大叫，要不是身后是门，他可能会一屁股坐到地上，他靠着门滑倒了，那人过来扶他，他哆哆嗦嗦地叫："大、大侠……"

"你看到四眼了吗？"

"看、看到了……"

男人其实是看到了大侠手里拿的菜刀，刀刃都磕飞了，上面血迹斑斑，他首先想到的就是四眼和小路被干掉了，大侠疯了，拿着刀到处砍人，他们都打不过。

那把刀举了起来，眼看着就要劈下，男人急中生智，抬手一指走廊对面，叫道："四眼在那里！"

大侠转头去看，男人趁机爬起来，抄起旁边的花瓶往大侠头上砸去。

恐惧导致他没站稳，半路滑了一跤，花瓶砸在了大侠的脸颊上，大侠捂着脸惨叫起来，他又用力一推，咬牙往客厅跑。

周围的呻吟惨叫声更响了，男人捂着耳朵冲进客厅，谁知刚进去就滑倒了，他顾不得疼痛伸手一摸，是一摊黏黏稠稠的红色液体，他大叫着跳起来，扑到茶几上找钥匙。

茶几上放着乱七八糟的东西，都是他们带来的零食，酒瓶歪倒在袋子上，葡萄酒顺着茶几滴到地上，明明是酒香，闻着却很恶心，他一边干呕着一边翻找，忽然摸到一个冷冰冰的东西，却是一副碎掉的眼镜——隔着透明的玻璃板，他看到了躺在茶几下的人，却是四眼。

没等他叫出来，那人突然睁开了眼睛，伸手抓住他的手腕，把他往茶几下拖。

男人吓得魂飞魄散了，顺手抄起葡萄酒瓶砸向四眼，酒瓶碎掉了，他还怕不够，继续一下下地砸，叫道："我知道你们都想害我，你们嫉妒我，利用我，你们想把罪名都推到我身上……"

"哼！"

前方传来轻飘飘的哼声，男人抬起头，不久前被他打死的女人居然又活过来了，而且就站在对面，表情诡异地盯着他。

他立刻把酒瓶丢了过去，瓶子砸在墙壁上，发出哗啦的响声，但盖不过女人的尖锐的笑声，他不敢回头，仓皇逃进走廊，小路就站在走廊上，手里拿着猎枪，那是他们特意带来准备狩猎用的。

他叫道："她复活了，她想杀我们，快干掉她！"

红衣女人从后面冲过来，小路抬起枪，却不是冲女人，而是冲向他，还好他躲得快，子弹射到了墙上。

他没想到连小路也变成了敌人，这时候不是你死就是我亡，男人拼了，冲过去抢过枪，冲着女人开了一枪，可是第二枪子弹怎么都无法上膛，他急红了眼，给了小路一枪托，转身就跑。

他慌不择路地跑进了厨房，小路紧跟着追上，从厨具架上抽出一把刀捅他，他用枪托挡开了，又给了小路脑袋一下把他打倒，接着是红衣女人，她中了枪，脸上破了个大洞，偏偏就是不死，男人的腿都软了，好不容易把子弹顶进去，哆哆嗦嗦着给了她一枪。

女人仰面倒下，他怕枪不管用，找了把菜刀，壮着胆子从她身边跑过去，跑到门口时看到堆在地上的食物袋和子弹包，他拿了起来。

有人站在走廊上，没有灯，看不清是谁，他只看到了对方手里的武器，看来大门是出不去了，还好有个房间开着门，他冲进去把门关上，上锁的时候手抖个不停，塑料袋和刀掉到了地上。

好不容易锁上了，他的力气也都用完了，靠着旁边的桌子瘫到地上，张开嘴巴开始哭，脸上湿乎乎的，不知道是血还是泪，他随手抹了一把，刚要松口气，砰的一声传来，有人在外面撞门，一下、一下、一下……

男人神经质了，举起猎枪开了一枪，又把子弹上了膛，接着又是一枪，外面的响声这才消停了。

他笑起来，心里涌起得意，抹着泪冲大门大喊："有本事来杀我啊，来啊！"

没人回应，他又叫："你们以前就不如我，现在也一样，操蛋的，看谁先死……"

"哼！"

笑声传来，很轻微，听在他耳朵里却如同炸雷，他不再狂叫，举着枪往周围看，房间里传来喀喀喀的声音，他听了半天才发现那是自己的牙齿在打战。

"哼哼！"

笑声再次滑过，他立刻冲对面开了一枪，低头想推子弹时，却发现子弹包都空了，他趴到地上找子弹，忽然眼前冷风吹来，鲜红的纱裙飘到了眼前。

他抬起头，正跟女人打了个照面，灰蓬蓬的一张脸陡然间贴到了他面前，这次他连发出叫喊的力气都没有了，眼泪不受控制地往下流，心跳提到了一个可怕的速度，只想着她不是死了吗？打了她好几枪，她怎么可能不死？这是梦，这一定是梦……

不，她当然死不了，因为她早就是死人了啊，她在很多年以前就死了！

可是，女人不仅没死，还活得好好的，这里有，那里有，那里也有……

不知什么时候，房间里多出了好多个红衣女人，分别站在不同的地方，每一个都在盯着他笑，眼睛里满是嘲讽，就像当年嘲讽他时的模样。

想起往事，他愤怒了，记忆中不甘、痛恨，还有报复后的兴奋感一起涌上大脑，他将猎枪丢开，拿起刀挥舞着砍了过去。

“我不会死！我不会死！要死一起死！”

CHAPTER ONE 第一章

宴会上的死者

夜幕落下，帝皇大酒店三楼的大厅聚满了宾客。

在设计界占据了半壁江山的陈家今晚在这里包了场，庆祝这次珠宝设计发布会圆满成功，被邀请参加宴会的除了业界人士外还有很多商界名流，大厅当中设置了一条专用通道，由陈家麾下的模特来展示设计师今年推出的各类珠宝新款。

所以林紫言身处在这一片珠光宝气之中，非常无聊。

在她前面不远处，几位名媛淑女围着模特欣赏她手上的祖母绿戒指，听着她们赞叹连声，林紫言觉得很不可思议，那么大的东西戴着多不方便啊，更别说戴拳套训练了，最多是揍人时可以当武器用。

但不管心里再怎么感觉无聊，她还是要面带微笑做出感兴趣的样子，因为今晚她的身份设定是富家小姐，为了欣赏到最新款的珠宝首饰而来参加宴会。

作为爱美的女性，高跟鞋林紫言还驾驭得了，不过她不太习惯穿长晚礼服，走路都觉得麻烦，但这套深蓝色裙装是萧兰草帮忙选的，又帮她选了两串白珍珠，一串在头发上，一串戴在颈上，说这样搭配很符合她的气质，让她千万要相信自己的眼光。

林紫言挺相信上司的眼光的，她只是不太相信上司的荷包，这一身行头很贵的，就算是租的也很贵。

“别担心，你们这次是出任务，当然公费报销，而且大家都是朋友，邢星会给个友情价的。”

邢星就是之前在碎尸案中出现的某个嫌疑人，也是当红的模特，他因为那个案子被新闻记者拉出来反复爆料，又借机炒作了一把，一开始他跟萧兰草互看不顺眼，林紫言不知道他们什么时候居然成了朋友，邢星听说萧兰草要租晚礼服，就请设计师朋友提供了几套衣服给他们。

这次跟林紫言一起出任务的还有他们冷案科的其他同事，为了抓住宴会上的窃贼，他们这次是全体出动，连宅男老白都未能幸免。

最近刑侦一科陆续接到几次报案，都是一些私人会展中展品被窃的案子，萧燃怀疑是盗窃团伙伪装成宾客实施犯罪的，所以事前跟陈家做了沟通，提出窃贼很有可能使用某些手段混进宴会，希望他们允许警务人员乔装暗中调查。

陈家也不想在庆贺晚宴上发生不必要的麻烦，所以在自诩了一番自家安保措施做得有多好后，总算答应了萧燃的提议，同意协助。

按说接下来该是刑侦一科的工作，但萧燃说他们的科员一直在追这个案子，模样可能已经暴露了，就算不暴露，那气场一站出来，说不是警察人家都不信，所以来拜托萧兰草帮忙。

让大家意外的是，面对萧燃的请求，萧兰草二话不说就答应了，所以现在会场内都是冷案科的人，刑侦一科的同事在保安室待机，准备一有情况就马上出击。

“有没有发现新情况？”

通信器里传来甘凤池的询问声，林紫言摆弄了一下装饰耳坠，装作打量珠宝，低声说：“一切正常。”

“我这里也一切正常。”

老白也做了回答，林紫言看向对面，他正端着盘子大口嚼蛋糕，就算是西装革履，也盖不住他那一身宅男气质——萧燃科长说得没错，这种任务最适合他们出马了，因为他们没一个看起来像警察。

魏正义在另一边回应了，作为曾在刑警大队工作过的警察，魏正义的气场最不容易伪装，所以今晚他特意把他儿子带来了，说是用来当掩护，这样就没人会怀疑他了。

这样做孩子太危险了，林紫言以为萧兰草会拒绝，没想到他居然答应了，魏正义也打包票，对她说：“放心吧，我儿子跟你一样，就是说话声音小，其实胆子很大的。”

胆子大不大林紫言不知道，但小家伙确实很可爱，进入会场没多久，就有不少女宾过去跟他说话，林紫言还看到设计师询问魏正义有没有意愿让他儿子当模特，看来魏正义这步棋走对了，有儿子当掩护，谁也不会把他联想到警察身上。

林紫言借着看珠宝在周围逛了一圈，宾客三三两两地围在一起聊天，女性聊的多是珠宝时装，男性的话题覆盖面比较广，她仔细留意大家的谈吐举止，没发现奇怪的地方，这时酒会已经进行到一半了，她心想这次会不会预测错误，盗窃团伙得手了几次后，变得小心，不再急于马上作案？

她看向模特站的地方，今晚的宴会搞得十分隆重，展示的珠宝种类也很繁多，所以可想而知安保措施做得有多严格，她有些好奇盗窃团伙真出现的话，他们要如何偷窃。

“林小姐！林小姐！”

几个盛装打扮的中年女人迎面走过来，其中一个矮胖女人扬手冲林紫言打招呼，她也穿着蓝色的晚礼服，但因为身材关系，礼服让她显得更胖了。

林紫言抬手揉揉额头，很想装看不到，可是女人走得飞快，上前把她拦住了。

“你未来的婆婆呢？怎么都没见到她，该不会是这么快就下手去买珠宝了吧？”

面对女人的询问，林紫言干笑着没有回应。

俗话说无巧不成书，今晚甘凤池的母亲也来了，用他的话说，老太太就喜欢凑热闹，尤其是还有珠宝欣赏，下雹子都阻止不了她来。

所以甘太太到了会场，看到林紫言和甘凤池也在，就自然而然以为儿子是带女朋友来玩，便自作主张把林紫言介绍给了她的朋友们。

林紫言不擅长应付这类阔太太，而且她还有任务在身，随手往前一指，敷衍道：“她在那边。”

她说完要离开，被那女人一把拉住，说：“哎呀，你怎么这么没礼貌啊，连叫人都不会，刚才你婆婆不是介绍过了嘛，我姓张，弓长张的张。”

“张太太，不好意思。”

其实林紫言更想说的是甘太太不是她婆婆，但想到解释起来很麻烦，就懒得说了。

张太太上下打量她，刻薄地说：“看你的气质……啧啧，你是模特吧？”

“是的。”

“哎哟，这身高当模特儿有点勉强啊，小姑娘你得穿多高的高跟鞋才能跟人家并肩啊？”

林紫言不矮，但是跟专业模特相比还是有差距的，对方明显是在贬嘲她，话不投机，她想走开，就在这时甘太太从后面走过来，满脸堆着笑，说：“张太太，真巧啊，我记得你女儿也是做模特的。”

“是啊是啊，她很厉害的……”

“是啊，听说前段时间还参加什么国际选拔赛，真是好厉害啊，可惜初选没过，呵呵，啧啧。”

张太太的脸青一块白一块，林紫言看着想笑，但在众人面前又不得不忍住。

甘太太损完她，又接着说：“林小姐的正职是心理医生，模特只是玩票，跟那些挤破了头都想混进国际圈的模特不一样的，张太太，你要看病的话，可以来找她啊，看在朋友的分上，给你算优惠价。”

“切，我过得好好的，看什么病啊？”

“那可不一定，心理有病外表看不出来的，看你这气色说不定都病入膏肓了呢，也是，老公天天不回家，儿子整天惹事闯祸，女儿混了好几年都没混出名堂，大家都是女人，我懂你心里憋屈。”

张太太的脸色更难看了，嘴巴吧唧吧唧想反驳，甘太太根本没给她机会，一指对面，说：“哎呀，不跟你们聊了，我儿子来了，就普普通通帅的那个，还有两个更帅的没来，大老板嘛，都很忙的。”

她说完离开，一转身，笑容就消失了，林紫言跟上去，就听她说：“先撩者贱，哼！”

“哈……”

看到林紫言的反应，甘太太担心地问：“这是我刚学的词，有没有用错啊？”

“用得很对，伯母，谢谢你。”

“哎呀，一家子人说什么谢呢，这种人就该给她点教训。”

“是啊，刚才真想揍她。”

甘太太一愣，林紫言发现自己也说错话了，慌忙改口说：“我是说，伯母，我不是心理医生。”

“我知道，我就故意那样说气气她们的，那种人就是这样，自己过得不好，就喜欢到处说别人，那个张太太以前还想把她女儿介绍给风池呢，谁不知道她儿子犯过事啊，我们可是清白人家，怎么能跟那种人结亲，啊，不说她们了，林小姐，你为什么会做……”

甘太太看看周围，没把“警察”二字说出来，问：“你选择这一行是不是子承父业什么的？”

“不是，我父母都是老师，爷爷也是，我本来也要当老师的，后来……”

林紫言会当警察跟她以前被绑架的经历有关，不过那件事说来就话长了，她笑了笑，说：“后来觉得当警察更适合我。”

“这也很好啊，这行很酷的，不过你的气质看起来更像是老师，一家书香门第，你身上也有书卷气……你觉得风池这孩子怎么样啊？”

“他很好。”

“不是我说，我家孩子心地很好的，从小就乖巧懂事，还很孝顺，不像张太太的儿子，小小年纪就进少管所……不说他了，说回风池，这孩子就是有时候犯二，说话不经大脑，他要是有什么话说错了，你别跟他计较哈。”

“不会的，他人很好。”

甘太太还要再说，甘风池走了过来。

他通过通信器听到了两人的交谈，生怕母亲又要长篇大论，直接过来阻止了。

“在说我什么呢。”

“当然是说你好啊。”

儿子来了，甘太太没再拉着林紫言聊，让他陪紫言，自己跑去跟其他朋友聊天了。

甘凤池抹了把冷汗，林紫言看到他夸张的动作，笑了。

“伯母的口才挺厉害的，刚才把张太太堵得一句话都说不出来。”

“她特别护犊子，而且……”偷眼看看林紫言，甘凤池试探着说：“而且她很喜欢你。”

“我也很喜欢你妈妈啊。”

甘凤池的笑容僵在了脸上，林紫言觉得他这表情挺逗的，又说：“我听伯母说张太太的儿子进过少管所，你知道吗？”

“不太清楚，他们老来得子，肯定很溺爱，所以就出事了吧，这种人以为有点钱就能摆平一切，早晚会跌跟头的。”

旁边传来笑声，有人阴阳怪气地说：“甘先生，你在说这话的时候好像忘了自己也都是靠钱办事的。”

甘凤池掉头一看，脸色顿时变了。

说话的是个个头瘦小、其貌不扬的中年男人，要说他身上有什么与众不同的地方，那就是笑容间流露出的猥琐，让人每次看到都有揍他一拳的冲动。

这个男人甘凤池认识，他叫乔飞，自称是记者，但实际上就是个爆料明星名人八卦的自由撰稿人而已。

甘凤池曾私下跟记者朋友苏扬打听过他，苏扬说他常为了挖消息不择手段，人品极差，同业界的没人愿意跟他交往，他也不介意，独来独往，一发现情报，就像苍蝇一样飞过去叮着不放，是个很令人厌恶的家伙。

甘凤池之所以会特意打听乔飞，是因为最近他被乔飞盯上了。

乔飞不知道从哪儿听到了一些传闻，跑来找过甘凤池好几次，每次的话题不外乎他利用内部关系为自己脱罪，比如前女友明明是他杀的，却嫁祸给有老年痴呆症的人，或是什么多次殴打同事，却因为上头有人被压下来等等。

这些指责在甘凤池听来太荒唐可笑了，但被乔飞一直缠着问也挺烦的，他更没想到乔飞居然追到这里来了，他不想被妨碍执行任务，给林紫言使了个眼色，让她见机行事，自己转身离开。

乔飞不认识林紫言，更没想到她是警察，一看甘凤池走了，他立刻跟了上去，林紫言用通信器低声问：“凤梨仔遇到麻烦了，要不要帮忙？”

魏正义说：“暂时不用，注意目标。”

甘凤池没走两步就被乔飞拦住了，一位服务生从旁边经过，乔飞顺手拿了一杯酒，品着酒，嬉皮笑脸地对他说：“有话好好说，别这样嘛。”

“我跟你没什么好说的。”

甘凤池冷着脸说完就要走，再次被乔飞拦住。

“心里有鬼的人才拒绝回答问题，甘先生，其实那个可怜的女孩是你杀的吧？”

乔飞口中那个可怜的女孩就是指甘凤池的前女友，他气极反笑，说：“你无凭无据就不要乱说话，再继续信口开河，别怪我把你抓去局里问话。”

“哎哟，问几句就翻脸了？还说自己不是靠关系混进去的，你说你们这些有钱人真幸福啊，给学校捐个几千万，就可以去美国读一流大学，念完了书再回来捐捐钱，又可以混个公务员当当，不知道你为了摆平杀人这事送了多少钱出去啊。”

甘凤池懒得解释，冷笑着不说话，乔飞眼珠转转，从斜肩背的大包里掏出平板，在触屏上点动了几下，调出视频亮到甘凤池面前。

那是甘凤池跟某人打架的视频，之后是那人和甘凤池的前女友被杀的画面，再后面是甘家的相关介绍，视频经过剪辑修改，再加上字幕带有煽动的成分，很容易让人认为遇害的两人是甘凤池所杀，事后警方粉饰太平，将罪名推到了别人身上。

乔飞很聪明，视频上没有标明当事人的姓名，但暗示得特别明显，矛头直指甘凤池，甘凤池没做亏心事，当然不怕他爆料，但他知道网络传播的严重性，如果再有人在背后煽动的话，就算事后把乔飞抓起来，也会造成不良影响。

更糟糕的是就算把乔飞抓了，最多也就是拘留罚款，等他被放出来可以继续造谣生事，而且甘凤池猜想乔飞这种事做得肯定不少，他到现在还可以活蹦乱跳的，肯定是有些手段的，说不定到时抓不到他的把柄反被他咬一口。

换作一年前，照着甘凤池的脾气，谁敢威胁他，他一定立刻反击，但自从调进了冷案科，一天到晚地被萧兰草“折磨”，他早就被磨得没脾气了，所以面对乔飞的威胁，他只是笑了笑。

“如果你觉得我有问题，尽可以拿着这些证据去举报我，再提醒一句，资料准备得越充分越好，而且不能作假，现在警察的鉴证技术很高超的，视频有没有作假很容易看出来。”

乔飞没想到甘凤池居然软硬不吃，眼珠一转，说：“要不咱们就找你现在的女朋友聊聊吧，说不定她对你以前的事很在意呢。”

一听他要去找林紫言，甘凤池一把揪住他的衣服把他抓住了。

他不怕乔飞胡说八道，但今晚情况特殊，要是因为这家伙导致行动失败，那他就难辞其咎了，最糟糕的是这事他没跟上司提过，要是他家那位睚眦必报的上司知道他有事瞒着自己……

后面的结果想都不敢想，所以甘凤池没含糊，揪着乔飞的衣服把他往外拖，乔飞长得矮小，哪拽得过他，慌忙叫道："松手！再不松手，我就报警投诉你滥用职权！"

甘凤池只想吓唬吓唬他，把他先从宴会上赶走再说，见他老实了，正要松手，手机响了起来。

他推开乔飞，接听电话，乔飞站稳了，整整衣服，琢磨着再怎么下手，毕竟搞到这些资料不容易，要是最后没弄到钱，那浪费了多少时间和精力啊。

或许他找错了人，要是去找甘太太的话……

啪嗒!

大腿被拍了一下，乔飞回过神，低头一看，顿时鼻子都气歪了。

一个金发外国小孩撞到了他，把手里拿的奶油蛋糕全拍到了他的腿上，这套高级西装他才买了不久，还没穿几次，没想到被个小兔崽子搞成这样。

小孩子抬起头，怯生生地看他，说："叔叔，对不起。"

"对不起就行了？你知道这衣服多少钱吗？！"

"不知道呀。"

小孩子的话让乔飞真想揍他，不过来参加这种宴会的人非富即贵，再看看孩子的衣着，他没敢动手，低声咒骂着跑出了大厅，一路跑去洗手间。

"豆豆，干得不错。"

魏正义走过来，摸摸儿子的头，称赞道。

孩子看看他，表情似懂非懂，问："爸爸，你是警察，为什么要我做坏事？"

"这不叫做坏事，这叫随机应变，记住了？"

"记住了！"

魏正义又揉揉儿子的头发，看向甘凤池那边。

甘凤池还在通电话，脸绷得很紧，眼神不时地看向四周，魏正义提醒道："凤梨仔放松点，你这样很容易被发现的。"

甘凤池看了他一眼，有心想说——要是有人拿领导的命来要挟你做事，看你能不能放松下来!

来电显示是萧兰草的手机，但说话的却是个古怪的声音，他不确定认不认识，因为对方用了变音器。

"听懂我说的了吗？重复一遍。"

听着那古怪的声音，甘凤池真想翻白眼，一边观察着周围的情况，一边说："你说你绑架了我的上司，让我拿一百万赎他，我说你是不是打错电话了？"

“没错，你是他的属下，叫甘凤池，是富三代，一百万对你来说只是九牛一毛，记住，两小时之内准备好钱，不许报警，否则我就撕票。”

富三代是说着好玩的，他那点微薄的工资没当月光族就已经很厉害了，而且他自己就是警察，报个屁警！

感觉绑匪要挂电话，甘凤池急忙说：“等等，两个小时太紧了，我没那么多钱，给我一天的时间，我众筹一下。”

“众筹？”

对方似乎没听懂，沉默了三秒，说：“不行，只有两小时，错过了你就等着收尸吧。”

“等等！等等！”

这通电话来得太突然了，甘凤池一开始脑袋一团糨糊，有点手忙脚乱，但是跟绑匪交谈的过程中，他发现了问题，反守为攻，问：“你联络他的家人了吗？”

“他没家人，有家人也没钱。”

“那你要不要试一试？我仔细想了想，他只是我的上司，上司挂了，最多是换个人来领导我，我没损失啊，所以我为什么要付钱给你？”

没理会他的询问，绑匪自顾自地说：“地址我已经传过去了，两小时后拿着钱去交换。”

甘凤池正想问传去哪里了，右边口袋传来震动，他掏出来一看，是萧兰草的另一部手机，不知道是什么时候这手机竟然被偷偷放在他的口袋里了！

甘凤池急忙滑开，屏幕上跳出了一串地址，他看完地址，又看向周围的宾客，回想是谁将手机塞给他的，为什么他没有注意到。

发觉甘凤池的反应古怪，老白在通信器里问：“凤梨仔，发现目标了？”

甘凤池刚才被绑匪命令关掉通信器，所以他没听到老白的询问，但他看到了老白的手势，那是他们小组用于紧急情况的交流手势，他回应了，做出没事的表示。

因为绑匪一开始就警告过他，不可以让其他人知道，否则撕票。

比起撕票这种事，甘凤池更好奇以他家上司那鬼精鬼精的性格，怎么会被人绑架？

他继续观察周围，现在除了要搜索窃贼外还多了一项搜索绑匪的任务，他相信这个人应该就在附近，狐狸上司曾跟他讲过这类绑架案，罪犯近距离操控的可能性很大，如果他能第一时间抓到嫌疑犯，那萧兰草也就没事了。

但周围并没有行为可疑的人。

甘凤池穿过宾客人群，往前走着，问：“你什么时候把手机放在我口袋里的？”

“这很重要吗？”

对方在对面笑，虽然是变音，但甘凤池还是能听得出他的讥笑。

“对我来说很重要，我也学过反扒技术，不可能被人塞东西进口袋却不知道。”

“人外有人，我可以轻松绑住你的上司，放东西又算得了什么。”

“不，你绝对没机会。”

换了平时甘凤池也许还没这个底气，但今天他的任务就是抓盗窃团伙，所以在这方面他特别注意。

他继续说：“绑架者的目的通常都是为钱，所以他们会用最简明扼要的方式进行沟通，讲得越多越容易暴露自己，而且更容易被追踪到，但你根本不怕。”

“因为我是高智商罪犯，我知道你追踪不到的。”

“在我进入会场后没人靠近过我，但在这之前，我的上司拍过我的肩膀，提醒我要小心。”

“他是个好上司，所以一百万不多。”

“一百块我都不会给的，谢谢你，我的好上司。”

稍微沉默后，那头换成了萧兰草的声音，“怎么猜到的？”

“我有脑子的，谢谢。”

“具体说一下。”

其实甘凤池也是猜测，幸好他猜对了，警报解除，他松了口气，重新戴上通信器，说：“啰唆、自恋、犯罪毫无计划，以及我现在在出任务，你觉得妨碍我工作很有趣吗？”

“小偷一直不出现，我有点无聊，就跟你玩……啊不是，是跟你探讨犯罪行为，提高你的侦查技术，凤梨仔，你不会生气吧？”

“看您说的，我怎么会跟您生气呢。”

甘凤池皮笑肉不笑地说，呵呵，他当然不会生气，就算生气，难道还能揍他的领导吗？除非他不想在冷案科混了。

“而且你要适应各种突发状况，因为很多状况常常是无法预料的，那时可没人提醒你该怎么解决，你只能自己做判断。”

他现在做出的判断是揍上司一顿，顺便告诉他酒会已经到了尾声，但一切正常，所以最大的可能是盗窃团伙今晚没有行动。

珠宝没有被盗是好事，但他们也失去了一次捕捉罪犯的机会，比起失望，甘凤池更担心盗窃团伙会不会另有其他的犯罪计划。

“那你对我刚才的应对评价如何？”

“挺不错的，除了你是铁公鸡以外，我还以为一百万对你来说很轻松的，毕竟你家那么有钱。”

“这也是你伪装的败笔之一，如果真是绑匪，为什么只要一百万？你的身价值一千万了，我不是指你自身的价值，而是你的工作和职位。”

“谢谢你这么高看我……的工作，不过凤梨仔，最近几年绑票对象已经不限于有钱人了，很多遭遇绑架的家庭都是中产阶级，赎金也是小额，你知道很多时候如果受害人家属可以拿出钱的话，他们通常会选择不报警，绑匪就是钻了这个空子，你看，不管犯罪技巧怎么变化，犯罪者的心理跟他们的行为总是出奇地相似。”

甘凤池脑子里灵光一闪，他听懂萧兰草的意思了——展示的珠宝一直平安无事，是因为盗窃团伙一开始的目的就不是偷那些珠宝……

几位女士从甘凤池身边经过，她们身上戴的项链和手链分外耀眼，这种聚会，名媛们一定会选择最显眼的首饰佩戴，她们未必是真喜欢珠宝，更多时候是在借由这些外在物品来显示自己的身份和地位。

偷她们身上的首饰要比偷那些展示的珠宝简单多了！

“你是不是一开始就猜到了？”

他问道，同时走进人群，观察大家的表情和身上的装饰。

“没有，我只是不喜欢只设定一种可能性。”

“有情况，先这样。”

甘凤池把电话挂断了，因为他看到一个年轻女人匆匆往大厅外走，她穿着黑色长裙，裙摆几乎到脚踝，踩着高跟鞋却走得飞快，像是有急事，中间有人拦住她想搭讪，被她推开了。

那动作很不礼貌，甘凤池更怀疑了，小声跟同伴联络，又加快脚步赶过去叫住她。

“小姐……”

“不好意思，我有男朋友了。”

女生抬手打断了他，转身又要走，甘凤池再次拦住。

“那你男朋友的审美一定很悲剧，你这身高不适合穿这么长的裙子啊。”

“我喜欢，我觉得它很配我。”

“那能不能带我去见见你的男朋友，强迫症表示很想跟他沟通下审美观。”

“这是最新的追求方式吗？”

“是的，而且你不能拒绝。”

甘凤池笑嘻嘻地说，女生也笑了，说：“好啊。”

她抬起手，甘凤池还以为她要找人，谁知她手上居然握着一个小圆管，没等他看清是什么，雾气就喷到了他的眼睛上，女生趁着他捂眼睛向外面跑去。

其他同事发现有状况，一齐跑过来，就在这时大厅传来尖叫声，角落里腾起一层层白色烟雾，有人大叫着火了。

站在门口的客人们都往外跑，女生趁机混在人群里跑出去，但她没跑多久手腕就被攥住了，她转过头，见是个中年男人，立刻叫道："死老头快松手，我要叫非礼了！"

"到了警局随你叫。"

老白把她的手拧到背后，掏出手铐铐住了，又大声叫道："没有着火，大家不要惊慌，冷静，冷静！"

大厅的烟雾很快就散开了，场面被控制住了，最先跑出去的一些宾客搞得比较狼狈，有人摔倒了，大家像是叠罗汉似的叠到了一起，只有一个人还在继续往前跑，林紫言在后面紧追。

那人的速度出奇地快，偏偏林紫言又穿着高跟鞋，眼看着两人的距离拉开了，她正要甩掉高跟鞋，那人突然脚下滑跤，吧唧一声摔到了地上。

林紫言冲过去，男人的脸上和衣服上沾了大片的奶油，哼哼唧唧地爬不起来，两块金表从他西装下面摔出来，一块摔进了奶油里，一块顺着地面滑去一边，被个小孩捡了起来，却是魏正义的儿子豆豆。

他拿着手表走到林紫言面前递给她，林紫言道了谢，魏正义赶过来，看到儿子，他皱眉道："豆豆，你又乱跑！"

"吃多了，我在遛弯儿消消食啊。"

豆豆手里还拿着一个空盘子，他指指被林紫言压住的人，说："我看到有坏人，就把蛋糕丢给他。"

"你怎么知道他是坏人？"

"他不是坏人为什么要跑啊？爸爸，我这是不是叫随机应变？"

"是。"

魏正义摸摸他的头以示称赞，林紫言扑哧笑了，对魏正义说："你儿子真逗。"

她把男人揪起来，魏正义解开他的西装，他的西装是特制的，内侧有好多扣子，扣子上挂着金表和几串手链，魏正义啧啧道："哈，收获不少嘛。"

男人脸上挂着奶油，悻悻的不说话，魏正义又摸摸他的口袋，他口袋里有请柬，不用说这请柬也是偷来的。

"为了偷珠宝，你们也是挺拼的嘛，说，今晚来了几个？"

男人还是不说话，魏正义也没多问，反正这种团伙作案，抓到一个就等于抓到一串，带回去慢慢审就是了。

其他警察赶了过来，林紫言把小偷交给他们，魏正义揪着儿子的衣领准备带他回去，就在这时通信器里传来甘凤池的声音。

“你们在哪里？赶紧回来！”

“有漏网的？”

“比那个更严重。”

魏正义和林紫言对望一眼，匆匆跑回去，宴会中的紧张气氛已经缓解了，门口站着一些人，甘凤池站在人群外，一直用纸巾擦眼睛。

魏正义把豆豆交给一起来的保姆，他跑过去，对甘凤池说：“你赶紧去洗把脸，别在这儿撑着了。”

“我没事，跟我来。”

甘凤池带他们走进人群，林紫言见他脸色严肃，问：“是不是陈家展示的珠宝被偷了？”

“珠宝没事，出事的是人。”

魏正义和林紫言跟着甘凤池走进大家围的圈子里，就见地上仰面朝天躺着一个人，他四肢僵直，嘴巴紧闭，嘴角流出涎液，老白正在做紧急救护，看到他们，摇了摇头。

魏正义靠近观察，又试了男人的脉搏，已经没有生命反应了，他问：“怎么回事？”

“刚才一帮人摔倒，他在最下面，大家都起来后，就看到他趴在地上一直抽，我抢救的时候他还有意识，但舌头僵硬说不出话，心律失常，无法自主呼吸。”

后援警察陆续赶到，林紫言配合他们将围观的客人劝离，甘凤池总算缓过来了，他凑过来看到死者，愣了一下。

老白问：“他出事前跟你聊过，你们认识？”

“不算认识，他是来找我麻烦的，叫乔飞，专门写明星名人八卦。”

乔飞的突然死亡出乎甘凤池的意料，蹲下来观察着死者的状况，说：“刚才他还活蹦乱跳的，怎么这么一会儿就出事了，不知道是不是旧疾复发还是刚才摔倒时撞到了哪里。”

“都不是，是中毒，而且是剧毒。”

几个人转头看去，萧兰草和萧燃已经到了，看着死者，萧兰草摇摇头，说：“这个突发状况我没有预料到。”

法医舒清滟很快就赶到了，在检查过后肯定了萧兰草的怀疑，毒药的具体成分需要等化验才知道，但她说毒药的药性非常强，短时间就破坏了被害人的神经系统和消化器官，所以应该是在酒会上被下毒的。

这样一来，所有参加宴会的宾客不仅有嫌疑，也有中毒的可能性，萧燃和主办者进行了交涉，为了安全起见，他们请医护人员为大家进行检查，并请他们顺便录口供。

由于人数众多，光是录口供和检查就搞了几个小时，还好大家听说有人中毒身亡，担心自己也吃了有毒的食物，所以都很配合，张太太更是夸张地哭得一把鼻涕一把泪，怕死怕得不得了，甘凤池很想告诉她别担心，那么毒的药物，要是中毒早就发作了，看她的肺活量，再活个几十年绝对没问题。

不过张太太倒是提供了一个情报，她看到了丢烟雾筒的人，甘凤池拿了男性小偷的照片让她确认，她一眼就认出了他，说他丢掉烟雾筒后叫喊着火，当时她就觉得这人有问题，没想到这个人不仅纵火还下毒，还偷了她的钻石手链，简直太恶毒了。

偷东西这件事暂且不谈，集体下毒甘凤池觉得太夸张了，至于纵火更是子虚乌有，甘凤池给张太太做着笔录，已经预测到口耳相传后这个案子会被传得有多离谱了。

他做完笔录，请张太太离开，张太太走出几步又转回来，甘凤池还以为她担心首饰被盗的事，安慰道："请放心，我们已经抓住罪犯了，被窃物品很快就会归还给你的。"

"我知道我知道，哎呀，我跟你妈妈认识这么久了，她儿子做事我哪有不放心的，我是想问下，今后我要是有什么事，找你帮忙行吗？"

甘凤池心想你们这些阔太太成天凑在一起打麻将，能有什么事啊，他也没往心里去，说："可以啊，尽管找我没关系。"

听了他这句话，张太太这才满意地离开。

等大家做好记录检查完现场后，已经是凌晨了，展示的珠宝安全无虞，窃贼也抓到了，甘凤池搭萧兰草的顺风车回警局，路上给母亲打了电话，说自己最近不回去，甘太太叮嘱他小心身体，一定要把自己被偷的手链找回来，除此之外就没多问什么了。

手链是甘凤池前不久送给母亲的礼物，甘太太戴出来炫耀，没想到倒霉地中了标，他挂了电话，连连摇头，说："那些小偷倒是什么都不嫌弃啊，我给我妈买的手链又不贵，他们也偷。"

"一条不贵，多了不就值钱了嘛。"

这句话提醒了甘凤池，转头正视萧兰草，问："科长，你打电话给我的时候，是不是已经发现他们了？"

萧兰草伸出手来，甘凤池从善如流，掏出一百块递过去。

萧兰草收了，随手丢进旁边的抽屉里，说："以前我在刑侦一科做的时候看过他们的档案，有点印象，不过他们通常是两人作案，这跟我们查到的情报不符，而且隔了这么久，那女的又整容了，我不是很确定有没有记错。”

“为什么你不提醒我？”

“我说了不是很确定，凤梨仔。”

“哈……哈……”

甘凤池干笑两声，心想什么不确定才不说的，你们肯定早就发现了，只是想钓大鱼，所以才一直没收网而已。

“而且被人提醒永远不如自己发现更来得深刻。”

“谢谢，我对这次的经历一定记忆犹新，不过……你在保安室给我打骚扰电话，萧燃科长没意见？”

“那不叫骚扰电话，那叫勒索电话，他看到了，但是我说我那样做是为了培养你的能力，他就什么都不说了。”

“幸好珠宝没出事，否则你得吃不了兜着走。”

萧兰草哈哈大笑起来，甘凤池问：“我说错什么了？”

“小天真，我都跟你说现场会出现各种可能性了，我们又怎么会只制订一套方案？”

这两位科长实在是太讨厌了，他们永远都不会把所有计划都透露出来，有时候甘凤池觉得他们很不对付，但有时候又感觉他们配合默契，就比如说今晚吧，直觉告诉甘凤池，在萧兰草给他打勒索电话时，萧燃一定在旁边笑眯眯地看戏。

不过领导有领导的想法和做法，轮不到他这个当下属的过问，所以甘凤池问了他关心的问题，“那科长你说，那两个小偷会为了偷东西下毒吗？”

“在没看到证据之前，我不做任何推测。”

听了萧兰草干巴巴的发言，甘凤池耸耸肩，资料没备齐，他心里也没谱，现在唯一可以确定的是在接下来的几天大家有得忙了。

“出任务之前我希望珠宝不要被盗，但现在我多么希望今晚发生的仅仅只是珠宝被盗案啊。”

CHAPTER TWO 第二章

凌乱的线索

甘凤池在局里小眯了一觉，早上随便吃了点饭就跑去了刑侦一科。

科里大部分人都跟甘凤池一样熬了整夜，现在都去休息了，只有裴晶晶和叶长鸿在，喔，少说了一个——萧兰草刚好从萧燃的办公室出来，衣着光鲜，神采奕奕，完全不像是熬通宵的人，甘凤池很想说一句——他家领导果然不是正常人。

宴会大厅的监控录像都检查过了，叶长鸿将几个重点部分记录下来，正如张太太所说的，投掷烟雾筒的正是那个男窃贼，他跟女窃贼是同伙，宴会中两人曾多次接触过。

两人都拒绝回答问题，不过裴晶晶调出了他们的指纹，已经查到了他们的身份——他们是情人关系，也是一对惯偷，偷窃技术高超，甘凤池仔细看录像，他们在偷窃时特意避开了镜头，几乎没有漏洞，要不是男人发现同伴被怀疑，急着投掷烟雾筒，恐怕还不会这么快就暴露。

至于乔飞这边，他离过一次婚，没有孩子，父母也都不在了，有关他的死讯需要联络他在外地的亲戚。鉴证人员检查了乔飞的手机，列下一大串他的联络名单，甘凤池看了下名字，都是新闻圈和娱乐圈的，还有一部分是公司经理董事长什么的，看来这人是三教九流什么人都交，他有种预感——这个案子不好查。

乔飞服用的毒药成分也化验出来了，是乙酰苯甲酰阿康碱，这个名字甘凤池很陌生，还好他知道药物的俗称——乌头碱。

正如舒清滟所说的，它是剧毒，几毫克就可以致死，她从死者的肠胃中发现了还没有完全消化的药物胶囊，鉴证人员从死者的随身物品中找到了维生素药盒，里面放的胶囊跟死者胃中的成分一样，舒清滟怀疑凶手将毒药提前塞进胶囊，趁死者不注意，放在了他服用的药盒里。

不过鉴定人员没有在药盒里找到其他塞有毒药的胶囊，也没有在宴会的饮食中发现相同成分的毒药，看了这个结果，甘凤池傻眼了。

“也就是说凶手不限于宴会上的人，那么多药囊中只有一粒被塞了毒药，谁知道是谁在什么时候塞的，大概就连凶手自己也不知道他的目标什么时候会死吧？”

裴晶晶说：“我们可以从毒药这方面入手调查，你看鉴定结果说乌头碱的成分很纯，虽然网上有很多地方贩卖草乌啊附子啊，但要提炼纯乌头碱可不容易，所以凶手应该是对这方面的药物有所了解并且能弄到药的人。”

萧兰草走过来，加入讨论，“说得不错，而且凶手也未必难找，毕竟要往一个人随身携带的药盒里塞药，必须是熟人才做得到。”

被男神称赞，裴晶晶双手抱住放在胸前，星星眼地看萧兰草，甘凤池站到他们之间，挡住了裴晶晶的视线，免得她发花痴忘了查案。

“会不会是这对小偷下的手？”他指着那对窃贼的资料说。

虽然他们的犯罪记录都是偷窃，连抢劫都没做过，更别说是下毒，但两起事件同时发生，很难让人不怀疑它们之间是不是有联系。

叶长鸿瞥了他一眼：“想知道答案，为什么不自己去找？”

我也想找啊，问题是审问犯人这种事又不关我的事。

甘凤池还没腹诽完，叶长鸿就站了起来，对他说：“关了一晚上，是时候让他们吐一吐，跟我来。”

“我？”甘凤池没反应过来，伸手指指自己的鼻子，又左右看看，叶长鸿不耐烦地说：“几个小年轻的都不在，难道搞记录这种事要科长来做吗？”

“我去！我去！”叶长鸿走了出去，甘凤池兴奋地跟上，要知道审问犯人这种事平时他都是在外围看的，现在好不容易有机会出场了，怎么能错过？

他往前跑了两步才想到自己的顶头上司还在呢，回头看萧兰草：“科长……”

“有人带，还不好好跟着学着点。”

“好嘞！”

科长同意了，甘凤池兔子一样地跟着蹿了出去，裴晶晶在后面笑吟吟地看着，对萧兰草说：“男神，其实是你拜托老叶的吧。”

“女孩子太聪明，很容易嫁不出的。”

萧兰草离开了，裴晶晶兴奋地原地转了一圈，刚好萧燃从办公室出来，她说：“男神说我聪明！”

萧燃不说话，一脸严肃地看她，裴晶晶讨了个没趣，乖乖坐回座位上。

“我继续做事。”

甘凤池跟着叶长鸿走进审讯室，出乎他的意料，这对雌雄大盗都在里面，并排坐在审讯桌对面。

他稍微往叶长鸿那边歪歪头，小声问：“可以这样一起审问吗？”

“当你不想浪费时间的时候，这是个好选择。”

叶长鸿坐下，把资料啪的一放，甘凤池紧随其后，坐去电脑前做出记录的准备，顺便观察这对情人小偷。

男人长相很讨喜，不说有多帅，但气场让人容易接近，这大概就是他为了偷窃伪装出来的气质，女人身材娇小，长得挺漂亮的，正应了那句话郎才女貌，要不是提前知道，甘凤池无法想象他们会是一对贼。

难怪昨晚大家在会场盯了那么久都没留意到他们，这两人的气质跟窃贼相差实在太远了。

女人看到甘凤池，抿嘴一笑，说：“不好意思，如果知道你是警察，我就不会喷防色狼喷雾了。”

甘凤池都忘记这茬了，听她提到，感觉眼睛又开始疼了，他揉揉眼睛不放声。

那女又说：“警官，你不要告我袭警啊，我是真的不知道。”

“你们的罪名比袭警大多了，”叶长鸿帮甘凤池解了围，沉着脸问：“姓名。”

“林鸳鸯，林鸳，”男人指指自己，又指指女人，“林鸯。”

“真名。”

“还问这个，您手上拿的资料要比我说的齐全多了。”

“放老实点，你们知道昨晚你们偷的东西够判几年吗？”

叶长鸿说得很严肃，女的怕了，主动说：“林芳。”

“你？”

“林大伟。”

“啧，俩挺菜市场的名字。”

“菜市场名字怎么了？我们在道上可是鼎鼎有名的……”

“从哪里弄到的乌头碱？”

“乌头……什么？”

林大伟没听懂，林芳也一脸迷糊，甘凤池在旁边看着，觉得他们不是在做戏，叶长鸿问得猝不及防，他们一点心理准备都没有，不可能演得这么逼真。

他灵机一动，去倒了两杯水放到二人面前，笑嘻嘻地说：“乌头碱泡的，开胃。”

林芳小抿了一口，林大伟则咕嘟咕嘟都喝完了，叶长鸿瞪了甘凤池一眼，像是在责备他多事，却没说什么，把乔飞的照片拿出来，放到他们面前，问：“认识这个人吗？”

两人摇摇头，叶长鸿又把其他照片依次排开，分别是乔飞的单眼相机还有他的随身物品等，问：“这些有印象吗？”

林芳的眼睛亮了，指着相机说：“PRAKTICA（柏卡），德国货，这牌子挺不错的。”

“这么大的东西偷起来多不方便，还是这个好，万宝龙钢笔，大概值这个数吧。”

林大伟伸出手指比画了个数字，甘风池看得很无语，心想原来小偷也有职业病，当着警察的面还不忘研究怎么偷东西。

叶长鸿用手指敲了敲桌子，两个小偷回过神，正襟危坐不说话了。叶长鸿又拿出乔飞在宴会上的照片，说：“昨晚他也一直在会场，你们有没有印象？”

“我想起来了，我记得他的领带夹，带钻的，设计得还不错，不过不太值钱，我就没拿，我的意思是跟其他东西相比它显得不怎么值钱。”

林芳附和说：“所以我们没有偷他的东西，我们偷的东西都被你们现场缴了，有没有照相机和钢笔你们最清楚。”

叶长鸿把照片收好，问：“你们的同伙在哪里？”

“我们没同伙。”

“笑话，没同伙，就凭你们俩还想偷陈家展示的珠宝？”

“谁说我们要偷那些珠宝了？我们只是捡了张请柬去参加宴会，顺便赚点甜头，我们叫林鸳鸯，所以到哪儿都是同进同出，不跟别人联手。”

“这是内部宴会，你们从哪儿打听到的消息？”

“这种事道上早就传开了，想知道很简单的好不？不过我们有自知之明，那些珠宝肯定管理得很严，比起偷那个，小偷小摸的甜头更大。”

“你们倒是挺会说实话的。”

“那是，我们也想争取宽大处理嘛，都被抓了，态度好点还能早点被放出去。”

“这次大概不容易，昨晚有人在酒会上中毒死亡，从目前我们掌握的证据来看，你们的嫌疑最大。”

审问到一半叶长鸿才说到正题，林大伟和林芳呆住了，连连摇头，抢着说：“不是我们干的，我们只是偷东西而已，为什么要下毒？”

“他是记者，可能是你们偷东西时被他发现了。”

“被发现了就逃啊，偷东西跟杀人的罪名差太大了，我们又不蠢，又不是名人，还怕被记者爆料什么的……”

林大伟说到一半，叶长鸿站起来给甘风池做出结束审问的示意，林大伟急了，不敢再扯皮，说：“我们说的都是真的，就是听到一些消息，所以想浑水摸鱼一下，没别的了。”

他还怕叶长鸿不信，把消息源头也说了，他们是在某家小酒吧听同行聊起来的，据那同行说他们原本是想打展示珠宝的主意，但后来觉得最近几票做得太大，可能被盯上了，为了保险起见，他们就临时改变了计划，那请柬也是同行给他的。

林鸳鸯的偷盗技术不差，但不擅长对付现代设备，而且他们就两个人，偷盗珠宝的风险太大，所以他们就想打打秋风而已，反正请柬都有了，不来白不来。

末了林大伟还把同行和酒吧地点也供出来了，叶长鸿见再问不出什么，这才结束审问，两人被押出去的时候，他提醒道："回头再好好想想宴会上的情况，有没有遇到什么可疑的人，想到了随时通知我，态度积极点，协助我们找到凶手，我们才能请法官酌情量刑。"

审问结束，甘凤池跟随叶长鸿出来，审讯过程大家都在外面看到了，冯震一摊手，说："看来这两个跟毒杀案没关系，就是俩倒霉的小偷。"

甘凤池说："现在线索断了，我们要怎么查？"

"要怎么查是我们的事，凤梨仔你回家吃菠萝，乖。"

甘凤池被冯震推出了刑侦一科，他听到萧燃给大家交代任务，一拨根据林鸳鸯提供的消息去追踪盗窃团伙，一拨调查毒杀案，他还想听听具体的安排，萧兰草给他打了个手势，示意他跟上。

"卸完磨杀驴啊这是！"

甘凤池不情愿地跟着进了电梯，萧兰草在旁边微笑着不说话，甘凤池忍不住了，问："科长你不好奇萧燃科长接下来怎么调查乔飞的案子吗？"

"兵分两路，一路调查乔飞的交友圈和工作圈，一路排查昨晚的宾客，那两个小偷也算做贡献了，警察把他们偷的东西归还给失主，再顺便问问题，没人会不配合。"

"你简直就是萧燃科长肚子里的蛔虫，你怎么知道他会这样做？"

"我没说这是他的计划，我在说我自己的。"

"哈……"

"现在没办法在一线混了，在脑子里过过瘾还不行嘛。"

"行，您老做什么都行。"

"凤梨仔，刚才干得不错，"萧兰草做了个倒水的手势，"懂得随机应变了，萧燃会在你的工作能力评定上打高分的。"

我的顶头上司又不是他，他打高分关我屁事啊！

甘凤池懒得理他家领导了，头往电梯墙角一靠，练习翻白眼。

回到冷案科，老白和林紫言都到了，林紫言站在老白的座位后跟他一起看电脑，旁边桌上还有一堆买了没兑奖的彩票。

甘凤池无法想象对老白来说还有什么事是比兑彩票更重要的，他走过去问："看什么呢？"

"科长派发的作业，让我查乔飞这些年参与的新闻报道。"

"不是新闻报道，是八卦报道，这男人就是个大嘴巴，什么明星的家长里短鸡毛蒜皮的小事，他都拿出来爆料，还经常在公众号里发布一些子虚乌有的言论，好几次差点被告，靠着这些东西也能赚钱，真无法想象。"

林紫言说完连连摇头，甘凤池揶揄道："不仅赚钱，还赚很多呢，钢笔都用万宝龙的。"

萧兰草说："也就是说他的仇家很多。"

"多得数不过来，要根据仇恨值排个表，从一到一千一个个查才行，"老白抬眼看看萧兰草，说："科长，你应该不会不通人情地让我一个个去查吧，我会死的。"

萧兰草走到他的电脑前看了看，真的是多得数不过来，问："其中有没有上升到民事纠纷的？"

"有五起，比想象得要少，还有一起差点成了刑事案，一年前有人持刀闯到乔飞家要杀他，还好警察赶来得及时，他本来要告那个男人的，后来经调解才撤诉了，起因是他恶意中伤某个女明星，女明星因此得了忧郁症，还企图自杀，要杀他的就是女明星的父亲。"

甘凤池一听，兴奋了，说："那科长我们就从这个女明星身上查起！"

"要查也轮不到你，萧燃会派人查的。"

"那要不我查那几起民事纠纷？"

这次萧兰草没马上否决，而是陷入沉思，甘凤池还想自荐，老白说："不过这家伙倒也不是一件好事都没做的，偶尔他也会帮忙。"

"帮什么忙？"

"帮有困难的人募捐啊什么的。"

"你确定捐款没到他自己的口袋里？"

老白耸耸肩，点开乔飞公众号里的几条留言，让甘凤池自己看，那都是一些为病友募捐的留言，他又问萧兰草，"你记得六年前的高中少女被强暴案吗？"

萧兰草皱起眉头，看他的表情甘凤池就知道他不记得，他对林紫言说："这种事要问紫言，紫言记得最清楚。"

林紫言点点头，说："简而言之，就是一个高二女学生在走夜路时被几名男同学暴力非礼，后来女学生因为受不了舆论攻击，在事件发生两个月后跳楼自杀了。"

“那几个男同学呢？”

“他们当时还未成年，所以只是进少年管教所，应该早就出来了。”

“这么抓眼球的事，乔飞一定也插了一杠子吧？”

“是的，不过这件事还多亏了他才能把那几个少年判罪量刑，”老白翻看着网上新闻，说，“他那晚刚好经过现场，所以录下了少年逃跑的视频，后来作为物证被使用。”

“虽然他这样做是出于自身的利益，不过也算是做了件好事，这事可以放一放了，科长，让我去查那几起民事纠纷吧？刑侦一科的人现在都忙着调查其他线索，肯定腾不出手来查这个。”

“好。”

萧兰草点头答应，还没等甘凤池高兴，就听他对老白说：“这部分你负责。”

甘凤池一听就急了：“那科长，我呢？”

萧兰草没理他，转头看看周围，问：“正义呢？还没来？”

“刚打电话来说有点事，会晚点来，可能是豆豆昨晚吓到了，他在家照顾吧。”

“那先不管他，紫言，你去把刚才说的案子的结案卷宗借来。”

“是。”

林紫言跑出去了，甘凤池不解，问：“为什么要看那案子？它跟乔飞被杀又没关系。”

“你怎么知道没关系？”

被问到，甘凤池挠挠头：“因为是六年前的案子，而且乔飞在里面扮演的是正义的形象。”

“这世上没有绝对的正义，或者说对受害者家属来说乔飞是对的，但对被关进少管所的少年来说，他是害他们被抓的罪魁祸首。”

甘凤池连连点头，就在他觉得萧兰草说得很有道理的时候，萧兰草又说了一句：

“反正闲着也是闲着，就看看呗。”

甘凤池很后悔自己前一秒对领导涌现的崇敬之心。

既然案子不归他们管了，甘凤池去档案室准备整理卷宗，萧兰草叫住他：“凤梨仔你也别闲着，继续看宴会的监控录像，看还有没有什么新发现。”

“录像不是都看过了吗？而且从目前我们找到的证据来看，毒胶囊应该是一早就放在乔飞的药盒里了。”

“是的，但不排除现场投毒的可能性。”

看看甘凤池的表情，萧兰草问：“你是不是觉得这种工作很可能是无用功，也许看一整天都没有发现，不像在外面查案那么有成就感？”

老实说，是那么一点。

甘凤池伸出手，做了个捏东西的动作。

萧兰草正色说：“做任何事都不可能完全是无用功，所有线索都是大家一点一点查出来的，那种坐在家里随便听听报告就能靠推理查出凶手的安乐椅侦探只存在在小说里。”

甘凤池觉得萧兰草这样说他自己不太好，不过他说得有道理。

“好，我来做！”

他去刑侦一科跟裴晶晶要来录像资料，照萧兰草说的从头看起。

这一看就看了一上午，甘凤池看得眼都花了，他发现乔飞认识的人还真不少，宴会上一直跟这人那人攀谈，但是看大家的反应，都对他表现得排斥甚至是厌恶，甘凤池想宴会里想他死的人肯定不少。

中途甘凤池看到乔飞拿出药盒，用酒把药服下，没多久他去了洗手间，之后他的动作就开始变得奇怪了，也没有再找人攀谈，这应该是药性发作的表现，又过了一会儿，他低头翻包，接着匆匆往外跑，这个动作几乎跟林大伟丢烟雾筒发生在同一时间。乔飞才跑出大厅就跌倒了，后面的人刹不住脚，接二连三摔在了他身上，把他压在最下面。

甘凤池又把录像倒回去反复看了几遍，越发觉得乔飞翻包跟他要离开之间有联系，可是案发后，鉴证科的同事检查过他包里的东西，都是工作必需品，没有特别发现。

所以是什么事情促发乔飞突然跑出去的？

甘凤池看看萧兰草，想把自己的怀疑说出来，又怕大家说他想太多，因为当时乔飞体内毒性发作，乌头碱严重影响了他的神经系统，他行为失常只是毒发的表现。

想了想，甘凤池决定暂时先不说，等他把线索捋顺了再提出讨论。

趁着休息时间，甘凤池跟林紫言要了旧案卷宗看，由于是未成年人犯罪，所有相关卷宗都予以封存了，林紫言借到的只是程序案例，涉及的内容也很简单。

自杀少女叫何筱俪，高二学生，出事当晚她去补习学校上课，在回家的路上经过一个小公园，被补习学校的四位男同学按住非礼，乔飞当时在附近摄影，听到响声赶过来，四名同学仓皇逃走，乔飞便报了警。

何筱俪最初很配合警察，准备告那四个学生，但后来网上有人散播各种谣言攻击她，一些不明真相的网友被煽动，也开始一边倒地指责她，虽然最终四人被判有罪，何筱俪却因为受打击太大，精神失常，在某个废弃的楼房上跳楼自杀。

甘凤池把两起事件对比着看完，又上网查了那些匿名攻击何筱俪的留言，有点理解她为什么会精神崩溃了。

留言里说何筱俪一直就作风不好，男女关系复杂，还曾向老师示爱，此外网上还流出了很多何筱俪的私人照片，很多键盘侠大肆抨击她的长相和服装，还有一些专家和公知也拿何筱俪当反面教材，呼吁女生不要穿着暴露，不要夜晚出门，不要走偏僻小路，加害者固然有错，但受害者也要检讨自己的轻浮行为等等。

他越看越来气，把电脑一推，起身走出去，林紫言看到了，想跟过去，被萧兰草叫住了，“别理他，让他一个人冷静一下。”

“我怕他一冲动又不知道会干什么了。”

“想干什么就让他去干吧，摔几次跟头他就清醒了。”

林紫言其实还是有点不放心，但科长都这样说了，她也不方便坚持，看看门口，重新坐下来查资料。

甘凤池一口气走到门口，冷风吹来，他稍微冷静下来，觉得被老案子牵着情绪走的自己很可笑，案子已经结了，他什么都做不了，但他可以做好当下的事，让相同的悲剧不再重演。

肚子咕咕叫起来，甘凤池看了眼街道对面的时钟，都中午了，难怪肚子饿。

他去隔壁的“白吃”粥铺吃了饭，往回走的路上手机响起来，看到屏幕显示出的大绣球花，他的头马上疼起来，因为来电的不是别人，正是王奶奶。

说起王奶奶，她是甘凤池调查珠宝劫案时认识的老太太，住在中青公寓，王奶奶好聊天，又热情，还给甘凤池提供了不少线索，所以甘凤池看到她就像是看到了自己的奶奶，跟她挺投缘的，大概王奶奶也是这样想的，最近致力于把甘凤池变成自己的孙女婿，每次打电话来都是聊她孙女，想安排他们见面什么的。

甘凤池有追求对象了，就算没有，他对这事也不怎么上心，因为这位孙女有点过于丰满了，丰满得超过了他的欣赏水平，所以每次王奶奶一约他相亲他就逃，千方百计地找借口避开。

手机响个不停，甘凤池犹豫再犹豫，最后还是接了，不等王奶奶说话，他先说：“王奶奶，我最近很忙，大概没办法过去陪您聊天了。”

“我也没想跟你聊啊，我是想我孙女跟你聊。”

“那个……王奶奶，我的意思是我没时间……不管是跟谁聊都没时间。”

“知道知道，发生案子了嘛，电视都报道了，有人想去偷珠宝结果被毒死了，真晦气。”

甘凤池翻了个白眼，心想流言就是这么传播起来的。

“我跟你说个事儿，我孙女啊找了个男朋友，气死我了，她看不上我帮她选的，硬要自己找。”

“太好了！”

一听这话，甘凤池简直是拨开乌云见月明，伸手在胸前划了个十字，王奶奶看不到他的小动作，气愤地说：“可是我喜欢你凤梨，不喜欢那个大胖子。”

不不不，胖子配胖子，绝配！

短时间不担心跟胖妹妹相亲了，甘凤池松了口气，就听王奶奶又说：“她跟她男朋友出去旅游了，怕我生气，买了好多水果过来孝敬我，我吃不了，你过来拿些回去。”

“我也不需要。”

“你不需要，不是还有你们领导和同事嘛，现在的年轻人啊都这样，都不懂得跟同事打好关系，水果很贵的，吃不了丢掉太可惜了，你下午能来吗？”

换了平时甘凤池肯定拒绝，但听说胖妹妹有男朋友了，而且还出去旅游，他不用担心跟她碰上，说：“那我看看晚上有没有时间过去一下。”

“没问题，我可能去遛弯儿或是跳广场舞，你要是找不到我就打我手机，留言也行呐，现在这种手机真方便，随时都能找到……”

王奶奶唠唠叨叨地挂了电话，甘凤池松了口气，正要进警局，有人叫他。

“叔叔！”

甘凤池转头一看，眼前站了个小不点儿，原来是豆豆。

天挺冷的，豆豆踩着小靴子，外面套了件橘红色羽绒服，眼睛蓝蓝的，简直就是从模特杂志里走出来的，甘凤池摸摸他的头发，说：“叫什么叔叔啊，我还没结婚，叫哥。”

“哥哥！”

“昨晚谢谢你，帮了我两次忙。”

“嘿嘿。”

豆豆看起来很害羞，被表扬，他抿起嘴，脸颊红红的，甘凤池忍不住又捏捏他的小脸蛋儿，问：“来找你爸爸？”

“不是，是来……帮表叔……录……录口……供品。”

甘凤池听得一头雾水，还好豆豆的保姆跑过来，甘凤池昨晚见过她，两人打了招呼，她无奈地说：“我就停车这么一会儿，他就跑掉了，每天都神出鬼没的，搞得我都快神经质了。”

“这么点小孩是这样的，他爸爸呢？”

“魏先生应该在里面，就是他打电话给我，让我带豆豆来录口供的。”

甘凤池这才理解豆豆刚才说的话，他问：“录什么口供？”

“就是昨晚的事啊，”保姆往甘凤池身边靠靠，低声说，“这孩子看到了一些事，所以魏先生叫他过来帮忙。”

“喔……”

甘凤池看向豆豆，小孩子才三四岁的样子，正在啜手指头，他真不知道魏正义是怎么想的，一个半大孩子叫到警局来录什么口供啊，你确定他能完整地讲述过程？

甘凤池带保姆和豆豆来到刑侦一科，魏正义已经在里面了，跟他在一起的还有萧燃，豆豆一看到萧燃就扑过去，叫：“表叔！”

甘凤池以为自己听错了，直到萧燃带豆豆进了审讯室他才回过神，一拉魏正义，指指他，又指指萧燃：

“你、你们？”

“表兄弟啊，你觉得我们长得像吗？”

“我怎么知道，你从来没说你们是表亲！”

“这还用说嘛，干警察的谁不是一抓一个粽子串啊，我们都是子承父业，七大姑八大姨堂兄弟表兄弟都干这行。”

魏正义给了他一个鄙视的眼神，进了审讯室，甘凤池急忙跟上，科里的其他人都外出做调查了，他抢在魏正义前面坐到电脑前，说：“我来做笔录。”

魏正义只好坐去豆豆那边，倒了杯水放到儿子面前，又指指萧燃，说：“这位是萧科长，你现在是证人，把昨晚看到的跟他说一遍。”

“他是表叔啊。”

“这里没表叔，叫萧警官。”

“喔，萧警官好。”

豆豆很懂事，魏正义怎么说他怎么学，跟萧燃打了招呼，开始讲他的经历。

孩子的叙述能力还不是太好，中间说得磕磕绊绊的，一件事讲了半个多小时才讲完，甘凤池做着记录，才知道乔飞在死亡之前去过洗手间，并且在洗手间跟人发生过争执。

因为是豆豆把乔飞的衣服弄脏了，他觉得那样做不太对，就悄悄跟着乔飞去了洗手间，想跟他道歉，谁知有人跟乔飞争吵进而动了手，他躲在一边看到那人把乔飞推倒在地，还扯开他的包乱翻，乔飞被他打得抱头趴在地上不敢动，后来那人把包丢还给乔飞，又警告了他几句后才离开。

听着豆豆的讲述，甘凤池心想也许乔飞不是不敢动，而是那时候他体内的毒开始发作，他无法抵抗吧，但事后他发现包里的东西被那人拿走了，所以才急于离开……

萧燃问：“那个人都警告了什么？”

“那个哥哥好像想要什么东西，嗯……坏人不给他，还笑话他，哥哥就很生气，骂他人品坏，还说他活不了……嗯，活不了多久。”

“看人家打架你还不躲起来，笨死了，”魏正义揉着儿子的头斥责他，“下次记得看到人打架要赶紧跑，知道吗？”

“可是我不怕啊，你在家里打架打得更凶，唔……”

豆豆的嘴巴被捂住了，魏正义微笑看向萧燃：“科长，还有什么要问的吗？”

“豆豆，还记得那个人的样子吗？”

“记得的，特别帅！”

豆豆长得小，那个男人根本没注意他，打完人就匆匆离开了，但豆豆对他的印象很深，说他长得帅，个子也高高的，穿着西装，还喷了很浓的香水。

参加宴会的男宾有几十人，而且气质都很好，甘凤池觉得光凭一个帅字很难判定那是谁，魏正义也这样想，问：“有多帅，比爸爸还帅吗？”

“嗯，比爸爸帅！”

看到魏正义的脸黑了，甘凤池忍住笑安慰他：“童言无忌，别在意。”

豆豆看看甘凤池，说：“也比哥哥帅。”

甘凤池笑不出来了。

豆豆又说：“比表叔……帅吧，但没有小表叔帅！”

甘凤池不知道所谓的小表叔又是谁，不过居然有人比他们三个人都帅，简直不能忍，他提议：“要不把乔飞去洗手间时的录像调出来，让豆豆认认看？”

“已经调出来了，不过不清楚。”

魏正义拿出平板，调出照片。

酒店洗手间附近安装了监控镜头，魏正义把乔飞进出前后经过的人的图像都截下来了，角度关系，行人只能看到侧脸，其中一个身材修长的人戴了礼帽，无法看到长相。

从时间还有豆豆的描述来看，甘凤池觉得这个人最符合，魏正义把平板放到豆豆面前，豆豆歪着头看了一会儿，又摇摇头。

“爸爸，那个人没有戴帽子啊。”

男人戴了帽子，图像还这么不清楚，甘凤池觉得让孩子辨认简直太难为他了，他提议说：“要不先让鉴证科把照片弄清楚点再说？或是把所有男宾的照片都让豆豆看一遍？”

“去洗手间的未必就是宴会里的客人。”

“我也这样想，毕竟要什么样的男宾才能比我们三个人都帅，”甘凤池翻着平板里的照片，随口嘟囔，“要是真有那样的人，我在宴会上转悠了那么久，不可能不留意的。”

萧燃抬头看向他，眼睛亮了，甘凤池被他看得发毛。

“科长您别这样看我，每次我家领导这么看我，我都觉得自己像是试验室里的小白鼠。”

“凤梨仔你说到真相了。”

“说我是小白鼠？”

“不，说宾客里没帅哥。”

萧燃把平板要过来，调出出席宴会的几位男模的照片，并排列在一起放到豆豆面前：“这里面有你说的人吗？”

“有有有！”豆豆一伸小手，指着当中一个人说，“就是他！”

甘凤池凑过去一看，差点呛到，豆豆说的人他认识，不仅他认识，这里的人对他都不陌生，他就是男模邢星。

好吧，他心平了，豆豆没说错，身为时下最受欢迎的男模，邢星是比他们在座几位都出众那么一点点，而且他作为珠宝模特出席宴会，也没人留意他的存在，因为大家都习惯了他的帅。

魏正义说：“如果是他的话，那就可以理解了，这种明星肯定有很多见不得光的事，而且不敢让签约公司知道，所以才私底下自己来。”

甘凤池立刻举起手，对萧燃说：“科长，让我来！”

“你？”

“我跟邢星挺熟的，方便询问，而且现在大家都出任务了，只有我闲着！”

萧燃没说话，给魏正义使了个眼色，魏正义带豆豆出去了，萧燃也站起身离开，甘凤池急了，跟在他后面说：“如果你担心我家领导有意见，我可以跟他沟通的，说起来这件案子也是在我执行任务时发生的，所以我有义务去调查。”

“在调查别人之前，应该先调查你。”

“啊？”

“昨晚跟乔飞有冲突的不光是邢星，还有你吧？”

甘凤池想起来了，他摸摸头：“好像……是有……那么……回事……”

“为什么你没有在第一时间汇报？”

“科长，我这真的不是故意隐瞒，我是忘了，我一忙起来就忘了还有这么码事，所以就自动把自己剔除了，因为我知道自己不是凶手啊。”

“谁能证明？”

甘凤池语塞了，被萧燃盯着，他大脑一热，大声说：“我家科长，我以他的名誉担保我没做过任何有损警察形象的事！”

“他的名誉？啧。”

甘凤池觉得他家科长也连带着被鄙视了。

好在萧燃没针对他，问了他跟乔飞之间的问题，甘凤池不敢有半点隐瞒，一五一十全都说了。

等他说完了，萧燃说：“回头让冯震给你做下笔录，一切都得按程序来。”

“那派我调查的事呢？”

“你要避嫌，除非……有人愿意给你担保。”

萧燃微笑说道，甘凤池不得不附和着他一起笑，心里却乌云盖顶，这一刻他觉得萧燃跟他家领导其实是一路人，因为他们都是那么阴险。

“科长，科长你听我说，这次我是真的不想麻烦你，是萧燃科长说我有嫌疑，如果你不出面，我就不能自由行动，大不了你帮我这次，我回头请你吃饭……”

在去片场的路上，甘凤池开着车，还不忘跟萧兰草解释，萧兰草脸上波澜不惊，靠着椅背玩手机，这让甘凤池更忐忑了，又说：“要不等下次真有人绑架你，我愿意帮你付赎金。”

“闭上你的乌鸦嘴凤梨仔，你连一百万都拿不出来，”萧兰草看他的眼神里不无鄙夷，“听说你还用我的名义做担保了。”

“没那回事，我说的是‘名誉’，不是‘名义’。”

“呵呵。”

“而且科长，如果我被怀疑是凶手，你也没面子吧？你总不能任由你的下属被冤枉，所以尽早找到凶手是必要的。”

“邢星不是凶手。”

“这种事要问了才知道，上午你还教导我不能因为是无用功就不去做，查案就是要一点一点脚踏实地地来。”

车开到了片场，甘凤池要下车，萧兰草叫住他。

“你想到怎么问了吗？”

“借口都找好了。”

甘凤池举起手里的纸袋，里面放着林紫言借的晚礼服，萧兰草跟着下了车，说：“先说好，一切由你自己来问，我只是监护人的身份。”

“没问题，跟着科长您这么久，套话这种事我早就学得溜溜的了。”

邢星的娱乐公司借助之前的事件大肆炒作了一番后，他最近可说是炙手可热，各种片约不断，亏得甘凤池和邢星混得比较熟，打电话问他的助理，才知道他出外景拍广告，否则很难抓到他人。

他们进去的时候，邢星还在拍摄中，甘凤池把晚礼服给了他的助理，又说了些道谢的话，最后说：“昨晚我还看到邢先生出席陈家的宴会了，不过还没来得及打招呼他就离开了，他最近这么受欢迎，是忙着赶场吗？”

“是啊，之后有个朋友聚会，所以邢哥帮忙做完宣传就走了，听说后来出事了？”

助理观察着甘凤池的表情说，可惜甘凤池除了一脸微笑外什么都看不出来，他只好说：“幸好邢哥先走了，否则他被坏人害到就惨了。”

“是哪位朋友的聚会啊？有聚会也不叫着我，真不够意思。”

“呃，是私交，我也不清楚。”

“你没跟着？”

“没有，私底下的聚会邢哥不喜欢外人跟着。”

邢星拍完了一段，助理急忙跑过去照顾，甘凤池看看周围，大家都忙着自己的工作，没人理他，至于萧兰草……他很快就找到了，萧兰草正和一位漂亮女生聊天，两人聊得很投机，她还主动倒饮料给萧兰草。

甘凤池翻了个白眼，对萧兰草到处搭讪的行为很无奈。

对面传来响声，邢星没拿住水杯，掉到了地上，助理忙着收拾，发型师想帮他整理发型，他挥手拒绝了，要来镜子，自己对着镜子整理。

甘凤池走过去，邢星看到他，移开镜子，惊讶地说：“你怎么过来了？”

“来捧你的场啊，大明星就是不一样，进出都带着专属的发型师服装师。”

“信你才有鬼。”

“好吧，其实我是来归还晚礼服的，顺便跟你道谢。”

“如果你撒谎的技术跟你家科长一样高明的话，我或许会相信。”

邢星嘲讽完，站起来上了自己的专车，甘凤池跟过去，自来熟地在他对面坐下。

邢星从抽屉里翻出一盒药，就着水把药服下了，药是消炎止痛的，甘凤池问：“不舒服？”

“嗯，头痛，要不是定好了档期，今天真不想来。”

邢星的脸色不太好，眼睛里有血丝，要靠着色瞳遮掩，他脸上的妆痕也比平时要浓，衣领上都蹭到了，让人怀疑他打了多厚的粉，甘凤池很庆幸自己的上司只是自恋，他要是也整天这么化妆的话，那可真让人受不了。

“你换发型了？今天的造型不太一样啊。”

被问到，邢星抬手摸摸自己的头发，嘟囔道：“导演要求的，说现在韩国明星都喜欢这种大厚刘海儿，让我也尝试下，什么都喜欢跟风，完全不考虑个人特色，傻×。”

“是啊，你们混娱乐圈的也挺不容易的啊。”

“行了，说正事，大家都是朋友，你不用在这里拐弯抹角，你特意过来，是想问案子的事吧？就是昨晚那个在陈家珠宝宴会上被杀的死狗仔。”

“你这么说，一定跟他有过节。”

“过节倒是没有，不过他总喜欢爆料一些东西，让人很想扇他，昨天他居然还跟踪我去了宴会，我就警告他了一下。”

“有关这件事，你大概误会他了，他是去要挟我的。”

“你有什么把柄在他手上吗？”

“还不是些子虚乌有的事，跟你一样，你是什么？”

“我能有什么？当然是一些私生活爆料，你知不知道有句话说——蛤蟆跳脚背上，不咬人膈应人，说的就是他这种人。”

“那也不能打人啊。”

虽然甘凤池自己当时也挺想揍他的。

邢星不说话，警惕地看他，甘凤池说：“别小看我们警察的侦查能力，有人死了，所有跟他有过接触的人我们都会调查的，而你在他死亡前曾对他动过手，翻过他的包。”

“我没小瞧你们，我只是没想到你们的速度这么快。”

见甘凤池都知道了，邢星也没再遮掩，点着一支烟抽上，说：“没错，他偷拍我，上个厕所他也偷拍，你说该不该揍？我就揍了他，再顺手把他包里的照相机拿出来，本来想直接砸碎，不过怎么说我也是公众人物，一个搞不好会被他反咬一口，所以最后我只是抽掉了他相机里的卡。”

“其实他包里还有备用的卡。”

一听这话，邢星脸色一变，立刻问：“有没有拍到我什么？”

“没有，至少没拍到你上厕所的。”

邢星松了口气，摊摊手，说：“那就好，他都挂了，要是有什么照片流出去，我想教训他都找不到人。”

“你这么在意，其实他拍的是色情照片吧？”

“嘿嘿，像我这么有魅力的人，没有美女靠过来你觉得可信吗？”

“我觉得你跟我家领导是失散多年的兄弟，不过我不会因此就网开一面的。”

“我知道，但我向你保证，我没杀他，对付那种人，最多是揍一顿给他点教训，而且这种事我的公司会处理的，我没必要杀人。”

助理跑过来叫邢星，说要继续拍摄了，邢星皱起眉，不耐烦地弹弹烟头。

看到烟灰落到车里，甘凤池有点无奈，他不算是洁癖，但起码的常识还是有的，从旁边的纸巾盒抽出几张纸巾，想把烟灰擦掉，邢星却误会了，说了声谢，扯过纸巾将烟头掐灭了，又随手一丢，跳下车。

甘凤池叫住他，问：“昨晚你离开酒店后去了哪里？”

“喔……本来要参加一个朋友的聚会，但半路我突然头痛，就临时改了主意，回家了。”

“一定是这发型的问题。”

甘凤池吐槽道，邢星看看对面的导演，对甘凤池做了个无可奈何的表情，走掉了。

甘凤池也跟着下了车，但是看看丢在车里的纸团，这种随手丢弃的行为简直不能忍，他捡起来放进口袋，准备找垃圾桶扔掉。

垃圾桶没找到，他先遇到了萧兰草，萧兰草跟女孩聊完天，走过来问：“问到了什么？”

“他说乔飞偷拍他，所以才会有肢体冲突，我觉得他不是凶手，但他应该还有话没说。”

“在这个圈混的，怎么可能把底牌都揭开给你看？”

“那你打听到什么？”

“每晚做温水 SPA 对皮肤好。”

接收到甘凤池的白眼，萧兰草追加：“邢星每天都是这样做的，这是他的化妆师说的。”

“就是那个跟你聊得超开心的女生？”

“就她，她还说邢星很注重睡眠，睡前一定做美容护理。”

“那他昨晚一定没做。”

“看得出来他的精神状态不好。”

“他说昨晚头痛，刚才我还看到他服止痛药，你觉得他会是凶手吗？”

“在找到更多的线索之前，我保留自己的意见。”

CHAPTER THREE 第三章

意外收获

两人回到车上，甘凤池刚把车开出去不一会儿，他的手机响了起来，他看了一眼，又是王奶奶的。

“你们这对忘年交关系不错嘛。”

“什么忘年交，是王奶奶死命要把孙女介绍给我，还好她孙女有男朋友了，谢天谢地。”

“那女孩有那么糟糕吗？”

“倒也没太糟糕，但我不喜欢她啊，我在追紫言……”

甘凤池说完才发现自己把秘密说出来了，他慌慌张张把车停去一边，手机还在响个不停，萧兰草让他赶紧接。

甘凤池接通了，王奶奶中气十足的声音传过来：“凤梨啊，你怎么还没过来？”

“不是说晚上嘛，我晚上找时间……”

“咦，不是说好下午吗？凤梨你说你这记性该多吃点猪脑补一补了，让我个老人家等这么久，不过算了，我也常常忘事儿，何况你还这么忙。”

王奶奶叽里呱啦一大串说下来，甘凤池懒得再解释了，刚好他现在的路线和去中青公寓一个方向，便说：“那你等我，我马上赶过去。”

“不急不急，你慢慢来，小心开车啊。”

电话挂断，甘凤池转头看萧兰草，萧兰草笑得眼睛都眯起来了，说：“补猪脑的时候记得猪皮打冻，营养足对皮肤也好。”

“我没记错，是王奶奶糊涂记错了。”

“你跟个老人家较什么劲儿。”

“我没较劲，我只是说出真相，还有，我追紫言的事你千万别说出去！”

“不会说的，反正大家都知道。”

什么叫大家都知道？

甘凤池还想再问，萧兰草解开安全带下了车，他赶忙问："科长你去哪儿？"

"附近开了家美容SPA，我去看看。"

甘凤池笑了。

换了从前他一定会信萧兰草的话，不过现在他摸到萧兰草的脾气了，萧兰草这样说的意思就是他有另外调查的事情，他不说，甘凤池也不多问，说："其实我约了苏扬，我想跟他再打听下乔飞的事，科长你不跟我一起？"

"不，如果万一王奶奶看中我，硬要把她孙女介绍给我怎么办？"

"您想多了，别以为帅就是好事，太帅的人通常都不靠谱，老人家喜欢的肯定都是我这种类型的。"

"万一，我说万一。"

萧兰草说完掉头就走，半路又转回来，甘凤池还以为他又要自诩，谁知他正色说："凤梨仔，有正义感是好事，但如果过度代入自己的感情，就容易失去正确的判断能力，要做一个好警察，只有正义感和冲劲是远远不够的。"

"我记得了。"

甘凤池收起笑容，看着萧兰草走远了，心想为什么科长要跟他说这番话，难道是他上午看资料时情绪表现得太强烈？

啊，他想到科长要去做什么了，他要去拜访何家，所以他才不带自己，他怕自己在跟何家的人交谈后有了先入为主的想法，会在调查中走偏路。

看来要跟上科长的脚步，他还需要继续磨炼啊。

甘凤池开车来到中青公寓，王奶奶都等得不耐烦了，他一进去就把他好一番数落，说他没有时间观念，这种态度不好，不容易跟同事相处，也很难升职。

甘凤池觉得自己比窦娥都冤，但他总不能跟老人家计较，老老实实听着王奶奶的数落，跟着她进了屋，见她走起路来一瘸一拐，问："您的腿怎么了？"

"昨晚在楼下被个滑滑板的孩子撞倒了，还好没骨折，就是扭伤，你说你们这些保安怎么当的，小区都三令五申不让在区里滑滑板，就是没人听，你们倒是抓一抓啊。"

"我不是保……"

"隔壁陈奶奶上次也被撞了，住了半个多月的院，真是的……现在的孩子都不学好，搞得我们这些老人家走个路都提心吊胆的。"

甘凤池把后面的话咽回去了，说："我知道了，我回头跟保安说下，让他们留意，您的腿要不要紧，去看医生了吗？"

“儿子送我去医院看了，小伤没事，喏，这些都是孙女带过来的，我跟老伴两个人也吃不了，你都拿回去吧。”

老人在藤椅上坐下，用拐杖指指地上的箱子，甘凤池过去打开一看，一箱子的水果，他抱了抱，还挺沉的。

“这些都给我？”

“都给你，拿回去跟同事一起吃，搞好关系才有机会升职嘛，这孩子一点机灵劲儿都没有。”

一天到晚被吐槽，甘凤池已经免疫了，笑着说：“是是是，谢谢您还记着我。”

“你是我孙女婿，不记着你还记着谁啊。”

“你孙女不是有对象了吗？”

“我不中意，你看，长得一点都不讨喜。”

王奶奶把手机的照片调出来给甘凤池看，那是个脸蛋胖乎乎的男人，甘凤池觉得这都不叫讨喜的话，那没人长得讨喜了。

不过王奶奶不喜欢他，所以接下来老人家一直在埋怨孙女找的男朋友不合适，甘凤池看看表，只好半路打断她，说自己还有事要做，下次再来听她聊。

“喔喔，我想起来了，你们在查什么案子的，这么急，是不是找到凶手了？”

“哪那么快呢，我们还在找线索。”

“那小心啊，有什么需要帮忙的，打电话给我。”

甘凤池搬着沉甸甸的箱子走出去，心想只要您少打几次电话让我 laid（安排）相亲，那就是最大的帮忙了。

甘凤池从王奶奶家出来，离开中青公寓之前特意跑了趟保安室，说了王奶奶的事，让保安留意小区里的年轻人，别让他们在公共场所玩滑板，免得出了事很麻烦。

上次甘凤池在这边处理过案子，跟大家都混熟了，保安组长对着他一通抱怨，说小区发生过好几次这类的事，他也贴过警示公告，但就是有人不听，王奶奶的事他也知道，还去提醒那几个孩子的家长了，希望今后能好一点。

“现在的孩子不好管是一回事，那些家长也有问题，我说老人们担心被撞到，晚上出门都打手电筒啊戴夜光带啊，结果他们反而说人老了眼神不好就不要瞎折腾，晚上不出门不就没事了，你说这是人话吗？不过还真不能拿他们怎么样，现在犯罪都可以从轻量刑，更何况是这种事？”

听着组长的抱怨，不知为什么，甘凤池想起了何筱俪的案子。

青少年犯罪，最多是进进少管所，几年之后出来，有很多融于社会的机会，但被害人呢，她连一次重新开始机会的都没有。

甘凤池开车来到苏扬的家，因为在王奶奶那儿耽搁了，甘凤池比约定的时间晚到，还好苏扬没在意，甘凤池进去的时候，就见他闷头坐在电脑前敲字，四周堆放着各类书籍杂志，从摞的高度来看，一个地震下来，苏扬就死得其所了。

“你家挺大的嘛，”他第一次来，打量着家居摆设，说，“看得出你这份工作有多赚钱了。”

“别开玩笑了，这是亲戚的家，我只是帮忙看房子而已……我这儿有篇稿子急着发，你先坐，隔壁是厨房，茶水什么的自己准备，别客气。”

苏扬说完又一头扎进书堆里，电脑键盘噼里啪啦地响起，完全无视了甘凤池的存在。

甘凤池没跟他客气，自己去厨房煮了水冲了茶，又把王奶奶给的苹果削了两个，开始享用下午茶。

茶喝到第三杯，苏扬做完事过来，甘凤池给他倒了一杯茶，他喝着茶坐下，问：“你跟我说，乔飞真死了？”

“他要是活着，我还需要特意跑来跟你打听吗？”

“我就是不敢相信这事儿，那混蛋最擅长死缠烂打，感觉他就算死了，也会从墓地里爬出来写通稿。”

“要爬也是从冰柜抽屉里爬出来，现在我的同事在调查他的情况，所以大家都知道的那些你就不用说了，有什么是大家不知道的，比如他做过什么恶毒的事，有什么仇人，或者恨不得他死的？”

“说要恨不得他死的，大概要从城南排到城北了，包括我，当年他背后戳我一刀，害得我差点在这一行混不下去，他就是那种可以为了利益牺牲任何人的混蛋。”

甘凤池的茶杯停在嘴边，苏扬急忙摇手，说：“当然，我只是想想，我可没杀人，恨他的人是不少，但要说杀他就没必要了吧，这个圈子永远都是利益为先，杀了他又没好处拿。”

“也可能是他的行为妨碍了谁的利益，比如最近他在调查什么？”

苏扬想了想，说：“前两天我听他在酒吧夸口说什么查到警方内部有问题，有人涉嫌杀人，还栽赃给其他人。”

这不就是在说他嘛。

甘凤池立刻否定了：“这事我知道，没问题，都是捕风捉影的事。”

“我猜也是，他就喜欢夸大事实，搞得小事变大事，他才有利可图，好像还说在查什么明星的八卦，是大八卦，如果爆出来，那人一定在圈里混不下去的那种。”

甘凤池在笔记本上记下来，写了邢星的名字，又在后面打了个问号。

“募捐你知道吗？里面是不是有什么猫腻？”

“知道，那不就是洗白用的伎俩吗？有些不知情的人就以为他是好人，不过那个钱他应该没贪，太明显了，有些人是坏在骨子里的，就算做坏事也让你抓不到把柄。”

甘凤池觉得苏扬对乔飞的成见还挺深的，他想起萧兰草说的话，代入自己的感情很容易造成先入为主的偏见。

“我记得他也做过好事，比如何筱俪的案子，那案子你有印象吗？是发生在六年前的一起强暴案。”

“你等等，等等，”

苏扬皱眉想了想，一拍大腿。

“我想起来了，是不是高中女学生的案子？那个案子就因为有乔飞的录像才顺利给犯人定罪的，他也算是做了件好事，可惜那女孩最后还是想不开自杀了，那次的舆论导向不好，一直有人攻击女孩，难得那次我跟乔飞站在统一战线上，写了好几篇报道，指责那些抨击被害者的言论，你为什么问这件事？”

“没什么，就是觉得奇怪，你说的坏到骨子里的人居然也会做好事。”

“是啊，当时我们同行一些人都觉得他另有目的，他可不是什么善茬，不过后来也没听说有什么问题，大概他就是想趁机洗白吧，就和他搞募捐活动一样，要不我帮你问问看？问问跟他走得近的人，也许能问到什么。”

“感谢。”

“哪儿的话，都是朋友，相互帮衬嘛，等这案子破了，你让我做独家报道就行。”

甘凤池喝着茶不说话，心想这事他可做不了主，得请示他家科长的意见。

“对了，你想了解他的事，可以去湖滨公园碰碰运气。”

“哪个湖滨公园？”

甘凤池用手机查了一下，结果跳出来七八个相似的名字。

“这些都不是，我说是湖滨公园，是因为林子旁边有个小湖，以前人挺多的，后来城区改建，那边也是规划区，但规划了好久都没下文，人都搬走了，就荒凉了，在这儿……”

苏扬在地图上找到公园地点，指给甘凤池看，甘凤池奇怪地问：“这里离乔飞的家很远啊，他为什么要特意过去？”

“那混蛋虽然没什么朋友，但他喜欢养鸟，尤其是鹦鹉，那里是他遛鸟的地方，听说啊……我是说听说，他好像在那附近有栋房子，人都搬走了，清静，方便做些鸡鸣狗盗的事，鸟叫也没人嫌吵，房子具体在哪里我就不清楚了，要我顺便打听下吗？”

“要要要！”

甘凤池心想这消息要不是混圈混久了可能也不会知道，多半刑侦一科那边还没打听到，所以他尽可能多搜集一些新情报，说不定还是条重要线索呢。

“那我先去公园转转，你要是打听到了马上联络我。”

甘凤池从苏扬家出来，来到他说的小公园。

公园很久没人打扫，看上去挺荒凉的，有两个上了岁数的人在踢毽子，甘凤池在附近转了一圈，觉得这里挺适合老人休息的，环境清静，小人工湖旁边还有树林，鸟雀不怕人，在枝头叫得很欢。

如果他养鸟的话，也一定喜欢在来这里遛鸟。

不过可惜这里城区规划，没什么住户，更别说监控器了，甘凤池转悠了一圈，最后跑到两个踢毽子的老人那儿跟她们打听情况。

如果说萧兰草男女通吃的话，那甘凤池就可以说很投老人们的眼缘，王奶奶也好，其他老人也好，都喜欢跟他聊，看了他提供的乔飞的照片，其中一个老人马上就认出来了，说他常在这附近遛鸟，人很讨厌，所以看到他来，她都会远远避开。

“为什么说他讨厌？”

“他踢我家宝宝，嫌它吵，一脚踹过来，他就是欺负我一个老人家拿他没办法，我说你再碰我的宝宝，我就毒死你的鸟，他才不敢了。”

甘凤池一开始还以为乔飞踢小孩，越听越觉得不对劲，问：“宝宝是狗吧？”

“是啊，京巴，很小的，能碍着他啥事啊，不过最近他都没来，希望他以后也别出现。”

甘凤池心想这个请放一百个心，他以后都不会出现的。

“那你们知道他家住哪儿吗？”

“不知道，平时看不到他，就有时候一早一晚遛鸟他才出现。”

“这里挺荒凉的啊，你们有没有看到他跟谁接触过？”

“没有，谁想跟他说话啊，一看就不是好东西，反正我看到他就走，惹不起还躲不起嘛。”

见问不出什么，甘凤池向她们道了谢离开，他走出几步，那老太太突然又叫住他：“等等，有一次我看到他跟个女人说过话。”

甘凤池跑回来，问：“什么时候？是个什么样的女人？”

“好像一个多月前吧，喏，那天早上他们就座在长椅那边聊，女人披着红色的披肩，戴着帽子，很洋气。”

甘凤池顺着老人指的方向看去，长椅正对着湖边，他问：“你看到她的样子了吗？”

“没有，你看，从这边看只能看到背影，不过她打扮挺时髦的，长得肯定不错，要不那个男的怎么会主动跟她聊天？”

“能说得再具体点吗？比如她的身材或是其他什么的？”

“我就随便看了那么一眼，没多想，再说都这么久了，就算看到也记不住，人上了年纪，记性不好了。”

老人连连摇头，甘凤池不死心，又各种提醒，但她还是说不出个所以然来，最后甘凤池只好放弃了。

他走到湖边的长椅上坐下，打开录音笔把对话重新听了一遍，心想披红披肩的女人会是谁呢，会不会是娱乐圈的什么人，因为被乔飞勒索而不得不到这种偏僻的地方来跟他见面？

不知不觉中天色暗了下来，甘凤池把录音笔放好，站起来准备去附近的居民区问问看，却发现对面站着一个人，看身形是个男人，正冲他这边探头探脑。

甘凤池跑了过去，问：“请问您住在这附近吗？”

男人个头不高，不过挺魁梧的，他戴着棒球帽，被问到，慌忙把头撇开，嘟囔了句“不是”就掉头匆匆离开了。

他的举动古里古怪的，甘凤池起了疑心，想追上去问，苏扬的电话打了进来，他只好先接听。

苏扬是来跟他说地址的，他问到了一个以前跟乔飞合作过的伙伴，原来那房子是乔飞的亲戚的，户主不是乔飞，所以警方暂时应该还没查到，让他赶紧去，要是找到了什么线索马上告诉自己，有好处大家一起捞。

甘凤池附和着他说，等他兴奋地讲完一大堆话，才问：“问你件事，乔飞以前有没有过勒索行为？”

“勒索谁？”

“就是一些名人的偷拍盗拍？”

“你开玩笑吧凤梨仔，这种事还用特意问，那些狗仔不就是靠着偷拍勒索过活的吗？”

“这么重要的线索为什么你没跟我讲？”

“我以为这种事人尽皆知的，不过虽然有不少人被勒索，但杀人倒不至于，乔飞是混蛋，却不是傻子，他不会狮子大开口的，他要的金额通常是对方可以承担得起的。”

“也可能他这次抓到了谁的重要把柄……”

“相信我甘凤池，我混这个圈子的时候你还在穿开裆裤呢，乔飞比你我都更懂得这个圈子的游戏规则，那个杀他的人我敢说他不是为利。”

以前萧兰草也这样说过——案子复杂的不是过程，而是动机，除了极少数的反社会人格外，杀人动机不外乎三点——情杀、仇杀，还有为钱杀人。

如果去掉最后一项，那乔飞是死于情杀还是仇杀呢？

如果是仇杀，乔飞肯定很戒备，凶手没机会碰到他的药盒，所以情杀的可能性更大些。

他问：“你知道乔飞的女朋友是谁吗？”

“还女朋友呢，他连交往密切的女人都没有，他这人自己做事很小人，就认为别人接触他也是有目的的，所以疑心病特别大，跟谁都处不长，最多是有时候花钱找小姐……别问我他去哪里找小姐，这事我真不知道。”

甘凤池没打算问那么多，他想刑侦一科的同事在负责调查这一片，肯定可以查得清清楚楚，不用自己去多事。

他道谢后结束了通话，照苏扬提供的地址找到乔飞的家。

乔飞的家是个独门独院的小平房，隔着不远也有几间平房，式样都很陈旧，天早就黑了，却不见开灯，看来是没人居住，对于常写新闻通稿的人来说，这里的环境倒是挺适合他的。

院门半开着，甘凤池推门进去，来到房门前，犹豫了一下掏出一根曲别针。

用曲别针撬锁这活还是萧兰草教他的，为了学到技术，他还花钱请同事们喝饮料，现在派到用场了，甘凤池决定一用——特殊情况特殊对待，他这算是紧急处理方式，不违反规定的吧。

他在心里这样安慰着自己，把针头插进锁孔，但还没等他使力，房门就吱呀一声开了。

甘凤池一愣，他怕有危险，提高警惕慢慢走进去，里面隐约传来哗啦哗啦的声音，他没开灯，掏出手电筒顺着响声走进客厅。

客厅摆设简单，但空中挂了几个鸟笼子，响声正是从鸟笼发出来的，其中一个鸟笼没罩布，里面的鹦鹉看到光，冲着他不断地拍打翅膀。

甘凤池打量了一圈客厅，没发现有什么特别的，他转去其他的房间看了看，也没有异常，最后走进书房。

这里是乔飞工作的地方，架子上堆放着很多书籍杂志，竖排放不下，有些书籍就胡乱横着塞进去，架子上还有不少小型录像带和光盘，看上面落的灰尘，这些东西应该很久没被碰过了。

桌上有台旧式电脑，甘凤池碰碰鼠标，屏幕没显像，他弯腰看看，电源插头没插，感觉这东西只是摆设，乔飞常用的还是随身带的笔记本电脑。

甘凤池拉拉桌子下面的抽屉，抽屉都上了锁，他又翻了翻电脑旁堆放的文件，想看看有什么有用的东西，旁边突然传来叫声。

叫声很凄厉，不像是人类的声音，甘凤池刚一抬头，迎面就看到一个白乎乎的影子飞过来，两只大眼在黑暗中发出绿莹莹的光芒。

那东西一晃就飞到了眼前，甘凤池大叫一声往后闪，谁知后面都是堆成山的书，被他这么一撞，都翻落下来，甘凤池跟着书一起跌倒，紧接着冰冷的物体碰到了他脸上，他两眼一翻，就此失去了知觉。

“凤梨仔！凤梨仔！”

耳边传来叫声，脸颊还很痛，像是被谁拍到了，甘凤池的意识慢慢回归，想装死当听不到——他不怕恶人，反正从小到大最恶的人就是他自己，但他怕鬼，恐怖片还能勉强看，鬼片就想都别想了，更何况现在是在现实中，不是演电影。

咔嚓声响起，甘凤池眼前一亮，没等他反应过来，又是相同的咔嚓声传来，这次他的大脑彻底清醒了——有人趁他昏迷偷拍！

一想到隐私被侵犯，甘凤池忘了害怕，随手抽出旁边的书甩了过去。

“乔飞，别以为你做了鬼我就怕你，你再敢偷拍，我打得你鬼都做不成！”

第三本书飞过去时被抓住了，对方问：“乔飞？他不是死了吗？凤梨仔你在说什么梦话？”

啊！

声音很熟悉，甘凤池眯着眼睛看过去，书房的灯打开了，萧兰草站在灯下，拿着手机对着他，表情充满惊讶。

“科、科长，怎么是你？”

甘凤池转头看看周围，想起昏迷前发生的事，又问：“你怎么会来这里？”

“我打电话给苏扬，听他说了这个地址，就过来看看，你呢？不会是又被谁打晕了吧？”

“不不不……呃是是是！”

“到底是还是不是？”

“这个……说来话长……”

甘凤池含糊过去，跑到“鬼”出现的地方检查，那边只是普通的窗户，窗框还是老式的木框，他拉开插销探头看去，隔壁是个空房间，放了一些生活用品。

“科长，你进来的时候有没有看到奇怪的人或者……奇怪的东西？”

“隔壁那帮鹦鹉算吗？我进来的时候它们好吵，吵得我以为进了杀人现场，还看到了地上的手电筒，结果进来一看，原来是你。”

“现在不吵了？”

“我把灯关了，门也关了，没有刺激，它们就老实了。”

“所以应该是罪犯吓唬我的时候发出响声，刺激了它们。”

“怎么个吓唬法？扮鬼啊？”

“当然不是！”

萧兰草本来只是随口问问，但甘凤池的反应让他发现自己说中了，笑道：“喔，原来你怕鬼，被鬼吓晕的。”

“没有的事！我是被书砸晕的！”

“脸都吓白了好不。”

“我天生就这么白，不用天天做美容也这么白，你羡慕啊嫉妒啊？”

萧兰草不理他，低头摆弄手机，甘凤池问：“你干什么？”

“传照片给老白和紫言看。”

甘凤池一听就急了，伸手一把按住手机，萧兰草抬眼看他，甘凤池没办法了，嘟囔道：“好吧，我承认是吓的。”

“吓晕的？”

“吓晕的怎么了？我怕鬼不行啊？谁规定警察就一定要胆子大？”

“那么胆小鬼先生，刚才到底是怎么回事？”

见躲不开，甘凤池只好老老实实说了经过，半路还看了下表，从他进房间到被萧兰草叫醒也就半个多小时吧，也就是说他最多只昏厥了十分钟。

萧兰草听完，表情严肃起来，问：“看到门没锁，你也没起警觉？”

“我注意了啊，但屋子里没人，只有鹦鹉，再加上很静……”

看看萧兰草的脸色，甘凤池觉得是自己的问题，摊摊手，说：“是我大意了。”

萧兰草弯腰检查桌子，又查看了书架，说：“抽屉被撬过，书架上也有被翻过的痕迹，有些地方的灰尘被蹭掉了，看来有人对乔飞的东西感兴趣，不过他应该还没找到。”

“你怎么知道？”

“因为抽屉还没撬开你就来了。”

萧兰草拉拉抽屉，甘凤池看到抽屉边缘有几道很深的印痕，他在地上找了找，找到了一个螺丝刀，把螺丝刀压在印痕上，粗细一致，他说：“不知道这是不是小偷遗落的。”

“虽然不抱期待，不过还是交给鉴证科让他们查一下吧。”

萧兰草找来塑料袋把螺丝刀放好，甘凤池的曲别针也派上了用场，插进锁孔转了几下把锁打开了。

书桌下面一共三个抽屉，里面很杂乱，纸张、计算器、名片还有光盘U盘混在一起，甘凤池翻了翻，没发现重要物品，他随手拿起一张光盘。

萧兰草插上电脑插头，硬盘启动起来，屏幕显示器却没反应，他按了下显示屏电源按键，屏幕这才亮了，跳出输入密码的提示。

“有人碰过乔飞的电脑。”他说。

“你怎么知道？”

“显示器的电源也关掉了，看乔飞这里的摆设，他不是个在意这些小细节的人。”

“那个人肯定想找自己想要的东西，但他没办法打开。”

甘凤池随便在键盘上输入几个字符，可想而知无法通过，看来只能请小柯他们帮忙了。

萧兰草给萧燃打电话说了这边的情况，请他派人支援，他讲完电话一转头，就见甘凤池在窗户那边探头探脑，问：“你还在找鬼吗？”

“是啊，我刚才明明就看到有个鬼影在飘啊飘，而且突然之间就飞到了我面前，太吓人了。”

“这世上根本没鬼，都是人在装神弄鬼，有人偷偷进来找东西，发现你来了，他就先藏起来再扮鬼吓你，好趁机溜掉，那个所谓的鬼很简单，把块白布罩在鹦鹉头上就行了，喏，那边墙角就有块布。”

萧兰草指指隔壁房间说，甘凤池过去拿起墙角的布，那是块沙发靠背白纱，上面还黏了胶带，他关掉灯，它在黑暗中发出绿光，原来是荧光胶带。

萧兰草又说：“你看窗户正对着穿衣镜，罪犯就是利用光线折射原理，给你造成错觉，他在隔壁只是打打光，就让你体会到了一次见鬼惊魂记，神不神奇？”

“科长您就别取笑我了。”

弄懂了罪犯的小把戏，甘凤池自己也觉得脸上无光，他拿着白纱转回来，问：“可是罪犯怎么确定可以吓晕我？我怕鬼这事又没几个人知道。”

“正常人在黑暗中突然看到有怪东西飞过来，都会害怕的，他未必确信可以吓晕你，或许只是想趁你不留意打晕你，没想到你这么容易就倒了，其实你挺幸运的，如果不先晕倒，说不定你的脑袋又要挨一下子，你也不想再受伤吧？”

虽然不想承认，但甘凤池觉得萧兰草说得挺对的。

“我还有个问题，为什么鹦鹉会听罪犯的话？”

“这你要问鹦鹉，别问我，不过把纱盖在鹦鹉脑袋上，剩下的只是让它飞，应该不难吧？”

“这个倒是不难，可为什么他一开始就把鹦鹉带去隔壁房间，他又不知道我会来。”

“这种问题等把人抓住了直接问他不是更简单？我现在只确定这个人有钥匙，他不是撬锁进来的。”

萧兰草去门口检查了锁孔，甘凤池在旁边看着，这句话让他脑海里灵光一闪——乔飞就是看了皮包后要离开宴会的，他会不会是发现钥匙被偷了才急着要走的？

甘凤池把自己的怀疑说了，萧兰草点点头：“有可能，等现场调查报告出来，或许会有什么新发现呢。”

萧燃和鉴证科的人很快就到齐了，萧兰草讲了他们的发现，甘凤池在旁边听得心惊胆战，生怕萧兰草把自己吓晕的事也说出来，幸好萧兰草跳过去了，讲述完毕，又问他们今天的调查结果。

冯震说他们问遍了乔飞的朋友圈，打听到的基本跟甘凤池说的一致，乔飞树敌很多，甚至有人还说他能活到现在也是奇迹了，可见大家有多讨厌他。

他把甘凤池提供的红披肩女人的情报记录下来，说：“我明天再去问问看，看有没有人认识她。”

看他不甘心的表情，甘凤池故意逗他：“你觉不觉得我很有做警察的天赋？”

“天赋？”

“你看，我随便一问就问到了这么多情报，是不是很有效率啊，如果我进刑侦一科做的话，你们一定如虎添翼。”

“还是先说服你家科长再说吧，”冯震往前一努嘴，“他走了。”

甘凤池掉头一看，萧兰草跟萧燃说完事情就出去了，都没跟他打招呼，他急忙追了出去。

萧兰草走到他的车前，甘凤池冲上前，殷勤地打开车门，萧兰草看着他似笑非笑。

“不如虎添翼了？”

“科长你听错了，我是说我是您的翅膀，你指东，我绝不飞去西！”

萧兰草上了车，甘凤池关上车门，又转去驾驶座那边坐上去开车。

“回局里吗？”

“是。”

“那回去千万不能提我见‘鬼’的事。”

“放心，我是那种大嘴巴的人吗？”

甘凤池对萧兰草的人格不是很抱期待，所以他说：“你可以要封口费的，说个价吧。”

“你怎么这样啊凤梨仔，我们是纪律部队，怎么能开口闭口都谈钱呢。”

鄙视的目光投过来，甘凤池冷笑着心想连问个问题都要收钱呢，那个人也不知道是谁。

不过现在他可不敢呛萧兰草，诚恳地说：“您就提个价吧，要是这事传出去，我多没面子啊，您放心，这是我主动提的，所以不会发生乔飞这类的事件。”

“乔飞啊……”萧兰草摸着下巴想了想，说：“要不这样吧，这笔账先记着，等哪天我被绑架了，你付一百万的赎金就行了。”

“原来你对自己的评价只有一百万啊。”

投来的目光变得锐利，甘凤池不敢再开萧兰草的玩笑，转换话题，说：“这里还挺偏的，科长你是怎么过来的？”

“我坐公交车来的，那边有个站点。”

萧兰草指指道边，甘凤池看到了：“这附近挺偏的，装鬼那家伙要是开车来的，停车肯定显眼，说不定他也是坐车来的，要不要去调调车站的监控记录看下？”

萧兰草同意了，两人开车过去，那里刚好是终点站，萧兰草跟车站的负责人说明情况，要了监控录像带回去，晚饭甘凤池就是就着视频把饭吃下肚的。

两人分工合作，把几小时内的录像都看了一遍，再对照乔飞的朋友名单，没发现有熟悉的面孔在视频里出现，甘凤池看得眼睛发涩，去值班室睡了一觉，准备等乔飞家的调查结果出来后再继续看。

第二天早上，冯震打电话过来说乔飞家的光盘资料信息量太足，有好多都是大明星的私生活照，他们还在分类删减，准备根据情况深入调查这些人，鉴证科那边也有新发现——他们在乔飞的书桌角上找到一个指纹，跟乔飞皮包上的指纹吻合。

这个发现印证了甘凤池的推想——有人在宴会上偷了乔飞的钥匙，昨晚跑到他家来搜东西，却不巧被自己碰上了。

那个人会是谁？会不会是邢星？

如果是邢星的话，那他昨天的行为和状态就可以理解了，而且他也碰过乔飞的包，那么指纹……

甘凤池的大脑硬盘飞快地转起来——邢星抽烟，他收了烟头，随手揣进口袋，然后……

糟糕，衣服被他丢去洗衣机了！

冯震还在电话那头说着呢，被甘凤池直接挂掉，闷头冲出了办公室，刚好魏正义进来，被他撞得飞去墙上，他揉着肩膀问大家。

“凤梨仔怎么了？”

“不知道，他接了冯震的电话就这样了，大概是发现新线索了。”

林紫言说完，就见萧兰草笑眯眯地跟了出去，她改口说：“一定是发现线索了。”

甘凤池一口气冲进洗衣间，一进去就听见滚筒的转动声，他趴到洗衣机上欲哭无泪了一会儿，忽然看到旁边另一台洗衣机里放了衣服却没滚动，凑过去看看，液晶屏幕上亮着警示灯，他打开滚筒门，发现这台里面放的才是他的衣服，他忘了拧开水龙头，所以根本就没洗。

生平头一次，甘凤池真心感谢自己的糊涂，几下把衣服抽出来，掏掏口袋，翻到了包在纸巾里的烟头。

甘凤池欣喜若狂，拿着纸巾冲出洗衣间，一位同事拿着衣服进来，看到半开的洗衣机，冲他叫道：“你的衣服，到底洗不洗？”

“丢一边，别管它。”

甘凤池穿过走廊奔进鉴证科，小柯工作了一晚上，正靠在椅子上补眠，脸上还贴着一堆黄瓜片，甘凤池冲上去，扳住他的肩膀来回摇。

“小柯，帮我看看这上面的指纹，看跟乔飞包上的对不对得上。”

“别摇了别摇了，我又不是摇头丸，黄瓜，我的黄瓜片……”

小柯醒了，大呼小叫起来，甘凤池把烟头往他面前一放，说：“快帮我查一查，回头我买一卡车黄瓜给你贴！”

小柯看看烟头，又看看甘凤池，不说话了，打着哈欠坐直身子开始提取指纹做对比。

核对结果很快就出来了，正如甘凤池预料的，烟头上的指纹跟乔飞书房还有他包上的指纹吻合，他拿到了结果，兴奋地跑去刑侦一科。

萧兰草正在跟萧燃说话，其他人也在，甘凤池进去，所有人的目光都落到了他身上。

“看风梨仔的表情，一定是有发现了。”

“是的，科长，我查到邢星去过乔飞的家，他应该是宴会那晚趁着和乔飞吵架时把钥匙偷走的。”

甘风池要把鉴证资料给萧燃，半路想到他的顶头上司是萧兰草，又临时将资料给了萧兰草。

萧兰草接过来看完，递给萧燃，冯震凑过来一起看，又给甘风池竖了下大拇指，赞道：“干得好风梨仔，看来投毒案马上就要告破了。”

“邢星是偷了钥匙没错，但不一定就是他下的毒。”

“你有证据？”

“没证据，大概是出于刑警的直觉……吧。”

甘风池摸摸头，要说他跟邢星也不是很熟，但是在之前的案子中跟他接触过几次，算是比较了解，甘风池觉得邢星那个人轻浮轻佻，不甘于人后，但要说投毒杀人，他可能没胆子做。

而且邢星扮鬼吓唬他？不是甘风池瞧不起他，他想以邢星的反应能力未必做得到。

甘风池说完，还以为大家会嘲笑他，没想到居然没人反驳，萧燃交代冯震去带邢星来接受调查，司徒去申请搜查令，双管齐下。

萧兰草走了出去，甘风池追上，小声问：“科长，你觉得邢星会是投毒犯吗？”

“不要问我，要相信你自己的判断，觉得是对的，就去证实它，觉得是错的，就去推翻它。”

“喔……那你去何家，有没有发现？”

萧兰草半路停下脚步，看向甘风池，甘风池冲他堆起笑脸。

“科长，我又不是第一天认识你，你昨天一定是去何家问情况了吧？”

“臭小子，有长进嘛。”

难得被称赞，甘风池心里有几分得意，揣摩着说：“看来是没有？”

“嗯，我问过何家的邻居，何筱俪的父母在她出事没多久就离婚了，据说那晚两人都因为忙没去接女儿而互相埋怨，母亲后来有严重的忧郁症，被家人送去美国养病，最近才回国，何筱俪的父亲本来是个很好的外科医生，也因此辞职了，我照邻居提供的地址去拜访他，都下午了他还在睡觉，一身酒气，就像个废人。”

“不工作，他靠什么生活啊？”

“他祖父那辈留了点家产，靠着吃房租生活，他还有个姐姐和妹妹，但都有自己的家庭，姐妹那边的小孩分别是大学生和高考生，家长整天忙着孩子的学业，还要照顾母亲，没精力管这个整天沉溺酒气的兄弟，这都是听街坊邻居说的，具体情况我还要直接询问他的姐妹。”

“为什么你对何筱俪的案子这么上心？是不是确定它跟乔飞被杀有关？”

“没有，只是我在读案卷的时候觉得有些地方不合情理，案子本身没问题，而是……”萧兰草没说下去，想了想，说：“就是一种直觉吧，所以我好奇想多打听一下。”

“那我也去。”

“喔，你不是最讨厌跟着感觉办案吗？”

“可我现在觉得这样也不错，相信而不盲信。”

萧兰草给了他一个孺子可教的眼神，转身往前走，“凤梨仔，我们去看鹦鹉。”

“哈……”

“说不定那些小家伙们会给我们提供到线索呢。”

CHAPTER FOUR 第四章

流言如刀

半小时后，甘风池觉得相信上司的他简直就是个傻 ×。

乔飞的家被搜查过后，他养的四只鹦鹉就被暂时带去了鉴证科，环境突然变了，鹦鹉吵个不停，大家把喂养工作都推给了老羊，老羊一见萧兰草要跟鹦鹉问案子，忙不迭地都推给他，自己跑去了隔壁房间求清静。

萧兰草比老羊会养动物，在他的安抚下，几只鹦鹉总算停止了吵闹，开始乖乖吃东西。

但萧兰草没问出什么情报，乔飞虽然喜欢鹦鹉，用的笼子和食物也都是上等货，但他却不会教育，鹦鹉说的都是粗话，要不就是“赚多少啊，有钱，玩大的，骗子”这类一听就不是什么好词的话。

老羊把旁边的窗户打开，探头幸灾乐祸地问：“是不是很有趣啊？”

甘风池逗弄一只颜色鲜艳的鹦鹉，它的笼子放得比较远，看起来不太合群，直冲另外几只叫，甘风池想给它喂食还差点被啄到，看在它漂亮的分上，甘风池原谅了它。

“老羊，这只虎皮鹦鹉挺可爱的。”

“别搞笑了凤梨仔，这是金刚鹦鹉，很贵的，市价要四五千呢。”

“这么贵，乔飞赚的昧心钱都用来养鸟了吗？”

“那几只比较便宜，大概几百块。”

“原来是高富帅和穷屌丝，难怪玩不到一起去。”

“未必，这些小家伙的欺生心理很重的，玩不到一起大概是因为小金刚是后来的，你听它们说话。”

甘风池照萧兰草说的仔细听了听，小金刚几乎不说脏话，而是比较逗乐的模仿，萧兰草打开手机里的音乐，它还会跟着音乐声来回摇摆，老羊在对面被逗得哈哈哈大笑，说：“萧科长你是不是养过鹦鹉啊，看起来挺上手的。”

“以前接触过一只很讨厌的鹦鹉，所以现在看到这些觉得它们都是小可爱。”

萧兰草逗弄着鹦鹉说：“真神奇，笼子里放了这么多食物，就好像乔飞知道自己不回来了似的。”

甘凤池也发现了，笼子里的食物和水足够一只鸟吃上几天了，他说：“会不会是凶手喂的？”

“不排除这个可能性。”

如果凶手喂过鹦鹉，至少证明他本性不坏，邢星不是坏人，但他会考虑这么多吗？

下午，邢星被带过来了，其他人都出去做调查了，负责审问的工作就交给了冯震，甘凤池听到消息赶过去的时候已经快问完了，他听裴晶晶说邢星会被当嫌疑犯拘留，才知道他们在邢星的公寓里搜索时找到了附子。

下毒案中出现了乌头碱后，甘凤池就去认真了解了这种毒药的特性功能，所以知道附子这个词。

附子又名草乌，有毒，但同时作为中药也有其用药价值，有些药膳餐厅还私下使用附子，甚至有人用附子做美颜护理，邢星就是这样，他说这是他从朋友那儿拿到的偏方，用自做的附子美容液每周做两次，对皮肤特别好，他因为工作量大和压力的关系，最近皮肤粗糙，所以才会使用。

甘凤池在外面听着，几乎想翻白眼，邢星在调理皮肤之前应该先调理他的脑袋——就算附子可以作为美容药使用，也肯定需要专业药理人员的调制，这种东西怎么能自己乱搞呢。

“这到底是什么坑爹的朋友啊，相信他还不如请教咱们男神，看他的皮肤多好啊。”

甘凤池点点头，觉得裴晶晶说得非常有道理，冲她竖竖大拇指。

邢星在被问的过程中一直反复强调他购买附子是用于美容，完全不知道它有毒，更别说下毒害人了，至于偷乔飞的钥匙和去他家找东西这件事他也承认了，不过不是昨晚，而是前晚，也就是乔飞死亡的那晚。

邢星通过关系问到了乔飞隐蔽的住所，他猜测乔飞想在宴会上找情报，不会很快回来，所以在偷了钥匙后就马上跑去了，却没想到在翻找的时候灯突然灭掉，他还看到了“鬼”，吓得往外跑，慌乱中不知道头撞到了哪里，就晕倒了，等醒来后灯都亮了，他一是怕“鬼”，二是怕乔飞突然回来，就慌慌张张跑走了。

他还说翻找东西时特意戴了手套，所以现场的指纹是他醒后惊慌失措下摘了手套留下的，他都擦过了，可能是没擦干净才会被警察发现。

“有没有搞错啊，一个大男人还怕鬼，除非是他心里有鬼，胆小鬼，你说是不是凤梨仔？”

“是啊，谁说不是呢呵呵。”

甘凤池扯着笑附和裴晶晶，心惊肉跳地想老天保佑，狐狸科长可千万别把他吓晕的事说出去啊，要是那样，他今后还能在局里待下去吗？

为了证明自己没说谎，邢星还让冯震检查自己后脑上的伤，他脑袋上鼓起一大块，疼得要死，还好没出血，他怕被人知道，也不敢去医院，还要忍痛出外景。

他说甘凤池去跟他询问案情时，他其实想说实话的，但又怕被怀疑，所以才会隐瞒，现在被揭穿了他反而松了口气，这样就能正大光明去看医生了。

冯震问他去乔飞家找什么，他犹豫再三最后说了实话，他曾经跟碎尸案的被害人女老板有过包养关系，本来交往这种事你情我愿，爆出去也没多大关系，但糟糕的是那个案子闹得太大，女老板也扮演了不光彩的角色，而他之前又矢口否认了两人的关系，乔飞跟他说拍到了他们不雅的照片，如果照片流出去，会严重损害他的形象，他现在的事业如日中天，怕公司知道后会舍车保帅，所以才会铤而走险去偷窃。

邢星的解释倒也合理，冯震又问他昨晚是否也去过乔飞的家，他否认了，说前一晚被吓破了胆，又怕再扯上官司，哪里还敢去，乔飞的钥匙他也偷偷扔掉了，还以为可以瞒过去，谁想这么快就被揭穿了。

甘凤池比较相信邢星说的话，至少他的解释合乎逻辑，但假设邢星说的都是事实的话，那就代表去乔飞家的还有第三个人，这个人连着两晚去乔飞家显然也是为了寻找什么，但两次都被打搅到，才被迫装鬼吓人。

所以乔飞到底勒索了多少人啊，导致这么多人去他家里翻找。

审问结束，邢星被带了出来，他的脸色很颓废，眼眶都凹下去了，来到走廊上，他还一直反复强调自己没杀人，还让冯震一定要找到他的色情照片，说那关系到他今后的演艺生涯等等。

甘凤池提前避开了，免得惹麻烦，谁知邢星看到了他，抓着墙不走，又大声叫他的名字，硬要跟他说话。

甘凤池还想“装死”，被裴晶晶一把推出来，他只好尴尬地走过去，挥手让邢星闭嘴。

“咱们有什么说什么，别叫得这么惨可以吗？”

“大侠，我是冤枉的！我没杀人啊！”

“哦，我知道了，我会去调查的，你现在还是先看医生吧，你看你都伤成这样了。”

“我不怕死，真正的勇士敢于面对惨淡的人生，但我要清白，你一定可以证明我是清白的，大侠，我们可是一个战壕里的战友，一起同生共死过的！”

不就是和你玩了两次王者荣耀吗？谁跟你同生共死啊，你这样说了，我本来能帮忙也帮不上了，靠脸吃饭的男人是不是都这么蠢？

面对同事们投来的奇怪目光，甘凤池急忙解释：“游戏，游戏里的战友。”

“凤梨仔你还玩游戏啊。”

“陪玩呵呵。”

说到这件事甘凤池就一把泪，这都是他家领导搞出来的，说是“艺术家”接触过邢星，所以他们才会去找邢星了解情况，为了投其所好，陪他玩游戏的任务就交给了甘凤池，不要问为什么萧兰草不玩，领导安排任务需要给你理由吗？

“你先冷静下来，好好治病，我会调查清楚的，假如你没有杀人就不要担心，我们一定会抓到真正的罪犯。”

在甘凤池的安慰下，邢星总算冷静下来了，甘凤池趁机给同事挥挥手，让他带邢星离开，但临时又想到一个问题，问邢星：

“你去乔飞家的时候，喂过鹦鹉吗？”

“没有，还喂呢，那些家伙吵死了。”

邢星的反应不像是撒谎，甘凤池看着他被带走，心想接下来的课题是要去寻找那个神秘的第三个人了。

胳膊被碰了碰，裴晶晶跟他逗趣说：“人家都叫你大侠了，你一定要路见不平拔刀相助啊。”

“别开玩笑了，我现在手头上都一堆的事，”甘凤池说完，萧燃的目光看过来，他慌忙立正，严肃地说，“但我会认真调查这个案子的。”

“你就负责陪着邢星吧，他把你当朋友，也许你还能再问出什么。”

“是，不过……我是不是要先跟我家科长打个招呼？”

虽然他是很想跑第一线，但凡事还是要照程序来不是，他可不想回头被领导鞭笞啥的。

听了甘凤池的话，萧燃笑了。

“懂得规矩了，有进步，你先去吧，我跟你们科长打招呼，说我这边需要用人，让你帮个忙。”

“好咧！”

甘凤池接了新任务，兴冲冲地跑去了医院，跟邢星聊家常顺便打听情况。

然而邢星除了一通抱怨和懊恼外，没有提供到任何新情报，为了帮他回忆，甘凤池还不得不附和他的牢骚，还好没多久医生的检查结果出来了，他给甘凤池带来了一个新线索。

邢星头上的伤不重，留院观察几天就可以出院了，但不像他所说的是撞在哪里晕倒的，而是被重物击打造成的创伤。

甘凤池听到这个消息，交代同事好好看着邢星，又匆匆赶回局里汇报给萧燃，看看时间不早，他离开刑侦一科，准备去楼上，走到半路，一位同事叫住了他。

“凤梨仔帮个忙。”

甘凤池停下脚步看过去，是个不认识的同事，他不爽地想自己现在是局里红人了吗？怎么谁都知道他的绰号？

“什么事？”

“那对鸳鸯大盗很麻烦，不知从哪儿听说了乔飞的事，就一直吵，说有情报提供。”

“那你听他们讲不就好了。”

“我这不是只负责看守嘛，他们瞧不起我，一定要刑侦一科的人去才肯讲，我刚才去问，科里一个人都没有，你说我总不能让科长亲自去吧，所以……”

所以就让他去充当一下听众。

听看守的意思那两个小偷是在故意折腾，不过既然被同事认可，甘凤池觉得自己应该协助一下，说：“好啊，那我去听听看。”

“他们很吵的，赶上说相声了，你要有心理准备。”

“没事，咱什么没见过啊，还怕吵吗？”

十分钟后，甘凤池发现他悲剧了，这世上饭可以多吃，话却不能多说，尤其是夸口的话。

他做梦也没想到林大伟夫妇那么能说，明明拘留室是隔开的，他们却愣是可以搭上话，简直就是一对被偷窃耽误的相声演员。

甘凤池刚刚才领教了邢星的唠叨，谁知道在短短的时间里他的耳朵又要被虐一次，他气愤地想这是谁安排的，为什么把他们两人关得这么近！

“你们能不能一个个说？”他放低声调，提醒道，“要言之有物很难吗？要是没情报，我就走了，知不知道我们现在为了找凶手都忙到脚朝天了，你们还在这儿添乱。”

“没有没有，我们就是好心……”

两个人一起说，甘凤池抬手打住，让林大伟先说。

“那个，如果我们提供到了有力的情报，你们是不是可以在法官面前帮我们求情？”

“那要看你们的情报有没有用。”

甘凤池对他们的消息没抱期待，要是有情报他们早说了，还会等到现在吗？

“绝对有用，这还要让我老婆先说。”

林大伟指指隔壁，林芳说：“那晚我和乔……什么来着，就是死者是差不多时间到的，他的相机挺好的，所以我就留意了一下，你猜让我看到什么了，我发现附近还有其他人也在偷窥他，我一开始还以为是同行，后来发现不是，他也不是被邀请的宾客，虽然衣服很高档，但绝对是现凑的，他的气质配不上他的衣服。”

“那他进大厅了吗？”

“这就是最神奇的地方，看他不是名流也没请柬，但他居然顺利进去了，我觉得他是在跟踪死者的，就更好奇了，跟过去想看看情况，但进去后周围都是移动的珠宝架子，我实在挪不开眼，反正那人也不重要，我就再没去管了。”

甘凤池听着想笑，因为移动的珠宝架子这个词形容得太贴切了。

“你怎么知道他是在跟踪死者？”

“请相信我作为女人的直觉，还有，我在这行混很久了，有目的的跟踪和碰巧撞上还是分得清的。”

“就这些？”

“你不相信啊？”看到甘凤池的反应，林芳不高兴了，“你先别走啊，有枣没枣打一杆，反正你们现在也没啥线索。”

“你怎么知道我们没线索？”

“哎哟，都说了我会看人的嘛，说不定这线索就有用呢，到时你立功，我们也可以从轻发落，双赢多好啊。”

甘凤池瞪着她不说话，林芳不仅不羞愧，还故意冲他抛媚眼，气得林大伟在旁边叫：“少发骚，我还没死呢。”

“你都是卤肉了，哪能跟小鲜肉相提并论啊。”

他们夫妇就这样因为莫名其妙的原因吵了起来，甘凤池不想听，去刑侦一科找来宴会视频，用笔记本电脑播放，放到林芳面前。

“你仔细看看，有没有你说的那个人？”

林芳放弃跟老公争吵，专心看起来，没多久她就指着视频一角，说：“就他！”

甘凤池按了定格，视频里的男人只露了半张脸，林芳说得没错，他的衣服很光鲜，但属于放在人堆里绝对不抢眼的那类人，不过甘凤池觉得他气质还不错，也许不是上流社会绅士，不过与乔飞也不是同一类型。

“你确定是他？”

他问林芳，林芳用力点头。

“没错，我记人会记衣服和装饰，你看他的表，劳力士，可不便宜啊。”

视频不清楚，甘凤池有点佩服这小偷了，都过了两天了，她还能记得人家戴着什么表。

“行，我去查，如果真能帮上忙，我会向上头反映你们的功劳。”

甘凤池说完，合上电脑离开，林芳在后面叫道：“小帅哥，你没事多来转转哈，说不定我又想起什么来了呢。”

她的话引起了林大伟的不满，两人又对骂起来，甘凤池有点同情看守他们的同事了，加快脚步离开是非之地，一路来到鉴证科。

技术员小柯不在，他问了老羊，才知道盗窃团伙的调查好像有进展了，小柯他们几个技术股都被调去帮忙，对照指纹什么的工作要等一会儿了。

他赶时间呢，这种问题大概老白也能做。

甘凤池抱着电脑一溜小跑回到了冷案科，科里挺热闹的，因为萧兰草把鉴证科的几只鹦鹉都拿过来了，甘凤池进去的时候，他正站在金刚鹦鹉的笼子前逗它玩，魏正义在旁边啃着苹果看鹦鹉，看到甘凤池进来，他打招呼说：“凤梨仔，你放在茶水间的水果挺解渴的。”

那是王奶奶送给甘凤池的水果，这两天忙着查案，魏正义不提他都忘了这茬了，说：“大家随便吃，不用客气。”

“不会跟你客气的，正义你去查查，能不能把水果切小块喂鹦鹉？”

“科长你怎么连物证都不放过？”

“水果怎么成了物证了？”

“我是说鹦鹉。”

“喔，这不是我想要的，是老羊嫌吵，所以在案子侦破之前拜托我饲养，我这人比较有动物缘，你看它们现在都不吵了，挺可爱的……凤梨仔你在听我说话吗？”

甘凤池没有听，他跑到老白那儿，把笔记本电脑往他桌上一放，说：“老白帮我个忙，你看能不能把这个男人的图像都调出来，有正脸的更好。”

老白刚把手头上的工作搞定，他看看视频，问：“弄到新线索了？”

“不知道是真是假，有枣没枣先打一杆呗。”

甘凤池把林芳提供的线索说了，萧兰草不逗鸟了，过来看视频，很快的，他的表情严肃起来。

甘凤池察言观色，问：“科长你认识？”

“刚刚我们还提到他呢。”

萧兰草给林紫言打了个手势，林紫言把整理好的资料拿给甘凤池，却是那几起与乔飞有关的民事纠纷调查记录，这是她和魏正义去搜集来的资料。

她翻开最上头的那份，指着里面的被告方，问甘凤池，“你看跟他像不像？”

甘凤池看了那人的照片，啊地叫出来。

这个人他有印象，昨天在公园里见过，而且这个案子之前老白也说过，这个男人曾经持刀闯进乔飞家里想杀他，后来还差点上升到刑事案件。

男人叫冯斌，在一家叫铭星的建材公司任业务经理，他女儿冯雪雪在娱乐圈小有名气，最初是女团组合成员，女团解散后她又接拍影视剧，还签约了模特，前几年挺火的，后来因为感情问题事业开始走下坡路，又被乔飞用一些偷拍的照片恶意中伤，导致患上忧郁症，资料上说她曾几次试图割腕自杀，冯斌夫妇几乎无法正常工作，每天都陪在女儿身边，免得她做傻事。

即使如此乔飞还在专栏大肆批判说冯雪雪是故意作秀博眼球，她会变成这样都因为吸毒和过度整容什么的，他的言论激怒了冯斌，冯斌跑过去要杀人，幸好最后被警察拦住了，乔飞也受了惊，那之后有关冯雪雪的报道写得就少了。

甘凤池看完，气愤地说：“这人太渣了，死不足惜。”

萧兰草看过来的眼神透着不认同，甘凤池发觉他又自我代入了，咳嗽两声，小声说：“对不起。”

老白很有行动力，甘凤池看资料这工夫，他在键盘上敲打着，把宴会上跟踪乔飞的男人图像都抽出来了，排到专用软件，其中有几张正脸，男人像是注意到了监控镜头，还特意看过来，所以拍得很清楚，跟冯斌的容貌完全一样。

为了稳妥起见，老白还特意把案卷里的冯斌头像传进去核对，结果出来是同一人。

这也就解释了冯斌怎么会有请柬，冯雪雪是娱乐圈中人，他托人要张请柬还是可以做到的。

甘凤池思考着可能性，问：“冯雪雪现在怎么样了？”

“我们还没做详细调查，冯斌的资料还是刚搜集来的，不过网上……”

林紫言用平板在网上搜了搜，皱眉说：“说好像因为厌食症严重，一直在住院。”

“那冯斌的嫌疑更大了，对了，我昨晚在公园遇到一个男人，现在想起来，感觉和他有点像。”

大家一齐看过来，甘凤池将经过说了，最后说：“只是感觉哈，岁数还有脸盘轮廓都挺像的，但那时天黑了，我不敢确定。”

“不管那个男人是不是冯斌，他都有问题，否则不会心虚，不等你发问就逃掉。”

“让我再看看，冯斌在宴会上有没有接触过乔飞。”

老白敲键盘调视频，甘凤池说："不用看了，他没有，这些录像我都看过好几遍了，跟乔飞直接接触的人我有印象，里面没有冯斌，如果有的话，我一早就注意到他了。"

老白停下敲动的手指，抬起头："没接触，没投毒，那他特意跟踪乔飞是干什么？"

"看看他都有什么行动。"

萧兰草下命令，老白将视频画面放大，让大家可以看清楚。

冯斌进了宴会会场后只是随意走动，虽然他跟乔飞没有接触，但眼神一直都追着他，表情平静，经验告诉甘凤池，越是这种冷静的人就越可怕，因为无法预估他下一刻会做什么。

冯斌一直待到小偷被发现，他跟着人群跑出去，乔飞被确认中毒时他也在，起初有些惊讶，但很快脸上堆起了微笑，掉头迅速离开，当时现场状况混乱，没人注意到他的行动，他又没请柬，也没靠近乔飞，所以在第一次排查时没有查到他身上。

萧兰草看完录像，对魏正义说："把冯斌的资料和视频拿给萧燃，告诉他我们的发现，让他派人调查冯斌，尤其是最近有没有接触过乔飞。"

"好。"

魏正义拿着资料跑走了，甘凤池看着电脑，嘟囔说："没想到那两个小偷还真提供到线索了，如果凶手真是冯斌，那就可以结案了。"

萧兰草看了他一眼，转身回到座位上，甘凤池感觉他的眼神大有深意，追过去问："难道我想得太简单了？"

"理论上说没有，只是还有几个疑点没解开，"萧兰草说完看看甘凤池，笑了，"也可能是我想多了，等抓到人，那些疑点直接问冯斌就好。"

甘凤池觉得萧兰草没想多，其实他也有疑惑——如果是冯斌毒杀乔飞的话，他的目的是报复，那他看到乔飞死亡，又去乔飞家做什么？难道乔飞还藏了冯雪雪的偷拍照？

没多久萧燃的电话就打了进来，甘凤池不知道他跟萧兰草都说了什么，只看到萧兰草点着头，眼神不时瞟向自己。

萧兰草讲完电话，还没等放下话筒，甘凤池就冲了过去，问："萧燃科长说什么？"

"说鸳鸯大盗提供的线索很有价值，盗窃团伙的调查已经有眉目了，反而是乔飞的案子没突破，他们排查了乔飞手机里的联络人，没有发现可疑人物，现在查到的是乔飞的交际圈很窄，没有信任的人，警惕性很高，皮包几乎不离手，别人很难碰到，更别说拿到药盒换药或偷配钥匙。"

"俗话说不怕贼偷就怕贼惦记，老虎还有打盹的时候呢，想算计的话总有机会。"

“你说得有道理，冯震还去问了乔飞常找的几个小姐，不过她们也没提供到线索，只说乔飞最近心情不错，因为弄到一只金刚鹦鹉，乔飞跟她们见面除了上床外就是聊他的鹦鹉，好像是免费搞到手的，他很中意那只小金刚。”

甘凤池看看在笼子里打盹的鹦鹉，它是挺可爱的，可惜跟案子没关系。

“免费弄到一只四五千块的鹦鹉，他当然开心了，那除了这只鸟，他没有提其他什么？”

萧兰草摊摊手，表示没有收获。

“邢星这两晚的行动他们也查到了，他应该没撒谎，乔飞死亡的当晚他去过乔飞家，道路监控器拍到了他的车，但昨晚他没出门，这一点他的助理和公寓保安都可以证明，所以凤梨仔你查到的冯斌这条线很重要，萧燃让我跟你说声谢谢，另外问你能不能帮他的忙。”

帮忙调查冯斌吗？

甘凤池激动地连连点头：“没问题！没问题！我现在就过去！”

“不用，你直接去证物室取东西就好，萧燃说已经跟那边打好招呼了。”

“证物室？”

甘凤池没听懂，萧兰草笑眯眯地说：“雌雄大盗不是偷了很多东西嘛，那个案子结了，东西也该归还给原主，但刑侦一科太忙，所以萧燃就希望你帮忙还回去。”

当头一盆冷水泼下，甘凤池站在那里不说话了。

他倒不是觉得麻烦不想动，而是这种事原本就该当事人来局里认领，而不是他们一家家地送还。

看出了他的心思，萧兰草说：“没办法，那些阔太太太啰唆，要把她们都叫来，我们这几天都不用做事了，萧燃说裴晶晶已经把物品清单都整理好了，你就照着单子送过去就行，紫言，你跟凤梨仔一起，这样他做事还有点干劲。”

“没有的事，我一个人做事也很有干劲的！”

甘凤池说完发觉不对劲，生怕林紫言生气，他慌忙解释道：“紫言，我不是那个意思，我是说我一个人有干劲，但你帮忙的话，我干劲更大。”

“大家分工合作，争取早点搞定，老白……”

萧兰草看向老白，老白立马把自己藏去了电脑后面，萧兰草叹了口气，说：“我跟正义一组，老白你留守继续追踪，有新消息随时汇报。”

“没问题！”

甘凤池去证物室领取了部分证物，拿着清单跟林紫言一家家归还东西。

这是个枯燥又无聊的工作，甘凤池觉得他要感谢萧兰草的体贴，他让林紫言跟自己搭档，至少他们在运输过程中不会觉得无聊。

快到傍晚时，物品归还得差不多了，甘凤池看了一眼下一位失主的名字和地址，他有点头大，说："这个让科长负责就好了，他最擅长应付这种无聊又聒噪的中年妇女。"

林紫言看看名字，失主叫李淑芬，她问："你认识？"

"我认识，你也认识，就是宴会上揶揄你的那位张太太。"

"喔，是她啊，希望她不要认出我。"

"不会的，她的眼睛是用来看珠宝的，你今天没戴珠宝，我敢打包票她连你是谁都不会记得。"

"这么肯定啊。"

"当然了，不信要不要押下宝，谁输了谁请吃饭。"

"好。"

打赌的结果当然是林紫言输了，他们到了张太太家，按程序归还了失物，张太太签了字后就开始跟甘凤池唠叨，从宴会出小偷到有人中毒死亡，巴拉巴拉说个不停，看都没看林紫言一眼。

倒是她女儿张煦瑶挺在意林紫言的，跟她问东问西，对女警这一行充满了好奇。

林紫言客套地回复了，问："你也想当警察吗？"

"不是，我前不久接了个女警的角色，想多了解一下，你不懂娱乐圈，光当模特路太窄了，有其他机会就一定不能错过。"

林紫言不知道该怎么接，只能附和着笑笑，张太太却不高兴地对女儿说："都让你别做这一行了，被那些键盘侠东一句西一句地说，多憋屈啊，一个弄不好跟冯……那个叫什么来着？"

"叫冯雪雪，哎呀妈，我跟她不一样，她做事太较真了，做人不能太较真，别人喜欢说就让他说去，有争议才有关注嘛，而且乔飞不是也死了吗？我猜短时间内那些狗仔不敢乱爆料我们了。"

甘凤池在旁边听着，怎么听都觉得这话不对劲，问："为什么你会认为乔飞的死跟爆料有关？"

"因为网上都传开了啊，乔飞就是乱爆冯雪雪的隐私，才会被她父亲下毒杀了的，她父亲是叫冯斌对吧，你们是不是已经抓住他了？我见过他，人挺不错的，我们都挺理解他的，不过再怎么着也不能杀人啊。"

"是在哪儿看到的？"

张煦瑶拿过手机找了一下，递给甘凤池，甘凤池和林紫言看完，不由得面面相觑说不出话来。

有关冯斌的事他们也是今天才查到的，而且究竟是不是冯斌下毒还是未知数，没想到消息都已经传到了网上，笔者甚至说冯斌是头号嫌疑犯，除非他潜逃，否则应该已经被捕了，甘凤池看得哭笑不得，因为有关这一点连他们两个警察都不清楚，更何况是局外人？

“这个叫小雪花的人好像是专职作者。”

林紫言用手机调出笔者的名字，进入她的专栏，一边看一边说。

张煦瑶撇撇嘴：

“她的专栏上写的是作家和新闻评论家，其实说难听点就跟乔飞差不多，都是靠嘴皮子吃饭的，只是有人习惯爆料有争议的新闻话题，她还会写长评，她也好意思说乔飞怎样怎样，她当初也说过冯雪雪啊，只不过人家是文化人，说得委婉而已，而且她长得美，你们知道现今这个社会，不管你是干什么的，只要有颜值，就成功了一大半，乔飞跟她根本没得比。”

甘凤池在小雪花的专栏找了找，找到了冯雪雪被爆料后她写的一些文章，都是劝告广大青少年要树立自信心，不要过度节食、整容甚至吸毒，否则再好的青春也是昙花一现，单看这些内容没问题，但她在文中举出了某女星的例子，分明就是在影射冯雪雪。

再看她专栏的粉丝和点击率，就知道她的影响力远远超过乔飞，不过至少她的言论是正面的，追捧她的粉丝都在下方留言说一定听她的话，不做傻事，这里面不乏偏激的言辞，比如抨击冯雪雪，让她滚出娱乐圈等等。

“这都是些什么人啊。”甘凤池看到一半看不下去了，皱眉说。

“键盘侠呗，只会在网上抱团取暖，其实现实中个个都是穷屌丝，所以这些留言看完后笑一笑就行了，不能当真的。”

“虽说是这样，但看到自己被抨击，心情肯定会受影响的。”

“如果这点挫折都受不了，那干脆就不要在圈里混了，冯雪雪就做不到，所以就变这样了，其实你要这样想，没有这些留言刷网制造话题，谁知道你是谁啊，想要出名就要时时刻刻刷存在感，就把那些骂你的话当免费广告，等你哪天出头了，谁还记得这些留言？”

张煦瑶话糙理不糙，不过甘凤池更在意流言的出处，给林紫言使了个眼色，两人告辞离开。

张煦瑶送他们到门口，对甘凤池说：“听我妈说你有新女朋友了，不过好像一般般，你真不打算追我吗？”

甘凤池第一时间看向林紫言，林紫言把头撇向一边当没听到，他只好说：“她挺好的，我看着中意。”

“你看中意的女孩子档次都很低，高的你却看不中，不知道你是怎么想的，手机给我下。”

甘凤池继续看林紫言，嘟囔道：“不用了吧。”

“让你给你就给，一个爷们怎么这么扭扭捏捏的？”

为了速战速决，甘凤池只好把手机给了张煦瑶，她输进自己的号码，说：“想什么呢，还以为我要倒追你啊，本小姐可是有的是人追。”

“是啊是啊，您可是女神级的，哪能看上小的。”

“几年不见，你说话可滑头多了，我是要传弟弟的照片给你，你也知道我妈的脾气，把个儿子惯得不像话，整天跟些不三不四的人在外面鬼混，这次不打招呼就离开了，几天不回家，我妈打电话他也不接，老太太担心得不得了，你有时间的话就帮我找找，能吓唬他一顿更好……喏，这就是我弟弟张煦阳，长得还不错吧？”

甘凤池接过手机，张煦瑶把弟弟的照片传过来了，男人的头发染成灰白色，眉毛修整得很细，穿了一件蓝格子紧身衬衣，不认识的还以为这是哪个发廊出来的小弟。

甘凤池看了一眼张煦瑶，幸好他们姐弟长得不像，至少张小姐的气质还是不错的。

他问：“他经常这样夜不归宿？”

“常有的事，他就喜欢跟朋友凑一起喝酒嗑药，我妈当初生了个儿子，开心得要死，现在是头痛得要死。”

张煦瑶的手机响了起来，她忙着接电话，拍拍甘凤池的肩膀，说：“看在我们青梅竹马的分上，你要用心帮忙啊。”

没等甘凤池回答，她就转身回家了，咣当一声，大门在他面前关上了。

甘凤池向林紫言摊摊手，林紫言看看手机里的照片，说：“这品位……”

“简直就是洗剪吹哈，我记得小时候还挺可爱的，现在……只能说岁月不仅是杀猪刀，还是剃刀。”

林紫言摇摇头离开，甘凤池追上去，问：“你怎么看？”

“她喜欢你，所以在嘲笑你的时候声线波动很大，她在利用嘲笑掩饰真实的想法，她应该觉得你挺好的，至少比娱乐圈里的男人有担当，所以我猜她是想跟你交往，只要你给她机会。”

“我是问你怎么看小雪花评论这件事，谁问张小姐的想法了，我跟你讲，你别听她乱说，她跟她妈妈一样，说话最喜欢夸大其词，我跟她只是认识而已，都没接触过，更别谈什么青梅竹马了。”

“喔……”

“是真的，紫言你一定要相信我！”

“是是是，那我来确认下是谁把消息透露出去的。”

甘凤池生怕她不信，还想重点解释他跟张煦瑶的关系，但林紫言上了车就打电话给老白，他只好忍住了，把车开进车道。

林紫言跟老白聊了一会儿挂了电话，说：“局里大家都看到报道了，萧燃科长在跟网站交涉删除，老白说他们也不清楚消息是怎么传出去的，不过文章内容说得八九不离十，冯斌跑了，家里跟单位里还有冯雪雪住的医院都找不到人，据说他一个星期前就没上班了，也没进医院，现在大家都在到处搜查他，老白还偷偷让我问你是不是你传出去的？”

“为什么怀疑我？”

“因为只有你跟咱们科长和新闻记者那边混得比较熟嘛，科长不会犯这种低级错误，但你……”林紫言侧头看看他，“如果被漂亮女人奉承几句，很可能就不知东西南北什么都说了——别生气，我只是转达老白的话。”

“不管是谁说的，都是错误的，我好歹也是警察，也是有脑子的，怎么可能犯这种低级错误，电话给我，我来骂他。”

“行了行了，老白也就是这么一说，再说小雪花是挺漂亮的，而且很吃得开，在哪个行业都可以八面玲珑。”

林紫言调出小雪花的照片给甘凤池看，甘凤池随便扫了一眼，立马摇头。

“笑得太假，不好看。”

“真的？”

“真的，比你差远了。”

小雪花其实长得很漂亮，而且很有女人味，衣着发型和配饰也有品位，但甘凤池觉得自己没说错，她的笑容是太假了，就像服务性微笑，得体却没有感情。

林紫言听了他的话，抿嘴笑了，甘凤池又追加道：“你听我说话的声线就知道我没说谎了。”

“那肯定是你跟大多数人的审美不一样，她在网上很受欢迎，被奉为女神。”

“我更想知道这位女神小姐是从谁手里弄到的情报。”

“要直接去问一下吗？她的工作室正好和我们回警局是同一条路，我们可以去打听打听，说不定她看你长得帅，就什么话都说了。”

甘凤池转头看过来，林紫言慌忙摇手。

“这也不是我说的，是老白说的。”

“等着吧老白，回头我把他揍成老黑……说了半天，小雪花叫什么？”

林紫言在手机上点了一会儿，说：“老白把她的资料传过来了，她本名叫薛华，学新闻传播的，不过毕业后工作一直不固定，后来就转做SOHO了，主要是在自己的专栏写文，因为长得出众，被称为美女博主。”

“真是个干什么都要看颜的时代啊，她的文章好看吗？”

“文笔挺好的，而且会从大家忽略的视点讲述问题，有人说她善于客观分析问题，也有人说她冷血。”

“说到底她也跟乔飞一样，只是利用各种手段爆新闻博眼球罢了。”

甘凤池说完，接收到林紫言不赞同的目光，他耸耸肩。

“我错了，在调查过程中不该有先入为主的心态，也许她本人是个很优秀的人才呢。”

没多久甘凤池就发现他根本没错，薛华是不是人才他不确定，但她绝对不是个容易接近的人。

所谓的工作室，其实就是普通公寓中的住房，薛华买了上下两层，改造成楼上住家楼下办公的格局，工作室还有一位女助理。

这位女助理简直全能，除了处理文字工作外还要做体力活，甘凤池在等待的时候，就看到助理一直在忙着搬快递和文件箱，她做事很快，唰唰唰就搞定了，其间电话铃响个不停，她每次接起电话的回应几乎都是——无可奉告。

甘凤池跟林紫言对望一眼，心想薛华爆出个大新闻，这些电话大概是打进来询问爆料后续的，幸好她有个能干的助理，否则会很麻烦吧。

薛华很快就出现了，她保养得非常好，资料上说她三十五，但实际上看去也就二十五六的样子，穿着乳白色的西装裙，上衣的胸口部位露得恰到好处，头发黑长直，妆容也化得精致，一扫SOHO死宅的邋遢形象，难怪会被粉丝奉为女神了。

她热情地跟两人握了手，就座后目光在他们之间打转，微笑说：“要不是看了你们的警察证，我真会以为你们是冒充的，你们两位大概是最不像警察的警察了。”

——你会这样说，那是没见过更不像警察的警察。

甘凤池在心里吐着槽，微笑回道：“你也是最不像SOHO的SOHO了。”

“那我们岂不是天生一对？”

甘凤池看了林紫言一眼，心想今天是怎么回事，一个两个都对他表示好感，平时跟科长搭档办案时他可没享受过这么好的待遇啊。

他举手投降，说：“可别，真要那样，你的粉丝还不把我吃了啊。”

薛华被逗得咯咯直笑，林紫言瞪了甘风池一眼，对她说：“我们这次来是想跟你询问一下你专栏文章的事。”

她将下载到手机的文章调出来，递到薛华面前，薛华笑了，说：“你们也太紧张了，还专程为这事跑一趟，难道你们上司没跟你们说这篇文章已经被删除了吗？”

林紫言重新打开网上专栏，果然找不到文章了，薛华揶揄道：“如果你们警察的办案能力跟监控网络的能力一样强大，杀乔飞的凶手早就捉到了。”

林紫言的脸涨红了，甘风池赶忙把话接过来，问薛华：“你是根据什么说凶手是冯斌的？”

“我做新闻这么多年了，门路总是有一些的，难的是将自己的想法讲出来，现在是互联网时代，什么事都不该藏着掖着，广大群众也有知道真相的权利。其实我在上传文章的时候就想过可能会被请去警察局喝茶，不过没关系，我有心理准备。”

“放心，我们的茶很贵的，不随便请外人喝。”

“那真遗憾，不过还是很感谢你们特意来一趟，让我确定警察是在认真调查的，虽然你们删了我的文章，但网上都已经转发出去了，一定会有更多的人看到，我希望能通过这种方式找到凶手。”

“我们只想知道你从哪里得到的消息。”

薛华的目光在他们两人之间转了转，笑道：“喔，看来你们还没有线索啊，所以想从我这里打听到消息，不过没人告诉我，这一切都是我自己推测出来的。”

“那你又是怎么推测到冯斌是凶手的。”

“像我们这种新闻人会每天关注网上动态，就像炒股的人要紧盯着股市一样，乔飞出事后，我就把他最近得罪的人员名单都搜出来了，捋过一遍后很容易就锁定冯斌，不管是心态、动机，还有时间，冯斌都是最有可能的人。”

“那又是怎么知道他还没被拘捕？”

“他又不是傻子，坐等你们去抓？有个情报不知道你们有没有调查到，我可以透露给你们。”

“是什么？”

“冯雪雪住院后一直是冯斌夫妇照顾的，但一个星期前他突然离开了，他妻子也不知道他去了哪里，他离开时只说有重要的事要办，你们猜这个重要的事会不会就是指杀乔飞？”

“你这是从哪儿听来的？”

“都说了我有自己的门路，如果不相信，你们可以直接去问他老婆，现在冯斌杀人的事网上都传开了，逮捕令也快下来了吧，你们去问的话，他老婆不敢不说的。”

“但你说的这些全都是毫无根据，仅凭猜测就做出结论在网上乱写。”

“这不是乱写，是基于调查到的情报而做出的结论。”

“但你没有证据。”

“我又不是警察，一定要有证据才能做事。”

两人越说越呛，林紫言及时打断了，对薛华说：“那么你是根据什么情报做出的结论，断定冯斌是凶手的。”

“很简单，先从冯雪雪开始说，从她出道我就关注她了，根据她的言谈举止就能看出她心胸不宽广，眼界也不高，凡事喜欢闷在心里，不会自我开解。人的性格其实有很大一部分是家庭教育的结果，所以你们看她父亲冯斌也是这样的人，他可以因为乔飞在网上爆料就持刀去杀他，可见他是冲动型犯罪人格，这类人很容易因为一些刺激而丧失理智，做出无法挽救的事，所以我理解他爱女心切的感情，但我不认同他的行为。”

甘凤池觉得薛华还是有自己的想法的，不单纯靠着爆料爆照片来哗众取宠，这一点跟乔飞不同，这大概也是她在网上有一大帮追随者的原因。

她的话有道理，但有一点自相矛盾了，假如冯斌是冲动型犯罪人格的话，他就不会下毒杀乔飞，而是选择更直接暴力的方式。

新闻只播放了乔飞被杀的事，却没有提具体情况，甘凤池觉得薛华可能不清楚内情，所以才会得出这样的结论。

也就是说她那些所谓的门路什么的可能是胡扯的。

甘凤池思考的时候，林紫言说：“我看过当时针对冯雪雪整容、吸毒和忧郁症的新闻话题，你写的文章中也包含了很多抨击的词句。”

“我没有抨击，我是就事论事，提醒广大青少年不要随意迷恋偶像，他们跟我们一样都是人，都有可能犯错误。”

“可是你有冯雪雪犯错的证据吗？”甘凤池反问道，“你不是医生，你怎么确定冯雪雪吸毒和整容了？再说就算是整容了，一个人为了美丽而改变自己有问题吗？她并没有妨碍到别人。”

“你看你们又在强调证据了，这个世界还有个词叫言论自由，广大网民有自由说话的权利，这就是网络的游戏规则，而像我这样的新闻工作者更应该树立好榜样，免得年轻人在网络上迷失自己，失去了分寸。”

甘凤池觉得薛华这番话都是狡辩，但正如她自己说的，她没有像乔飞那样直接攻击哪个人，她只是善于利用文字来推波助澜。

“那你有没有想过，如果乔飞是因为攻击冯雪雪被杀的，你也可能有危险？”

“我不怕，每个职业都有它的风险，尤其是我们做新闻的，我们要在遵循职业道德的同时说出真相，如果怕的话，我一开始就不会干这行了。”

这明明就是哗众取宠，却说得堂堂正正。

在林紫言面前，甘凤池忍着没发脾气，提醒说：“还是要小心，你这样做，有可能把凶手引来，很危险的。”

“那就派人来保护我啊，毕竟我也纳税了。”

“好，有关这一点我会请示上边。”

薛华很狡猾，跟他们聊了半天却滴水不漏，甘凤池见问不出什么，给林紫言使了个眼色，起身告辞，薛华送他们出去的时候，突然问：“甘警官，你有联络电话吗？”

甘凤池一愣，薛华说：“仔细想想，我的处境是有点危险，你说申请派人来保护也不知道什么时候才能来，所以至少给我个号码，这样要是遇到危险，我还能向你求救。”

甘凤池从笔记本上撕下一张纸，写了自己的手机号递给薛华，薛华笑吟吟地接了，说：“谢了。”

甘凤池无视美女的微笑，掉头走出去，他走得飞快，林紫言要一溜小跑才能跟上。

“凤梨仔，不至于为了这种人生气。”

“谁说我生气了？听声音？”

“这还用听声音吗？你脸上都写得这么清楚了。”

观察着他的表情，林紫言扑哧笑了，甘凤池看着她笑，心情好点了，两人上了车，他说：“好吧，我是在生气，我最讨厌这种不知道事情是不是真的就大肆传播的人，以前我一个朋友就因为被这样说，差点自杀，后来我就去揍那个传谣言的人，差点被学校记过。”

“是你……女朋友？”

“你怎么知道？”

林紫言伸手指指甘凤池的脸，意思是你脸上写得多清楚啊。

“其实根本就没谈，后来她就因为这件事退学了，她成绩挺好的，可惜了。”

“抱歉。”

“没事，她退学时都没跟我打招呼，感觉我总是做这种一厢情愿的事。”

“挺好的，咱们科长最喜欢有人情味的人了。”

“那你不喜欢？”

“我？我喜欢聪明的和帅的。”

甘凤池想了想，如果把他家科长撇除的话，他应该在选择范围内，心情顿时好起来，说：“今天打赌你输了，记得请我吃饭。”

“好啊，准备去哪儿吃？”

“让我想想。”

“想可以，但不要找太贵的地方，我可是小职员，请不起龙虾大餐的。”

“没问题。”

两人说笑了一会儿，看着甘风池冷静下来了，林紫言才开始说正事。

“薛华有很多话是在撒谎，她在说到判断冯斌是凶手是靠推理的地方时，声频波动明显变大，我猜她不是靠推测，而是了解一些内情。”

“我也觉得她还有话没说，但她又不了解乔飞被杀的具体过程。”

“所以她一定有她自己特别的消息渠道，如果我们能打听到的话，或许可以帮助我们找到真凶。”

“听你的意思也不认为是冯斌作案？”

“不，我只是觉得在没有证据之前不能乱加揣测，毕竟冯斌现在逃跑了，他为什么逃跑，是心虚还是有其他原因，都只能在找到他后才能下结论。”

林紫言说话带了点萧兰草的调调，可见她被影响之深，甘风池有些泛酸，不过林紫言说得有道理，他问：“那我们要怎么让她说实话呢？”

“不是‘我们’，是‘你’，她都跟你要手机号了，证明对你有兴趣，且不说她感兴趣的地方是哪里，至少证明你有接近她的机会，到时见招拆招，看能不能让她说实话。”

要不是林紫言的表情太认真，甘风池一定怀疑她在吃醋，小声嘟囔道：“我平时桃花运没这么旺的。”

“你说什么？”

“喔，我说我们早点回去，看有没有新进展。”

甘风池加快了车速，没多久手机响了起来，他瞅空瞄了一眼，头有点大——王奶奶又来电话了。

他把手机塞给林紫言：“你帮我接你帮我接，就说你是我的女朋友，她就不会老把她孙女推给我了。”

林紫言接了，刚说一句“王奶奶你好，我是……”就被打断了，王奶奶在那头说：“凤梨啊，我送的水果吃完了没？吃完了再过来拿，我闺女今天又送了一箱过来，哎呀你说我一个老人家，哪吃得了那么多啊，你吃饭了吗？要是没吃就顺便来吃饭，我包了饺子，我家老头又跑去学校做研究，我一个人也吃不了，你来帮个忙，再顺便帮我换换灯，我卧室的灯坏了，人老了，爬不了高……我追的剧要开始了，就这样。”

林紫言开了外放，所以甘凤池一字一句听得实实在在的，他苦笑起来。

“她公寓的老姐妹说她有点耳背，我没想到背到这个程度。”

“老人家挺有精神的。”

“她要是腿没事，我敢保证她敢自己去换灯泡。”

“我觉得老人家是寂寞了，想找个人说说话，要不你先过去吧，我另外搭车。”

想到王奶奶腿还有伤，甘凤池答应了，说：“要是有什么事，随时联络我。”

林紫言在前头路口下了车，甘凤池把车掉了个头，开去中青公寓。

甘凤池来到王奶奶家，王奶奶的电视剧还没看完，她也不看了，张罗着让甘凤池坐，她腿不好，走起路来不得劲，不过不妨碍做事，一会儿工夫就把切好的水果和点心还有饺子都端上了桌。

一天都没正经吃顿饭，甘凤池饿了，低下头狼吞虎咽地吃，王奶奶戴着老花镜坐在对面，笑眯眯地看着他，抽空还把手机递过来，让他看孙女与她男朋友的旅游合照，抱怨说觉得他们不般配，希望他有机会去追求一把。

甘凤池只好当听不懂，嗯嗯喔喔地应和着，总算吃完了饭，王奶奶把餐具拿去厨房，又说荧光灯放在客厅，让他去卧室换一下。

甘凤池拿着灯具去了卧室，里面很暗，对面墙上有个绿莹莹的小东西，凑近了看，却是只毛皮小兔子，发光的是兔子怀里抱的夜光珠，他用手碰了碰，毛皮兔子的铃铛响起来，发出丁零丁零的声音。

“我孙女最喜欢这些毛皮玩具啥的，从小到大不知道买了多少，”王奶奶把电闸拉了，打着手电筒走进来，用手电筒指指墙角，“别愣着啊，那儿有椅子。”

甘凤池拿来椅子，踩上去把灯换了，王奶奶去合上了电闸，卧室灯亮了，她赞道：“小孩子就是手脚麻利，这么快就搞定了，我那老头子折腾了半天都没弄好，真没用。”

“我也只能干干这些体力活，哪比得上大学教授啊。”

甘凤池开了句玩笑，把椅子放回墙角，旁边是书架，架子上除了奖章跟一些家人合照，剩下的都是一排排的书，有一些是通俗小说，更多的是工具书，都是些细胞遗传学啊生物技术的书，他说：“您先生很有学问啊。”

“什么学问，就是个老书呆子，现在这些科目都是冷门，没人愿意报，走，我做了消夜，一起吃。”

“不了，我局里还有事，得回去了。”

甘凤池看看表，跟她告辞，还好王奶奶没一再挽留，把煮的冰糖梨子放进保温杯，让他带回去吃，又把女儿送来的一箱梨都给了他。

盛意难却，甘凤池只好抱着大箱子离开，还好可以乘电梯，否则这么重的箱子一路抱去停车场可真够他受的。

快到车位时，手机响了，甘凤池几步跑过去把车的后厢盖打开，东西随便一放，拿出手机接听。

来电的是林紫言，问："你不方便接电话？"

"因为我又满载而归了。"

甘凤池把王奶奶给自己一箱子梨的事跟她说了，林紫言笑起来。

"老人家很中意你啊，你就遂了她的愿，当她的孙女婿呗。"

"不不不，这种事还是交给咱们科长吧，他才是万人迷，"甘凤池毫不犹豫地把萧兰草卖了，转去正题，"你那边什么情况，冯斌找到了吧？"

"还没有，真奇怪，那晚他从酒店出来后就人间蒸发了，车停在某个收费停车场，人却不见了，监控器只拍到他从停车场出来，之后就是死角，追踪不到了，老叶他们在附近分头询问，什么都没问到……"顿了顿，林紫言又说，"本来我还觉得另有隐情，但是从现在掌握的线索来看，他所有做法都是有预谋的。"

"那我回去帮忙。"

"不用，我就是要跟你说这事，冯雪雪住的医院跟冯斌工作的建材公司现在都有人在盯着，科长让我转告你，萧燃科长暂时没给我们分派任务，你就趁着这个空当回家休息吧。"

"我心里有事，回去也睡不着。"

"睡不着也得睡，科长说了，接下来说不定会很忙，所以要找机会养精蓄锐，凡事有张有弛才能把工作做好。"

"是是是，都听科长的，那邢星那边呢？"

"还是派人轮流看守，顺便保护，凶手打晕过他一次，难保没有第二次，凶手要是担心被他看到脸了，说不定会杀人灭口，总之你就先休息吧，有什么事明天说。"

"好。"

甘凤池挂了电话，开车回到家，甘妈妈本来都要睡了，看到儿子回来，她很惊讶，问："怎么回来了，案子破了吗？"

"回来拿些换洗的衣服，明天再战，妈，你吃消夜吗？一位老奶奶送的。"

甘凤池把消夜和一箱梨搬去厨房，甘太太跟着过来，问："哪位老奶奶？"

"是我在查案时认识的，很健谈的一位老人家。"

"说到老人家啊，你奶奶今天还打电话过来问起你，过两天她要过来住，还说看中了几个女孩子，让我到时给你安排相亲。"

"看在我是您亲生的分上，饶了我吧妈。"

“哎呀，我知道你有女朋友了，不过老人家就那个脾气，根本不听我解释，到时你自己跟她说吧。”

“太懂了，现在我听到奶奶两个字就头大。”

甘风池深有感触地叹了口气，上楼去了自己的房间，决定在麻烦到来之前先好好休息下再说。

CHAPTER FIVE 第五章

寻找嫌疑人

这一觉没睡多久就被铃声惊醒了，甘凤池迷糊着把手机摸过来，还以为是科长有急事找他，谁知接通后却是个女人的声音。

“甘警官，我这里有危险，你快过来！”

声音急促紧张，而且压得很低，甘凤池惊醒了，坐起来，问：“是薛小姐？”

“是我！是我！”

“出了什么事？”

“好像有人偷偷潜进我家了，家里就我一个人，我好怕……”

“别怕，你先找个房间躲起来锁上门，别发出声音，也别关电话，我马上过去！”

甘凤池说完抄起外衣几下穿上，跑出家，开着车一路冲向薛华的公寓。

他让保安开了公寓门，一路跑上去，薛华家的门虚掩着，甘凤池推门走进去，里面漆黑，一点声音都没有，他通过手机询问薛华，通话却不知什么时候断掉了，摸黑按开关，灯也没反应，他担心歹徒还藏在房间里，没开手电筒，提起警惕上了楼。

有个房间传出响声，甘凤池过去推开门，那是薛华的书房，门外地上有一堆花瓶碎片，电脑开着，薛华出事时好像在直播，声音是观众发出的，而且还很杂，都在讨论说什么危险啊歹徒啊。

甘凤池看了一圈房间，没发现薛华，他退出来，隔壁是开放式客厅，角落摆放着观赏植物，甘凤池经过时感觉植物枝叶在动，他半路折回去，还没等开口警告，突然有人从植物后面跳出来，挥舞武器袭击他。他闪身避开，顺便夺下了对方的武器，却是个棒球棒，那人也摔倒了，哎哟叫起来，却是个女人。

甘凤池本来要反击的，听到声音，他临时停下来，问：“薛小姐？”

“是我！甘警官，你终于来了！”

甘凤池打开手电筒照了照，薛华坐在地上，头发散乱，看脸色吓得不轻，甘凤池把她拉起来，问：“我不是让你躲进房间吗？你怎么在这儿？”

“一开始躲在卧室，后来感觉卧室有人，我害怕，就又跑出来了。”

薛华在甘凤池的搀扶下坐到沙发上，因为惊吓眼圈都红了，伸手理理垂下来的长发，这个小动作让她多了丝风情，不像白天见面时那么咄咄逼人，仰头看着甘凤池，一副楚楚可怜的模样。

甘凤池侧耳听听，除了电脑传来的杂音外，屋子里好像没有其他声音，为了稳妥起见，他说：“我去检查一下，你在这里休息。”

“不，我跟你一起去。”

怕他丢下自己，薛华说完就上前抓住他的手不放，甘凤池没办法，只好带着她，问了电闸在哪里，过去一检查，果然是电闸被拉断了。

他隔着手绢把电闸拉回去，房间里亮堂起来，搜查也方便多了，但他在上下两层仔细找了一遍，连储藏室都翻过了，里面都没有人，薛华惊魂未定，回到二楼的客厅，一直反复问会不会遗漏了哪里，要不要再重新检查。

甘凤池安慰她说已经报警了，让她不要担心，余下的工作警方会处理好的，薛华还是一副被吓到的模样，不时伸手捋捋长发，又看向对面欲言又止。

甘凤池感觉到不对劲了，顺着她的目光看去，博古架上放了好多小摆设，其中有个四方盒子显得格格不入，他走过去正要拿，薛华抢上前拿起盒子，把开关关掉了，原来那是个摄像头。

“这是我做直播用的……糟糕，直播还开着呢。”

薛华冲回书房，戴上耳麦说警察来了，她已经没事了，请观众不要担心，等抓到歹徒，她会再告知大家的。

等她关了直播，甘凤池问：“屋子里还有其他镜头吗？”

“下面的小客厅和餐厅有，还有我的化妆间，主要是为了让大家更了解我的日常什么的。”

薛华说完，看看甘凤池的脸色，她说：“对不起，我应该在你来之后就关掉的，但刚才我太害怕了，就忘记了，现在大家都知道警察来救援了，也看到你了，会不会对你造成影响啊？”

造成影响又怎样？难道还能打回重练吗？

甘凤池很无语，又不能说她，道：“往好处想，说不定录下了歹徒呢，你先把经过说一下。”

“歹徒进来时我还在直播，其实我也不清楚发生了什么事，还是观众提醒我的。”

薛华的书房门是半透明玻璃的，观众通过视频看到了玻璃外有人影在晃动，一些死忠粉都知道薛华家里晚上只有她一个人，所以就有人询问，薛华一开始还以为大家在开玩笑，没多久电就停了，好在她今天用的是笔记本电脑，还开玩笑说难得遇到直播时断电的，值得留纪念，但她很快也看到了在门外晃动的人影，吓得赶紧给甘凤池打电话，又拿起桌上的花瓶出去查看。

谁知她一出去就有人扑过来掐她的脖子，黑暗中她什么都看不见，用力将花瓶砸在那人身上，趁着对方松开手，她跑去卧室锁上门，刚好卧室有棒球棒，她就拿了棒子，准备万一歹徒冲进来，她就用它当武器。

后来外面一直没有声音，她越想越害怕，开始怀疑歹徒的同伙会不会一早就藏在卧室里，这样一想就更待不下去了，拿着棒球棒出来，躲去观赏植物后面，还把甘凤池当成了歹徒。

甘凤池问起歹徒的模样，薛华完全提供不出来，说空间太黑她又害怕，只记得对方长得比她高，她本来想拿花瓶砸对方的头，但大概只砸到脸上。

没多久警察赶到了，他们重新检查了薛华的房子，门锁没有撬过的痕迹，在她被歹徒攻击的前后时间里也没有人乘坐电梯到这一层，从作案者有门锁磁卡和了解电闸位置来看，怀疑是熟人作案或是那人一早就在监视薛华的行动了。

这时候薛华的直播视频派上了用场，甘凤池看了视频，内容跟薛华描述的基本吻合，在她专心直播的时候，人影在玻璃门外晃动，像是在窥视她，让人毛骨悚然。

不过可惜的是放在其他几个地方的镜头都没有打开，唯一开的一个也只拍到了她拿棒球棒攻击甘凤池的部分，歹徒没进客厅，从现场状况来看，他没有翻过房间里的东西，而是直接上楼袭击薛华的，他的目标应该是薛华，可能是听到了她打电话求救，所以被花瓶砸到后就仓皇逃离了。

由于歹徒戴了手套，门把手和电闸拉栓上没有留下指纹，花瓶上也没有血渍，看来只是砸中他却没有打伤，案发后一楼大门监控器录到一个男人离开，但他戴着帽子和口罩，还穿着肥大的拉链夹克，镜头只照到他半个肩膀，一闪就消失了，速度太快，甘凤池觉得很难通过监控确定歹徒的身份，甚至无法判断这个人是不是冯斌。

调查结束后，甘凤池问薛华要不要把助理叫来跟她做伴，她拒绝了，说："让助理陪还不如让你陪，有你在身边，歹徒一定不敢再来找我的麻烦。"

联系这两天发生的事件，甘凤池担心这不是找麻烦，而是报复杀人，他打电话给萧兰草汇报了情况，萧兰草让他先留下保护，等明早他跟萧燃讨论后再制订对应方案。

甘凤池答应了，他在楼下客厅待了一晚上，早上再见到薛华，她化了很精致的妆，把头发扎起来，还准备了早餐，神采奕奕的，跟她昨晚被攻击后的惊恐模样一对比，甘凤池忍不住怀疑她有双重人格。

“你……这是要出门吗？”

“看你说的，不出门就不化妆那是懒女人才做的事。”

薛华把牛奶面包放到餐桌上，说：“不过我过会儿是要出门，你陪我，就当是我的贴身保镖了。”

“去哪里？”

“先吃饭吧，我只会做一些简单的饭，等我的助理来了，让她做给你吃。”

听她的意思是想把自己当长期保镖来用，甘凤池吃着饭问：“她平时不住在这里？”

“大多数时候都住这儿，偶尔会回家陪父母，没想到冯斌就瞅准了这个机会来对付我。”

“也不一定是冯斌啊，歹徒还在调查中，一切还是未知数。”

“别开玩笑了，除了他还能有谁？当初他去杀乔飞，被抓后还说要继续报复害冯雪雪的人，其中肯定也包括了我，现在乔飞刚死就有人来害我，还可能有别人吗？”

就算有甘凤池也不会跟她说的，低头默默吃饭，薛华今天心情不错，甘凤池不说话，她主动开口，问：“你猜我今天要去做什么？”

“我又不是你的秘书和助理，我怎么可能知道？”

“猜一猜嘛，昨晚出了那么大的事，我最想做什么？”

薛华冲他眨眼睛，一脸的狡黠，被她放电，甘凤池的小心肝跳了跳，脑海中灵光闪过，问：“你不会是去找冯斌的家人吧？”

“真聪明，”薛华看着他，笑道，“以你的头脑只做跑腿的真是太屈才了。”

甘凤池没好气地想我要不是跑腿的，会在这里当你的免费保镖吗？他正色说：“不行，冯斌现在是极度危险分子，为了避免打草惊蛇，暂时不要去接触他的家人。”

“你搞错了一件事，我跟你说不是请求你的许可，而是通知你，当然你不去也无所谓，反正我出了事，被追究责任的是你。”

“你！”

“而且你也很想知道冯斌的消息吧，或许可以从他的家人口中打听到什么呢。”

甘凤池不喜欢她投机取巧的态度，但不得不承认她的话有一定的道理，想了想，说：“我先跟领导汇报，听他的指示。”

“你又搞错了，我又不是警察，我要做什么是我的自由，你的上司可以不让你去，但无法限制我的自由。”

“你就不怕出事？”

“昨天我就说过了，我们做新闻如果怕这怕那，根本就没办法工作，所以我有心理准备面对危险。”

看薛华的态度她是去定了，甘凤池拦不住她，只好打电话请示萧兰草，又问替班什么时候来，他着急早点回去，因为他实在吃不消这样的女人。

萧兰草听完他的牢骚，笑了：“给漂亮女人当保镖，很多人求都求不来呢。”

“那你来啊。”

“抱歉，我对比我颜值低的人没兴趣。”

“您就自恋吧，但您自恋的时候别忘了把这个麻烦解决。”

“知道了，你再忍忍，我们已经研究好了，马上派人。”

甘凤池讲完电话回来，薛华心情很好，笑眯眯地问他是什么情况，甘凤池敷衍过去了，薛华也不在意，吃着饭，主动跟他说自己的嗜好和习惯，又询问他的爱好，甘凤池应付着，心想科长怎么还没把替班的人派过来啊，他可不想一直给人当保镖。

说曹操曹操到，甘凤池刚吃完饭门铃就响了，来的是林紫言，说是萧燃派她来保护薛华的。

同是女性，在随行上也比较方便，但薛华拒绝了，很不高兴地说昨晚是甘凤池救她的，所以除了甘凤池，其他人她都不相信，尤其是林紫言还没有她长得高，遇到歹徒还不知道谁保护谁。

甘凤池心想你要是看到紫言是怎么揍人的，你就绝对不会这么说了，但这话他不能直说，所以表面上他劝薛华要相信他们领导的眼光和安排，林紫言绝对比他更适合近身保护。

可是薛华的小姐脾气上来了，怎么说都听不进去，还强调说如果不是甘凤池保护的话，那她宁可不用警察了，她态度很坚决，让甘凤池怀疑她是不是看上自己了，否则没理由一定要他随行保护吧。

他无奈地看林紫言，林紫言向他耸耸肩，对薛华说：“那你先等等，我去请示一下。”

她去了门口，不多一会儿回来，给甘凤池使了个眼色，甘凤池跑过去，跟着她来到走廊上，问：“科长怎么说？”

“科长还能说什么？人家这么中意你，非你不行，科长只好同意了呗。”

“你吃醋啊？”

林紫言瞪了甘凤池一眼，甘凤池发现自己说错了话，一秒绷紧表情，说：“对不起。”

“科长说冯斌还没找到，你陪她去医院时，留意下冯雪雪母女的态度，也许可以问到什么情况，总之见机行事。”

“好。”

“还有……”林紫言往里探头看了一眼，小声说，“那女人的话半真半假，听她的声调没有真生气，却故意大声说话，她应该在伪装什么，说不定昨晚的事她没有全说出来，你要小心点，别让她算计了。”

“明白，我再跟她套套话，看能不能问出什么。”

“对了，我请老白帮忙查了一些张煦阳的情况，资料回头传你手机，你有空的时候可以看看。”

甘凤池愣了一下才想起张煦瑶拜托自己的事，这两天他忙得晕头转向，这种事早忘去脑后了，没想到林紫言会帮他记着，还特意查了资料，不由得感动万分，说：“等这案子结了，我请你吃饭，地点你来选。”

“我还欠你一顿饭呢，你要请就请老白吧，其实都是他帮忙的。”

林紫言走后，甘凤池回到房间，薛华坐在沙发上喝咖啡，冲他笑道：“你们是不是在交往啊，一点小事说这么久。”

“当然不是，我们是正当的同事关系。”

“相信我，她喜欢你，如果你们还没交往的话，你要马上追了。”

甘凤池不太相信薛华，但这段话戳中了他的心思，心里美滋滋地想如果这是真的，那他该怎么追求呢，是要正式一点的还是浪漫一点的?

算了算了，还是先把乔飞的案子搞定再说……不，应该是先把眼前这个麻烦解决再说。

林紫言走后没多久，薛华的助理就来了，她把采访需要的东西放进背包，又拿起摄像机，甘凤池觉得这些东西挺重的，想帮她的忙，被她拒绝了，说这都是小意思，有时候她拿的比这更多，都习惯了。

三人上了车，薛华把医院地址告诉了助理，甘凤池坐在后车座上，过了一会儿，林紫言的邮件传了过来，除了张煦阳的资料外，她还说鉴证科的同事把公寓录像做了清晰处理，但因为拍摄到的画面太少，很难确定那个人是不是冯斌，他们还抽调了公寓附近的交通监控录像，也没有找到类似冯斌的人，另外他们到现在还是没查到冯斌的行踪。

甘凤池看完，心想歹徒的目的究竟是什么？如果是报复，那他的行动太不合理，跟毒杀乔飞相比，这次他的做法太浮躁，但如果只是突发行动，又无法解释他事先留意监控镜头等行为。

总之，一切都很不合逻辑。

萧兰草常说罪犯的心理是没有逻辑可寻的，但甘凤池觉得多少还是有的，任何人做任何事肯定会出于某种目的，只是他们暂时没留意到罢了。

想到这里，甘风池有点好奇萧兰草在忙什么，他问林紫言，林紫言回道她也不知道，她跟老白在整理旧档案，主要是何家的案子，因为科长经常会突击询问案子的内容。

原来科长还没放弃那件旧案的追踪啊，甘风池觉得萧兰草想多了，但又很想知道他查到了什么。

“一会儿不见就这么急着聊天啊，真羡慕你们。”

薛华探头来看，甘风池把手机移开了，但张煦阳的资料打开了，薛华看到了他的头像，她眉头挑起，露出很感兴趣的表情，问：“这个浪荡子又犯什么事了？”

“你知道他？”

“这些富二代富三代我不知道的不多，好一点的是闹绯闻搞包养，差的就是搞各种暴力事件进局子，就好像几天不闹点事出来就怕被遗忘似的，你比较特殊，我一直好奇你为什么要当警察，是为了寻求刺激吗？”

薛华把手伸过来，还好后座挺宽敞的，甘风池往旁边侧侧身避开了，要不是想了解冯雪雪的情况，照他的脾气一定会说——别自作多情了，我对年纪大的女人没兴趣。

“你调查我？”他问。

“是啊，你的姓挺特别的，我就查了下，谁知你来头还挺大的，不简单。”

薛华见他没回应，就没再上杆子继续贴，点起一支烟抽起来，甘风池皱皱眉，忍着抽二手烟的厌恶感，问：“能把你对张煦阳的了解说一说吗？”

“你还真是问对人了，有些事大概连你们警察都不清楚呢，不过我不白提供消息的，不如我们合作交换？”

“你想交换什么？”

“当然是冯斌的调查进度啊。”

“呵，你的消息那么灵通，我还以为你什么都知道呢。”

甘风池刺了她一句，刚好林紫言的留言又传了过来，他点开一看，里面说薛华早上更新专栏了，写得很夸张，让他去看。

甘风池打开专栏，看到点击率吓了一跳，再往下看，原来薛华把昨晚的经历都写了下来，还把录像截图贴在文章里，像是写小说一样，又是烘托气氛又是声情并茂地指责歹徒，歹徒的名字虽然写的是冯 ×，但只要有点头脑的人都知道她说的是谁，她甚至还偷拍了甘风池的背影贴上去，说她现在有警察保护，请粉丝们不要担心，歹徒很快就会被抓获，乔飞不会白白死亡，言下之意杀乔飞的人就是冯斌。

最后她还贴了张自拍，是美颜过的照片，再看底下的留言，都是一边倒地在抨击冯斌父女，还有安慰她的夸她是大美女的，甘风池越看越来气，他看过薛华以前的一些文章，原本觉得她有些才华，现在发现她跟乔飞一路货色，都是靠着新闻博眼球，只是她比较会伪装，可以靠颜值刷好感罢了。

他把画面亮给薛华，冷冷道："你这样写会误导大家的。"

"哦，你看到了啊，我觉得每个人都有权利发表自己的见解，如果你们认为我写得有问题，也可以删掉，就跟昨天那样。"

薛华说得有恃无恐，甘风池还真拿她没办法，毕竟她写的是她自己的经历，敏感的词汇也做了模糊处理，他悻悻地收起手机，薛华笑着看他，问："你不要听张煦阳的故事了？"

"抱歉，我只想听真实的事，而不是那些加工过的东西。"

车里明显低气压，助理都感觉到了，透过后视镜看他们，薛华瞪了她一眼，她马上转开了眼睛，专心开车。

医院到了，甘风池陪着薛华进去后才知道这里其实更接近于疗养院，住的大多是上了岁数的或是在做复健的人，薛华提前跟院方交涉过了，所以助理在进去后就打开了摄像镜头开始录。

三人来到冯雪雪住的楼层，也是凑巧，他们刚出电梯就碰到了冯太太。

冯太太有些憔悴，但她气质很好，冯雪雪跟她长得很像，所以甘风池一眼就认出了她，薛华急忙跑过去，又给助理招手让她跟上。

冯太太看到薛华脸色就变了，掉头就走，薛华追上，自我介绍说："冯太太你好，我是……"

"你不用说了，我知道你是谁，请你马上离开，不要妨碍我们！"

冯太太加快了脚步，薛华无视她的拒绝，继续跟着问："听说冯雪雪经过治疗，病情缓解了很多，现在她知道父亲出事了，会不会影响到……"

冯太太转过身，扬起手像是要打薛华，但最后还是停下了，指着摄像机，说："关掉！把它关掉！"

助理看向薛华，薛华打手势让她关了，冯太太骂道："她父亲出事是谁害的？都是你胡编乱造让他变成杀人凶手的，你还有脸来问她受不受影响？你怎么这么没有人性啊，她都退出来了，你怎么就不肯放过她？！"

"我只是写出我的想法，但我的想法不等于说冯斌就是凶手，如果他不是凶手，那他应该主动站出来，相信警方会还他一个公道，而不是畏罪潜逃。"

"他根本没犯罪，什么叫畏罪潜逃？！"

“如果他是无辜的，那为什么要丢下你跟冯雪雪逃跑呢？他很爱女儿，可是在女儿最需要他陪伴的时候他逃走了，究竟是什么事逼他这样做？你也很想知道答案吧？”

这番话说中了冯太太的心思，她虽然还很气愤，却没有再反驳，甘凤池冷眼旁观，发现薛华很会狡辩，冯太太根本不是她的对手。

等冯太太冷静下来，薛华用很诚恳的口气对她说：“我知道你们对我有很大的误解，不过没关系，我还是希望能帮到你们，不错，我来采访冯雪雪有一部分是为了自己的工作，但这跟帮助你们不矛盾，你想想看，冯斌现在藏起来了，但他肯定很记挂女儿，我可以通过跟冯雪雪的对话让冯斌了解她的感受，他知道了女儿的想法后说不定会投案自首，你也很希望他出来面对现实而不是一直逃避，不是吗？”

她说得合情合理，连甘凤池都找不出破绽，冯太太犹豫了一下，问：“他会看你的专栏吗？”

“我的专栏一直在连续报道乔飞的案子，冯斌又是这个案子的嫌疑人，他一定会关注的，你要是担心视频会对冯雪雪造成影响，我可以打上马赛克，录好后会照你希望的调整剪辑对话，你觉得呢？”

“我……要先问问她。”

“没问题，我们商量着来。”

冯太太向前走去，薛华给助理摆了下下巴，一脸的得意，甘凤池要不是看到她这副表情，差点就信了她，看来归根结底她是在利用冯家母女为自己赚点击率，他对薛华这样的做法感到厌恶，但又无法阻止，因为她的做法或许真的可以把冯斌引出来。

现在就看冯雪雪肯不肯接受采访了。

事情发展出乎甘凤池的意料，他们跟着冯太太走进病房，那是个单人套间，布置得很简单，床上没人，棉被被掀到一边，冯太太一看就急了，马上跑去洗手间，很快又转出来，甘凤池看她的脸色，感觉到不妙。

“出什么事了？”

“雪雪不见了，我就出去这么一会儿她就不见了！”

冯太太说完跑了出去，薛华追上问：“会不会是去哪里散步了？”

“不会的，她平时连房间都不出，手机电脑我也都收起来了，就怕刺激到她……是你，都是你乱写一通刺激了她！”

冯太太一着急，又把气发到了薛华身上，抓住她的衣服叫骂，助理拿着摄像机，不方便劝架，还是甘凤池上前拦住她们，说：“大家都冷静点，冯雪雪在这儿养病，肯定走不远，先跟医院的负责人联络，大家分头找，分头找。”

被他劝解着，冯太太总算冷静下来了，跑去护士台求助，助理要跟过去，被薛华一把扯住，低声说：“你也去找，找到了马上联络我，记得开摄像机，录得越多越好。”

助理看了甘凤池一眼，点头离开了，甘凤池本来想提醒薛华一下，但看到她的态度，他打消了念头，薛华投机取巧，说不定会伤害到冯雪雪，既然她那么想录像，就让她去录呗，前提是找得到人。

他故意说：“我昨天听同事聊到冯雪雪，她的健康状况很糟糕，几乎走不动，不太可能爬楼，会不会是去花园了？”

冯雪雪的床正对着花园，薛华没怀疑甘凤池的话，看看走廊外边，跑了出去，等甘凤池说等等他的时候，她已经跑远了，像是怕情报被抢去似的。

甘凤池耸耸肩，转身跑去楼上，又打电话给老白，向他询问同事监视的情况。

老白一边抱怨他把自己当工具用一边帮他查，很快就问到监视冯雪雪的一位同事现在在楼顶，这证实了甘凤池的猜测，问：“他们没拦住冯雪雪？就不怕她跳楼？”

“那大概要跳高冠军才能跳过去了，你想问什么就赶紧问，我帮你截住薛华。”

“这你都知道，老白你可真是神队友！”

“行了行了，你小子就那么点道道，我还不知道。”

甘凤池跑到楼顶，到了天台他才知道老白为什么说跳高冠军了，天台四周的栏杆架得特别高，别说跳了，光是爬上去都得花点工夫，所以监视的警察才不急于现身，甘凤池猜想他们或许在期待冯斌会出现吧。

他没看到同事藏在哪里，倒是先看到了冯雪雪，冯雪雪穿着病号服站在阳台边上，她瘦得都快成皮包骨了，颧骨高得有点吓人，看来网上的留言没夸张，她的状况是很糟糕。

她一看到甘凤池，立刻往后靠，叫道：“你不要过来！”

甘凤池不理她，继续往前走，冯雪雪急了，抓住栏杆想往上爬，但还没爬呢就滑了下来，甘凤池说：“咱们换个台词成不？你想练台词也要找个合适的地方跳啊，这地方连我都够呛。”

他上前抓着栏杆试了试，冯雪雪撑不住了，靠着墙滑倒在地呼哧呼哧喘起来，甘凤池向她伸出手，她没动，说：“我不用你可怜我，反正我活着也没价值，还拖累父母，倒不如有尊严地死去。”

“你够中二的。”

冯雪雪没听懂，抬头看他，甘凤池说：“翻译过来就是说没人可以有尊严地死，只有有尊严地活着，相信你父母肯定也这样想。”

冯雪雪不知道是不是听进去了，坐在那里不动也不说话，甘凤池最不会哄女孩子了，更别说哄有忧郁症的女孩子，他只好也坐到了地上。

冯雪雪看了他一眼，问：“你不拍我吗？”

“为什么要拍你？”

“刚才你跟小雪花进来时我看到了，你们想拍我的视频传去网上制造噱头，我这么丑，这么丑，网上的人看了一定很开心。”

她神经质地拉扯自己的头发，用长发盖住脸，甘凤池想阻拦，临时又缩了回去，靠恶补的一些忧郁症的知识，他没再去刺激冯雪雪，说：“他们开心是因为可以随便语言攻击，跟你长得什么样一点关系都没有。”

“我没有整容！没有刻意节食！更没有为了抢角色跟导演开房间！都是他们乱说的！就因为我不随大流，就要被那些人攻击，攻击我不算，还攻击我父母，害得我父亲在公司被人嘲笑……”

冯雪雪越说越激动，说到最后泣不成声，甘凤池不说话，坐在对面静静地听她说，她说了好久，伸手抹抹眼泪，问：“你是不是有录音笔？都录下来了吗？你会不会放到网上给大家听？”

“放心吧，我才没那么卑鄙，”甘凤池把录音笔取出来递给她，说，“你要不放心，可以按下删除键。”

“那你来干什么？小雪花一定很想报道我的事，她跟乔飞一样，都喜欢利用有争议性的话题谈见解，我爸这样，她巴不得从我这里挖到更多的爆料。”

“所以你怕被她拍到才偷偷跑上来的？”

冯雪雪点点头，甘凤池说：“我要先澄清一下，我不是小雪花工作室的，我也不混娱乐圈，我其实是干这个的。”

他把刑警证拿出来亮到冯雪雪面前，冯雪雪愣住了，看看证件又看看他，一脸的不相信。

“是不是觉得我比证件上的更帅？其实我本来是想从影的，你看我的硬件这么好，我要是去混娱乐圈，就没有那些小鲜肉什么事了，但我没门路啊，当配角人家都嫌弃，最后我只好跑去当警察，所以你看你比我幸运多了，至少你不仅混进去了，还混得挺好的。”

甘凤池信口胡说一通，冯雪雪还真信了，她被逗笑了，说：“你是比较……不太好混，想要在这个圈子里红，光帅不行，还得有特色。”

甘凤池觉得他无意中又被他家领导比下去了。

冯雪雪跟他聊着天，冷静了下来，问：“你是来问我爸爸的情况的？”

“是的，我可以录音吗？请放心，录音是用在查案上，不会爆去网上。”

“可以。”

等甘凤池按开录音键，冯雪雪马上说：“人绝对不是他杀的，我没有证据，但我知道不是！”

“为什么这么说？”

“我爸心肠很好的，连杀鸡都不敢，怎么敢杀人呢，上次杀人未遂那事他也是被陷害的，他那次是看到我太难受，一时气急了，才会拿刀去找乔飞，他是想让乔飞把乱写的东西改过来，上网澄清事实，没想到乔飞反过来诬陷他，还说要告他，最后我妈赔了乔飞一大笔钱他才罢休，但那件事最后还是被捅到了我爸的公司，大家都在背后对他指指点点的，上头还好几次暗示让他辞职，所以他打算不做了，专心照顾我。”

“出事时，为什么冯斌不跟警察说清楚？”

“我爸是个老实人，他一气急了，话都说不完整，而且他手里还拿着刀，警察当然是相信乔飞啊，他是受害者，又能说会道的，还会装可怜，外人不知道真相，就以为是我爸行凶。”

甘凤池觉得如果这是真的的话，那冯斌杀人的动机更大了，因为乔飞在网上乱写导致冯雪雪患病，冯斌的工作也丢了，他对乔飞肯定恨之入骨，问题是他是怎么将毒药放进乔飞的药盒的？

“乔飞有没有偷拍你的什么照片……比如一些比较会损害声誉的照片？”

“他肯定偷拍过，不过这跟声誉没关系吧，我又没做见不得人的事，我没有被包养，我是凭本事拿剧本的！”

“别激动别激动，这只是例行询问，就是绝对没有对吧？”

“绝、对、没、有！”

冯雪雪气愤地看他，让甘凤池觉得自己像是坏人，他想假使冯雪雪没撒谎，那偷偷潜入乔飞家里找东西的人就不是冯斌了，那么冯斌在这次的事件里扮演了什么样的角色？他为什么要逃跑？

他换话题，问：“你听说过乌头碱吗？”

“那是什么？”

“算是药材吧，比如乌头啊附子啊。”

“附子我用过，朋友介绍的美容偏方说护肤很有效，后来我心情不好，就全部扔掉了。”

发现甘凤池看自己的手腕，冯雪雪把手往后缩了缩，她左手腕上戴了好几圈手链，跟病号服很不搭，甘凤池猜出了原因，装作不经意地问：“你父母会不会再收起来？他们一定希望你病好后可以变得更漂亮。”

“不知道，我没问，你可以问问我妈，也许她会收起来，为什么你要问这个？”

“哦，我一个模特朋友也这样做美容，我就好奇问问，因为我的上司也是个美容狂。”

为了工作，甘凤池毫无心理负担地把上司卖掉了，问：“在乔飞出事前的那段时间，你父亲有什么异常表现吗？”

“没有啊，他跟平时一样，不，应该说比平时还要好，说联络了其他公司，下个月去谈一谈，如果聊得好的话就跳槽过去。”

“他没提乔飞？或是小雪花什么的？”

“嗯……没有……”

冯雪雪的回答明显慢了半拍，她不敢直视甘凤池，把眼神瞥开了，甘凤池马上明白是怎么回事了，正色说：“请你相信我们警察，如果你认为你父亲没有杀人，那更应该告诉我们真相，这样我们才能更快地找到凶手，不至于让你父亲受不白之冤，你说对吗？”

他的话打动了冯雪雪，犹豫了一下，问：“你们真的会认真找凶手吗？”

“这本来就是我们的职责啊。”

“我爸爸有了新工作后很开心，我祝贺他的时候，他突然说如果乔飞那些人死了就更好了，我们接下来会更顺的，我当时没在意，后来没几天乔飞就真的死了。”

“他说的‘那些人’是指哪些人？”

“我不知道，他没提，不过我相信我爸爸没杀人，他就是说说气话而已。”

“他离开之前跟你说过什么？”

“没有，他没打招呼，我跟妈妈一开始还以为他去公司了，谁知……我真的不知道是怎么回事，不明白他为什么要离开我们，他觉得是我拖累他了吗？”

“别傻了，这世上最不会认为被你拖累的就是你父母了。”甘凤池直截了当地告诉她，又问，“你有没有想过他为什么要逃？”

“想过，可想不出来，真的不是因为被我拖累吗？”

甘凤池暗中翻了个白眼，觉得自己的解释都打水漂了，不过他能理解冯雪雪的担心，毕竟他们都想不出冯斌逃避警察的原因。

有什么事是比他照顾女儿更重要的？

“可以录一段音给我吗？如果他听了你的话，说不定会改变想法。”

萧兰草以前也做过类似的事，甘凤池就照葫芦画瓢了，心想学费没白交，终于派上用场了。

他调出手机的视频录音，冯雪雪照做了，啰啰唆唆说了好长一段话，都是想念父亲，也相信他没杀人，让他不要做傻事，不要拒捕等等，甘凤池怕刺激到她，不敢打断，好不容易等她讲完了，马上关掉，又报了自己的手机号，让她有什么问题随时联络自己，接着送她回病房。

冯雪雪坐久了，站起来很吃力，甘凤池看不过眼，把她背起来送她去楼下，在电梯里他翻了翻自己的斜肩包，找出刚买的巴拿马帽给她让她戴上，说："过会儿不管小雪花问你什么，你都别理她。"

"好，"冯雪雪用帽子遮住脸，小声说："谢谢你。"

"不用谢，等回头事情解决了，你给我个签名就行。"

甘凤池背她来到楼下，就见一群人像是没头苍蝇在走廊上转悠，薛华也在，第一个看到他们，立刻冲了过来。

甘凤池加快脚步进了病房，薛华想问问题，但其他人也跟着跑过来，七嘴八舌地问情况，把她的声音盖了过去，助理又不在跟前，她情急之下掏出手机拍冯雪雪，被甘凤池抢先一步关上了房门。

他从里面抵住门，等冯雪雪回到床上坐下，给他做了个 OK 的手势后才出去，薛华想进来，被他拦住，只让冯太太进房间。

薛华还想坚持，在暗中负责监视的警察走过来，示意他们离开，薛华眼看着大好的机会在眼前消失，气得涨红了脸，追上甘凤池质问："你找到她怎么不联络我？"

"你又没跟我说要联络你。"

"这还用说吗？我们来的目的不就是采访她？她都跟你说了什么？你拍了她的照片吗？有没有录音？冯斌是不是凶手？"

"都没有，我也是好不容易才找到她的，看她不舒服，就背她下来了，你刚才拍照了，不会是想登到专栏吧？"

薛华本来是打算那么做的，但看了看拍的照片，由于大家推搡，都拍花了，再加上冯雪雪的躲避，根本看不出拍的是谁，她气道："拍成这样，登个屁！"

"你这样说话，被粉丝听到，一定很失望。"

"我现在只想抓素材，鬼管他们失不失望！"

薛华在火头上，把淑女的气质丢得一干二净，她跟着甘凤池一路走出医院，见他没有说的意思，眼珠一转，堆起笑脸说："你不可能什么都不问就送她回去的，不如我们交换啊，你告诉我情报，一点点就行了，我告诉你张煦阳的事。"

“抱歉，无可奉告。”

甘凤池软硬不吃，回了她一个笑脸，往停车场走，助理也追过来了，直跟薛华说对不起，薛华冷冷道：“连这么点小事都做不好，简直是废物。”

助理脸上露出愠恼，甘凤池觉得她想反驳，但最后什么都没说，坐去驾驶座上，他看不过眼，对薛华说：“女人不要老生气，很容易变老的。”

薛华不说话，打手势让助理开车，又低头开始玩手机。

甘凤池巴不得她闭嘴，趁着这个机会将录音转去老白那里，并说了冯家有附子的事，建议派人去跟冯太太确认，最好是女警，比较可以让她放弃戒心。

老白回信说他跟科长推荐了紫言，如果有消息再联络他。

CHAPTER SIX 第六章

美女博主的失踪

轿车在沉默中开去薛华的工作室，快到时薛华突然说不回去了，指指前面让助理继续开，助理对她的善变早已习以为常，默默往前开，薛华拿出笔记本电脑开始敲打，甘凤池看在眼里，有种不太好的预感，但知道即使自己阻止，薛华也不会听他的，只好顺其自然了。

经过一个咖啡厅，薛华让助理停下，说要进去坐坐，她还在生气，没邀请甘凤池，甘凤池自行跟上去，跟助理一起坐在离薛华稍远的座位上。

薛华点了咖啡，继续敲电脑，甘凤池远远看着，小声对助理说："你也挺不容易的。"

助理给了他一个意味深长的笑："看在钱的分上。"

"她平时也常在车上敲字？"

"不，她工作的时候喜欢清静，今天情况特殊，得赶稿。"

三人在咖啡厅一待就是一个小时，甘凤池索性点了午餐，他让服务生询问薛华要不要，薛华回绝了，她敲完了字，又开始看网站，甘凤池对助理说："看样子还要很久。"

"难说，有时候她会坐一天，有时候只要一两个小时。"

"你跟她很久了？"

"是啊，快两年了，跟我一起进来的都辞职了，我比较抗打压，"说到这里，助理看看薛华那边，悄声问他，"你们查到袭击薛小姐的人了吗？真的是冯先生？"

"有关这一点我们还在调查中，你认识冯斌？"

"薛小姐采访他的时候我见过，他说话文质彬彬的，很有礼貌，不是坏人。"

助理欲言又止，甘凤池觉得她知道的不止这些，正想细问，手机震动起来。

林紫言留言说她去拜访了冯太太，有关附子的事冯太太说她本来想丢掉的，但冯斌说等女儿好了再用，她就收进了化妆柜里，东西应该还在，林紫言征得了她的同意，请同事去冯家找附子，已经找到了，检验后发现附子是经过加工的，其中毒性成分很弱，不足以致死，而且成分跟乔飞服用的药物成分不符。

也就是说冯斌也许跟毒杀事件没关系，他逃跑是出于其他什么原因。

甘凤池想着，就见林紫言又写道她听了冯雪雪的录音，从音程变化来看她觉得冯雪雪没有说谎，她偏向冯斌是被陷害的，所以她比较担心冯斌现在会有危险，正跟老白还有魏正义协助刑侦一科找人。

甘凤池问起萧兰草，林紫言发过来一张下跪的图片，说她不知道，大家都不知道科长在做什么，他把自己的手下都丢给萧燃后就不见了。

甘凤池感同身受，回了个翻白眼的图，说那就别管他了，反正他又不可能被绑架。

他们吃完饭，薛华也上完网了，合上电脑离开，甘凤池跟助理回到车上，她说要去购物，让助理把车开去百货。

到了百货，甘凤池切身体会到女人购物有多恐怖了，从首饰专柜到时装专柜，一转就是几个小时，助理手里的购物袋越来越多，甘凤池想帮忙，她拒绝了，说这都是小意思。

中途薛华又跑去喝下午茶，甘凤池还以为这就结束了，谁知薛华休息过后又开始逛，助理终于拿不了了，只好请甘凤池帮忙，到了傍晚，甘凤池趁着等待的时间刷了下手机，发现薛华的专栏又成了热搜，被顶在了最上边。

薛华今天连着写了几篇文章，先是循循善诱，告诫青少年过于热衷减肥和整容的危害性，接着是冯斌疑似进入疗养院的报道，疗养院的照片和警察的脸部做了模糊处理，最后的报道则是冯雪雪的近照。

她刻意放大冯雪雪的手腕并做了提示，说今天去采访冯雪雪，冯雪雪因为知道了父亲杀人的事，导致病情恶化，到了无法行走的程度，文章最后是冯斌的近照，也是唯一没有打码的照片，她希望冯斌看到报道马上投案自首，不要再一错再错。

薛华还特意设定了发布时间，一点点将事件走向推上高潮，甘凤池看完气不打一处来，忍着等薛华买完衣服出来，他上前质问道：“你又乱写，这些都不是真的！”

“因为你不告诉我真相啊，所以我只能靠观察到的来推测了。”

“可你这不是在写小说，可以凭着推测去写，你知不知道你这样做很过分？”

“知道，但为了提高知名度，这些都可以接受。”

“知名度就这么重要，可以让你昧着良心做事？现在还没有确凿的证据证明冯斌就是凶手，万一他不是的话，你知道你这样会对他造成多大的伤害？”

“但现在他的嫌疑最大不是吗？如果他是凶手，大家看了我的文章，就会提高警觉，还会为警方提供情报，让你们能快点抓到他，如果他不是，他看到女儿被自己伤害，也可能会主动跳出来自首，这不是一举两得的事吗？”

“不，你这是以身试法！”

“那你说我是犯了哪条法律？现在的事实是他昨晚攻击我了，犯法的是他！”

两人争吵着走出百货，助理在后面跟着，听到这里，她很紧张，开口想说话，最后又忍住了，甘凤池没看到，他停下脚步问薛华。

“其实昨晚你是故意没关镜头吧？”

薛华一愣，也停了下来，问：“为什么这么说？”

“因为你给我的感觉是你不是一个为了一点小事就会害怕的女人，而是擅长利用一切可能的人，化被动为主动。”

薛华垂下眼帘，助理小声叫她，被她制止了，对甘凤池说：“对，你说得没错，我当时是很害怕，但想到难得遇到这种情况，我希望大家看得清楚一些，也许就可以让更多人知道真相。”

“不仅放直播，还利用我提高你的收视率，你是学新闻的，你学的时候老师没告诉你新闻最重要的不是哗众取宠，而是真实吗？”

“说过，所以一开始我也是跟你这样想，作为新人记者，多得是雄心壮志，可是后来我发现这个圈子最不缺的就是谎言，想要在这里混下去，就得遵循它的游戏规则，只有站稳了脚步，你才有机会畅谈自己的想法和见解，否则都是一席空谈。”

“也许你说的都是事实，但正因为如此，所以讲真话才更难能可贵不是吗？”

甘凤池说得很直接，薛华的脸一阵红一阵白，突然掉头就走，助理看了甘凤池一眼，也急忙跟上，却被薛华拦住了，说自己要去买东西，让她去车上等。

她在生气，助理不敢多话，拿着大大小小的购物袋去停车场，甘凤池来不及叫她，只好拿着余下的购物袋跟着薛华，薛华说：“我想清静一下，不用你跟。”

你以为我想跟啊，这还不是因为我要当保镖吗？

甘凤池在心里吐着槽，微笑说：“不好意思，那我离远点行吗？”

薛华没坚持，拿着小提包穿过马路，去了对面的便利店。

店里人不少，甘凤池手里拿了东西，进去后妨碍别的客人，他见薛华站在杂志区拿起杂志翻看，一时半会儿没有离开的意思，便跟她说自己去门口等，有什么事叫他。

薛华头也没抬，随口嗯了一声，甘凤池去了店外，外面有椅子，他坐下，揉着酸疼的腿心想他这辈子除了陪母亲和他家领导外，就没有这么逛过百货，他以为那两位很厉害了，没想到人外有人。

希望紫言不要这么爱逛街……

想曹操曹操到，林紫言的电话打进来，问他这边的情况，甘凤池没好气地说：“没情况，这一下午我都在陪那位姑奶奶买东西呢。”

“听起来你挺累的。”

“心累，你那边呢？”

“冯斌还没有消息，刑侦一科的同事都快气死了，他们大概从来没找人找得像这次这么辛苦，不过鉴证科那边有新情况，他们检查了薛华工作室的花瓶碎片，发现了一个奇怪的地方。”

“是什么？”

“碎片断面沾了很多纤维物质，经查是壁纸成分，应该是花瓶撞击到工作室的墙壁导致的，而衣服纤维多数沾在碎片表面，断面非常少。”

“你的意思是花瓶不是砸在歹徒身上，而是墙壁上？”

“从物质纤维的黏附状况来推测是这样的，老羊说砸到后物质纤维的黏附和事后蹭到的形状不一样，而且如果是砸在身上，飞起的碎片很难不擦到歹徒的脸，但鉴证科收集到的碎片中没有找到肌肤纤维组织。”

“也就是说薛华在撒谎？她为什么要撒谎？”

“那只有她自己才知道了，萧燃科长已经申请到了搜查令，他们会重新调查薛华的工作室，他让我转告你看好薛华，让她回工作室等候。”

听到这里，甘凤池心头一跳，在短短的接触中，他对薛华的个性和野心已经有了深刻的了解，大约猜到了她撒谎的原因，急忙冲回便利店，预感命中了，杂志区那边早就没有人了。

他绕过货架跑去另一边，那边也没人，过道连着后面的休息区，再穿过休息区就是后门，后门外也是街道，他的心怦怦跳起来，终于明白自己被那个女人耍了。

“出了什么事？”

从他紧张的呼吸声中品出不对劲，林紫言在电话那头问道，甘凤池定定神，说：“我把薛华跟丢了。”

听说了甘凤池的情况，冯震和司徒很快赶了过来，司徒一看到甘凤池就没好气地说：“你说你干的这叫什么事！”

“行了行了，先解决问题。”

冯震把司徒拉开了，跟便利店店长要来薛华消失前的录像，他们来之前甘凤池已经跟店长说明了情况，录像早就调出来了——在甘凤池出去后薛华接了通电话，她看看店外，见甘凤池没留意自己，就转身从后门离开了。

店长还调了后门外的监控器给他们看，薛华是叫了出租车走的，一切都是她的自主行为，没有被人胁迫。

冯震打电话给萧燃说明情况，萧燃说他会调查薛华最后是跟谁通的电话，让他们把相关录像都收集全了带回来。

甘凤池知道自己闯了祸，在回警局的路上一句话都不敢说，助理的反应比他更紧张，一直问会不会是有人威胁薛华离开的，薛华会不会有危险，甘凤池回答不了，冯震也不解释，只说接下来警方会重新检查薛华的工作室，请她给予配合。

助理一脸快哭的模样，连连点头，冯震开车把他们载去薛华的公寓，叶长鸿已经到了，助理开了门，配合他们进行搜查，甘凤池也想帮忙，被冯震拒绝了，让他先回警局向萧燃汇报工作。

甘凤池垂头丧气地回去了，萧燃不在，裴晶晶说他开会去了，会议内容是关于毒杀案和嫌疑犯潜逃的事，甘凤池问他有没有提到自己，裴晶晶说没有，大家都忙疯了，顾不上。

这句话更打击人，看看刑侦一科大家都在忙，甘凤池怕再待下去讨嫌，他跟裴晶晶说先回冷案科，有新情况让她马上通知自己。

他回了科里，老白收拾好提包正准备下班，看看他的表情，半路停下来，问："人跟丢了？"

"紫言跟你说的？"

"这还用谁跟我说嘛看你的表情就知道了，你现在这模样就像是前一秒中了一千万后一秒发现自己搞丢了彩票一样。"

"比那个还严重，我被那女人耍了，她一直在利用我，从昨晚拍视频开始就在利用我作秀。"

"怎么回事，说说看。"

出事了，老白也不急着回家了，把包放下让甘凤池说，甘凤池心里挺闷的，好不容易逮着一个可以倾吐的人，他把自己的怀疑和失误原原本本说了一遍，老白一边听一边点头，说："这女人很有问题啊，一切都是她自导自演的，可是她为什么要陷害冯斌，仅仅是为了提高自己的人气和知名度吗？"

甘凤池突然想起公园老太太们说的话——有位穿着时髦的女人跟乔飞热情地聊天，他问："难道乔飞的死跟她有关？"

"这我可不知道，我们现在又没有证据，不过也许我可以帮你查到她离开之前是跟谁通话的。"

他跑去电脑前敲打了一阵，甘凤池跟过去，就见屏幕上跳出一些不常见的数据，他说："这么厉害，这都可以马上查出来？"

“查查手机号还是可以的，更具体的就需要小柯他们帮忙了，出来了，手机号是这个。”

老白把薛华最后通电话的号码调出来，甘凤池记下来，说：“那我马上通知小柯。”

“不用，小柯这会儿说不定已经查到手机机主是谁了……等等，这号码怎么有点眼熟呢。”

老白摸着下巴琢磨道，甘凤池听他这么一说，又看看号码，大叫出来——“这是冯斌的手机号！”

“你确定？”

“确定，我翻他的案卷时看到过，怎么会是他？”

发现通话人是冯斌，甘凤池的大脑更混乱了——薛华诬陷了冯斌，冯斌肯定也清楚，所以他们两人应该是敌对关系，那为什么他一通电话薛华就马上走了呢，她不会不知道跟冯斌见面的危险性，还是为了抢第一手新闻，她想赌一把？或是还有其他什么他们不知道的原因。

“我去找萧燃科长！”

甘凤池坐不住了，掉头就跑，半路又停下脚步，转头问：“咱们科长呢？还有正义，他们都去哪儿了？”

“正义在帮萧燃科长的忙，紫言应该也在那边忙，咱们科长嘛……他神龙见首不见尾，见了尾巴也见不到人，你就当他不存在吧。”

“喔……”

“还有什么我需要帮忙的？”

“不用了，老白谢谢你！”

甘凤池跑进刑侦一科，萧燃已经回来了，小柯也将调查到的情报整理好送了过来，他们查到的比老白详细——自从冯斌失踪后，他的手机就一直处于关机状态，他可能做了防御设置，GPS 追踪不到，他主动联络薛华后，小柯搜索了手机定位，同样一无所获。

甘凤池看了资料，很难想象冯斌有这么厉害，他只是做普通销售工作的，从他拿刀威胁乔飞道歉来看，他也不具备冷静行动的能力。

“薛华搞出这么多事，会不会就是故意要把他引出来？为了提高她的专栏知名度？”

“这个我就不知道了，调查是你们的工作，不过我有一点可以肯定，”小柯指着电脑屏幕说：“她在离开时没有被胁迫。”

监控视频放大后，可以看清薛华的表情，她表现得很镇定并且有行动力，出去时还特意往后看，可见比起在意冯斌，她当时更担心会不会被甘凤池发现。

这一切都表明她知道自己不会有危险，可她为什么不害怕冯斌？除非她确定冯斌不会伤害自己，这说明她知道攻击她的人不是冯斌，而是另有其人，而且她预料到了会断电，所以直播时才没有选择台式电脑，而是笔记本电脑……

甘凤池的猜测命中了，冯震他们检查了薛华的工作室，在其他几个地方找到了窃听器，助理被带回警局接受讯问，她已经吓傻了，不用冯震多问就主动交代说昨晚攻击薛华的人是她，但她会这样做都是薛华的安排。

最近薛华的专栏热度一直无法再升高，她很暴躁，看到大家都对乔飞被杀事件感兴趣，就说可以把新闻做得大一点，引来大家的注意，这样就可以借事件热度炒作工作室。

“所以你就答应了？你知不知道陷害他人，扰乱警察办案是严重的犯罪行为？”

“我知道啊，所以我一开始拒绝了，但她是个很固执的人，她一旦有想法了，就听不进任何建议和意见，还说我不照她说的去做的话就炒掉我，我妈最近住院需要钱，虽然薛华人品不好，但工资开得很高，我不能没有工作。”

“把自己装扮成冯斌也是薛华教你的？”

“是的，我长得壮实，变装容易，也了解周围监控器的设置，可以避开，薛华说只要我们事先演练好，就不用担心被发现，所以我在书房外面晃悠和拉掉电闸，还有她打电话叫甘警官过来这些其实都是演给观众看的，让他们真的相信是冯斌作案，进而更关心薛华。”

“冯斌跟薛华有什么私人恩怨？”

“据我所知没有，就算有也是冯斌对薛华不满，薛华这样做不是想害他，她只是想做大新闻而已。”

“做新闻就可以害别人吗？真不知道你们脑子里是怎么想的！”

被斥责，助理低着头不敢说话，冯震又询问窃听器的事，她一脸茫然说不知道，她只知道薛华安装了摄像镜头，她喜欢跟粉丝分享自己的日常，但没听说装窃听器。

甘凤池听裴晶晶说了窃听器都放在办公桌底下或是茶几下面，心想这当然不是薛华放的，哪有人放这玩意儿监听自己啊，除非是变态。

接着冯震又询问助理最近都有什么人去过工作室，她也说不上来，她们没有访客记录，她只记得一些工作上有交往的客人，但她不太了解大多数客人的身份，因为薛华是个心思很重的人，除非必要，否则不会跟她说客人的情报。

“那你就记得多少写多少吧，写得越详细越好，再把和薛华交往密切的人员名单提供给我们，还有最近她见过什么人，聊过的什么与案子有关的话题，都写下来。”

“我写我写，是不是我好好配合就不会被起诉了？”

“这要看你的态度，你真的不知道薛华为什么突然离开吗？”

助理用力摇头，不断表示她就是个跑腿的，薛华有什么大的决定都不会跟她讲，而且薛华前不久找到了一个投资商，心情特别好，她已经在做新项目的开发计划了，接下来工作室应该很忙，所以她也不懂为什么薛华会在这个节骨眼上对乔飞的事件这么上心。

冯震问完话，从审讯室出来，甘凤池立刻迎上前，问：“既然薛华有新项目开发的想法，你说她是不是想把事件搞大，向投资商展现她的能力，方便今后投资？”

“可能吧。”

“那你问问助理投资商的事啊，说不定这是条好线索！”

“我说，我要怎么做就不用你来教了，做好自己的事吧。”

冯震说完推开甘凤池离开，甘凤池追上他：“要不我去问一下？我今天跟助理混了一天，比较熟，我来引导的话，她可能会记起更多的事。”

“不必了，你该干吗干吗去，对了，有时间记得写检讨啊，不过我想你家领导应该不会在意的。”

被吐槽，甘凤池想起了他前不久犯的错误，一秒没音了，冯震看看他那样子，拍拍他肩膀，安慰道：“放心吧，我会问的，等她写完名单再说。”

“喔……”

手机铃声打断了两人的对话，甘凤池拿出来一看，又是王奶奶，他有点头大，来到走廊上接听。

“王奶奶，抱歉，我现在有点忙……”

“凤梨啊，你什么时候过来？我刚发现你的手机掉我家了，我帮你收起来了，你什么时候过来拿吧。”

“手机？”

“是啊，上面还有个小葫芦坠子，怪好玩的。”

甘凤池无语了：“那不是你自己的手机吗？我记得你还说过那是你孙女送你的。”

“喔……好像是啊，可是……我现在就用我的手机在给你讲电话啊，那多出来的这个是……哎哟我都被你绕糊涂了。”

“不急不急，我们慢慢说，你想想看，如果那是我的手机的话，那你又怎么能打给我呢对不对？”

感觉王奶奶急躁了，甘凤池耐下心来跟她说，她好像听懂了，嘟囔道：“也是，喔，我想起了，一定是隔壁老李家的来玩，忘了拿走，我孙女给了我好几个小葫芦，我都拿去送人了，那没事了没事了，你忙吧。”

“等等！”

甘凤池叫住王奶奶，他后知后觉地发现老人家记性有点差，常常忘东忘西的，这个年纪的老人家突然记性变差，不会是老年痴呆的前兆吧？如果真是这样，那得提醒她的家人早点带她去看病。

想到这里，他正要说话，电话那头传来老爷爷的声音。

“老婆子，别看电视了，该吃药了。”

“别催别催，知道了。”

王奶奶回了一声，对甘凤池说：“不跟你聊了，老头子有意见了，又催着我吃药，真烦。”

“是腿受伤的药吗？”

“不是，是一些防止老年记忆力退化的药，孩子逼着吃的，说预防有好处，你说我这记忆力还需要吃药吗？昨天老李家打麻将输了我多少钱我还记得呢。”

听她这么一说，甘凤池放了心：“是啊是啊，您的记性最好了，那快去吃药吧，我把这边的事忙完就去找您玩哈。”

“好咧，就这样，挂了啊。”

甘凤池跟王奶奶通完电话回到办公室，大家都在忙，林紫言看到他，跑过来小声问他有没有事。

甘凤池当然有事，但他不能在女孩子面前表现出来，故作轻松地摇摇头，说去找萧燃就跑进了科长办公室。

萧燃像是知道他的心思似的，不等他开口就说他工作辛苦了，今天就回去休息吧，这个案子不用他跟了。

甘凤池一听就急了，说：“科长，我知道薛华这事是我疏忽导致的，您就给我个将功补过的机会吧，薛华不是在工作室安装了视频镜头吗？也许会录下什么，要不我来查这个？”

“那些视频录像很少，薛华只在必要的时候打开，而且定期删除，这部分我们有人会做。”

“要不我跟她的助理谈下心？我有信心问出更多的事情来。”

“你的意思是我的属下的讯问能力不如你专业？”

“不是！当然不是！”

甘凤池急了，生怕再说下去描得更黑，恰好有电话进来，萧燃接电话，摆手让他出去。

甘凤池蔫蔫地出去了，他不想大家看笑话，一出门就加快脚步穿过办公室来到走廊上。

林紫言从后面追上来，她看看甘凤池的脸色，安慰道："你别想多了，你从昨晚就没休息，萧燃科长也是好意，没精神的时候出错的可能性更大，你说是吧？"

甘凤池承认她说得对，就是心里拧不过来，说："我回家，有什么事你叫我。"

"嗯。"

甘凤池从警局出来，开车回家，路上越想越憋屈，越想越不对劲，索性把车停到路边，掏出平板，把昨天发生的事情汇总起来看了一遍，正看得起劲，手机响了，他还以为是林紫言的，快速拿起，没想到来电的是萧兰草。

他接通打了招呼，萧兰草笑道："是不是发现不是紫言，很失望啊？"

"没有，我心情不好是因为被调离岗位了……"

"你现在在哪儿？吃饭了吗？我正要叫餐，你要是没吃的话，我就多叫俩。"

"没吃，没胃口……"

甘凤池随口嘟囔完，转念一想，不对啊，他一天都没好好吃顿饭，不能因为被踢出调查组就自暴自弃，这不符合他的人生准则，而且他还有好多话要跟科长抱怨……哦不，是汇报，急忙改口道："有胃口有胃口，科长你在哪儿？我马上过去。"

"在家呢，刚下班，一个人懒得做饭，来吧。"

甘凤池收了线，把车一路飙到萧兰草的家，一进门他就闻到了饭香，萧兰草刚把外衣脱下，说："你可真够快的，人家才把外卖送到你就来了，做事有这么麻利就好了。"

被戳到痛处，甘凤池不吱声了，萧兰草往前走了几步没见他跟来，转头看看他的表情，一巴掌拍到了他的肩膀上。

"男人谁年轻时没犯点错误呢，有什么大不了的。"

"科长你不要说得不清不楚的，我这是工作失误，不是男女关系问题。"

"失误就更不用在意了，谁做事会不犯错，当然，我不会，你不能跟我比的凤梨仔。"

甘凤池突然不想理他家领导了，所以他跑去餐桌前帮忙把外卖盒打开，呵，四个菜都是他喜欢的，另外还有个清汤，萧兰草说自己最近在减肥，喝汤就行了。

美食在前，甘凤池暂时抛开了烦恼，拿起筷子吃起来，萧兰草拿了几罐啤酒过来，打开递给他，他推开了，说："我开车呢，不能喝。"

“今晚你不用走了，吃完好好休息，客卧都是空的，随你住。”

“你家房东呢？”

“在忙，他是工作狂，不管他。”

一听可以住下，甘凤池放开了胆子，跟萧兰草碰了杯，咕嘟咕嘟把酒灌下了肚，他不用萧兰草问，就一边吃着饭一边把自己的经历从头到尾详详细细讲了一遍。

萧兰草喝着汤听他说完了，点点头表示理解。

甘凤池找到了知音，很激动，又主动跟他干杯，说：“我知道把人跟丢了是我的错，但我也在努力弥补过错啊，我想将功补过，可萧燃科长二话不说就把我踢出了小组，是不是太没有人情味了？”

“喔，有关这点，我要帮萧燃澄清一下，他这人有时候做事是很古板又固执，不过要说没有人情味就有点过了，他其实是担心你急于立功赎罪，反而容易做错事，你现在需要冷静下来休息，只有保持冷静的头脑，才能更好地工作。”

“这些都是他跟你说的？”

“这还用他说吗？我认识他又不是一天两天了，而且这次真的不能说责任在你，薛华是有预谋的，利用狂购物降低对方的警觉心，换了任何人都会被她甩掉。”

甘凤池回想薛华的言谈举动，也觉得她很多地方有问题，比如她坚决不让林紫言跟随，刻意把他留下，这样要求总不可能是因为看上了他。

“难道她和冯斌是一伙的，故意演戏给大家看？”

“如果是一伙的，她陷害冯斌的行为就说不过去了，但从她的行为可以看出来，她一开始就是有计划有目的的，所以我才说你不用急——如果冯斌要害她，现在她已经遇害了，你急也没用；如果冯斌没要害她，那就按兵不动，看他们接下来还会有什么计划。”

“你的意思是就这样一直等？”

“除了等待还有其他办法吗？除非有新线索可以马上找到她和冯斌，萧燃跟我说他们联络到了载薛华离开的出租车司机，他提供了薛华下车的地址，可惜那一片很偏，没有监控镜头，要找的话只能在附近慢慢打听，这些都需要时间的，幸运的话，靠新闻的力量或许能找到什么线索。”

萧兰草点动手机里的新闻，警方已经把薛华失踪事件放出去了，新闻里提供了拨打热线，他说：“看起来很讽刺，薛华一直利用新闻提高自己的知名度和存在感，现在却要新闻来救她。”

“那科长你能不能跟萧燃科长说一下，让我帮忙啊？我可以去薛华下车的地方帮忙打听的。”

“没用，萧燃那个人，他一旦做出了决定是不会更改的，你就趁着这个机会休假好了，我准假。”

萧兰草笑眯眯地说，一脸“看，上哪儿找我这么好的领导”的表情，甘凤池的白眼都快翻去脑后了，萧兰草欣赏着他的反应，说：“而且追踪这种事不是非你不行，但有些事就是非你不行。”

“科长你在说什么绕口令……”甘凤池吐完槽反应了过来，问，“你是不是另有任务指派给我？让我来做吧，这次我一定不负所望，坚决做好！”

萧兰草笑而不答，问：“凤梨仔你的数学还好吧？”

“您开什么玩笑？我就是数学系毕业的啊！”

“太好了，我打工的那家补习班的数学老师人手不够，他们急需一个新老师，那我就推荐你了，事不宜迟，我这就去打电话。”

“等等等等等！”

萧兰草起身要打电话，甘凤池消化困难，跑过去拦住他：“我没听错吧，你是警察你打工？你这两天不是在查何家的案子吗？”

“这件事说来话长了，你等等，我先打完电话再跟你说，这么好的缺别让别人占了。”

也就是说他家领导出去打工不说，还想拉着他去打工——甘凤池头大了，觉得他离调去刑侦一科的日子遥遥无期。

萧兰草打完电话回来，甘凤池吃完了饭，把餐桌收拾干净了，看到厨房有茶叶，他冲了两杯茶拿去客厅，萧兰草赞道：“凤梨仔你很贤惠嘛，早知道就不叫外卖了，真浪费钱。”

凤梨仔翻着白眼当没听到，心想你把钱花在没意义的保养和衣服上，那才真叫浪费钱。

“到底打什么工？科长你说清楚。”

萧兰草把宣传单放到茶几上，说：“就这家，何筱俪出事时一直在这家补习学校学习，她被强暴也是那晚从补习学校回家时发生的，我在何家那边没打听到消息，就想过去问问看，没想到他们正好在招老师，以为我是应聘的，不听我解释就把我推去试教，再后来我就莫名其妙地被留下来了。”

甘凤池完全可以想象出当时的情况，简直太有画面感了，他觉得也不能怪人家认错，因为萧兰草怎么看都不是当警察的料。

他拿起宣传单，那是补习学校寒假期间的招生广告，名字叫育泉学园，甘凤池听说过，它规模挺大的，开了不少班，不过他对补习学校的了解还源于何筱俪事件。

“所以这两天在我们忙着查案的时候，你跑去当老师了？”

“你觉得我的气质像吗？”

“除了警察外，你做其他任何职业气质都过关，不过萧燃科长知道这事吗？”

“知道，局长跟他说了，他挺不高兴的，不过局长支持，他也没法说什么。”

甘凤池觉得依照萧燃的个性会支持他家领导的做法那才叫奇怪呢，不过他更好奇一件事。

“你教什么的？”

“语文，你不知道现在这些学生的文言文差到了一种什么程度，凤梨仔你这是什么眼神？我虽然不像你是名牌学府出来的，但教一帮小毛孩子还绰绰有余。”

“是是是，您最厉害了，不过您去任教的主要目的还是为了查案吧？你查到什么了？”

“如果查到什么了，我还用你帮忙吗？我想跟何筱俪的数学老师聊聊，但话不投机，我也不知道怎么得罪他了，他对我很排斥。”

萧兰草从手机里调出照片递给甘凤池，那是个四十出头的男人，消瘦，戴着眼镜，有种颓废忧郁的气质，这样的人应该很受女孩子青睐。

“不过我也不喜欢他，不管是从同性角度讲还是从警察的直觉讲，他都不属于正直的那类人，这种人也许不敢抢劫杀人，但一定经不起诱惑，会做一些小的恶事坏事。”

甘凤池觉得萧兰草一语中的了，男人的眼神有点色色的，身边如果有一帮青春少女的话，他很难不动心，或许不敢强迫，但可能会利诱或引诱。

“他好像叫陈……白川？”

搜索着记忆中案卷的记录，甘凤池问，萧兰草点点头。

“对，我去补习学校之前查过他的档案，他以前在某所高中任教，后来因为跟学生有男女关系问题被辞退了，不过他教课很好，就被育泉学园聘请来当老师。”

“所以你怀疑他跟何筱俪被强暴的事有联系？”

“没有确凿的证据，不过直觉告诉我他应该知道一些内情，魏正义去找他询问过，但他特别讨厌警察，非常排斥交谈，所以我才会亲自出马去询问。”

“但可惜也无功而返。”

“这不能怪我凤梨仔，有时候帅也是一种原罪，补习学校的人根本不想跟我交流，肯交流的又不了解当年的事，了解那件事的人废话又特别多，聊不到正题上，总之就是一言难尽，现在就趁着你放假，过去当老师顺便问问看呗。”

所以说来说去所谓的放假都是幌子，萧兰草想让他帮自己查案子才是真的，不过可以把自恋这么堂堂正正地说出来，从某种意义上讲，甘凤池挺佩服他家领导的。

大概甘凤池把不以为然表现得太明显，萧兰草说：“凤梨仔啊，你别觉得我是在欺负你，你看看魏正义那张脸上就写着警察两个字，人家怎么会愿意配合呢？我这是看你长得帅，长得有亲和力，才希望你来做啊，我相信以你的能力，这个案子你一定能办好！”

被称赞，甘凤池有点飘飘然了：“难得你会夸别人帅，呵呵。”

“还好还好，没我帅就是了。”

甘凤池无视了这句话，问：“你对陈白川感兴趣不单纯只是出于警察的直觉吧？”

“有长进，是这样的，陈白川在一个多月前被车撞到，轻微骨折，现在得拄拐上班，他没办法同时带几个班，所以补习学校才会急着找替课的老师，正义查了他被撞的交通记录，你说奇不奇怪，那一片刚好也没有道路监控器，所以没办法找到肇事者，大晚上的陈白川自己也说不出个所以然来，而且更奇怪的是，他没有强烈要求交警调查肇事者。”

“这年代还有没安装监控器的路面啊。”

“郊外，挺偏僻的地方，平时车不多，正义问他为什么要去那里，他没解释，不过我们查到他有个小三家就住在那边，推测他是去找小三了，这个小三也是补习学校的老师，不过辞职了。”

萧兰草取出两张不同的女性照片放到茶几上，问：“你猜是哪个？”

甘凤池指指漂亮的那个，萧兰草嘴角翘了起来：“漂亮的是正室，她叫姚乐，也是老师，跟陈白川结婚七年多，有个五岁的女儿，这个叫彭晓菲的才是小三。”

“他是不是眼神不好？他老婆好看多了。”

“再好看的东西看长了就不会觉得怎样了，再加上陈白川本来作风就不检点，他多半是出于寻求刺激的心态吧。”

“如果他被撞车不是普通交通事故的话，那开车的人一定对他很了解，并且跟踪他很久了，才会在没有监控器的地方撞他。”

“我也是这样想的，或许这只是巧合，或许不是，既然魏正义正面出击问不到情报，不如就你上吧，反正你现在休假，趁机过把老师瘾，快去快去，帅科长还等着帅科员的好消息呢。”

魏正义跟科长都没问到情报，甘凤池对他这次的行动不是太抱期待，但萧兰草都这么说了，他当然不能退后，拿起资料大声说：“放心吧科长，我一定不负所望，使命必达！”

入睡前，甘风池把萧兰草给的资料仔细看了一遍，又想好去补习学校应对的措辞，在脑子里整理完后准备睡觉了，不小心碰到手机触屏，林紫言传给他的邮件跳了出来。

看到资料标题，甘风池哎呀了一声，这才想起前不久张煦瑶拜托自己的事，这两天他忙着查案，把找人这事忘得干干净净，赶忙把张煦阳的资料打开，仔细看了一遍。

老白提供的消息还挺多的，简而言之就是这家伙大事不犯小事不断，拘留所进进出出了三四次，不外乎嗑药、酒驾或是聚众闹事，每次都是张家出钱把他保释出来，他最近常在一家叫小恶魔的酒吧混，出入酒吧的也都是些年轻男女。

甘风池在网上查了一下，小恶魔酒吧装潢得很哥特风，算不上色情场所，但也不是好人家的孩子会去的地方。

出于好奇，甘风池给张煦瑶打电话询问这家酒吧，问她有没有去找过，张煦瑶在拍模特照，不耐烦地说她当然打电话问过，因为那家酒吧的法人代表就是她弟弟，不过张煦阳只出了钱，算是大股东，经营打理的部分都是其他人在操作，他们也说最近没见张煦阳过去，这是以前从来没有过的情况，所以她才着急。

“既然他是老板，那他要去哪里，该给伙计们打招呼吧？”

“他要是做事那么稳，我妈就不会这么担心了，那家伙从小被惯坏了，想起什么是什么，你要是查到他现在在埃及我都信，之前他还说要去挖法老坟墓呢。”

“那他除了挖墓，还说要做什么吗？”

“我就是不知道才让你查啊，他整天喝得醉醺醺的，谁知道哪些话是真的哪些是假的，不跟你说了，我要拍照了，你要是去小恶魔酒吧就报我的名字，说我在找那个兔崽子，你想问什么直接问他们好了。”

张煦瑶说完就挂了电话，甘风池还想再问，那头已经断线了，他耸耸肩，把手机丢去一边。

那就等明天找个时间去问问看吧。

第二天甘风池去补习学校报到，补习学校大概真的很缺人，面试只是走了个过场就直接让他上岗了，那叫一个快准狠，甘风池连蒙圈的时间都没有就去上课了，还好教材都是现成的，他照自己以前当家教的经验上了两堂课，总算混过关了。

下午趁着休息时间，甘风池把教材恶补了一下，总不能因为查案而误人子弟是不是？看教材不耽误他观察同事——办公室不大，一眼就能看到所有人，也是凑巧，陈白川的办公桌就在他旁边，稍微侧侧身就能看到他桌上的摆设。

一台电脑跟几摞教材资料就把桌子占满了，电脑旁边放了个特制的马克杯，杯子上印着他和女儿的合照，感觉他很喜欢自己的小孩。

陈白川是下午到的，他本人比照片里的还要出众一些，瘦高个，戴着无框眼镜，很有斯文气质，比实际年龄要年轻，因为受伤显得有点颓废，倒是更有男人味了，至少应该很受花季少女的喜欢。

陈白川听说了数学老师来替班的事，进来后盯着甘凤池看了老半天，甘凤池觉得他对自己很有敌意，主动跟他打招呼他也只是随口嗯了一声，拄着拐杖坐去座位上，打开电脑看视频。

所有老师的教课视频都可以在电脑上看到，甘凤池偷偷瞄了几眼，发现他在看自己的教课视频，原来是把他当成假想敌了啊。

果然，陈白川看了一会儿，对他说："你这是教课吗？一半时间都在耍嘴皮子。"

他连教材都没时间看啊，不耍嘴皮子还能干啥？

甘凤池说："因为很多人都认为数学枯燥无味，所以要先说一些有趣的例子，这样才能引出他们的兴趣，有了兴趣去学习才能事半功倍啊。"

"说得一套一套的，你们名牌大学出来的是不是都这么能说？"

名牌大学又碍着你啥了，自卑啊——甘凤池在心里吐槽，笑着说："没有没有，我还是新人，在经验和熟练程度上跟您没法比，您看我哪里说得有问题，请一定告诉我。"

他恭维得恰到好处，陈白川没再呛他，问："你应该很好找工作吧？为什么来这里当临时老师？"

"自由惯了，不想去那些大企业被束缚，就先找份工作做做，不行再换呗。"

"啧啧，这种心态也能教好课，主任可真是找不到人了，先前来了个小白脸，现在又来个花脸，可以唱大戏了。"

陈白川揶揄完拿起杯子出去了，甘凤池特意看看他的手指，他没戴结婚戒指，桌上没有摆放与他妻子有关的物品，看来他们夫妻关系一般，他想尽量掩饰妻子的存在。

"你别理他，他就是小心眼，怕工作被你抢走了。"

旁边传来搭讪，是个穿着很清纯化妆也很清纯的女人，不过看岁数应该跟薛华差不多，甘凤池来之前看过她的资料，她叫蒋彤，算是在这所补习学校资历比较老的人，何筱俪事件那年她刚进来，萧兰草说她应该知道一些内情，所以甘凤池很奇怪为什么他不直接问蒋彤。

他说："听说陈老师教课很棒的。"

"其他事情也很棒，"蒋彤不屑地撇撇嘴，"他要是把心思都花在教学上，也不用担心被人顶了位子。”

“比如什么事啊？”

蒋彤看看周围，没再说下去，问：“萧老师怎么没来啊？”

“他有别的事要忙，大概忙完就来了吧。”

“你们好像很熟啊。”

“熟，熟得整天被欺负……”

甘凤池盯着陈白川的电脑看，心想能不能找个机会看看他电脑里都有什么，所以没太留意蒋彤的话，谁知她接着问：“晚上下了班有事吗？要不一起吃个饭呗，我请客。”

“啊？”

甘凤池回过了神，首先想到的就是他最近的桃花运杠杠的啊，走哪儿哪儿有美女主动来邀，简直不能更好……不不不，他有女神了，不能朝三暮四，不过吃个饭还是可以的，她在这里做这么久了，也许能问到什么。

想到这里，甘凤池点头答应了，蒋彤拿出小镜子开始画眉，甘凤池趁她不注意，把笔丢去陈白川的桌脚下，拣笔的时候看了一下电脑，里面都是教课视频，没有值得注意的地方。

下午陈白川有两堂课，他讲完课从教室出来，甘凤池看到两个女学生追上来跟他说话，手里拿着笔记，像是要问作业题，但其实是把准备好的巧克力给他，还说希望他早日康复等等，甘凤池这才想起快情人节了，这是送他礼物呢。

说起来他和科长俩都没有礼物收，甘凤池呵呵了两声，心平了，又想陈白川果然受欢迎，这些学生明知道他结婚了还这样，那么六年前又是什么情况呢？

卷宗里没有提到这部分，甘凤池查过当年的新闻，好多报道都是乱写的，尤其是乔飞，简直把何筱俪贬低到了极点，提到了援交等侮辱性字眼，还采访了补习学校的几位老师，其中就有陈白川，他的言辞里也都在贬低何筱俪，说何筱俪性子暴躁不合群，也不尊重老师，而且花钱很大方，钱的来源不明等等，虽然视频都做了模糊处理，但熟人一眼就看出那是谁了。

何筱俪事件中乔飞有参与，薛华也有参与，现在还多了个陈白川，甘凤池有些明白萧兰草为什么会那么在意何筱俪的案子了，她的案例跟冯雪雪的有太多相似之处，甚至比冯雪雪的更严重。

傍晚陈白川下了班，拄着拐杖出去了，甘凤池立刻背上他的斜肩包跟在后面，两人一前一后走出大楼，他看到一个穿粉红裙子的小女孩从对面跑过来，手里拿了个黄色小鸭子气球，靠近陈白川后嚷着让他抱。

陈白川想抱她却力不从心，他妻子姚乐过来抱起小孩，甘凤池看过她以前的照片，觉得她比陈白川显老，身体有些发福，不过还是很美。

陈白川低声跟她说了几句，甘凤池隐约听到他在问妻子怎么突然带孩子过来，姚乐说孩子想跟他一起吃饭，陈白川就没再说什么，带她们离开。

他走得很快，甘凤池几乎怀疑如果不是拄拐的话，他绝对会直接跑走，大概是不希望这里的学生看到他的老婆孩子吧。

“啧啧啧，他们都可以当奥斯卡影帝影后了。”

身后传来话声，甘凤池转回头，蒋彤过来了，他问：“你认识他老婆？”

“认识，不过不熟，她是不是说丫丫想爸爸了？孩子最喜欢这附近的牛排店了，老公我们顺便去吃饭吧？”

“你怎么知道？”

“都是套路，她老公什么为人她心里清楚，这是演给外人看的，其实是担心他又被谁缠住。”

“腿都断了还有什么好担心的？”

“男人只要那里不断，就没法子不担心啊……哎呀呀，甘老师你的脸红了，抱歉抱歉，我不该在新老师面前说这种话。”

甘凤池才不会承认他脸红，他只是尴尬而已，周围没有说荤话的人，他不太适应。

“不是约了吃饭吗？我刚好也想吃牛排了，我们也去陈老师去的那家店怎么样？”

“好啊。”

蒋彤没怀疑，甘凤池就开车载着她去了牛排店。

进去后，甘凤池很快就找到陈白川夫妇了，他想就近坐，蒋彤说不好，离得太近说话也不方便，拉着他去了别处，甘凤池只能听到小孩子的叽叽喳喳声，听不到他们夫妻说什么。

不过他们对话不多，看起来有点冷淡，饭菜上来后就各吃各的了，甘凤池点了两份餐，等上餐的时候，蒋彤说：“你好像对陈老师很感兴趣啊，你不会是……吧？”

她做了个弯钩的手势，甘凤池瞠目结舌了，想否认吧，又怕人家女生倒追他的话他该怎么拒绝，想承认吧还真是不甘心，还好关键时刻店员救驾，把他们点的餐送上来了。

“吃饭吃饭。”

甘凤池趁机把话题岔开了，吃着饭他开始不露痕迹地跟蒋彤打听陈白川，蒋彤误会了，把自己知道的有关陈白川的事一五一十都说了一遍，最后说：“我劝你啊，别对他有什么心思，那家伙就是个斯文败类，别看长得好教课也不错，但人品真的不行，我是为你好才跟你说的，我不歧视像你这类人，但那人肯定不行。”

甘凤池有苦说不出，只好说：“看他们夫妻关系还不错嘛。”

“都说了是影帝影后了，演技那是杠杠的，不过他喜欢丫丫倒是真的，虎毒不食子，这个我信。”

“我听其他老师说他外面有小三，可他好像还跟一些女同学走得很近。”

“你听说的事还真不少，有些人就是狗改不了吃屎，见了漂亮女孩一定会往上凑，跟他有没有结婚有没有小三没关系，我也想提醒那些同学，不过这种事说了人家也不领情，还给自己找麻烦，不如装看不到。”

“说起来我听说……对不起，我又是听说的，以前补习学校好像出了件很大的事，几个同学晚上下了课，集体猥亵女学生，后来那女学生还自杀了。”

“记得记得，那年我刚来，还什么都不懂，看到他那么热心地教课，还以为他负责呢，谁知有一次让我看到他……”

蒋彤说到这里探头看看对面，见陈白川他们没注意这边，才接着往下说：“他经常买些小东西送学生，顺便做一些猥琐的事，那个自杀的学生叫何……何什么吧，陈白川也对她动手动脚的，还约她出去玩，那次被我看到了，她拒绝陈白川，还骂了他一顿，真解气。”

“这个我在网上没看到啊，你没跟警察说？”

“没有，何同学出事是其他学生做的，又跟陈白川没关系，我也不想得罪人，而且你不知道，当时案子搞得沸沸扬扬的，那些小报记者太会编了，我怕一个弄不好，把我也扯进去，我才刚来，多一事不如少一事，没想到那孩子会想不开，可惜了，唉……”

“那作案的几个学生你也认识了？”

“认识，还教过他们课呢，平时看着都挺好的，谁知会做那种事，不过我听说其中有个追那女孩，一直没追上，可能心里憋着气吧，女孩长得挺漂亮的，这年头美也是一种罪，希望我不会遇到。”

蒋彤掏出小镜子照照自己，甘凤池在心里说放心吧，你不会遇到的。

“那几个男同学的名字你记得吗？”

“嗯，好像还有点印象……为什么你对他们这么感兴趣？跟警察似的一直刨根问底。”

糟糕，一不小心把警察属性暴露了！

甘凤池慌忙说：“不瞒你说，我的业余爱好就是写写一些纪实犯罪小说什么的，现在刚好碰到当事人了，就好奇问问，这不也是素材嘛。”

“这样啊，”蒋彤点点头表示理解，“当时好几个呢，其中有个家里还挺有钱的，我想想叫什么，好像有个姓黄，然后还有个姓张的。”

“姓黄的很有钱？”

“不，是姓张的那个……”

话说到这儿，对面传来孩子的叫声，甘凤池转头一看，原来是氢气球飞出去了，姚乐急忙跑过去抓住，系到桌子旁边，孩子开始叽叽喳喳地说去领气球的事，什么兔子老虎的都有，她想收集全部的系列，陈白川应和着，明显的心不在焉，过了一会儿，起身去洗手间，甘凤池跟蒋彤打了个招呼，也跟着过去了。

陈白川没有进洗手间，而是在走廊上接电话，甘凤池靠近后，就听他压低声音说：“你别打电话过来，要是我老婆知道就麻烦了。”

那边不知道说了什么，陈白川的声音提高了。

“她知道了？什么？你说的？！你这……好好好，是我不对，我没去找你，等我腿好了去跟你道歉行不，你看我这样子也没办法开车，你家又那么远的，让我怎么过去……我老婆开车撞的？不可能，她又不会开车，你想多了，先这样，等我的腿好一好再联络啊。”

他说完收了手机，一转头看到甘凤池，立刻绷紧脸，问：“你怎么在这儿？”

“哦，蒋老师说这家餐厅挺好吃的，我就跟她过来试试，这么巧啊。”

陈白川嗯了一声就走，甘凤池叫住他，说：“你没事吧，脸色这么难看。”

“腿都断了，脸色能好看才怪。”

陈白川呛了他一句，掉头走掉了，甘凤池本来还有话想问，临时止住了，陈白川心情这么差，他就算问了也是白问，现在能够确定的是这家伙还跟小三有来往，而且他妻子知道他有外遇，大概是因为孩子才忍住的。

等他回去，陈白川一家已经离开了，他想速战速决问那几个男同学的事，蒋彤却开始聊学校，话题很快又转到了萧兰草身上，问他的喜好，平时有什么娱乐，有没有女朋友等等，甘凤池这才回过味来——原来蒋彤感兴趣的人不是他，是萧兰草啊，她请客只是想从他这里探听萧兰草的情报而已，萧兰草肯定是被纠缠怕了，才会派他来问案子。

出了个大乌龙，甘凤池自己都无语了，他简单应付了蒋彤的提问，又想把话题转回何筱俪那边，谁知蒋彤的手机响了，她听完就拿起小皮包站了起来。

“讨厌，我妈的姐妹不知从哪儿弄来个相亲男，让我立刻过去看看，我得走了，甘老师，明天见啊。”

她去拿账单，甘凤池说不能让女生付钱，他抢着付了，就在他付账的时候蒋彤已经跑出了餐厅，等他付了钱又一路追出去，蒋彤正站在道边招手叫出租。

甘凤池拦住她，问：“等等，等等，刚才说的同学名字你还没告诉我呢。”

“什么同学啊？”

“就是何筱俪培训班的同学啊。”

“啊啊啊，那事啊，具体名字我记不住了，就记得他长得挺帅的，追过何筱俪，还有个姓黄的叫黄飞红，大家都叫他大侠，名字挺有特色的，我就记住了，他追的是何筱俪的闺密，好像还追上了，幸好追上，否则说不定也会闹出什么事来。”

“我是说姓张的那个。”

“张……同学的名字挺普通的，你知道越普通的名字越不好记，王扬……不对，好像是张扬，也可能是张阳，太阳的阳……”

甘凤池心里咯噔一下，涌起不好的预感：“张煦阳？”

“嗯？我记得是两个字啊。”

因为他可以改名字啊，尤其是犯过罪的人！

甘凤池立刻把手机里张煦阳的照片调出来，递到她面前：“是这个人吗？”

“就是他，这张是最近拍的吧？变更帅了嘛，可惜不走正道……”

甘凤池掉头跑走了，蒋彤被弄得莫名其妙，刚好出租车来了，她打开车门要上车，甘凤池又一阵风地旋回来。

“有件事我要订正一下，我不是弯的。”

“啊……”

蒋彤没反应过来，愣在了那里，甘凤池没看到，他说完之后就心满意足地离开了。

CHAPTER SEVEN 第七章

又一具尸体

甘风池回到车里第一件事就是打电话给萧兰草汇报自己查到的消息，可是萧兰草的手机一直没人接，他打了几次后放弃了，转打给张煦瑶。

张煦瑶还在工作室拍照，有点暴躁地说她现在在忙，回头再聊，甘风池问她弟弟有没有回家，她说了句没有就把电话挂了。甘风池再打过去，张煦瑶居然关机了，他气极反笑，只好打给张太太询问张煦阳的情况。

张太太还以为他是对女儿有意思，无视他的询问，开始巴拉巴拉地聊张煦瑶，甘风池好不容易才打断她，问张煦阳，可是张太太对儿子的了解还不如女儿，甘风池问急了，她就带着哭腔说儿子一点都不听话，除了要钱外几乎不跟她说话，她该怎么办啊？甘风池直接翻白眼了，心想他怎么知道该怎么办？慈母多败儿，说的就是她这种人！

他不想把时间浪费在拉锯上，直接问张煦瑶今晚在哪儿摄影，还好张太太知道这个，跟他说了，又啰啰唆唆地说女儿怎么怎么好，追她的人可多了，要想追她的话得用点心等等，甘风池听到一半就把电话挂了。

他开车赶到张煦瑶的摄影工作室，张煦瑶正穿着今年的流行时装在台子上摆拍，甘风池不顾工作人员的阻拦冲上台子，拉着张煦瑶就往外走。

张煦瑶一边叫一边甩他的手，其他人也上前阻拦，甘风池掏出警察证说了句“警察！办案！”，就在众人目瞪口呆的注视下把张煦瑶拉了出去。

两人来到走廊上，张煦瑶甩开了他的手，气愤地说：“我这次的拍摄很重要，你是成心让我黄了吧？！”

“有你弟弟的命重要吗？！”

“啊？”

“他可能有危险，你详细说一下他没回家之前的情况，越详细越好！”

“为什么……”

“别问为什么，先跟我说情况！”

甘凤池的表情太严肃了，张煦瑶没敢再坚持，想了一会儿叫起来。

“啊我想起来了，小恶魔……就是我跟你提到的那家酒吧的店员也说没见到他，手机也打不通，我多问两句他们就烦，还反过来说我弟控，听我弟弟说他跟酒吧的人搞得不太好，想结束营业，你说他们会不会因为这事害他啊？”

“你知道小恶魔有问题，上次怎么不跟我说？”

张煦瑶脸上露出抱歉的表情：“我上次不是忙着拍照嘛，就随口说说。”

“随口说说糊弄我？”

她这种态度让甘凤池气得没话说了，不过事已至此骂她也没用，问：“为了什么事搞得不好？”

“还不就是钱吗？那些人说他不干事光拿钱，他觉得他投资那么多钱根本就不需要做事，反正就是一地鸡毛，那些人也不是什么好东西，说不定一言不合拿刀……”

“把你弟弟的手机号给我，还有他那些狐朋狗友的联络方式也都给我，还有他常去什么地方，越详细越好。”

看他这么紧张，张煦瑶也担心起来，问：“他是不是真遇到危险了啊？”

“暂时还不清楚，你提供的情报越详细，就越便于我们找人，懂了吗？”

“懂了懂了，我马上写给你。”

一听弟弟真有事，张煦瑶也顾不得拍照了，跑回去跟摄影师解释了一下，带甘凤池去休息室，把张煦阳还有他的好友名单写下来，又写了他常去的一些地方，甘凤池看了看，不外乎酒吧俱乐部，总算他还会做事，在一家叫铭星的建材公司当副经理。

甘凤池一看建材公司的名字，眉头就皱起来了，他看过冯雪雪的资料，也一直在追冯斌的案子，当然知道冯斌就是在建材公司工作的，公司名字也是叫铭星，这总不会是巧合吧。

张煦瑶误会了，说：“这家公司的老板跟我爸是生意伙伴，我爸看不起我弟搞酒吧，说那是不务正业，就托朋友让我弟弟去他公司挂了个闲职，他每天会去走走过场，就当是工作了，其实他没实权，工作都是其他人在做，你去公司问大概问不出什么。”

“知道了，还有什么补充的吗？”

张煦瑶一脸迷惑，甘凤池提醒道：“比如他离开前的一些语言动作，他提到过什么事或是什么人？”

张煦瑶想了想，说：“他那段时间想和朋友去搞什么野营，想向我爸借山上的别墅用，结果被我爸骂了个狗血喷头，他们两人吵了一架，我弟就说自己去想办法，后来好像找到了，还扬扬得意地来跟我说。”

“他提到是哪里的别墅吗？”

“没有，我也没细问，他认识的三教九流挺多，借朋友的别墅应该不难。”

甘凤池道了谢，拿着张煦瑶给的名单跑出去，张煦瑶急得问：“是不是真的很严重啊？”

“我不知道，但我保证尽全力去调查。”

甘凤池回到车里，先打萧兰草的电话，同样打不通，他只好把名单扫描进手机，自作主张传给了老白，又打电话给他请他查这些人，老白早下班回家了，看了名单，说：“这不是昨天紫言让我查的那个人吗？小兔崽子你闯了祸被停职，不老实待着，又去乱查什么？”

“我没乱查，冯斌和张煦阳在同一家公司工作，张煦阳就是当年何筱俪事件的罪犯之一，所以这几个人彼此是有联系的，还有，我刚查到张煦阳也失踪好几天了，我联络不上科长，你就帮帮忙先查吧。”

一听他的话，老白也紧张起来了，何筱俪案的卷宗都是封存的，正常程序上查不到当事人的情况，他说：“那我马上联络小柯，这是个大发现，有消息再跟你说。”

“最好让人去建材公司调查张煦阳跟冯斌平时的接触情况。”

“明白，我去跟萧燃科长说，都交给我。”

甘凤池挂了电话，再重新看了一遍名单，试着打电话给张煦阳，张煦阳的手机关机，黄飞红的也是，剩下的其他狐朋狗友甘凤池不知道哪些人参与了何筱俪事件，他暂时放弃，开着车去了小恶魔酒吧，心想先问问看吧，说不定能打听到什么。

小恶魔酒吧坐落在繁华地带，那一条街上都是各种酒吧俱乐部，甘凤池老远就看到了招牌，他下车走过去，门口站着两个打扮花哨的男人，他还没开口就被拦住了，说这里是会员制，需要熟人介绍才能进，直到他把警察证掏出来，那两个人才闭了嘴。

甘凤池询问张煦阳，他们说自己只是打工的，老板的情况不知道，其中一个进去叫人，没多大一会儿，一个发蜡打得几乎反光的男人匆匆跑出来，请他进去。

“警察同志您好，我姓刘，您就叫我小刘好了，我从这家店开张就在这里做了，有什么事您问我，我知道的都会说。”

两人穿过昏暗的走廊走进去，里面的光线更暗，好多地方挂着恶魔面具，其中也有一些可爱的卡通恶魔，让整体的气氛不会显得太惊悚，一个看起来挺老相的男人在吧台里调酒，音乐声太吵，甘凤池只好大声说：“我找张煦阳。”

“老板这两天没过来，大概是公司太忙吧，他的公司挺多的，有时候照应不过来。”

“打电话联络他。”

甘凤池猜想像张煦阳这种人肯定不止一部手机，果然小刘听了他的话，转头看吧台，调酒师抬起头瞥了他们这边一眼，小刘马上说："那位是我们的二老板，也姓张，叫张泓，我先带您去休息室，有什么事等他跟你说。"

张泓的穿着跟普通调酒师一样，但他块头很大，袖子挽起来，露出粗壮的手臂，甘风池猜他平时一定常混健身房，按说喜欢健身的人气色应该很好，但不知是不是灯光的原因，他显得苍老，脸上顶着两个大大的黑眼圈，像是没休息好。

甘风池看看周围，空气里流淌着浓郁的烟味，有不少人又笑又叫，脑袋还摆个不停，像喝高了，甘风池怀疑他们是嗑药，虽然在他进来前已经做了清理，但有些玻璃桌上还隐约留着粉末。

不过他今晚不是来抓嗑药的，为了避免不必要的纠纷，他装作没看到，跟随小刘穿过中间的座椅，走进地下休息室。

下面跟上面之间隔着一道防噪音的大门，把门关上后，整个世界都清静了，甘风池进了休息室，第一个动作就是揉耳朵，觉得一直待在这种地方实在太虐待耳朵了。

小刘说张泓马上就来，让他稍等，又问他喝什么饮料，甘风池哪敢喝他们的饮料啊，拒绝了，小刘也没多说，笑嘻嘻地出去了。不一会儿张泓就来了，他人长得壮说话声音也粗，跟甘风池做了自我介绍，说："你找张煦阳，是不是他犯什么法了？"

"没有，我跟他姐姐是朋友，最近他都没回家，他姐姐很担心，就让我来问问。"

"张小姐前两天还打电话来问过，我跟她说了张煦阳那人常常玩失踪，不用担心，她怎么还找警察来问啊。"

张泓的表情充满了怀疑，甘风池只好说："其实是张煦阳的母亲担心，我刚好去他们家玩，就托我找一找。"

"没听说张姐找了个警察当男朋友啊。"

如果这也要解释的话那就费太多口水了，所以甘风池无视了，直接说："他的手机打不通，家人很担心，你们有他的联络方式吗？帮忙问一下。"

"没有，他就那一只手机，我也有好久没联络他了，他那人做事没定性，有时候每天都来，有时候半个月也不来一次的，所以他不出现也没人会在意。"

"我听说最近因为分账的事你们搞得有点僵。"

张泓犹豫了一下，大概觉得瞒不过去，点了点头，说："是有一点，不过也不算什么大事，后来他说跟朋友出去玩，等回来再处理，我就没去管了，反正账目方面处理清楚的话，没什么问题。"

"他有没有说跟什么朋友出去？"

"好像是以前的同学，来这里玩过几次。"

"你看看这几个名字，有印象吗？"

甘凤池从手机里调出张煦瑶写的一部分名单给张泓看，张泓看了一眼立刻摇头。

“我也只是见过，不知道他们的名字，你也看到了，音乐那么吵，就算介绍了也听不清。”

甘凤池觉得张泓没说实话，因为他在看名单的时候表情有稍微的僵硬——被萧兰草训练了这么久，甘凤池多少可以从对方轻微的变化中看出问题，他觉得有戏，故意说：“其实我们怀疑张煦阳遇到危险了，其中一个跟他认识的人也失踪了，或许下一个就是他，事关重要，你再好好看一下。”

“失踪？！”张泓叫起来，他马上发现了自己的失态，强笑道：“怎么会呢，这么大的人难道还能走丢了不成？”

“这很难说，他三教九流的人都交，进出这酒吧的有不少不是正经人吧？”

“您说笑了，我这可是合法经营，就算是扫黄扫毒我们也不怕。”

“也许不是色情场所，不过说到毒嘛，刚才我还看到有人嗑药了。”

“怎么可能，你一定看错了。”

“也许吧，不过我还是希望你能配合调查，毕竟你也不希望这里三天两头被警察打扰。”

甘凤池把手机递到张泓面前，他脸色很难看，摇头坚持说不知道，他这副态度甘凤池也拿他没办法，站起来，说：“既然如此，那不介意我去酒吧坐坐吧，我去问问大家，或许可以问到什么情报，放心，我会付钱的。”

他说完不等张泓回复就出去了，张泓追上他，似乎想劝阻，最后却没说什么，两人来到楼上，他让小刘倒了杯啤酒给甘凤池，就不管他了。

甘凤池拿着啤酒在酒吧转悠了一圈，很快就发现了几个围在一起的年轻人，他们看起来是熟客，而且是嗑药一族，有可能问出什么，于是甘凤池就仗着脸显年轻的优势过去打招呼，那些人做梦也想不到他是警察，跟他聊了一会儿，很快就混熟了，对甘凤池的话是问一答十。

不过他们话里的废话太多，再把废话一删减，余下的也没什么价值，甘凤池听了很久，只听到一点感兴趣的东西——其中一个人心情不好一直在喝闷酒，问了原因，他说是女朋友不跟他打招呼就人间蒸发了，她跟张煦阳的关系很好，他怀疑两人有一腿。

甘凤池问他女朋友的名字，那人说她叫珍妮，再问他全名，他喝多了，趴在沙发上不理甘凤池了，旁边的朋友说：“你问也没用，来这里的谁会说真名啊，说不定这个珍妮连英文名都不是，而且她也不是跟老板好，是跟老板的好朋友好。”

“不对，她说是那个人追她的，她不喜欢，她喜欢的是我，你看我还有她的照片呢。”

男人爬起来冲朋友大声嚷，又调出手机照片给甘凤池看，问："她和我是不是很般配？比和这个般配多了。"

那是张合照，男人坐在最边上，他身旁是个短发女生，现在是冬季，女生却穿着露肩衫，颈部和稍微露出的腰间有文身，妆容也非常浓，但不难看出她原本就很漂亮，她没看镜头，而是看向左边，左边就是张煦阳，张煦阳旁边是个黄头发男人和两个穿西装的男人，其中一个戴着无框眼镜，他们的岁数都跟张煦阳差不多，衣着品位也类似。

甘凤池指指那几个人，问："他们是谁？"

"不知道，好像都是珍妮的朋友，追珍妮的是这个黄毛，看着就很 low 吧。"

的确不咋地，不过甘凤池不觉得眼前这人比人家好多少，先前那个朋友说："明明是人家朋友聚会拍照，你却硬凑过去。"

"是珍妮拉我的，她哈我，呕……"男人说得正兴奋，突然捂住嘴巴要吐，他的朋友都往两旁闪，还是甘凤池问他怎么样，他不说话，站起来跑去了洗手间。

甘凤池跟上去，想找机会单独问他，男人进了洗手间吐了半天也不出来，他站在外面，忽然看到小刘往地下室走，慌慌张张的很可疑，下楼梯的时候还特意往周围看看，像是怕被发现。

甘凤池起了疑心，丢下那个醉鬼，跟在小刘身后来到地下室，就见他经过休息室，进了后面一个房间，过了一会儿才出来。他一出来甘凤池就上前堵住了，他没防备，哇的一声向后跳开，甘凤池更觉得他有问题了，问："你在干什么？"

"没、没什么，老板说香槟不够了，让我下来拿。"

"那香槟呢？"

甘凤池看看他空着的两只手，小刘尴尬地笑笑，"没库存了。"

"把门打开。"

"啊？"

"打开！"

甘凤池沉下脸喝道，小刘不敢反驳，掏出钥匙乖乖把门开了。

甘凤池走进去，里面是仓库，摆放着各种酒和饮料，他看了一圈，没发现问题，见对面还有一道门，便走过去推门。

那道门是铁质的，上面还安了密码锁，甘凤池示意小刘打开，小刘犹豫了一下上前打开了，嘟囔说："真的什么都没有，你们警察太多疑了。"

"什么都没有你至于这么害怕吗？头上都冒汗了。"

甘凤池揶揄道，不过里面的房间好像没什么奇怪的东西，最抢眼的当属两个酒樽了，靠墙有个铁架子，上面摆了些账簿，甘风池过去翻了翻，都是酒吧的财务记录，至于大麻跟和摇头丸那类的东西完全不存在，他看着账簿，正觉得是不是自己多疑了，身后传来关门声，等他转头看过去，铁门已经关上了。

“喂，站住！”甘风池知道不好，冲过去推门，铁门纹丝不动，他又用力敲了两下，铁门发出沉闷声，外面还有一道门，再加上长廊和隔音门，他想除非是谁凑巧到地下室来，否则自己就算叫破嗓子也不会有人听到。

但能到地下室的肯定都是酒吧里的人，所以不用抱期待了，甘风池大声叫道：“小刘，放我出去！”

外面没回应，甘风池趴在房门上侧耳听听，什么都听不到，他只好继续叫：“你这是犯罪行为，我知道是老板让你这样做的，你赶紧放我出去，我不追究你的责任，小刘！”

外面还是没声音，甘风池还要再叫，灯灭了，房间陷入黑暗中。

甘风池气得又抬脚踹了两下门，想想铁门的厚度，上面还加了密码锁，他放弃了没意义的行为，心里懊恼地想他怎么会犯这种低智商的错误呢，明明就看出这些人有问题了，他该更警觉点才对。

懊恼过后是担忧，因为他发现手机没信号，大概张泓也是算准了他联络不到外界，才敢直接把他关进来，他不会活活饿死在这里吧？假如没有救援，他在这种地方跟在深山老林里没多大差别。

这么一想，甘风池不由得毛骨悚然，从包里掏出手电筒打开照着周围，一边看心里一边想他们为什么要把他关起来，袭警的罪名可不小，如果只是嗑嗑药什么的，他们有这个胆子铤而走险吗？

灯光在室内转了一圈，最后落在墙角的酒樽上，甘风池过去打开上面的盖子探头看看，里面是空的，再看另一个也是空的，奇怪，这个房间明明是放账簿的，他们为什么要弄两个空酒樽在这里？

黑暗中突然传来一阵怪声，把甘风池吓了一跳，手电筒照过去，原来酒樽后面还有个冰柜，声音是冰柜发出的，他把酒樽转开，探身看冰柜，觉得把冰柜放在收藏室内简直太奇葩了。

如果是冰箱就好了，说不定食物还可以让他多坚持几天呢，冰柜里都是冷冻食品，难不成让他生啃？嗯，到了生死关头，说不定生的他也可以干掉……

甘风池胡思乱想着，随手把冰柜盖子打开，手电筒的光芒闪过，一张惨白的脸正对着他，他一点心理准备都没有，吓得大叫一声坐到了地上，手电筒飞出老远。

这一跤跌得挺疼的，不过对甘风池来说现在惊恐远远盖过了疼痛，双手撑着地板呆了三秒，一个劲儿地问自己——我是不是看花眼了，这么黑很有可能看花眼，不不不，我视力这么好，怎么可能看错，那明明就是个人！不会是张煦阳吧？他跟张泓等人因为钱的事有间隙，争执中被干掉也是有可能的。

甘凤池越想越觉得自己的推理很对，拍拍屁股站起来，又去捡了手电筒，朝着冰柜照了照。虽说这次有心理准备了，但是跟个尸体同处一室，心里还是毛毛的，他举着手电筒重新靠近，手按在冰柜盖子上，一咬牙，将盖子掀开了。

一具蜷曲的尸体呈现在他面前，尸体不知被藏在冰柜有多久了，脸上冻了厚厚的一层霜，冷气扑面而来，甘凤池拿手电筒的手发抖，光线在尸体脸上晃个不停，惊恐之余他看清楚了——这不是张煦阳，是一具女尸。

真是流年不利啊流年不利，上次他挖坑挖到尸体，这次他开个冰柜开出个尸体，好想计算下自己现在的心里阴影面积有多少。就算甘凤池是数学系硕士，这种命题他也算不出来，自嘲着又把手电筒往下移动，女尸穿着一件衬衣，下面是深色牛仔裤，衬衣下摆因为蜷缩向上翻卷起来，露出了腰间的文身。

甘凤池想起前不久才看到的照片，不由一怔，将手电筒照向她的颈部，果然看到了她颈上的文身，他这才明白过来，难怪刚才那个醉酒的男人一直念叨说珍妮不跟他联络，电话也打不通，原来她早就死了。

可她为什么会死在这里？她跟张煦阳还有这家酒吧又有什么关系？

一连串的疑问在脑海中掠过，甘凤池从包里翻出手绢，隔着手绢在冰柜里翻了翻，摸到了掉在女尸下方的一个小提包。提包上也结了一层冰，甘凤池把它拿出来，提包翻盖很硬，他用力掀开，将里面的东西倒了出来。

东西不少，除了钱包、手机和化妆包外，还有一个小铁盒，打开铁盒，里面是卷烟，甘凤池不用特意看也能猜到这烟是加了料的。

手机浸过水再被冰冻，已经不能用了，还好钱包没有损害，里面放了女尸的身份证，证件上的她拍得很纯真，跟现实中浓妆艳抹的形象相差太大，她叫李颖，今年二十三岁，本市人。

原本是该享受大好人生的年纪，她却变成了一具冷冰冰的尸体，要不是自己碰巧查到，还不知道她会在这里待多久。

甘凤池心头涌起愤慨，首先的反应就是给老白打电话让他详细调查，手机拿出来后他才想起打不通，不由得泄了口气，又翻翻冰柜里面，结果什么都没有，他又简单看了女尸，女尸身上没有明显的外伤，也没有血迹，表情不痛苦，无法推测她的死因。

甘凤池把冰柜关上，用手电筒照着四周，思索逃跑的办法。

刚才小刘没有直接攻击他，而是把他反锁在屋里，证明对方没有袭警的胆量，他暂时是安全的，他来之前还跟老白通了电话，回头同事们联络不到他，肯定会调查的，只要问到张煦瑶那边，顺藤摸瓜就可以找到这里，所以乐观一点想，他被救的可能性还是很高的。

甘凤池一边安慰着自己一边在墙壁上敲敲打打，希望找到出口，但很快他失望了，储藏室在地下室最里面，又是水泥墙壁，他试着站到酒樽上举手敲天花板，但声音很微弱，别说上面开了音乐，就算不开也未必能听得到。

他只好靠着酒樽琢磨其他办法，正想着呢，外面突然传来响声，像是有人在说话，他提起警惕，把手电筒关上，侧耳倾听。

声音变得更近了，有人在铁门另一边不知道在做什么，甘凤池悄悄去架子那边摸了几本账簿放进包里，硬的那头朝外，然后拽住皮包带子走到门口待机。

没多久，铁门被推开了，灯光照进来，甘凤池不由自主地眯起眼睛，机不可失，他朝着站在门口的那个人将包抡了过去，包重重撞在那人的脸上，他惨叫一声跌倒了，甘凤池看到他旁边还有个人影，又将包朝那个人脸上砸去。

那个人反应很快，闪身避开了，甘凤池趁机冲出大门，像甩铁饼一样将包甩向他，那人往后闪了一下，叫道："凤梨仔，是我！"

会叫他绰号的都是熟人，甘凤池一走神，自己被铁饼包带着向前晃了个跟头，等他站稳再看过去，站在对面的竟然是萧兰草，虽然他今天穿的衣服又低档又没品位，戴着唇钉，还染了个黄毛，但这张脸没错，整容都整不出他这个模样来。

甘凤池看傻了，脱口而出："科长你是受了什么刺激，把自己搞成洗剪吹？"

"凤梨仔你语言和行动双重攻击领导，想想后果。"

"嘿嘿，我就是好奇你怎么会来的。"

甘凤池打马虎眼，再看坐在地上的家伙，忽略他满脸的鼻血，可以看出那是小刘，他应该是被萧兰草押着来开门的。科长果然是他的大救星，甘凤池现在心里的感觉简直就像遇到了亲人，冲过去要来个拥抱，萧兰草及时向后退开两步。

"不用这么热情凤梨仔，我刚才已经领教过了。"

"呃，都是误会，我以为是坏人。"

甘凤池一把把包丢开了，表示他没有攻击领导的意思，又指指小刘，问："你怎么知道是他把我关在这里的？"

"我一开始就知道了。"

"哈？"

"确切地说，从你一开始进酒吧，我就看到了。"

萧兰草抽出小刘的腰带，将他绑到一边，小刘被打得一脸血，疼得直哼哼，萧兰草捏捏他的鼻子，说：“不好意思哈，我也不知道我的属下这么暴力，还好，鼻梁骨没断，上次某个罪犯就没你这么幸运了，被他打断了两条肋骨三颗牙，差点毁容……”

“我哪有！”

甘凤池急得冲了过去，心想科长你就算想吓唬犯人也不能拿我开刀啊，我好歹也是受过高等教育的人，我从来都是文明执法的。

小刘误会了他的动作，吓得直往萧兰草身后躲，叫道：“别打我别打我，我坦白，是张泓让我关你的，他说你查到了李颖，我们逃不掉，先把你关起来，等跟张煦阳联络上再看怎么办，李颖的死不关我们的事啊，她是自己作死，吸了太多加料的药猝死的！”

“李颖死了？”

萧兰草皱眉看向甘凤池，甘凤池点头，但想想自己也不了解情况，又慌忙摇头，问：“你知道她？”

“刚查到的，她是张煦阳的高中同学，一起在育泉学园上过补习班，你也打听到她了？”

“我不是打听到的，是看到的，”甘凤池指指铁门那边，“她的尸体就在里面。”

萧兰草报了警，没多久，叶长鸿就带着人赶了过来，看到一片狼藉的酒吧和几个被腰带反绑的店员，他皱起眉，对着萧兰草上下看一遍，接着又上下看一遍，问：“我没认错人吧？”

“没有，我是乔装的，否则就跟凤梨仔那样给人关起来了。”

萧兰草把唇钉扯了下来，原来那是假的，甘凤池在一旁听着，悲愤地想科长您就不能照顾点我的面子嘛，您一定要嚷得全局的人都知道是不是！

他听着萧兰草跟叶长鸿的交谈，才知道萧兰草乔装混进了酒吧，原本想找机会调查，谁知看到他也进来问情况，后来跟着小刘去了地下室后就不见了，没多久酒吧也停电了，老板张泓借口酒吧电源出问题，把客人都请走了，萧兰草藏起来听了他们的对话，知道他被关押，就出来制伏了那些人，押着小刘去地下室救他。

为了不引起怀疑，萧兰草进酒吧后就关了手机，甘凤池这才明白为什么打不通他的电话，等萧兰草说完，他也把他这边的发现做了汇报。

叶长鸿接到联络时还不知道这里有尸体，所以法医来得比较晚，萧兰草便带着甘凤池回局里，说先给几名嫌疑犯录口供，现场勘查报告回头再看。

几名疑犯被带回去分别审问，过程很简单，小刘先是被甘凤池一顿打，接着又被冯震等人轮流轰炸，早就吓破了胆，不用多问他就老老实实都交代了。

李颖是五天前在酒吧出的事，那晚跟平时一样客人们狂欢过后陆续离开，小刘发现她趴在沙发上不动，在酒吧混这种情况很常见，他也没在意，直到要关门时准备叫她起来，才发现她已经没气了，身体早就僵了。

小刘吓得魂都飞了，跑去告诉张泓，张泓打电话给张煦阳，因为李颖是他同学，也是他带来混酒吧的，出了事当然要他来负责，但张煦阳的电话打不通，张泓怀疑是因为酒吧账目的事张煦阳故意不接，又用李颖的手机打，也还是打不通。

他们想起张煦阳曾提到打算去山间别墅玩几天，便将李颖的尸体放进冰柜，跟酒樽一起藏到地下室最里面的房间，酒樽据说是为了事后移尸时使用的，小刘只管照老板的话去做，具体情况他也不了解。

冯震问他为什么不报警，他说张泓不让报，张泓在跟张煦阳分账，想独占酒吧，出了事怕影响到今后的生意，再加上酒吧给客人提供摇头丸等一些药品，李颖又死因不明，他们都怕追查起来会担罪责，而且张泓答应事后给他们一大笔钱，小刘最近手里拮据，就答应了。

司徒取了其他几个店员的口供，基本上跟小刘的供词吻合，证明他们没有说谎，冯震最后才去审张泓，当听说小刘他们把事情都交代了后，张泓放弃了坚持，将真相说了出来。

他说的内容跟小刘相差无几，不过他坚持说他们提供给客人的药丸药性都很温和，根本不可能会死人，李颖会吸入过量致死肯定是张煦阳搞的鬼。张煦阳私下里有门路弄到更烈的药，是他把李颖弄死在酒吧的，这样酒吧就开不下去了，张煦阳有钱，又有其他公司，但张泓只有这间酒吧，他说张煦阳就是想借李颖来搞死他。

甘凤池在审讯室外听了张泓的话，觉得他有被害妄想症，虽说这世上为钱反目的案例比比皆是，但为了嫁祸而杀人又是另一回事，更别说李颖是张煦阳的同学，张煦阳又那么有钱，就为了个酒吧至于杀人嘛。

冯震向他询问张煦阳的行踪，张泓摇头说不知道，自从上次两人吵了一架后张煦阳就再没出现，联络不到张煦阳，他比任何人都急，要知道地下室藏了具尸体，他不知道有多想赶紧把尸体处理掉啊。

裴晶晶调出张泓的案底拿过来，萧兰草看的时候甘凤池也顺便看了一下，张泓有盗窃和伤人的案底，但都不重，再观察他的表情和态度，甘凤池感觉他说的是实话。

冯震又问张泓既然李颖的死与他无关，为什么要关甘凤池，关住后打算做什么，张泓说甘凤池告诉他们说张煦阳有危险，而且张煦阳的朋友也失踪了，他以为那个失踪的人指的是李颖，就马上打电话给张煦瑶问甘风池来酒吧的目的。

但张煦瑶的手机打不通，后来他又看到甘风池跟李颖的炮友交谈，更肯定了他是来打听李颖行踪的，甚至可能已经知道她死了，如果被他先查到地下室的尸体，那就有嘴也说不清了，只好先下手为强，故意让小刘做戏把他引到地下室关起来。

不过他们没胆子真的对警察做什么，就是先关一下，找机会想办法看怎么办。

这番话也跟小刘的供词吻合，甘风池在外面听得很无语，嘟囔道："我是指冯斌啊，因为涉及案子，就没多说，谁想他误会是李颖。"

"别意外，这才是正常的，很多时候大家都对警察这一行有误解，以为我们天天跟高智商罪犯打交道，实际上恰恰相反，如果这是在写小说，作者一定被嘲笑脑残，但事实就是这样，这些罪犯有时候会蠢得让你怀疑人生。"

听了萧兰草的话，甘风池更觉得自己倒霉，说："我压根不知道李颖是谁，那不都是凑巧嘛，还好科长你及时赶到，要是因为这个被关几天，那就真是太悲催了。"

"呵，你还真相信他的话？"

甘风池转头看去，萧兰草眼神淡漠，里面隐隐透出嘲讽，他问："你的意思是他说谎？可是小刘跟那几个店员都说他是这样交代他们的啊。"

"太天真了，人的想法会随时改变的，不到最后一刻，可能连他自己都不知道该怎么处理你，就算一开始抱了吓唬你的想法，也不保证最后不会连你也一起干掉，或许杀跟不杀只在他的一念之差吧。"

甘风池听得毛骨悚然，结结巴巴地说："可我是警察，他们该知道杀害警察的后果，他们原本没杀人，为了没有的罪名而去犯罪不是很愚蠢吗？"

"他们当然知道后果，但前提是被发现，所以每个人在犯罪的时候都抱着侥幸心理，如果都跟你这样想的话，这世上就没有犯罪了，可事实却是犯罪天天有，而且大多数是没什么智商的犯罪。"

"所以……"

"所以我上次就提醒过你，永远不要把背对向敌人，尤其是在你对对方抱有怀疑的情况下。"

萧兰草的表情难得一见的严肃，甘风池想想当时的情况，他会陷入危境的确是因为不留意造成的，假如没有萧兰草，说不定在警察来救援之前他就遇害了。

"自己吃一次亏比我提醒十次都有效，记住这次的教训，你不是每次都这么幸运，有时候稍微的疏忽很可能都会导致无法挽救的结果。"

甘风池越想越后怕，小声说："记住了。"

"去休息会吧，今晚出了这么多事，明天一定会很忙的。"

萧兰草说完离开，甘凤池急忙追上，一边追一边掏钱包，进了电梯，他把学费恭恭敬敬地递上去。

“科长，你是怎么追到小恶魔酒吧的？”

“当然是从何筱俪的案子查过去的，没想到张煦阳改了名字，中间又出了冯斌和薛华事件，所以走了好多弯路，希望还来得及吧。”

“你是说张煦阳可能已经遭遇不测了？”

“这个可能性很大，别忘了他才是整个事件中最早失踪的人。”

“可这是两个案子啊，张煦阳跟冯斌他们除了工作上有联系之外应该没有仇恨吧，要说冯斌痛恨乔飞和薛华还可以理解，但因为工作上的冲突就杀人我想不能。”

甘凤池说完就见萧兰草看向他，眼神里带了几分同情的色彩，他问：“我说错什么了？”

“你还没有看出来吗凤梨仔，这根本就是同一个案子啊。”

“啊？”

“所以我才说让你去休息，等你脑袋清醒智商上线了，我们再聊。”

电梯到了，门打开，萧兰草将甘凤池给他的钱塞回给他，走了出去，甘凤池拿着钱追上去，萧兰草突然停下脚步，问：“你知道彭罗斯阶梯吗？”

“知道啊。”

甘凤池心想你问一个数学硕士知不知道彭罗斯阶梯就跟问一个诗人知不知道徐志摩有什么区别？他问：“这跟我们查的案子有什么关系？”

“原理是一样的，在三维空间不存在的物体转到另一个空间也许就存在了，它其实是利用人视觉上的错觉，这次凶手就是利用这个错觉一直把我们往歧路上引。”

甘凤池还是没懂，萧兰草也没再多说，冲他摆摆手示意他去休息。

甘凤池就这样抱着疑惑上了床，睡前翻出彭罗斯阶梯的图片，看着永远走不到尽头的楼梯，他心想假如凶手特意引导他们在阶梯上乱走，让他们摸不到真相，那他这么大费周章的目的又是什么呢？

第二天上午，李颖的尸检报告和现场鉴证结果都出来了，法医在她体内发现了没有完全消化的兴奋剂和乌头碱，跟乔飞中毒的药物成分完全一样，也就是说李颖其实不是死于嗑药过量，而是中毒。

这个发现让张泓等人的证词的可信度高了很多，冯震又就乌头碱的问题询问了他们，从几个人的反应来看他们对这种药物并不了解。

除此之外，李颖的外衣上黏附了一样让甘凤池很在意的东西——羽毛纤维，这让他想起了那几只几乎被遗忘的小鹦鹉，经过鉴定，纤维物质跟金刚鹦鹉的羽毛一致，于是原本不相关的两个案子终于有了交集点。

听了这个结果，甘风池首先的反应就是为什么萧兰草会在乔飞被杀后就马上锁定了何筱俪案件，明明比起何筱俪那个旧案，最近吵得沸沸扬扬的冯雪雪事件才更会让人留意吧。

像是看出了他的疑惑，萧兰草说："因为大家都在查冯雪雪案啊，所以我就剑走偏锋查查旧案，别忘了调查旧案才是我们冷案科的本职工作。"

"可何筱俪案不是冷案，是已经结案的案卷。"

"你忘了我以前说的了？只要有疑问就要追查到底，不管案件性质是什么。"

"可是你怎么就确定何筱俪案跟乔飞被杀还有冯雪雪事件有关系？"

"我没确定，只是直觉告诉我反正没线索，不妨去多调查一下，是你最讨厌的直觉喔。"

"我没有讨厌直觉。"

他以前只是讨厌自以为是的上司而已，但是随着每次疑案的解决，他发现萧兰草并不是自以为是，他的行动都是经过周密思索的。

冯斌和薛华还没有找到，所以李颖尸体的发现算是一个很大的突破，萧燃拿到鉴定结果后就召开会议，重新部署任务，把调查重点全面放在张煦阳和李颖两人的关系网上，还有调查张煦阳跟冯斌之间是否有交集。

李颖的父母接到通知后很快就赶了过来，他们听说女儿出了意外，显得很悲痛，但又不是太意外，李颖的父亲说她以前品学兼优，但是在高二开始参加补习班，认识了一些不良青年，后来就变得很偏激，不服管教，还常常夜不归宿，家人对她算是半放弃了，她已经有半个月没回家了，他们完全不了解她的朋友圈。

一说到补习班，甘风池就想到了育泉学园，刚好何筱俪一案的卷宗解封申请批下来了，裴晶晶把一大堆厚厚的资料搬进来。

甘风池抢上前打开查看。

原来李颖不仅跟何筱俪还有张煦阳等人上同一家补习学校，他们还就读于同一所学校，何筱俪和李颖是闺密，她还是通过李颖介绍去补习学校的，这些都是当时李颖在调查中讲的，她还提到何筱俪讲究打扮爱慕虚荣，平时与不少男同学都有来往，所以才会发生那件事。

甘风池看到这里，想起乔飞写的新闻稿里有一段话跟这个如出一辙，虽然稿子里没有提爆料者的名字，但现在看来就是李颖了。

所以杀害乔飞和李颖的是同一个人，并且用了同一种手法，李颖的履历上写明她没有工作经验，大学毕业后一直无所事事，她的戒心要比乔飞低很多，再加上她嗑药，被凶手调换药应该很容易。

李颖和乔飞在何筱俪一案中有接触，但是从她的社交关系来看，她和冯雪雪事件毫无关系，也就是说凶手不是冯斌，他没有杀害李颖的理由。

可是冯斌被排除后，真正的凶手又是谁？薛华在这个连环凶案中又扮演了怎样的角色？

甘凤池越想大脑越混乱，那种感觉真像是在走彭罗斯阶梯了，明明走到目的地了，抬头一看，又是一段新阶梯，如此反复永不断绝。

会议结束了，甘凤池作为硬挤进来的后援，他怕被萧燃看到，躲在大家身后离开，谁知走到门口被叫住了，萧燃冲他挥挥手把他叫过去。

“凤梨仔，听说你是在调查育泉学园时查到张煦阳这条线的。”

他的表情不愠不喜，甘凤池心里咯噔一下，大声说：“报告科长，是我们领导派我过去的，他说我反正放假没事做，闲着也是闲着。”

“呵，卖的一手好队友。”

“呃，我说的都是大实话，科长，看在我发现新线索的分上，请让我重新归队参加调查吧！”

“行，既然张煦阳这条线是你发现的，那你就继续追下去，不过不要再一个人跟踪了，这次的凶手是个穷凶极恶并且心思缜密的家伙，两人搭档比较安全，你就跟……”

“我跟我们领导搭档！”

萧燃很惊讶，问：“你还没被他虐够？”

“虐着虐着就虐习惯了！”

萧燃笑了，挥挥手让他离开，甘凤池掉头要走，萧燃办公桌上的电话响起来，他拿起来接听了一会儿，皱眉问：“有这样的事？”

甘凤池听他语气很严肃，半路停下了脚步，萧燃放下电话，他马上问：“什么事？”

“老羊说在储藏室找到了一个窃听器，跟他们在薛华家里找到的那些是同一类型，问你有没有记得什么？”

“我过去看看。”

甘凤池拔腿跑了过去，萧燃跟他一起，萧兰草和林紫言、魏正义都在鉴证科，看到他们进来，萧兰草指指桌上的证物袋。

一个袋子上标注的是薛华的家，另一个标注的是储藏室，里面放的窃听器从外观形状上看完全一样，老羊说他检查了窃听器上的指纹，很遗憾，都没有留下，不过上面有少量黏附的纤维组织，从成分推测是呢子大衣上的，他还在发现的地方拍了照，窃听器就在储藏室铁门后面的地上。

“为什么这里会有窃听器？”

甘风池张口就问，大家一齐看他，老羊说：“被关在里面的人是你，这事要问你。”

“我不知道，他们把我关起来后就掐断电源了，那么黑的，我什么都看不到。”

“有一种可能，”魏正义举手说：“窃听器是放在李颖身上的，她死亡后，张泓等人在把她塞进冰柜时窃听器脱落了，但当时那些人惊慌失措，谁都没注意到。”

“这个可能性很大，也说明了一件事，有一条线将乔飞、李颖、薛华、冯斌、张煦阳、陈白川这几个看似完全不相关的人连在了一起——毒杀乔飞和李颖的是同一个人，给薛华和李颖甚至可能还有张煦阳放窃听器的是同一个人；李颖和张煦阳是同学兼朋友，并因为何筱俪事件她跟乔飞和薛华认识，而张煦阳和冯斌是同事关系；陈白川是补习班的老师，曾经给何筱俪和张煦阳他们上过课，对何筱俪有非分之想，他在一个月前被车撞伤，但是与本案是否有关还待进一步的调查。”

萧兰草用马克笔将关系图写到白板上，关系人之间画了箭头，最后在冯斌的名字上画了个圈。

“从这个图你们可以看出来，到目前为止，冯斌这个人其实是跟整件事联系最小的一个，凶手的目的很可能是故意把他推出来当烟幕弹来迷惑我们，然后趁机继续报复杀人。”

“会不会下毒和放窃听器的都是同一人？”

“不排除这个可能性。”

“如果这样的话，冯斌现在的处境会不会很危险？”

“不，最危险的可能是薛华，假如凶手是报复杀人的话，冯斌与何筱俪事件毫无关系，凶手只是利用他把薛华引出来，而薛华恰恰中计了，这么长的时间，她很可能已经……”

萧兰草没说下去，但他的暗示很明显，萧燃说：“我已经派人去调查何家所有成员，尤其是何筱俪的母亲和她的小姨，希望能在凶手再度害人之前抓到他。”

一直有一个女性贯穿整个案子，甘风池觉得萧燃的怀疑很有道理，何筱俪母亲家这边的亲人行凶的可能性比较大，反而父亲的亲戚都在忙孩子升学高考什么的，不符合报复杀人的犯罪心理。

“会不会还有其他的可能性？”他问。

“其他的可能性？”

“呃，我的意思是……”甘风池看看萧兰草，说，“我们科长这两天一直都在查何家的亲戚，如果他们有问题，他应该早就发现了，所以除了何家，当初跟张煦阳一起作案的学生的家人会不会也有可疑？”

他把刚刚看过的卷宗在脑子里捋了一遍，说：“青少年犯案，当然是希望判得越轻越好，当时一共有四个人，张家又是最有钱的，所以不排除他们家为了减轻自己儿子的罪名，拖同学们下水，那三家人势必对张煦阳有怨恨。”

“就算有，为什么要在六年后才来报复？而且对张煦阳有怨恨，为什么要杀其他两个人。”

“那个……那个，肯定案子里还有我们不知道的内情。”

“那就把内情先调查出来再做判断，我们是警察，不能只靠着天马行空的想象去查案，”萧燃说完，扫了一眼萧兰草，说，“你越来越像你们科长了。”

萧兰草笑眯眯地点头，把他的话当称赞照单全收了，甘凤池被大家盯着，搞得面红耳赤，还想解释，萧燃已经离开了。

萧兰草拍拍他的肩膀，安慰道：“萧燃这人做事稳扎稳打，挺好的，不过就是少了点想象力，做我们警察的有时候也需要大开脑洞，这样才能应付稀奇古怪的案子嘛，凤梨仔你的怀疑很有道理。”

“你也觉得有这个可能？”

“在真相没找到之前，我们不排除任何一个可能性，何筱俪的亲戚那边都有人在查了，正义，你跟紫言就查查案子的当事人吧，一共四个，你们查杨晓和常小路，名字我没记错吧？”

萧兰草看向甘凤池，甘凤池摇头表示没有，萧兰草又接着说：“我跟凤梨仔查黄飞红和张煦阳还有李颖，紫言，你找机会单独跟补习班的蒋老师聊聊，看能不能问到更多的情况，凤梨仔负责陈白川，到了这一步，想办法轰炸他，让他不敢再装傻充愣。”

萧兰草把任务交代完毕，老羊在旁边看得津津有味，见大家要离开，他急忙说：“萧科长你也给我派个活呗，我这边的事都做完了，有什么需要我做的，尽管说。”

“老前辈您这么说，我怎么好意思呢，不过既然你说了，那我就不客气了，你能去我们科给鹦鹉们喂下食吗？我们家的老白同志一忙起来连他自己都顾不了，更别说鸟了，怎么说那也是证物啊，饿死就不好了，您就费个心吧，先谢了。”

老羊脸上的笑僵住了，甘凤池一旁看着，心平了，他家领导不光欺负他，他欺负局里所有人！

CHAPTER EIGHT 第八章

重查旧案

大家从鉴证科出来，魏正义征得萧燃同意，重新审问了张泓和小刘等人，他提到了窃听器，这些人都是一脸茫然，从他们的反应来看是不知道窃听器的存在的。

甘凤池在审讯室外看着手机里的彭罗斯阶梯，心想放窃听器的人很可能已经知道李颖死亡，也知道她死亡的事被警方查到了，那么接下来他会再做什么计划呢？

审问完张泓，魏正义和林紫言离开，去调查杨晓和常小路，甘凤池和萧兰草一组，他们先去了张家，正式询问张煦阳失踪前的情况，张太太已经从女儿那里听说了，急得一直哭，根本没办法交谈，最后还是张父回答了他们，但内容与之前张煦瑶说的一样，没有参考价值。

最后萧兰草提到了何筱俪的案子，一听这几个字，张父的脸色顿时难看起来，反复说张煦阳出事时还未成年，那个案子应该完全封档的，警察没有权利解封调查，这样很有可能影响到几个孩子的将来。

“是不是有将来还是等他们活着回来再说吧，”萧兰草揶揄道，“据我们目前掌握的情报，张煦阳的失踪很有可能与何筱俪的案子有关，所以请把你们知道的都说出来，协助我们找到凶手。”

“如果你们怀疑是何家做的，那就把他们都抓起来啊，看他们还敢不敢搞监禁，当初明明就是他家女儿作风不正，穿着暴露，故意勾引我儿子的，都是半大孩子年少气盛的，谁忍得住？出了事她就把过错都推到我们身上了，如果她不勾引，会出这种事吗？为什么小阳跟他同学不去找别的女孩，补习班又不止她一个女生。”

张父愤愤不平地说了一大堆，甘凤池在旁边听着，办案以来，这是他第一次在面对受害人家属时有想揍对方的冲动。

萧兰草倒是很平静，问：“勾引这些事是谁对你们说的？”

张父把眼神瞥开不作声，萧兰草故意说：“你们不会也是听网上那些流言蜚语吧。”

“当然不是，”张煦瑶沉不住气，反驳道，“是何筱俪的闺密说的，她叫……叫……”

“李颖。”

“对对对，李颖，她还来我们家玩过呢，文文静静很懂礼貌的小姑娘，你们看她不是好好的嘛，我弟弟还有他同学又没对她怎样，这就可以证明是何筱俪自己作风有问题吧？”

“她作风有没有问题不是别人可以强暴她的理由。”

甘风池忍不住了，冷冷回道，张煦瑶看看他的脸色，把后面的话收了回去。

萧兰草问：“她还对你们说了什么？”

“说她还勾引过补习班的老师，希望老师课外辅导，但老师拒绝了。”

“老师的名字说了吗？”

“何筱俪没跟她说，只是跟她这样抱怨过，出事后她怕被牵连，就什么都告诉我们了。”

“你们花了多少钱问到的？”

张煦瑶不说话，转头看父亲，张父犹豫着没说，萧兰草提醒道：“我们了解的情报越多，对救援就越有利，你们想清楚。”

这句话立竿见影，张父伸出巴掌正反比画了一下，萧兰草说：“对一个十七岁的孩子来说，这可不是个小数目，你们真舍得花本钱。”

“你有孩子吗？如果你有孩子的话，就会明白做父母的心情，哪怕花再多的钱也不会不舍得！”

“所以你不仅花钱买消息，还让李颖向那些记者爆料，导致网上铺天盖地都是对何筱俪的负面话题，想借舆论走向操纵判决。”

“你可真看得起我，那些新闻还用我引导吗？都是记者们去找的爆料，所以根本是她自己有问题！”

张父说得很强硬，但甘风池观察他的表情，觉得萧兰草说对了，这是只老狐狸，他利用李颖去跟记者爆料比张家直接拜托记者好用多了，既不用担心被人揪到小辫子，也不用担心事后被记者讹诈。

可是在金钱面前，李颖说的话有多少是真实的，何筱俪在遭受身体创伤的同时还遭到了背叛，这大概才是压倒骆驼的最后一根稻草吧。

“那你们花了多少钱让其他三家的孩子串供？”

“我们没串口供，是何筱俪一开始主动的，可是半路她又反悔了，所以我弟弟才让他的朋友一起……他们还是孩子啊，又是冲动的年纪，可以理解吧。”

“这话等轮到你自己身上再说吧。”

甘风池怼了她一句，张煦瑶很不服气，但想到他的家世背景，没敢反驳。

萧兰草问："实施强暴的只有张煦阳和黄飞红，另外两人只是望风，但事后他们的量刑一样，关于这方面他们的家人对你们有很多怨言吧？"

"当然有，不过给了一笔钱他们就消停了，反正都未成年，就算犯法，档案也会被封存，不用担心将来会暴露。"

"是啊，我弟弟很仗义的，还给他们提供工作，平时还一起玩，提携他们，他们关系很好的。"

"现在李颖还跟他们一起玩吗？"

"李颖？那就不知道了，那件事之后她就再没出现了，这件事跟她有关系吗？"

"这个还在调查，有消息会再跟你们联络的。"

萧兰草起身告辞，甘凤池出来的时候听到里面房间传来哭泣声，张太太一边哭一边说儿子命苦什么的，他上了车，忍不住说："听他们说话，我身体里的暴力因子又沸腾了。"

"可以理解，孩子再怎么不好，在父母眼里也是最乖的。"

"那也不能扭曲事实啊！"

萧兰草把车窗打开了，冷风吹进来，甘凤池打了个哆嗦，怨道："大冬天的你不要开窗。"

"我是要让你冷静一下，凤梨仔，我理解你的心情，但不希望你在查案时带入私人感情，那会影响到正确的判断，甚至走入歧路。"

甘凤池想想也是，他探头出去深呼吸了几次，又拍拍脸颊，等冷静下来后，把头缩回来关上了窗。

在去黄飞红家的路上，甘凤池接到了苏扬的电话。

作为在第一线上跑新闻的记者，苏扬的鼻子就跟警犬似的，追着问甘凤池有关薛华的消息，甘凤池心里正烦着呢，随口应付了两句就要挂电话，苏扬叫住他，叹着气说："我也知道你们警察有保密纪律，不能随便透露情报，不如让我透露点给你吧，条件是等破了案，你得让我拿到第一手消息。"

甘凤池看向萧兰草，萧兰草点点头，他便问："是什么？"

"前段时间我碰巧遇到薛华，她心情特别好，说找到赞助商了，工作室可以扩展新业务。"

"你跟她很熟吗？为什么她跟你说这个？"

"算比较熟吧，主要是我们的工作性质不一样，彼此没有利害关系，所以有什么事也不会瞒着，她说那个女的是她的老粉丝，从国外回来的，花钱很阔绰，因为特别喜欢她的节目，所以对她的发展提议很感兴趣，也愿意赞助。”

“女的，叫什么？长什么样子？”

“这我就不知道了，薛华说她比较低调，也就是宅了，所以不喜欢跟人接触，我当时以为她卖关子，现在想想，这个粉丝有些奇怪啊，会不会是她绑架了薛华？”

“现在还不知道，有消息再联络。”

甘凤池道谢挂了电话，问萧兰草：“刚回国的，又是女的，会不会是何筱俪的母亲？”

“难说，很多时候忧郁症外表是看不出来的。”

“那要不要……”

铃声打断了甘凤池，他还以为又是苏扬的，结果接通后对面是个说话卷舌音特别重的男人，特征太明显了，甘凤池想起了在碎尸案中那个存在感刷得特别重的侦探社老板。

“陈老板啊，什么事？”

“大家都是朋友了，你说你怎么这么见外呢，叫我老陈就好了。”

作为警察，谁跟你个侦探熟啊，甘凤池问：“什么事？”

“好像何筱俪的案子被翻出来了，是不是有什么新发现啊？”

甘凤池心想这家伙的消息还挺快的嘛，说：“就算有，你以为我会说吗？”

“您不说，我说，我刚看了张煦阳那几个人失踪的新闻，这案子跟何筱俪的案子是不是有关系啊？”

“无可奉告。”

“就告诉一点吧，一丢丢就好。”

“我们在忙，回头有空了再联络。”

甘凤池挂了电话，看看萧兰草，萧兰草的表情若有所思，说：“他好像知道些什么。”

“啊，那我是不是不该这么快挂掉，要不要打回去？”

“不用，你主动了他反而拿架子，抻他一会儿，先把手头上的事做完再说。”

两人来到黄飞红的家，黄飞红也有三四天没回家了，他没有正式工作，失踪前在一家便利店做，因为旷工已经被开除了，他跟张煦阳一样经常搞失踪，他父母也见怪不怪了，听说萧兰草和甘凤池是警察，他们首先的反应就是儿子又做什么坏事了，又说他是成人了，就算做坏事也跟他们无关，言语之中已经放弃他了。

甘凤池询问过后才知道黄飞红不学好，他们太失望了，前两年又拼了命生了个小的，现在把关心都放在小女儿身上，至于大儿子变成什么样，他们已经不在意了，只说他一直跟着坏同学混，最后出了那种事，害得他们都抬不起头来，去了少管所后以为他会变好，谁知变本加厉了，听说后来他跟张煦阳那些同学又走到一起，他们就懒得再管了。

萧兰草取出李颖的照片询问，黄飞红的妈妈撇撇嘴，说知道，当初儿子追她追得特别紧，何筱俪事件后，他们分开了一阵子，后来又在一起了，但也说不上特别好，有一次他们还在儿子的卧室里很大声地吵，她跑过去，就听儿子说——你别以为你干的那些事我不知道，你信不信我都抖搂出去？

当时李颖手里拿着剪刀，刀头对着黄飞红，脸色特别可怕，看到她进去才放下剪子，黄飞红也安慰她说没事，从那次后李颖就再没来过。

“这是什么时候的事？”

“就几个月前吧，那孩子人还不错，每次来都给我家小女儿买东西，很疼她，就是作风不好，我不敢让孩子跟她玩，怕她学坏……这不是我说的，是我儿子说的，说她跟其他同学有关系，不自爱。”

“有他们的合照吗？”

“没有，他们那次吵架后我儿子就把照片都撕掉了，等等，我有一张李颖跟我女儿的拍立得，你们需要吗？”

萧兰草点点头，黄母离开了一会儿，取来一张小照片，照片里李颖蹲在地上，搂着小女孩对着镜头笑，她没化浓妆，看起来只是普通女孩的模样，身后一片花花绿绿的，黄母说当时快圣诞节了，李颖买了圣诞礼物给孩子，还集了十二属相的氢气球给她，据说这种气球在小孩子圈里特别有人气，很难集全，所以孩子那天开心得不得了。

看到那些氢气球，甘凤池心里一跳，他想起陈白川带女儿吃饭时，女孩也拿了动物形状的气球，也许只是巧合，但他还是感到了不安。

照片里的李颖笑得很灿烂，甘凤池很难把这张照片跟哥特风的她联系到一起，更别说女尸了，他又问了黄飞红离开前的言谈举止，黄父不记得，倒是黄母说听女儿提到哥哥说打猎，还说要带猎物回来给她玩。

这个情报跟张家提供的吻合，张煦阳也说过想上山休假什么的，但究竟他们是去哪个山，两家的家人都不知道。

从黄家出来，甘凤池把自己的担心跟萧兰草说了，萧兰草马上联络萧燃，两人聊了一会儿，他挂了手机，脸色有些悻悻。

甘凤池更担心了，问：“是不是出什么事了？”

“没有，恰恰相反，萧燃已经派人暗中保护相关人员跟他们的家人了，我被他嘲笑了，说我慢了一步。”

原来是领导的自尊心受打击了，甘凤池想笑却不敢，找了个借口打电话给林紫言。

林紫言和魏正义刚好问完了杨晓和常小路的情况，这两人混得还算不错，靠着张家的介绍在贸易公司工作，工资高奖金也多，所以对张煦阳的话言听计从，从他们家人的态度来看，他们对张家没有怨恨，相反还挺感激的。

一星期前杨晓和常小路向公司请假说出去旅游，还跟同事许诺说带野味回来，但是具体去哪里没有说，杨晓的女朋友还很不高兴地说她本来想跟杨晓一起去的，但杨晓拒绝了，说男人的聚会有女人在不方便，问他都有谁去他也不说，女朋友觉得自己一点不受重视，和杨晓在一起这么久，他的朋友圈从来不让自己看，也不介绍朋友给自己认识，像是偷情似的。

甘凤池说：“杨晓大概不是不重视她，而是害怕相同的事再发生吧？”

“我也是这样想的，那个事件的当事人凑一起，或许会提到当年的话题，他肯定不想女朋友知道，我现在去找蒋彤，看能不能问到新情报，老叶那边的情况让正义跟你说。”

电话转给了魏正义，魏正义和叶长鸿的关系很好，所以那边调查的情况第一时间就传给他了，他告诉甘凤池说他们调查了李颖的朋友圈，李颖交的朋友很杂，但都没有深交，暂时没有收获。

老叶还去建材公司做了调查，从同事们的讲述来看，冯斌与张煦阳的关系仅限于在同一家公司工作，平时偶尔遇见点头而已，而且张煦阳一天在公司的时间又不多，他大概连冯斌叫什么都不知道，两人彼此没有联系，更别说有怨恨，所以冯斌被当替罪羊的可能性更大了。

另外他们查遍了张煦阳的朋友圈，其中有几个人听说他要上山休假，但他们都没有提供别墅，张煦阳也没提他要去哪儿休假。

何筱俪亲戚的调查也没有实际性的进展，何筱俪的母亲虽然回国了，但她的抑郁症刚转好，身体健康状况不佳，现在住在她妹妹家，也就是何筱俪的小姨家，由她来照料。

目前查到的情报是何筱俪的小姨有嫌疑，当初她对何筱俪的死十分激动，曾上网跟很多人舌战过，也点名怼过乔飞和薛华等人，鉴于本案一直有位女性贯穿其中，所以这次重点调查对象是她，但调查过后叶长鸿自己推翻了假设——

她是护士，去年离了婚，跟现在的男朋友交往密切，已经开始商量结婚的事了，她表面上看没有动机，而何筱俪的父亲整天借酒浇愁，和警察说话时手一直在抖，叶长鸿认为他有点酒精中毒，这种人要杀人也很困难。

听完后，甘风池问：“所以所有嫌疑人都被排除了？那何筱俪父亲这边的亲戚是什么情况？”

“何筱俪的两个姑姑咱们科长不是都调查过了吗？她们忙着照顾小孩，父亲因为何筱俪的事受打击过世了，她们还要分神照顾患老年痴呆症的母亲，别说杀人了，连杀鸡的精力都没有，她们对张家肯定有很多怨气的，但我个人不认为她们会因为怨恨就丢开自己的孩子老公去行凶报复，她们付不起那个代价。”

魏正义说得很肯定，甘风池看看萧兰草，萧兰草之前都调查过了，如果真有可疑，他想萧兰草不会注意不到，所以这条线也算是断了。

甘风池挂了电话，有些沮丧，萧兰草开着车，问：“怎么了？”

“你不觉得我们一直在原地打转吗？还真是彭罗斯阶梯了，走了一圈又一圈，每次都以为找到出口了，结果每次都是死巷。”

“也不是啊，至少我们现在确定怀疑对象都是清白的了，这就是突破。”

“嗯，看黄飞红和其他两家人的态度，他们因为何筱俪事件对张煦阳打击报复的可能性不大。”

“不仅不大，他们还是连体婴，所以他们四个才会一起去山里度假，让凶手有动手的机会。”

“问题是山这么多，别墅这么多，没头绪找的话就跟大海捞针似的。”

“先去李颖家问问吧，也许会有收获。”

对于他们的询问，李颖的父母非常不配合。

一听他们是来问李颖案子的，李父首先的反应就是该说的他们都在警局说了，刚才也有警察来重新问过了，为什么还没过半个小时就又有人来问。

“我们只是想尽快找到凶手，所以还请配合。”

“你们只是想尽快找到张煦阳那些人吧？我女儿都死了，找到凶手又能怎样？”

萧兰草有时候脾气好得不得了，也不在意李父的态度，很和气地跟他解释，甘风池插不上话，便小声对李母说：“我可以去李颖的房间看看吗？”

李母把他带去房间，却说：“这里没什么好看的，她经常不回来，把这当旅馆。”

“为什么？”

“你们不就是在调查何筱俪的事吗？还问为什么？”

外界不知道何筱俪事件的当事人，李家父母心里却是清清楚楚的，李颖被杀，张煦阳等四人失踪，再加上警察的反复盘问，他们肯定早就想到了原因，甘风池理解李母的想法，不过有些好奇她知不知道李颖收钱向记者们爆料何筱俪的事。

他看了一遍李颖的房间，整个房间的色调都很灰暗，窗帘厚实，即使是白天也要开灯，化妆用品胡乱摆放在桌上，睫毛液用完后也没有拧上，随便丢在一边，床被没有收拾，李母说李颖不让动她的东西，所以平时他们夫妻都不会进来。

甘凤池走到衣柜前打开，里面大半的衣服都是哥特风的，他翻了翻，其中一件衣服的口袋鼓鼓的，掏出来一看，却是个小药盒，里面的药跟在冰柜发现的相似，看来她嗑药已经到了上瘾的程度。

甘凤池打开柜子下面的抽屉，里面更乱，内衣跟一些化妆品塞在一起，他还找到几张皱巴巴的照片，是李颖在学校时拍的，她穿普通衣服还是挺好看的，脸上也有笑容，但不像和黄飞红的妹妹一起拍时那么开心。

“这都是何筱俪害的！”

李母突然说道，甘凤池转头看她，心想明明是你女儿害人家的，如果没有那些爆料，何筱俪或许还不会自杀呢。

看到他的反应，李母冷笑道：“何家家庭条件很好，何筱俪从小就娇生惯养，她吃的穿的用的都是最好的，还偏偏喜欢跟小颖一起玩，我跟她爸都下岗了，但为了孩子不低人一等，咬着牙也给她最好的，她本来性格很外向的，但自从跟何筱俪认识后就越来越自卑敏感，有一天她回来哭，说她喜欢某个同学，可人家喜欢的是何筱俪，因为何筱俪比她漂亮。”

李母的声音哽咽了，甘凤池不知道怎么劝她，只好说：“她也挺好看的。”

“是啊，何筱俪漂亮，我女儿也不差啊，而且何筱俪还作风不好，闹出那些事来，连累我女儿，害得她每天被记者追着问，都没办法上学，何筱俪死了后，她整个人都变了，经常旷课，多问两句就朝我们吼，我们带她去看心理医生也没用，医生说她亲眼看见好友死亡，受的刺激太大，只能慢慢养。”

“亲眼看见死亡？”甘凤池很惊讶，问，“你是指何筱俪的死吗？”

“可不就是嘛，那个祸害，她约小颖去她们常玩的地方，小颖刚到，她就从上面跳下来了，就摔死在小颖面前，小颖当场就吓晕了，后来人就变得不精神了，你说不是何筱俪害的还是谁？”

这一点新闻报道没有提到，卷宗里也没有写，毕竟那只是自杀案，非相关人员不会被提及，甘凤池却听得心头一跳，通过李母的讲述，他逐渐了解了案子背后隐藏的真相。

“如果当初不让她去念那家高中，也许什么事都不会发生。”

李母的话里充满了懊悔，甘凤池问：“有她以前的照片吗？”

李母去柜子里翻了翻，从最里面掏出一本影集，说：“只有这些了，你看看有没有需要的。”

影集里是初中和高中的生活照，很多地方都是这一块那一块的空白，李母说那件事后李颖把照片都处理掉了，所以她与何筱俪的合照一张都没有，甘风池本来都放弃了，可是在翻第二遍时发现有一格里当中还夹了一张，他抽了出来。

那是张多人合照，从左往右依次是杨晓、常小路、黄飞红、张煦阳、李颖，最右边的是何筱俪，这张照片跟甘风池在酒吧看的那张惊人的相似，李颖也同样没看镜头，而是看向左边，唯一不同的是最边上的人换成了何筱俪。

黄飞红的母亲说李颖和黄飞红是恋人，但甘风池觉得她看的不是黄飞红，而是张煦阳，但张煦阳的手却伸出去摸何筱俪的头，何筱俪歪头避开了，照片里的她笑得很勉强。

甘风池有点明白黄飞红跟李颖吵架的原因了，也明白李颖爆料何筱俪的心态了，全都是出于嫉妒，是求而不得的嫉妒心。

“我可以借一下这张照片吗？”

“拿去吧，也不用还了，这里面的人我一个都不想再看到。”

甘风池道了谢，拿着照片出去，萧兰草还在跟李父聊天，看到他的暗示，他起身告辞。

两人从李家出来，萧兰草说：“看你的表情一定是查到了什么。”

“可能对找凶手没帮助，但我知道了事件发生之前的一些事。”

甘风池把问到的事说了一遍，萧兰草听完点点头。

“黄飞红喜欢李颖，李颖喜欢的却是富二代张煦阳，张煦阳呢，大概更中意何筱俪，不一定是因为何筱俪长得更好家庭出身更好，而是对于追求不到的人，更容易让人产生征服的心态。”

“可是这种原本纯洁的爱情最后却演变成了惨剧。”

“因为少年男女的爱情中没有掺杂世俗条件与利益关系，越是没有利益关系的感情，人想的就会越少，做事也会越冲动，因为他们在考虑事情的时候忘了计算成本和代价。”

“现在的孩子啊，我那会儿要是敢不好好读书，我爸会敲断我的狗腿。”

“说得你好像多老似的。”

萧兰草瞥了他一眼，上了车，他让甘风池开车，说：“李颖的父亲也跟我提到了她目睹何筱俪自杀的事，他说李颖曾多次和他谈到死亡的问题，她想自杀却又不敢，他怕妻子担心，从来没在她面前提过，前段时间他们父女聊了一次，李颖透露出想重新开始，可能这与她和黄飞红正式分手有关，正因为如此，他更无法原谅凶手。”

“现在何家痛恨李颖，李家痛恨何筱俪，唉，真是罗生门。”

“不管是不是罗生门，我们的任务是抓住凶手。”

甘凤池默默开着车，心里却在想现在所有嫌疑人都被排除了，凶手在哪儿都没个影子呢，怎么抓？

他照萧兰草的指示开车去补习学校，半路接到了林紫言的电话，告诉他们她和蒋彤聊过了，基本上蒋彤知道的上次都跟甘凤池说了，唯一没提到的是在何筱俪出事之后，蒋彤无意中听到陈白川在手机跟朋友调侃何筱俪，说她不知好歹，当初答应和自己交往的话就没事了等等，她当时就觉得这男人太恶心了，甚至怀疑何筱俪的事会不会跟他有关系，所以后来一直对他敬而远之。

她还说今早陈白川本来来上班了，可是休息时看到电视里播放张煦阳等人的失踪新闻，突然间脸色大变，临时请假离开了，下午数学课没人代课，甘凤池也不见了，领导很恼火，说要把他们两个人都开除。

萧兰草转述完后，又追加道：“紫言说蒋彤还不了解我们的身份，她听说紫言认识你，就一直跟她打听你，好像对你有意思，还让她转告你说会帮你向领导求情，让你别担心，另外还要了你的手机号，说要打给你，凤梨仔你最近的桃花很旺啊——最后一句是紫言加的。”

“不不不，蒋老师感兴趣的是你，不是我，她这是不好意思打听你，所以把我推出来……”

甘凤池生怕林紫言真以为蒋彤喜欢自己，探身去夺手机，被萧兰草制止了，萧兰草指指前面让他专心开车，笑眯眯地说：“手机已经挂了，回头再解释吧。”

“回头不是误会更大了嘛，这事宜早不宜迟。”

“紫言才没你这么无聊，她还在忙着查案呢。”

说到案子，甘凤池冷静下来，说：“陈白川肯定是看到张煦阳他们出事了，他心里有鬼才会提前下班。”

“是啊，做了亏心事的人总会心虚的，凤梨仔你掉个头，我们去他家堵他。”

“你确定他回自己家，不是去他情人家？”

“他是去情人家的时候被撞伤的，他会认为凶手知道那个地方，所以回自己家的可能性更大，再说了，这种男人最没有骨气，别看平时喜欢拈花惹草的，出了事首先想的是靠老婆。”

萧兰草都说得这么肯定了，甘凤池调转车头，往陈白川的家开去。

萧兰草猜中了，陈白川果然在自己的家，而且门上连上三道锁，萧兰草说明了自己的身份，又亮出刑警证，他还是不信，直到萧兰草说要让管理员来撬门，他才不情愿地把门开了。

陈白川的妻子上班去了，孩子在幼儿园，家里只有他一个，他最近没休息好，拄着拐还顶着俩黑眼圈，他把萧兰草和甘凤池带到客厅，又上上下下地打量他们，问：“你们不是老师吗？怎么又成警察了？”

“你把顺序说倒了，我们是警察，因为方便查案才隐藏身份。”

“查什么案？难道补习学校还有犯罪活动吗？”

“查何筱俪的案子。”

萧兰草开门见山把话挑明了，陈白川的脸色马上变了，说：“何……何筱俪是谁啊？”

都死到临头了还嘴硬，甘凤池直接把当年何筱俪事件的新闻调出来，还很贴心地放大了陈白川提供爆料的图片，虽然图片做了马赛克处理，但明眼人一看就知道他是谁。

“你也太贵人多忘事了，看看，接受采访时你说得多热情啊，怎么一转眼就忘了。”

“这件事啊……怎么叫一转眼？这不都过了五六年嘛，补习班的学生换的那么频繁，我哪能都记得住。”

“学生遭受强暴并自杀这种事可不频繁，除非你失忆，否则不可能忘记，”萧兰草盯着他，冷冷道，“就算你忘了，也有人会记得，你被车撞就是很好的证明。”

陈白川的拐杖一抖，勉强笑道：“这……这不就是普通的交通肇事嘛，跟那件事怎么扯得上关系……”

“曾经跟你做过采访的记者一个死了一个失踪，张煦阳等人不知去向，或许下一个就是你，如果你聪明的话就不要再闪烁其词，老老实实把当初发生的事讲出来，协助我们抓到凶手。”

陈白川看起来犹豫不决，甘凤池打铁趁热，提醒道：“说不定凶手要害的不光是你，还有你女儿呢。”

“不可能，我女儿跟那件事一点关系都没有，出事的时候她还没出生，凭什么伤害她？！”

“你要跟罪犯讲道理吗？如果大家都讲道理的话，天底下就没这么多案子了，所以我们当下能做的是抓住罪犯，阻止他继续犯罪。”

“可你们有什么理由怀疑这个罪犯跟何筱俪有关？我查过了，她家里人现在都病的病疯的疯，要么就是照顾老人小孩，根本没能力杀人。”

“呵，了解得不少嘛，这些都是你在养病期间查的？你会去查，就证明你也想到这个可能性了，所以还想心存侥幸躲过去吗？”

陈白川的嘴巴动了动，似乎想说什么，最后还是忍住了，萧兰草说：“既然你不敢说，那我说，你向何筱俪示好却被严词拒绝，你咽不下这口气，就在张煦阳面前挑拨离间，挑起他对何筱俪的怨气，换言之，你的行为促成了那起伤害事件。”

陈白川不说话，但是看表情就知道萧兰草说得八九不离十，甘凤池脸上露出鄙夷，陈白川气愤地说：“你这是什么眼神？我就是邀她出去玩，她不同意就算了，还骂我没师德，还说要去上头投诉我，什么玩意儿，张煦阳他们做的事跟我没关系，你们别把脏水泼我身上，张煦阳本来就对她有意见，是她自己得罪了人惹祸上身，他们做了什么跟我没关系，我又没让他们去强奸！”

“那你都说了什么？”

“说……她早就跟我有一腿，她对我说讨厌张煦阳和黄飞红那种娘娘腔，没内涵没男人味。”

“何筱俪有这么说过吗？”

“没……直接跟我说……”

“你真卑鄙！”

“我怎么卑鄙了？我就那么随便一说，我说话不犯法吧，而且我也没撒谎，是李颖跟我说的，我只是强调了一下，谁让他们信呢！”

“李颖都跟你说了什么？”

“这么久了，谁还记得？反正就是些嘲笑我和那些男同学的话，其实你们不应该怪我，要怪也是怪李颖，她就是嫉妒呗，嫉妒何筱俪什么都比她强，你们看看当年那些新闻，都是她爆料的，我只有一两篇，剩下的都是她，真搞不懂罪犯，为什么不去找她却来找我，何筱俪会自杀根本就是她一手促成的！”

“李颖已经遇害了。”

“什么？！”

一听这话，陈白川的脸顿时煞白，拄的拐杖也开始发颤，萧兰草冷冷道：“所以我没有危言耸听，所有跟何筱俪一案有关的人都出事了，你不可能是幸运者，罪犯第一次没能开车撞死你，他迟早会再来找你的。”

“那我女儿呢？！他们会不会伤害她？你们快派人保护她！她还是个孩子，她是无辜的！”

“这方面你不用担心，我们已经着手处理了，现在你要做的是配合我们，把那天你是怎么被撞的，你都看到了什么，为什么确定你撞车与何筱俪有关这些都告诉我们。”

“因为……因为我被撞倒的时候看到了何筱俪在车上……”

一瞬间甘凤池还以为自己耳朵出问题了，问：“你是说已经死亡的那个何筱俪？”

“是的是的！我当时都快吓死了！”

陈白川为了不让妻子怀疑，平时跟情人约会时都不开车，而是坐公交车，那天他从情人的家出来，步行去车站，半路有辆车突然从后面冲过来，也是他幸运，刚好往旁边跨了一步，所以只是被撞断了腿。

他跌倒在地，车灯光芒太强烈，他什么都看不清，那辆车撞了人却连刹车都没踩，呼啸着往前跑走了，但那一瞬间他看到副驾驶座上的人把脸贴在车窗上，她留着长发，还穿着校服，惨白的一张脸上挂着微笑，却不是何筱俪又是谁？

他当时吓得魂飞魄散，连疼痛都忘记了，还想再仔细看，车已经跑远了，他因为过于恐惧晕倒在地，等醒来时已经躺在医院里了。

这件事他谁都没敢说，还编了套谎言搪塞老婆，他老婆好像猜到他有外遇了，不过没戳破，就是明里暗里地提醒他老实点，原来他老婆以为他被撞是小三算计的，而小三那边则怀疑是他老婆有问题，他夹在中间有苦难言，只能偷偷调查。

但查了一圈下来，他发现何筱俪家没人有精力对付自己，时间长了，他也怀疑那晚是不是自己看花了眼，乔飞和薛华出事时他没想太多，直到今天看到张煦阳等人失踪了，他才猛然醒悟——乔飞也好薛华也好，还有张煦阳这些不都是与何筱俪有关系的人吗？

萧兰草听完，问：“你再好好想想，被撞的时候真的看到何筱俪了？还是长得像她的人？”

“第一眼我确定就是她，可是……事后越想越觉得是自己看花眼了，她都死了是不是，难不成闹鬼啊呵呵……”

陈白川打着哈哈，萧兰草没理他，冷着脸问：“那现在呢？你还觉得是自己看花眼吗？过了六年，你确定自己没记错长相？”

“这……老实说那件事挺严重的，要说忘记恐怕很难，她还是当年的模样，一点都没变，你们说诡不诡异？”

陈白川转头看看萧兰草和甘凤池，两人都不说话，他哭丧着脸说：“不会是真闹鬼吧，她死得冤，所以来找我们报仇，我该怎么办啊？我只是嘴贱说说而已，我没想她死啊。”

“这话等回头对罪犯说吧。”

“我不管，我只是说错话，罪不至死吧？警察同志你们一定要救救我，我女儿还小，她不能没有爸爸啊！”

要不是现在的重点是问情报，甘风池一定会怼他——明明是你自己怕死，扯你女儿干什么，嘚吧嘚吧个没完没了。

萧兰草问："你是怎么调查何筱俪一家的？"

"当然是请侦探社的人啊，我要不是这样子就自己去查了，还好这笔钱没白花。"

陈白川拄着拐带他们去隔壁的书房，掏出钥匙打开抽屉，取了一个厚厚的牛皮纸袋递过来。

甘风池看到纸袋下面的侦探社名字，恍然大悟——难怪陈冬特意打电话过来问案子，原来调查何筱俪的事是他们侦探社做的，那家伙的脑子灵光得很，肯定是从蛛丝马迹中猜到了真相，所以才来旁敲侧击。

萧兰草抽出资料看，陈白川在旁边说："你还别说，现在的侦探社搞得真是红红火火，只要钱到位，什么都帮你查得清清楚楚，我拿到调查结果后不放心，又拜托他们查了一遍，还是一样，所以说何筱俪家的人都没有嫌疑，你们说怪不怪？"

"说不定是亏心事做得太多，恨你的未必只有何家。"

甘风池讽刺他，陈白川想反驳，张了张嘴最后又没敢。

萧兰草看完资料转给甘风池，甘风池简单看了一遍，不愧是陈冬的侦探社，不仅调查得详细，资料也做得很清楚，前半部分列出了何筱俪的父母和小姨、姑姑甚至还有远房叔叔的家庭住址和工作情况，后面是跟踪他们的调查报告，甘风池看完后心想这家伙私下泄露个人隐私，他又急着进拘留所了。

不过拜他所赐，甘风池在短期内充分了解了何筱俪的家庭情况，看亲属的情况的确没有作案时间和动机，这部分跟小柯他们调查的吻合，他不甘心，问陈白川：

"还有没有没调查的亲戚？"

"有啊，还有好多呢，不过都是不怎么走动的关系，本来我还想再扩大范围查一查，可是私房钱用完了，也不敢跟老婆要，我就想既然都不走动了，怎么会为了不相干的人大开杀戒呢，说不过去嘛。"

"这份资料我们收下了，你要是有什么发现，及时联络我们。"

萧兰草把手机号给了他，陈白川不想他们走，拄着拐追到门口，问："那警察什么时候来保护我啊？要是凶手突然闯进来，我现在的状态不是他的对手啊。"

"我会请示上头尽快派人过来，在他们到达之前你不要出门，凶手再厉害也没办法破开你这三道锁吧。"

甘风池跟着萧兰草出去，下一秒就听身后哐当一声，陈白川飞快地把门关上了，接着是上锁的声音，看来他是吓破了胆，生怕晚一秒都会出事。

"凶手不会真的来吧？"甘风池有点担心。

换了平时他不会想太多，但这次凶手极度凶残，而且好像还会未卜先知似的，所以他心里也没底，萧兰草摇摇头，说："不会的，凶手没想杀他，否则第一次就撞死他了。"

"那不是因为他凑巧避开了吗？"

"都已经把他撞得动弹不了了，倒车再撞一次很难吗？"

"为什么？如果凶手真要为何筱俪报仇，难道他第一个要杀的不该是陈白川吗？"

"你有没有这种经验，越是痛恨一个人就越不想轻易让他死，让他活着，一点点折磨他才更能享受到复仇的快感，所以陈白川才会看到何筱俪。"

"我没有，我又不是变态。"

甘凤池说完看看萧兰草，心想你说得这么肯定，难道你有这种经验？

萧兰草抬起手遮住他的眼神："我也没有，不过我遇到过不少这类的罪犯。"

甘凤池满腹疑惑，还想继续问，萧兰草冲他摆摆手，先打电话给萧燃，说了自己这边的情况，让他派人看着陈白川，甘凤池好不容易等他收了线，立刻问："为什么你说陈白川会看到何筱俪？这跟凶手不杀他有什么关系？"

"你还没想通吗凤梨仔，这世上没有鬼，这是毋庸置疑的，所以只有两种可能，有人扮成何筱俪的模样，或是把何筱俪的头像贴在车窗上，只有一瞬间，周围又很黑，陈白川不可能看清楚，再加上做贼心虚，他很自然就认为是何筱俪坐在里面了。"

甘凤池恍然大悟："如果凶手一开始就有心撞死他的话，就没必要特意让人假扮或是放头像了！"

"不错，不过何筱俪的亲戚中没有跟她年纪相同或是比较年轻的女性，如果岁数偏大扮得不像，就达不到吓人的目的了，所以我偏向于凶手用了何筱俪的头像，等用完后把头像撕掉就行了，也好处理。"

甘凤池越想越有道理，说："这凶手算是高智商了吧？我完全没想到他的目的，也猜不到他下一步要做什么。"

"不，任何犯罪都是有迹可循的，也许线索就在身边，只是被我们忽略了。"

萧兰草打开文件重新看起来，甘凤池趁着等红灯瞄了几眼，心想该查的都查了啊，他们这么多人几十只眼睛，怎么可能忽略线索？

手机铃声打断了他的思索，拿起来一看，又是陈冬的，他问萧兰草："是陈冬瓜的，要接吗？"

"这家伙沉不住气了，听听他说什么。"

萧兰草接听了，顺便开了外放，就听陈冬压低声音问："凤梨仔啊，张煦阳的案子是不是有眉目了啊？”

“是我。”

陈冬有点怕萧兰草，一听是他立刻老实了，干笑说：“是领导啊，你好你好。”

“我很不好，你们越来越敢做了，随便查人资料卖了来赚钱。”

“冤枉啊领导，我这是正经工作，就是倒霉……啊不，碰巧遇到了何筱俪的案子，我这不是来跟您自首了嘛，坦白从宽，别再关我小黑屋了。”

“谁是你领导？”

“您！您不仅是我领导，还是我大爷！”

“呵，说得这么溜，是跟你的委托人联络过了？”

“这能不联络嘛，事件一件接一件的，我怕真要是委托人犯罪，我这不变成协助犯罪了嘛。”

“张煦阳等人的犯罪记录都是封锁的，你是从哪儿打听到的？”

“领导您也太看不起我了，我好歹也是干侦探的，要是连这么点联想力和智商都没有，公司早就开不下去了，虽然我查不到何筱俪案子的当事人，但罪犯是四个人，其中一个还是有钱人，这不跟张煦阳四人正对得上嘛，所以我就去向委托人套话，还好他智商低，被我吓了吓就都说实话了，您要体谅我，这次真不关我的事，都怪那人不是好东西，果然啊，恶人有恶报。”

即使是手机，甘凤池也能想象得出陈冬现在一脸谄媚又自得的笑，他没好气地插嘴问：“你到底想说什么？”

“我把何筱俪家的七大姑八大姨都查了一遍，资料提供给你们，算是将功补过了，结果你们猜怎么着，我发现了一个奇怪的地方，不过我没见过本人，也可能是我自己多疑了……算了，我回头把资料传过去，你们自己看好了，从表面来看，何家的人整体上没有不正常的，你说如果真是报复杀人，为啥要等六年，而且这种事除了至亲谁会做呢？但至亲有动机的没时间，有时间的没动机，有时间有动机的没能力，所以我想到一个可能性，你们说会不会是交换杀人？比如何家的人跟冯斌交换？”

他啰啰唆唆说了一大堆，甘凤池抓不住他的重点，说：“交换杀人？你当是推理小说吗？”

“这也没什么好奇怪的，小说本来就是现实的升华。”

“谢谢你的建议，等你的资料。”

萧兰草挂了电话，甘凤池觉得领导没有重视陈冬的想法，便提醒道：“他说的不是没道理。”

“不，凤梨仔，你查案的时候一定要把自己放在罪犯的立场上，对凶手来说，这种仇是一定要自己亲手报的，不是说交换杀人这种行为没有可能性，而是凶手过不了假手于人这个坎。”

手机又响了起来，今天的突发状况特别多，甘凤池现在一听到手机响就心惊肉跳，生怕又有什么不好的事情发生。

来电的是萧燃，萧兰草接听了一会儿说马上就到局里了，等到了再说，甘凤池观察着他的脸色，等他一挂电话就问：“是不是又被萧燃科长抢先了一步？”

“是被罪犯抢先了一步，罪犯把薛华工作室的窃听录音都传到了她的专栏，还有一部分是她承认作秀的录音，现在她的专栏都炸开锅了。”

甘凤池很想上网，可惜他在开车，还好没几分钟就到局门口了，他随便把车一停，打开手机开始看。

看的人可能太多，他试了几次都没能进去，最后还是萧兰草把老白传过来的录音打开了，里面都是薛华讲电话或是跟助理的对话，大多在嘲笑网友傻 ×，说他们只会相信表面上肤浅的东西，还说到要做那些有价值的能刷存在感的新闻，就算是有意义的新闻没有商业价值的话，也没必要做等等。

录音分成了几段，都是薛华就当下一些新闻做的批判，跟她写在网上的论调完全不一样，最后一段是她的求救录音，只有两句——“那些都是真的，对不起，我骗你们了”和“救救我，救救我，我不想死”。

老白说鉴证科已经做了声纹对比，证明求救声音是薛华的，从声线大幅度的波动可以推测她这次不是在做戏，她被凶手控制了，生命受到威胁，林紫言也回来了，正在跟声纹专家一起听录音，希望从细微的杂音里追踪到线索。

除此之外，刑侦一科找到了冯斌的手机，它失落在郊外，也就是离陈白川的家不远的地方，捡到的人觉得手机还很新，就起了贪念，去修理了一下想自用，结果被追踪到了，刑侦一科的同事在那边继续搜索，但暂时没有新情况。

“为什么？”

甘凤池听完录音后首先的反应就是问这三个字，萧兰草下了车，听了这话转头看他，甘凤池问：“你不觉得奇怪吗？为什么凶手可以事事走在我们前面？他有特异功能吗？为什么可以预估到我们的想法？”

“任何意外都有其可能性，先进去看看吧。”

甘凤池跟着萧兰草进了刑侦一科，里面的状况比他想象得更混乱，大家都在忙自己的工作，相关资料放大后贴在白板上，投影布上在循环播放薛华的专栏画面，底下留言很多，甘凤池简单地看了下，都是在炮轰薛华的，而且很多人说粗话，从措辞就可以看出他们现在有多愤怒。

他们进去的时候萧燃刚把电话挂掉，声音很重，再看他的脸色，甘凤池的小心肝跳了跳，他自从调到这边来还没见过萧燃这么生气，难不成是又出事了？

萧兰草走过去，问："怎么了？"

"冯震啊……"萧燃揉揉额头，表情很无奈，"让他带人暗中保护陈白川的女儿，结果他把人跟丢了。"

"跟丢了！"

甘凤池的大嗓门把大家的目光都引了过来，萧燃看了他一眼，说："孩子跟着她妈妈去商场，她妈妈给她领气球，一转头她就不见了。"

"看了商场的监控器没有？"

"看了，没收获，冯震说商场搞活动，大门口都是气球，镜头被遮住了，他们只看到小女孩拿着气球跑开，现在只能等交通部门的同事传道路监控了。"

"他们事先没向陈白川的妻子说明情况吗？"

"没提太多，只是说可能会因为以前的事被报复，她不信冯震的话，认为他们在污蔑她老公，再加上小孩吵着要气球，就过去了，冯震说她现在哭天抢地地要我们把孩子找到。"

"现在知道怕了，早干什么了。"

其实甘凤池更想说脑残无药医，但考虑到毕竟是受害者，话到嘴边忍住了，萧燃说完要出去，萧兰草拦住他，说："你在这里坐镇，那边我去。"

萧兰草离开刑侦一科，甘凤池追在他后面，谁知他说："人多反而更乱，你留守吧，看这边有什么能帮上忙的。"

"喔。"

换了以往，甘凤池一定开心得飞起来，可是现在不跟着萧兰草，他会觉得不安心，都不知道要干什么了。

他转回去，萧燃已经重新部署了任务，去了自己的办公室，甘凤池没被没安排工作，只好自己找活做，跑去裴晶晶那里帮忙整理资料，被裴晶晶嫌慢，只好去了鉴证科。

鉴证科那边也是乱成一锅粥，林紫言在和专家讨论声纹识别，他们说的都是专业术语，甘凤池听不懂也帮不上忙，他心里有疑惑，跑去问小柯有没有查到罪犯是在哪里上传录音的。

小柯说对方连了国外的伺服器，暂时还追踪不到，让他别着急，有进展会通知的，甘凤池看大家都忙，没敢再打扰，回了冷案科。

他们办公室的投影布上也列了好多照片，老白一个人坐镇，一会儿看电脑一会儿看平板，旁边桌上摆了一大堆彩票，他看都没看，见甘凤池进来，随口说了句回来了。

甘凤池问："有发现吗？"

"底下那帮人都没查到，我能查到什么？现在唯一的发现就是罪犯太狡猾了，科长呢，他不是和你在一起？"

"陈白川的女儿可能被罪犯诱拐了，科长去帮忙了，让我留下来帮忙，可萧燃科长没派我任务，要不我来帮你吧？"

"好啊，快给那几只鹦鹉喂食，它们大概饿了，一直在吵，你是不是也饿了？冰箱里有面包。"

他是问工作，喂鸟这种事谁不能做啊。

甘凤池无语，看看窗前的鸟笼，鹦鹉在笼子里跳来跳去，一副烦躁的模样，他只好取了鸟食喂它们，顺便拿了面包喂自己。

有东西吃，几只鹦鹉不吵了，甘凤池喂完它们，嚼着面包坐到桌前，说："要帮你对彩票吗？"

老白眼皮都没抬，摆摆手示意他做，甘凤池把面包吃完，又一张张对着彩票，半天只听到电脑里的视频声音，老白一句话都不说，他按捺不住，问："我说话会打扰你工作吗？"

"没事，我可以选择不听。"

"你有没有觉得这个案子很诡异？我们一直被凶手牵着鼻子走，就像走彭罗斯阶梯，科长说这个案子像彭罗斯阶梯，我也觉得很像，凶手太神奇了，他好像很了解我们，每次当我觉得找到线索可以抓到凶手时，就发现眼前是一个新的楼梯，老白，你知道什么是彭罗斯阶梯吗？"

不爽的视线投来，甘凤池举手："对不起，我不该小看你。"

"说了半天你就是走进死巷了，其实你可以跳下阶梯来找，毕竟那只是个二维图像，你站在里面当然什么都看不到，甚至以为那是真实的，但如果你站去空间外面，就会发现所谓的彭罗斯阶梯就是个唬人的把戏，因为两段阶梯之间根本就没有连在一起。"

"也是。"

甘凤池越想越觉得老白说得有道理，脑子里灵光一闪，像是想到了什么，他急忙站起来往旁边跳了两下，模拟走楼梯的场景。

"现在你再重新想一想什么地方有问题？"

"有！我想不通的是，何筱俪的案子跟冯雪雪的根本没关系，为什么我们一开始的注意力会一直放在冯雪雪身上？只是因为乔飞和薛华在这两件事上都掺和进去了吗？还有，薛华被偷偷安放窃听器是因为凶手想了解她的情况，以便日后放去网络上，那李颖呢？按说李颖跟乔飞的情况一样，凶手想杀他们，可乔飞身上和家里没有放窃听器，那为什么李颖会有？凶手想从李颖那里知道什么？”

“会不会是想知道酒吧老板那个叫张……泓的事？”

“可是张泓跟何筱俪的案子没关系。”

“那就是想通过李颖知道张煦阳的行踪……也不对，都下毒了，知道她早晚会死，凶手如果要放窃听器，该直接放去张煦阳身上，会不会是因为他没有接触张煦阳等人的渠道，只能借助李颖，但如果是那样，就没必要先下毒……”

甘凤池听着老白嘀嘀咕咕，闭上眼回想那晚他被酒吧店员关起来，后来又大打出手的画面，突然一个可怕的想法冒上脑海，他大叫：“老白！”

“我在，你这么大声是想震聋我啊？”

“你说那东西有没有可能不是装在李颖身上，而是装在我包上的，所以凶手才会对我的行动了如指掌？”

“嗯，这是个大胆的猜测，不过你最近接触过什么人吗？能在你包上偷放窃听器却不被你觉察的一定是熟人吧？”

甘凤池倒回去想想这两天发生的事——他包里放了不少重要的东西，所以不管去哪儿都随身携带，他也跟着萧兰草学过一些反扒技巧，要是有人偷放东西在他包上，他不会完全没觉察，所以他敢肯定没人有机会这样做……

不对，有一次他没随身带包，就是那晚他帮王奶奶换灯泡的时候……

想多了想多了，一位老奶奶怎么可能有能力用什么窃听器啊，还绑架人质、上传录音什么的，甘凤池对自己的怀疑感到好笑，目光掠过眼前的投影布，画面刚好转到何筱俪和李颖、张煦阳等人的合影上，照片放大了，一些小地方看得特别清楚，尤其是何筱俪包包上挂着的毛皮小兔坠子，小兔胸前还有颗珠子。

甘凤池向后晃了一下，一瞬间，他想起了王奶奶家的卧室墙上也挂着毛皮兔子，兔子怀里也同样抱着一颗夜光珠。

投影布上的画面换了，转成其他照片，甘凤池大叫：“老白，把照片换回去！”

老白被他的大嗓门搞得眉头都皱起来了，换回刚才的照片，问：“又发现什么了？这么一惊一乍的？”

甘凤池盯着兔子，又跑去老白电脑前把照片放大，老白坐的椅子被他推得滑出去好远，却没生气，跑回来问：“发现了什么？快说快说！”

甘凤池不说话，盯着兔子，心头怦怦跳得厉害，他想起王奶奶身上带着夜光带，她的脚崴过，她让自己去换灯泡，她三句不离她孙女；薛华曾对苏扬说她的赞助者是个老粉丝，原来不是指死忠，而是年纪大的意思；王奶奶慈眉善目，薛华肯定和他一样想不到王奶奶接近她是有目的的，薛华想不到，乔飞和李颖他们也想不到，没人会怀疑一个上了年纪的老人对他们居心叵测……

“我知道凶手是谁了。”他喃喃说道。

“怎么知道的？是谁？！”

“你马上查查何筱俪的奶奶，户籍、照片，或是什么情报都行！”

老白急忙坐下敲键盘，很快就把资料调出来了。

“这是最早科长让我查何筱俪的案子时我搜集来的，不是很全，这老太太自从孙女出事老伴过世后就变得糊里糊涂的了，她一直觉得孙女没死，整天挂嘴边，她女儿还带她去看精神科，后来又查出她有老年痴呆症的倾向，所以……”

“所以我们所有人在一开始就把她的嫌疑排除了。”

照片里的老人比较瘦，眼神很厉，乍看跟王奶奶不太一样，但轮廓里还是有她的影子，她叫王淑华，邻居都叫她王奶奶，所以甘风池也跟着这么叫，他从来没留意王奶奶的名字，更没想到她跟何筱俪是祖孙关系。

难道她真的是因为受打击太重精神分裂了吗？看她每次谈到孙女时幸福的样子一点都不像是在骗人啊。

“她家住哪里？”

“和她女儿一起住。”

“马上打电话问下她的情况，再跟萧燃科长汇报。”

甘风池说完往外跑去，老白问：“这老太太是凶手？不会吧……喂，你去哪儿？”

“我去找人！”

CHAPTER NINE 第九章

别墅惨剧

甘凤池上了车才想到他该去哪里找王奶奶，她拘禁了薛华，诱拐了丫丫，是打算跟她们同归于尽吗？如果她要这么做，那她会在哪里操作？

甘凤池摇摇头，尽量让自己保持冷静来思索，他首先想到的是何筱俪自杀的地方，假如王奶奶要报仇的话，对她来说那里是最佳场所！

他把车开出去，路上打电话给萧兰草，把自己的发现说了，没想到萧兰草也带着人往何筱俪的自杀现场赶，他很惊讶，问："老白这么快就把消息传到了？"

"不是，是我看了陈冬传来的资料，他说三个多月前有位老奶奶去侦探了解窃听器的事，说她孙女被男朋友监听，他们就帮了些忙，何筱俪事件发酵后，陈东在查资料时发现那位老奶奶跟何筱俪的奶奶有点相似，他怕出事，就把王奶奶要他们调查的资料都传给我了。"

"科长你也觉得她是想在孙女死亡的地方亲自动手杀人？"

"也许会……也许不会……"

萧兰草撂下句意味深长的话就挂断了，甘凤池又给王奶奶打电话，却一直打不通，手机关机，打她家里的电话也没人接。

他一路心急火燎地开车，快到目的地时接到了萧兰草的电话，告诉他说自杀现场没人，大家在附近询问，暂时没打听到老人带小孩的情报，他和王奶奶最熟，问他王奶奶还有没有其他可能去的地方。

甘凤池把车停到路边想了半天，平时王奶奶跟他一见面就提孙女的事，说得太多，他都是随听随过，没往心里去，回想着她常提到的几个地方，报给了萧兰草，又问："她会不会带丫丫去何筱俪被强暴的公园？她不会是要对孩子做什么吧？"

"我马上让冯震过去，你准备去哪里？"

甘凤池还不知道，说："我再想想。"

"那先这样，保持联络。"

电话挂断了，甘凤池听萧兰草的口气他没打算去公园，也就是说萧兰草觉得王奶奶去公园的可能性不大，他稍稍松了口气，他也无法把王奶奶跟为了复仇而丧心病狂的罪犯联系到一起，揉揉头发，想起萧兰草说的话——想要了解罪犯的心态，首先要站在他的立场上。

如果他是王奶奶，他会怎么做？平时的王奶奶绝对不会杀人，可是换成报复杀人的偏激人格那就难说了，她已经杀了乔飞，薛华和张煦阳等人也命在旦夕，萧兰草只告诉他代入罪犯的心理去想问题，却没说面对精神病患该怎么做，他一个正常人怎么可能理解精神病患的心态？

越想心里越乱，甘凤池索性放弃了，反正王奶奶提到的地方很多，他就一个个找呗，先去她说得最多的地方。

甘凤池去了海滨公园，王奶奶说过以前她带孙女来玩，两人比赛吃零食，还跟小丑一起拍照，王奶奶给他看过照片，他记得小丑手里就拿着好多氢气球，只不过这种气球太常见了，而且是很久以前的对话，他没放在心上。

时间很晚了，公园门前冷清，甘凤池随便停了车跑过去，这里很大，他正不知道该怎么下手去找，不远处突然腾起烟花，啪的一声，夜空瞬间被点亮了。

甘凤池跑了过去，还没靠近就听到小女孩的叫声，他先是惊喜这么简单就找到了人，接着又担心丫丫有危险，探手想拔枪，摸摸腰间才想起出来得太快，忘了申请配枪。

那只是个老人家，如果还需要靠枪来制服，那他也实在太孬了。

虽然这样说，但想到凶手一系列可怕的行为，即便对方是老太太，甘凤池心里还是有点发毛，提起戒备靠近。

周围是一大片空地，没有其他人，旁边的栅栏上系了好多氢气球，甘凤池走过去，就见王奶奶正蹲在地上点烟花，几声脆响，烟花腾上夜空，丫丫仰头看着，拍着手兴奋地又叫又跳。

公园的夜晚很宁静，如果不是事先知道了王奶奶的身份，甘凤池看到她们，只会以为那是奶奶带着孙女在玩，他被骗也许是注定的，因为哪怕是现在他也无法相信王奶奶是连环杀人案的凶手。

“王奶奶。”他走过去轻声叫道。

老人听到叫声转过头来，不远处的灯光斜照在她脸上，笑容慈祥又温和，看到他，眼睛眯起来，冲他招招手。

“凤梨啊，你说你这孩子，上午叫你来你说你忙来不了，结果又赶过来。”

“你没给我电话。”

“谁说的，我打了好几通呢，看看你还是警察，记性还不如我这个老太太。”

甘凤池不知道该回她什么，以前王奶奶也会言语混乱，他一直都以为那是老人健忘，现在觉得她可能是精神错乱了，也可能还有精神分裂，但不管怎样，看她的样子不是要害丫丫，他放下了心。

丫丫见他们聊个不停，有点急了，扯着王奶奶的衣袖央求她快点，王奶奶连声说好，又弯腰来点烟花。

甘凤池没有打扰她们，趁着王奶奶不注意，他给萧兰草留了地址，说自己找到王奶奶了，让他快点带人过来。

他把留言送出，又是几朵烟花飞上了夜空，伴随着清脆的响声，王奶奶仰头看着，说：“以前我也常带孙女来这里玩，晚上就顺便放烟花，那时候这里没人管，现在管得可严了，说不定过会儿就有人来警告了，凤梨你来得正好，帮我照顾着点哈。”

“这孩子是……你孙女？”

甘凤池试探着问，王奶奶白了他一眼。

“我这把年纪了，她都该是我重孙了，她叫丫丫，一直跟我说想看烟花，可她爸爸妈妈不带她去，她就来求我，我啊心一软就带她出来了，怕她妈不同意，就没打招呼……你说这算不算犯罪啊？”

王奶奶问得很认真，甘凤池无法回答，忽然想到他是不是搞错了？王奶奶根本没那么坏，也没那么可怕，也许凶手另有其人！

他改了话题，问：“你是怎么认识她的？”

“喔，我们老年艺术团常去丫丫的幼儿园搞活动，长了就认识了，你看她多可爱，就跟我孙女小时候一模一样，唉，以前孩子都拉着我玩，现在大了，有了自己的朋友圈，就不来看我了，你说你要是她男朋友该多好，她肯定听你的。”

说着话，烟花陆续飞上夜空，甘凤池听得心里发酸，他没有回应，跟王奶奶一起望着天空，没多久警笛由远及近地响起，萧兰草带着人赶来了。

大家下车后都一副如临大敌的状态，直到看现场状况平和才放下戒备，萧兰草过来跟甘凤池询问了情况，请王奶奶上车，王奶奶有点害怕，拉着甘凤池的手直说：“我不要跟他们走，我知道是我不对，不该不打招呼就带孩子出来，但我只是想跟她一起看烟花，孩子是答应的。”

甘凤池看向萧兰草，萧兰草拍拍王奶奶的手，安慰道：“别担心，天晚了，我们只是请您去休息一下。”

他的语调出奇地温和，王奶奶不像一开始那么紧张，跟随萧兰草上了车，丫丫觉察到不对，跑过去阻拦，被冯震拦住，她拉着冯震的衣袖大哭起来，叫道：“不要抓奶奶，你们都是坏人！坏人！”

小女孩一哭起来就号啕不止，被冯震带上车后还一个劲地打他，冯震有苦难言，对甘风池说：“我怎么感觉我是坏人。”

“那是，你就长了张坏人的脸。”

冯震气得瞪他，甘风池吐完槽，把系在栅栏上的氢气球解下来给了丫丫，又对她说请她吃汉堡，她才慢慢停止了哭泣。

大家回到局里，这边已经接到了丫丫安全的消息，通知她父母过来，甘风池路上特意买了汉堡给她，等她的情绪稳定下来，萧燃让林紫言去询问她的情况。

丫丫饿坏了，大口吃着汉堡，又一个劲儿灌可乐，林紫言在旁边陪她玩，等她吃得差不多了，两人也混熟了，林紫言才开始询问她跟着王奶奶离开后去了哪里，有没有遇到什么感到害怕的事。

丫丫说她好久没去公园了，所以让王奶奶带她去玩，还一起放烟花，她说完还反问林紫言放烟花干吗要怕？

林紫言又问她为什么会跟王奶奶走，她说喜欢她王奶奶，因为王奶奶会帮她收集动物气球，会陪她玩，爸爸妈妈总是吵架，也不管她，每次说带她放烟花都没去，所以奶奶最好。

林紫言询问完出来，对大家说孩子说的都是真的，甘风池问：“你是从声线变化中听出来的？”

“这还需要听声音吗？你没看她说的时候有多开心？”

“所以王奶奶拐走她从一开始就不是想害她，而是精神混乱，把她当成是自己的孙女了？”

“是啊，她接近其他人也许抱着报仇的想法，但对丫丫她是真心疼爱的，或许一开始她不是这样想的，不过这一切除了她以外，我们没人知道。”

甘风池听着林紫言的话，转头看向隔壁的审讯室，裴晶晶在陪王奶奶说话，她拿着手机聊得很开心，即使不用特意听，甘风池也知道她聊的是孙女的故事。

王奶奶的儿子跟两个女儿接到联络后很快就赶过来了，儿子、也就是何筱俪的父亲还是一副常年酗酒的模样，说话时手指一直轻微地颤抖，好在王奶奶的女儿靠得住，冷静地向萧燃讲了王奶奶的情况。

作为找到王奶奶的人，甘风池被允许参与做笔录，他坐在旁边听着她们的讲述才知道，王奶奶之所以会精神分裂是因为何筱俪的死亡跟她有关系。

那晚何筱俪的父亲原本是要去接她的，但王奶奶打电话给她说让她过去吃饭，她就拒绝了父亲，结果就在路上出了事，事后王奶奶一直在自责，认为她如果不联络何筱俪的话，她就不会出事，都是她害的。

家人怕王奶奶想不开，案发后都没有向外界提过她，也尽力不在她面前谈这个话题，再加上当时案子的关注度都放在青少年犯罪上，新闻也都是在爆料何筱俪的作风问题还有她父母的事，谁也没想到王奶奶跟案子有关系。

何筱俪的祖父原本就身体不好，因为何筱俪的事病情加剧，何筱俪自杀没多久他也过世了，王奶奶被刺激到了，精神状态更糟糕，她的两个女儿轮流带她去看精神病医生，又把她接回家里住，但她的状况越来越糟糕，有点精神分裂了，开始认为孙女没死，还整天忙着给她做饭，精神科的医生说她因为太伤心，所以选择逃避，试图通过这种方式把不开心的事忘记。

两个女儿商量之后，觉得王奶奶这样的状态也不错，至少她是开心的，所以除了定期带她去复诊外还会配合她的言行，又过了两年，王奶奶突然说想搬去中青公寓住一阵子，那栋房子是何老先生生前买的，一直空着，她们就同意了，觉得母亲除了精神状态有问题外，身子骨很好，那边又有不少老人家，适合母亲居住。

后来王奶奶就在中青公寓和女儿家之间两边跑，她年轻时在剧团工作，闲着没事，参加了老年人剧团，还玩十字绣什么的。

两个女儿打听过公寓的邻居，大家都认为王奶奶的生活很美满，老伴是教授，整天忙得不回家，孙女也孝顺，常常买东西来孝敬她，原来在王奶奶的脑子里，她想象着孙女已经长大了，还长得很富态，所以整天忙着给她找男朋友。

女儿没对邻居讲王奶奶精神方面的事，只说她有点健忘，让大家多多担待，她们还说王奶奶被查出有老年痴呆症的表现，所以她们不相信王奶奶是策划杀人绑架的凶手，一直询问是不是警察弄错了。

萧燃安慰了她们，说真相还在调查，请她们协助警方跟王奶奶询问薛华和张煦阳等人的情况，她们是王奶奶的亲人，王奶奶也许会说实话。

冯震带她们进了审讯室，王奶奶还在拉着裴晶晶絮絮叨叨，看到女儿和儿子出现，她还以为是来保释自己的，一直解释说只是带孩子去放放烟花，让他们别生气，直到何筱俪的父亲忍不住提到当年的案子和张煦阳的名字，她才好像想起了什么，眼神立刻变了，握紧拳头捶桌子，恶狠狠地说："他们活该！他们全都该死！"

冯震想追问，被萧燃拦住，用眼神示意他别莽撞，甘风池在外面看着，急得屏住了呼吸，就见王奶奶骂了一会儿，说："他们乱写污蔑我孙女，都该死，我把她关起来了，不让她说话，让她也尝尝有苦说不出的滋味！还有那几个人渣，大概早就死了，他们害死我孙女，一个都别想活！"

看着原本慈眉善目的一张脸突然变得阴森，眼睛里都是杀气，甘凤池不由得打了个寒战。

萧燃附和道："做得好，恶人就该有恶报。"

"是啊是啊，你也这样认为对吧，一看你就知道你是好人，你有对象吗？这是我孙女，她很漂亮的，你看要不要跟她处一处。"

有人赞同自己，王奶奶很开心，把手机亮到萧燃面前开始推销，裴晶晶在旁边看着，忍不住揉额头，因为她刚才被迫听了太多这个不存在的人的故事。

萧燃看着手机画面，说："很漂亮。"

"就是嘛，我给凤梨介绍他还不乐意，是不是觉得我孙女配不上他啊，我不高兴了，我觉得你更适合当我孙女婿。"

"这个不急，我们可以慢慢处处看，当务之急是要把坏人抓住，活要见人死要见尸，这样才能完全保证您孙女的安全啊。"

"你说得有道理啊，你是不是凤梨的上司啊，感觉你比他聪明多了。"

王奶奶听了萧燃的话，很开心，拉着他把他带到墙角，像是怕他们的对话被外人听到，甘凤池小声叹道："我觉得我一直在中枪。"

萧兰草劝道："为了查案就忍着点吧。"

萧燃和王奶奶说了一会儿，转身回来，低声交代冯震，冯震听完立刻跑出了审讯室，甘凤池问："都说了？"

"都说了，一个在郊外租的房子里，离乔飞家不远，张煦阳那帮人在就近的山里，山上有栋大房子，是以前王奶奶的剧团排练休息的地方。"

冯震简单说完就带着人跑了出去，甘凤池对萧燃的套话技术惊叹不已，问萧兰草。

"他是怎么练到睁眼说瞎话的？"

"你以为能坐到他这个位子很容易吗？"

王奶奶被带出来，她像是忘了甘凤池，一直拉着萧燃要给他介绍对象，萧燃交代属下让他们带王奶奶去休息，她的女儿不放心，其中一个要求留下来陪着，萧燃同意了。

他们都走后，甘凤池跟着萧兰草出来，就听走廊拐角传来哭泣声，却是何筱俪的父亲，他双手捂着脸，肩膀都在颤抖，甘凤池不知道他是在为没能挽救到女儿而懊悔，还是在为自己的不作为感到羞愧，心里挺难受的，说："这一家子，唉……"

萧兰草视若不见，从男人身边走了过去，甘凤池想去安慰他，又不知道该说什么，犹豫了一下，也追着萧兰草跑出去了。

“科长，你去哪里？”

“还能去哪儿？案子破了，当然是回家睡觉。”

“破了……”

甘凤池有些迟疑，老实说即使到现在他还无法从真相中缓过来，从乔飞毒杀案发生后，他就一直在思索这是个怎样穷凶极恶的罪犯，随着案子变得扑朔迷离，他甚至想到它会成为冷案，却没想到峰回路转，真相揭开快得超过他的想象。

案子破了，凶手抓到了，他却开心不起来。

感觉到了他低沉的心情，萧兰草转过头，说：“如果你想做点什么，可以去帮冯震，山上别墅关了四个人，抬尸体的时候需要人力。”

甘凤池心头一颤，反驳说：“也许他们还活着。”

“也许吧，不过应该没什么区别。”

萧兰草说得很平淡，甘凤池捉摸不透他的心思，追上去拉住他的手把他往停车场拽。

萧兰草甩开他的手：“你干什么？”

“科长，我认为你有必要跟我一起去别墅，这个案子我们一直在跟，我们应该跟到最后，哪怕是为了王奶奶。”

“我和她又不熟。”

“就算是个不认识的人，看到她的遭遇，难道不想为她做点什么吗？”

萧兰草皱眉看他，甘凤池发现自己的语病，急忙解释道：“我这样说不是想帮她开脱，而是希望减少更大的伤害，这才是对她最大的帮助！”

“放下你的同情心凤梨仔，廉价的同情是最不需要的感情，我们是警察，我们最该做的是找出真相抓到凶手，这才是对受害人最大的帮助。”

甘凤池不说话，瞪着萧兰草看，他承认萧兰草说得都对，但他就是无法接受这个事实，两人大眼瞪小眼了半天，萧兰草朝停车场走去，甘凤池以为他要回家，谁知他打开车门，冲自己摆了下头。

“上车。”

“干吗？”

“不是你说要去别墅吗？”

萧兰草给了他一个你白痴啊的眼神，甘凤池转怒为喜，冲到副驾驶座上坐好，大声说：“谢谢科长！”

“别高兴得太早，到时别吐就好。”

萧兰草淡淡地丢了这么一句话，甘凤池一开始没在意，直到到了山间别墅，进去后看到里面的光景，他才明白萧兰草一点都没危言耸听。

别墅四面全都上了钢制栏杆，正门两道铁门也都上了锁，他们费了好大的劲才把锁撬开，进去后所有人都被呛得又退了出来，里面气味太呛了，他们不得不用手绢或衣袖捂着口鼻进去。

甘凤池还算幸运，因为萧兰草很有先见之明地带了口罩来，他分给甘凤池一个，甘凤池戴上口罩跟在萧兰草身后走进去，里面很多灯泡都碎了，灯打不开，用手电筒照过去，就看到遍地的玻璃碎片残渣和血迹，血腥气和呕吐物的味道混在一起，变成怪异的气味。

前面传来呻吟声，甘凤池跑过去，一个满脸血污的人躺在地板上，他的手上和地板上都是血，甘凤池从发色判断出他是黄飞红，他半边脸受了伤，眼睛上一片血红，冯震过去叫他，他另一只眼睛微微转动，嘴巴张张，似乎在说什么，却听不太清楚。

甘凤池忍不住说："是谁这么残忍……"

"萧科，你看！"

司徒用手电筒照向墙壁，甘凤池抬头看去，不由倒吸口冷气，四面墙上挂满了油画，画像模拟十八层地狱的景象，有拔舌烹煮的，也有滚铁钉上烙刑的，画中鬼怪面容狰狞，受刑者表情惊恐，画面呈黑色和深红色调，黑暗中乍看到，真宛如堕入了地狱，说不害怕是假的。

这些油画很多都被撕碎了，更增添了恐怖感，甘凤池走过去细看，发现油画是被钉在墙壁上的，他面前的一幅被撕下了一半，半截纸耷拉着，甘凤池觉得下面好像还有一层，他把纸撕下来，藏在底下的属于何筱俪的头像露了出来。

"这边也是。"另一名警察指着门旁边的画像说。

那边的油画已经被完整撕下来了，所以何筱俪的画分外醒目，她穿着大红色的衣服，长发垂在胸前，微笑看向大家，甘凤池再看他面前的这幅，这幅里的何筱俪板着脸横眉冷对，他又看看其他油画，心想这些画的后面不会也都是何筱俪的头像吧？

冯震带着人很快找到了其他三位受害者，杨晓倒在客厅的茶几下面，常小路在厨房门口，两人身上都有大大小小的伤痕，杨晓比较严重，冯震拍他的脸他毫无反应，冯震立即对他进行急救。

张煦阳是最后一个被发现的，他也是唯一还能活动的一个，他把自己反锁在卧室里，大家合力把门撞开，他立刻挥舞刀具攻击，嘴里反复大叫我不会死，被冯震制服了，把他手里的刀夺了下来。

张煦阳满脸的血，衣服上也溅满了血点，两眼通红，额头青筋暴起，像是疯了，被大家按在地上还拼命挣扎，大叫个不停，萧兰草上前一巴掌拍在他脸上，直接把他拍晕了。

“这是帮他休息。”

面对一大帮目瞪口呆的同事，萧兰草说：“他身上没什么大的伤，吃得也不少，主要是神经绷得太紧才会精神错乱，把我们都当成敌人，让他休息下再慢慢治疗。”

甘凤池看了一圈卧室，地上有把猎枪，枪膛没有子弹，另外还堆了两大包塑料袋，里面放满了真空密封食品，还有两瓶开了封的酒，其中一瓶倒在地上，酒洒出来，跟呕吐物混在一起，弄得室内很臭，他猜张煦阳是想喝酒壮胆，但恐惧又刺激得他吃饱喝足后又全都吐出来，如此反复。

“看状况他们是相互殴斗才弄成这样的，都是朋友，为什么要攻击对方？”

“什么朋友？只不过是狐朋狗友罢了，这些人凑在一起会做什么？当然是吃喝玩乐，这些酒里或是食物里应该放了迷幻剂，吃得喝得越多，脑袋就会越混乱，再加上油画的刺激，他们以为对方会害自己，才相互攻击，只是张煦阳的攻击力更强一点而已。”

“那何筱俪的画就是造成他们完全疯狂的导火索吗？”

“当然，那是他们内心最恐惧的事，还有什么是比用他们最恐惧的事来吓他们更有效的？”

萧兰草讥讽道，甘凤池默然看向对面的墙壁，原本挂在墙上的山水挂轴被撕掉了，何筱俪的画像露出来，画像有一部分撕碎了，褶皱让少女的脸扭曲着，唇角微微勾起，带着嘲笑注视着房间。

一直被自己害死的人盯着会是一种怎样的感觉，甘凤池无从得知，但他知道张煦阳不管再怎么恐惧也不敢跑出去，因为他更怕被同伴攻击，更怕失去仅有的食物和水，他想活下去，哪怕是恐惧地活着，他明明可以选择其他的生路，可是他放弃了，他选择面对何筱俪的脸，一秒、一分钟、一个小时，一天……

甘凤池打了个寒战，他想，对那一刻的张煦阳来说，这里才是真正的人间地狱。

CHAPTER TEN 第十章

正义与秩序

四位伤员被送去医院急救了，甘风池和萧兰草留下来调查现场，他们很快找到了几颗弹头，应该是那把猎枪射出的，从四个人的伤势和现场打斗的痕迹来看，最先受伤的是杨晓，其次是黄飞红跟常小路，但是是谁先动的手，又是谁把谁打伤的却很难判断，只能等几位当事人伤势好转后再进行询问。

甘风池在大房子里转了一圈，发现这里的家具摆设都很新，除了客厅和书房外，其他几个房间也挂了油画或墙布，何筱俪的头像贴在后面。

他猜王奶奶在一开始就都设想到了，张煦阳等人刚住进来时不会发现何筱俪的头像，但等他们发了疯，相互殴打撕扯的时候，东西落下来，就露出了里面的玄机，王奶奶除了想利用这些画像加深对他们的刺激外，或许还抱着让何筱俪亲眼看到害她的人发疯的丑态的心理吧。

甘风池的猜想很快就被证实了，第二天上午，萧燃在精神科医生的协助下再次对王奶奶进行了审问，她的精神状况时好时坏，记忆力也很迟钝，不过一聊起何筱俪，她的眼神立马就变了，变得异常锐利，双手握紧拳头用力捶桌子，大骂张煦阳那些混蛋，医生在旁边都安抚不住。

甘风池很担心她会一直这样疯狂下去，还好她一个人吵闹了一会儿后冷静下来，居然不用萧燃询问就主动交代了罪行。

何筱俪自杀后，她除了痛恨张煦阳四个人外，更无法原谅恶意中伤孙女的乔飞和薛华，她一直都想报复，但不知为什么拖拖拉拉了这么多久，等她惊觉时，时间已经过去了六年，张煦阳等人早就从少管所出来了，而且个个还混得不错。

她无法接受这样的结果，便开始实施报仇计划，她老伴生前是生物学家，她曾跟着老伴上山采过各种草药，知道怎么提炼乌头碱与致幻方面的药物。

她暗中跟随乔飞，发现乔飞喜欢玩鹦鹉后，就在半年前花大价钱买了金刚鹦鹉来训练，又故意带鹦鹉去乔飞常去的公园转悠，她穿着高档衣服，让乔飞误以为她是有钱人，两人在攀谈中她说鹦鹉是老伴养的，老伴过世后，她睹物思人，想转手。

正如她所料的，乔飞主动提出收养鹦鹉，还为了让她放心带她去自己住的地方，对她完全没设防，就这样她把鹦鹉送给了乔飞，并趁他不留意换了他的营养药。

她在乔飞身上花的时间最长，除了乔飞警惕性太高，要接近他需要时间外，她还想找到乔飞当年藏的录像。

其实在张煦阳他们作案一开始乔飞就到了，并录了像，但他事后将前半部分掐掉，只把后一半交给警方，好让自己得到协助破案的美名，暗地里他却拿着前半部分去何家勒索，何筱俪的父亲不想女儿死后网上还流传她的视频，就花了一大笔钱买了下来，王奶奶觉得乔飞手里一定还有备份，为了何筱俪的名声，她偷配了乔飞的钥匙，趁他不在时去寻找，却一无所获。

那一晚她在寻找的时候邢星出现了，她没办法只好打晕邢星，却不小心崴到了脚，第二天她听说乔飞死亡的事，担心录像被警方先找到，就冒险当晚又去乔飞家，却不巧与甘凤池碰上，甘凤池曾向她聊过自己怕鬼，她就灵机一动，扮鬼吓人，但那次她依旧没有收获，只好死了心。

给李颖投毒也是她做的，她无法原谅那个间接害死孙女的人，她故意去李颖常去的酒吧转悠，又拉着她聊天，当年李颖跟她接触得不多，她又化了妆，扮成老态龙钟的模样，李颖做梦也没想到她是谁，她说孙女的东西忘在她家了，她是来送还的，并拿出自己配的药给李颖看，那些药外表做得跟摇头丸一样，李颖一看就答应帮她还，就这样，她轻易就把放了乌头碱的药送了出去。

之后她又用相同的方法接近薛华，说自己刚从国外回来，是她的忠实粉丝，还主动提出花钱投资，她对薛华出手阔绰，薛华完全没提防她，还带她去参观自己的工作室。

她的窃听技术都是跟陈冬侦探社的人学的，她找了个孙女被人跟踪的借口让他们帮忙，又付了一大笔钱，还时常做些糕点送过去，等混熟了后，她就从侦探社那里学了不少知识，那些侦探大概觉得她一个老人就算学了窃听跟反窃听的知识也是一知半解，而且她又付了钱，都很热心地教她。

她就利用这些知识趁薛华不留意在她的工作室放了窃听器，乔飞死亡后，她又暗示薛华利用冯斌的噱头搞新闻，说这样才能提高大家的关注度，薛华野心勃勃，她知道她一定会上钩的，剩下的录音上传等知识也是她花钱跟人学的，学了很久，她很自豪自己学了这么多，而且都派上了用场。

至于张煦阳，他反而是所有计划中最简单的一环，因为那个人贪而愚蠢，她在咖啡厅装作无意中听到他跟朋友的对话，听说他们想上山休闲狩猎，就提出自己有栋房子是空的，反正闲着也是闲着，如果他们想去的话，她可以提供。

那栋房子是以前她工作的剧团的，他们集中训练或度假时会用到，后来剧团解散了，房子一直卖不掉，就成了闲置资产，钥匙一直在她这里，她重新装潢了房子，就是为了当诱饵让张煦阳等人上钩的。

她自称没有子女，平时又有点糊涂，腿脚也不方便，打扫很费事，所以也不跟他们要租金，只要他们帮忙清理一下就行，张煦阳看了她给的别墅照片，立刻点头答应，还趁她不注意，偷偷跟同伴说反正她是孤老太太，说不定可以找机会把房子骗到手，那些人也跟着附和，那时她就想这些人都死有余辜。

最后王奶奶才说到陈白川，陈白川是个小人，这种人她不想杀，只想让他一直过得战战兢兢，所以那晚她跟踪陈白川，等他从情人家里出来，就开车从后面撞了他，她这个岁数眼不花耳不聋，好像就是为了复仇存在的，她还特意把孙女的头像贴在车窗上，让陈白川寝食难安。

萧燃没有打断她的讲述，直到她说完才问："那你为什么要害冯斌？借薛华的手陷害他，又把他骗到租屋关住他，让警方以为他才是凶手。"

"我没有要害他，我只是需要一个挡箭牌——乔飞死了，接下来薛华失踪，你们很可能想到他们的交集点，如果你们留意到六年前的案子，也许会救下李颖和张煦阳他们，冯斌只是我想混淆你们调查的棋子而已。"

萧燃挑挑眉，王奶奶说："你是不是觉得像我这样的老太太想不出这么周详的计划？是啊，我的教育程度是不高，不过我从小学唱戏，戏中教给我的东西要比书本上的多得多。"

"我没有看轻你，但假如没有同伙，只凭你的体力做得了这么多吗？"

"我是唱刀马旦的，到现在我还可以倒立呢，再说这些事又不是一天做完的，一点点来就行了，还有，一切都这么顺利是因为没人怀疑我，他们以为我只是个老太太，没什么好担心的。"

甘凤池在审讯室外听着，心里的疑团慢慢都解开了，心头反而变得更沉重，轻声问："假如没房子呢？她怎么骗张煦阳上钩？"

"要杀人总是有办法的，尤其是这样的仇恨。"

萧兰草回得很平静，甘凤池知道他说的都是事实，却不想接受，因为比起处心积虑杀人的罪犯，他更喜欢那个唠叨又健忘还动不动就给他介绍对象的王奶奶。

过了一会儿，王奶奶被带出来，她的表情有些疲惫，像是忘了刚才说的那些话，看到甘凤池，立刻跑过来，说："凤梨，太好了，你们领导说丫丫的爸妈不怪我，也不会告我不跟他们打招呼就带走孩子，这次只是口头提醒注意，回头你陪我去百货吧，我想买点东西给他们，算是赔罪，唉，我就是老糊涂了，你说这算什么事啊。”

甘凤池看看她身后，萧燃和精神科医生的脸上都很无奈，他不清楚王奶奶的情况到底是精神分裂多一些还是老年痴呆多一些，便点点头，王奶奶很高兴，又拉着他开始聊孙女的事，直到萧燃带她离开。

甘凤池看着老人有点佝偻的后背，再想到她经历的种种，突然热血上涌，大声说：“王奶奶你放心，如果录像找到了，我一定不会让它流出去！”

王奶奶转过头一脸的莫名其妙，摆摆手，嘟囔道：“这孩子又说胡话了，萧领导啊，你可要多担待着点，凤梨虽然不聪明，但他这人真的很好，要不是我孙女有对象了，我一定让他当我的孙女婿。”

嘟囔声远去了，甘凤池回过神，就见萧兰草盯着自己，看那表情就知道他在算计什么，甘凤池吃了一惊，双腿向后一跳，问：“我、我说错话了？”

“没有，只不过既然你许诺了就要遵守，接下来乔飞私藏的那些录像就由你一点点看下去吧，相信小柯一定很开心有人帮他。”

听了这话，甘凤池眼前顿时乌云盖顶，他一时激动竟然挖坑给自己埋，而且是个大坑。

“那领导你会不会发扬一点点爱心，帮我一下啊？”

“不会，许诺的人又不是我。”

萧兰草转身就走，甘凤池不死心，追上去问：“你去哪儿？”

“去医院，你不想看看其他当事人的情况吗？”

甘凤池用力点头：“我来开车。”

“你不看录像了？”

“回头看，先把当下的事做完再说。”

两人来到医院，先去看了冯斌，冯斌被王奶奶锁在租屋的地下室，之后一直被灌安眠药，被发现时有些脱水，不过没有大碍，医生说休息一下就可以恢复了。

甘凤池来之前看了叶长鸿给冯斌做的笔录，他会被王奶奶欺骗完全是因为疼女心切，王奶奶说自己的孙女也被乔飞害过，所以偷偷调查了他，她知道乔飞手里除了自己的孙女的视频外，还有冯雪雪的一些不雅视频，想跟他商量怎么索回，这就是他和王奶奶认识的起因。

他在跟踪乔飞时发现乔飞被杀，惊慌失措，又担心自己被警察怀疑，又担心女儿的视频流出去，便去找王奶奶商量，却没想到喝了她放安眠药的饮料，等醒来时就发现自己被五花大绑锁在屋子里，靠着仅有的一点食物和水才支撑到现在。

冯斌不知道那些食物都放了安眠药，所以才导致他神智迷糊，他更不会知道在他被绑架之后还被薛华陷害，更不会想到薛华后来也被绑架，并且就绑在跟他同一间租屋里。

跟冯斌相比，薛华的状况就糟糕多了，被救助的时候她被五花大绑，脸上和衣服上都是红红的液体，因为惊讶过度神智失常，警察最初以为那些液体是血迹，后来才发现那只是红色颜料，推测是王奶奶用来吓薛华的，她也着实被吓到了，妆容在痛哭后全糊掉了，睫毛膏沾在眼眶上，黑黑的一团惨不忍睹。

她跟冯斌一样，也没有外伤，但据她清醒后提供的证词，她以为王奶奶划花了自己的脸，所以既恐惧又绝望，照王奶奶的要求录了音，又苦苦哀求王奶奶饶了自己，直到后来王奶奶说要砍掉她的手，让她以后再没办法敲字害人，她就晕倒了，直到被发现。

“她醒来时神智还是迷糊的，以为王奶奶把她的手砍断了，一直求医生帮她接上，根本不听医生的解释，最后还是给她打了镇静剂她才安静下来。”

叶长鸿把这边的调查工作做完了，正要回局里，碰到他们，就将过程简单讲了一下，甘凤池听完，问：“她现在好点了吗？”

“睡了一觉好多了，刚才给她做笔录她还挺正常的，就是中间会发愣或是突然尖叫，那个老太太真够厉害的，一点外在伤害都没施加就把她吓成了这样。”

“她记得王奶奶这个人吗？”

“当然不记得，否则她怎么会中招？不过她记得何筱俪的案子，她已经看了专栏粉丝们的留言，感觉一切都无所谓了吧，告诉我说她的确是想利用案子提高自己的知名度，她就是想红而已，说句不好听的，自作自受吧。”

萧兰草问：“张煦阳那四个人呢？”

“那几个有点糟糕，还在治疗，暂时无法录口供，可能永远都无法录了。”

叶长鸿耸耸肩，临走的时候对甘凤池说，“凤梨仔，你这次干得不错。”

叶长鸿一向跟他们不对盘，今天难得被他称赞，甘凤池却一点都开心不起来，说：“我倒是希望真相不是这样。”

“我们是警察，发生了案子，我们首先要做的就是找出凶手，至于真相是不是让人满意，那是次要的。”

叶长鸿说完离开了，萧兰草看着他的背影发笑，甘凤池说：“怎么感觉老叶说话有点你的味道？”

“那是当然了，在我身边的人都很容易被我的人格魅力所感染。”

您就吹吧。

甘凤池吐着槽向前走，萧兰草却去了跟他相反的反向，他刹住脚，问："你不要去看看薛华？"

"我……"

看到萧兰草的表情，甘凤池一秒反应过来，抬手拦住："行，你不用说了，我知道你是不听派的，我去转一圈，回头找你。"

他跟萧兰草分开，去了薛华的病房，薛华住在单人病房，靠着床头坐着，神态有些委顿，看到他，嘴角挤出一个笑。

"你都知道了？"

她嗓音嘶哑，应该是监禁过程中叫嚷导致的，甘凤池走过去，她又说："你现在心里肯定在想我是自作自受，如果我不甩掉你离开的话，就不会遭这么多罪了。"

"我觉得你更应该考虑的是你在何筱俪的案子里扮演了什么样的角色。"

"呵，你是在说我活该吗？"

薛华的精神状态不稳定，甘凤池不想刺激她，说："不管事情的起因是什么，王奶奶的行为都是犯罪，我们会依法办事。"

"那又怎样？就算她被法律制裁，难道能挽回我的损失吗？都是因为她，我的记者生涯完结了，现在所有人都知道小雪花是个骗子，就算我换个笔名重新来过，也只能永远躲在背后不敢露脸，"她看向甘凤池，自嘲地说，"这算是报应吗？我用笔'杀了'何筱俪，现在她奶奶用相同的方法'杀了'我。"

"我从来不认为你是记者。"

薛华的脸涨得通红，气愤地看他。

甘凤池有点懊恼自己的直率，但既然说出来了就没必要再掩饰，说："你最多只是个利欲熏心的专栏网红罢了。"

"你！"

"我记得你跟我说过，你刚成为新人记者的时候，多得是雄心壮志，可是后来你发现这个圈子里都是乔飞那类人，我感觉得到你的不甘心，你想做得更好，可是你现在却为了名利变成了你最讨厌的那类人，所以到底是王奶奶杀了你，还是你自己杀死了自己？"

薛华不说话，双手紧紧握住被子一角，血色从她的脸上褪掉了，突然大声叫道："出去！"

甘凤池出去了，走到门口时他听到里面传来薛华的尖叫声，她在拼命按呼叫铃，又吵嚷着要镜子，说她的脸受了伤，需要急救，甘凤池觉得她其实心里知道是怎么回事，只是不想面对，所以利用发泄来排解内心的不安和懊恼。

希望她可以想通，挺过来。

甘凤池去跟萧兰草会合，听萧兰草说了张煦阳等四人的情况，没想到跟他们相比，薛华的处境是最好的。

杨晓和常小路的伤势已经稳定下来，再观察一段时间，如果没问题，就可以从ICU转去普通病房，黄飞红的状况比较糟糕，他还处于昏迷状态，医生说他一只眼睛可能会失明，反而是张煦阳的外伤最少，他几乎不需要诊治，医生用了比较委婉的说法，说为了病人的健康，建议他们尽早转院。

甘凤池去了张煦阳的病房，明白了医生为什么会那样说，其实张煦阳的伤势最重，不过不是外伤，而是脑子，他一直在喊叫，要不是因为被绑在病床上，他早就逃跑了。

但即使被绑住他也没有停止挣扎，眼球涨得血红，表情扭曲，像是看到了什么，一会儿叫救命一会儿又恶毒地咒骂，甘凤池竖着耳朵听了好久，只听清了何筱俪这三个字。

医生说为张煦阳检查了身体，他虽然摄取了一些刺激性药物，但药量不足以刺激他精神失常，所以他会变成这样到底是药物的问题还是他自身内心的恐惧导致的，甘凤池无从得知，连医生都无法做出判断，或许两者都有吧。

“真是个让人不愉快的结案。”从医院出来，甘凤池嘟囔道。

萧兰草的回应是白了他一眼。

“别在这儿长吁短叹了，接下来我们还有很多事要做呢。”

萧兰草一语中的，之后的一段时间里甘凤池一直都疲于奔命，因为这起案子比较特殊，罪犯的精神不正常，几位被害人的精神也极度不稳定，给他们的取证与提交起诉资料造成了很大的困扰，再加上何筱俪的旧案被掀出来，电视新闻和网络上又是一大波一大波的热点讨论和民意调查，这也影响到了他们的正常办案。

薛华出院那天也被围堵了，甘凤池坐在办公室的椅子上看新闻直播，就见很多记者埋伏在医院外面，她一出来，大家就一拥而上把镜头对准她，开始了采访模式，她身旁有两个男人帮忙阻拦遮挡，看体型像是保镖一类的，却不见那个一直跟随她的女助理。

薛华把长发放下来，遮住了半张脸，又戴了墨镜努力遮掩自己，但是在无数闪光灯的照射下无济于事，她瘦了很多，被众人来回推搡，显得楚楚可怜，可惜这些完全博不了同情，网络上同步直播视频，里面的弹幕都是清一色的嘲讽、谩骂和恐吓，说她欺骗大家，利用大家的同情心增加知名度，还害死了人，就跟杀人凶手一样。

林紫言在旁边和甘风池一起看着，叹道：“现在她尝到了曾被她笔诛口伐的人的感受了。”

“没啥用的，”魏正义冷冷地说：“薛华和乔飞消失了，后面还有无数个薛华和乔飞再出来，只要这个行业存在，这种现象就永远不会消除，他们两个也许对何筱俪的死担负了一定的责任，但如果没有网络上的暴力留言，或许何筱俪不会自杀，这些留言的人不比他们光彩多少，他们现在倒戈了，开始说什么王奶奶可怜，法院应该顺应民意免除她的罪行，开什么玩笑，法律就是法律，没人情可讲。”

魏正义平时都大大咧咧的，他会这样说是被气到了，甘风池理解他的心情，最近何筱俪和乔飞的案子在网上陆续发酵，甚至有人组成团队联名恳请法院为王奶奶减刑，还把何筱俪案子的连锁反应归咎于警察执法不严上，甘风池同情王奶奶的遭遇，出于私心不希望她被判刑，但他也赞同魏正义的论点，法律不该被民意所左右。

所以这段时间他的心情一直这样反复纠结，直到宣判结束，王奶奶被判杀人以及杀人未遂等罪名成立，但法官考虑到她的精神问题和身体状况，最后判为监外执行，今后必须在精神病院接受治疗。

判决下来后，萧兰草只说了一句话——水能载舟亦能覆舟。

甘风池不太理解，要说他现在的心情还是挺复杂的，不知道该难过还是该高兴，不过刑侦一科的同事都挺兴奋的，因为这段时间在他们的努力调查下，不仅破获了乔飞的案子，还把珠宝盗窃团伙也一锅端了。

打了个大胜仗，周末刑侦一科开庆祝会，破例邀请了冷案科全体人员参加，老白和魏正义他们都乐呵呵地去了，甘风池却没那个心情，找了个借口拒绝了，又向萧兰草请了几天假，萧兰草看起来心情很好，没多问，接过他的请假条大笔一挥就批了。

甘风池还有事想说，看萧兰草拿起外衣要离开，问：“科长你赶时间？”

“赶着去取钱交房租，房东回来了，下了死命令要我把上个月的房租交上，有事？”

“也……没事，就是觉得王奶奶的案子……我是不是做对了？”

“你能一口气把话说完吗？”

萧兰草进了电梯，甘风池紧跟其后，按了关门键和楼层键，说：“是我出庭证明王奶奶的精神有问题的，比如她一直认为孙女活着，还想介绍给我；经常犯糊涂认错人，拿了别人的手机当是我的；还有录了老伴的录音，催眠自己他还活着，每天提醒自己吃药。身为警察，我想我的证词很大程度上影响了法官的判决，但我不知道我这样做对不对。”

“有问题吗？你说的都是事实。”

“可真相不一定是这样的，王奶奶会开车会上网会很多反侦察技术，对毒药也有一定的了解，一个人精神分裂后，其中一个人格真的能变成超人吗？”

“我不敢说绝对，但医学上有过这类的病例，人的潜能是无穷的，穷途末路的时候，任何人都可能产生无法想象的爆发力，尤其是她的执念那么深。”

“可我总觉得事情没那么简单。”

“那你能证明吗？”

甘风池语塞了，萧兰草正色说：“刑事诉讼讲的是疑罪从无，除非你有确切的证据，否则一切都是空谈，既然是空谈就不要多想了，早点回去洗洗睡吧。”

他的确无法证明王奶奶犯罪出于怎样的动机，反而在法庭上为她做证，如果事实并不是这样的话，那他算不算是间接帮了凶手？

“可是科长……”

他还想沟通，电梯到一楼了，萧兰草来电话，他听着手机匆匆离开，甘风池隐约听到他说交房租什么的，明显现在心思不在案子上，他叹了口气，放弃了追问。

难得有个长假，甘风池本来打算趁着假期出去散散心，谁知第二天上午他接到了冯雪雪的来电，说自己今天参加春季时装展会，为了答谢之前他的帮忙，特意为他准备了票，希望他能过去捧场，自己也好当面谢谢他。

甘风池没那个心情，原本不想去，但心里闷了一些事不吐不快，再加上吃饭的时候听到母亲跟奶奶讲电话，说什么安排他相亲，经过王奶奶这件事，他现在对相亲都有心理阴影了，连饭都顾不得吃就说自己有案子要办，拿起外衣跑了出去。

他开车来到时装展的现场，后台有不少人，除了工作人员外还有一些记者在给大家做采访，冯雪雪是其中最引人注目的一个，这除了她自身的经历有噱头话题外，还借了薛华和乔飞出事的东风，当初就是这两人踩她踩得凶，现在他们都下马了，反而是她春风得意。

甘风池来回看了一圈，没找到张煦瑶，他猜想受弟弟的牵连，张煦瑶近期大概都无法出现在观众视线里了，想想真觉得讽刺，这个圈子里你方唱罢我登场，谁也无法预料谁会笑到最后。

他没看到张煦瑶，却看到了冯斌，冯斌一扫在医院时的颓废，满面红光，志得意满，跟记者说话时笑得合不拢嘴，甘风池听说他已经辞职了，现在正式成为冯雪雪的经纪人，所以最近冯雪雪的爆料里有个大噱头就是父女联手重闯模特界。

甘凤池注视着他的举动，冯斌很快觉察到了，跟记者应付了几句后，跑过来和他打招呼。

冯斌从冯雪雪那里听说了甘凤池帮忙的事，向他连声道谢，感谢他在女儿最低谷的时候对她的关怀和帮助，没有他，冯雪雪也许不能这么快就振作起来，他就是冯家的大恩人。

冯斌说得很真诚，甘凤池几乎相信了他的话，但还是忍不住将怀疑说了出来。

“你真的是被王奶奶囚禁的吗？”

冯斌脸上的笑容一僵：“你这么说什么意思？”

“就是觉得奇怪，你长得又高又壮，王奶奶虽说身体很好，又常年健身，但要控制你的自由恐怕不是件简单的事。”

“这些我在警局不是都说了吗？因为她给我下药，我喝了放了东西的饮料，人事不知，她是怎么把我拖到小屋子的，又是怎么锁住我的，你们得去问她本人啊。”

这些警方都向王奶奶询问过，可是她的精神状态太不稳定，时而清醒时而糊涂，无法说清楚，所以警方只掌握了她的犯罪行为，至于具体的操作方式却只能靠推测。

这就是甘凤池最无法接受的地方。

他盯着冯斌不作声，冯斌被看得很不自在，眼神不自觉地往上瞟了瞟，这是他心虚的表现，甘凤池便试探道：“你和张煦阳在同一家公司，对他的工作和生活习惯很了解吧？”

“你到底想说什么？！”

“我一直奇怪，王奶奶再怎么神通广大，也不可能一个人把所有事情查得清清楚楚，尤其是张煦阳，他做事非常没有定性，除非找专业人士跟踪调查他才会了解并掌握他的行踪，或者……”

说到这里，甘凤池看到冯斌的表情更僵硬了，他接着说：“有人通风报信。”

“你说了半天，意思就是我跟王奶奶是一伙的？笑话，我和张煦阳无冤无仇，为什么要帮她？我害自己公司的领导对我有好处吗？我是想杀人，但要杀的是乔飞，和张煦阳八竿子都打不到一起！”

“你本来就打算辞职了，临走捅张煦阳一刀对你也没损害，你和他是没有交集，更别说过节，但据我的调查，张煦阳是个花花公子，很喜欢玩小明星，冯雪雪和他姐姐是同行，张煦阳应该留意到她了，口头上占占便宜或是嘲讽什么的都是有可能的，你一定很痛恨他的行为，你把他的行踪透露给王奶奶也是出于泄愤，再加上工奶奶会对付乔飞他们，你协助她的可能性就更大了。”

“你说这么多，有证据吗？如果你有证据就抓我啊！”

冯斌提高了声量，甘凤池很后悔没叫林紫言一起来，否则以林紫言对音程的了解，一定可以在第一时间确定冯斌是黑是白。

但就算冯斌是黑的，他们也不能拿他怎样，警方没有找到冯斌与王奶奶合作的实际证据，甘凤池说的这一切都是他的推测，也是最合乎情理的推测，因为冯斌在乔飞出事前跟踪他还有乔飞死亡后他立刻消失的行为太巧合了，那就像是故意在告诉大家他是凶手一样，甘凤池想这些应该都是冯斌配合王奶奶做的，目的就是混淆警察的判断。

但光推测是没用的，否则他早就把冯斌带去警局审问了。

冯斌看到甘凤池悻悻的表情，得意了，缓和下语气，说：“换了别的警察，如果这样信口开河，我一定去投诉你，不过你帮过我女儿，我不会做那么绝。”

“不，我只是做了警察该做的事，冯雪雪能重新站起来是她自己的努力，还有你的帮助。”

“是啊，今后我也会一直在她身边帮助她，让她不再遭受别人的欺压和抨击。”

甘凤池觉得冯斌这样说其实就是间接承认了他的推想，他正要回应，冯雪雪走过来，问：“你们在聊什么？好像聊得很投机啊。”

她今天打扮得很漂亮，虽然身体还偏瘦，但现在讲究以瘦为美，这样的身材更凸显了她的魅力。

甘凤池看了冯斌一眼，揶揄道：“我们在讨论伟大的父爱。”

冯斌有些紧张，冯雪雪没发现，对甘凤池笑道：“还有珍贵的友情，在我最需要帮助的时候，是你借给我那顶帽子。”

甘凤池几乎都忘记那件事了，冯雪雪将手里的纸袋递给他，说：“那顶帽子我不想还，不过我送你一款新的，这是今年春季的流行款，上面还有你想要的签名，希望你喜欢。”

“不用还了，也不用送我新的，我是警察，不能随便接受礼物。”

他干巴巴地说，冯雪雪的表情有点受伤，问：“朋友送的也不行吗？”

“不好意思哈，我女朋友在那边等我呢，我可不想被她误会，再见。”

甘凤池哄女孩的技术比他查案的能力差远了，冯雪雪露出这么楚楚可怜的样子，他就乱了手脚，随便往后一指，也不管冯雪雪说什么，掉头就跑。

有人刚好走过来，甘凤池一个没刹住，差点撞上，还好那人反应很快，闪身避开了。

“凤梨仔，原来你请假是来看美女走秀啊，你脚踏两只船，紫言知道吗？”

笑谑声音传来，甘凤池抬头一看，不是萧兰草又是谁，他脱口而出：

“科长你也溜号了？”

一巴掌拍过来，萧兰草冷笑道：“我需要溜号吗？我是来查案的。”

这话用来骗鬼吧，明明他就是想来看时装秀的——跟着萧兰草混了这么久，甘凤池就不信他看不出萧兰草的心思，转转眼睛，说：“你不跟紫言说我来找过冯雪雪，我就不跟萧燃科长说你上班时间来看时装展。”

“小子你行啊，敢恐吓你领导了。”

“我怎么敢啊，我这不就是这么一说嘛。”

甘凤池嬉皮笑脸地跟萧兰草扯皮，萧兰草不理他，转身往外走，甘凤池追上去，问：“科长你去哪儿？”

“查案。”

“那查案之前能不能听我说点事？”

“你是想说冯斌的事吧？”

甘凤池脚步微停，马上又追上去，问：“你刚才都看到了？”

萧兰草点点头，甘凤池怨道：“那你还调侃我是来找冯雪雪的？”

“我就喜欢那样说，有意见？”

甘凤池打住这个鬼打墙的话题，他想连他都看出来的问题萧兰草怎么可能看不出来，反问：“既然你也觉得冯斌可疑，那有没有办法让他招供？”

“如果有，我在局里就说了，这件事死无对证，除非他自己说出来，否则没办法治他的罪。”

“那就这样放过他？”

“不然怎样？这个案子很敏感，你逼得太紧的话，一个搞不好说不定被他反咬一口。”

甘凤池想想也对，可是就这么放过罪犯，他实在不甘心，萧兰草看出了他的心思，说：“你以后做久了就会知道，不是所有的真相都一定会被揭露出来，换个想法想，冯斌只是起到了推波助澜的作用，就算没有他，王奶奶还是会犯罪的。”

萧兰草说得很对，甘凤池没法反驳，跟着他出来，见他往会场正门走，他忍不住了，掏出两百块塞给萧兰草。

萧兰草有点惊讶，说：“我已经买票了。”

“这不是票钱，是我付的学费。”

“喔，这位同学你又有什么想不通的？”

“为什么你每次总可以在第一时间找到查案的突破口？比如乔飞的案子，在我们大家调查冯雪雪的时候，你就想到了何筱俪的自杀事件。”

“直觉。”

甘风池不太能接受这个答案，把手伸过去：“您还是把钱还给我吧。”

“不行，我要攒着交房租。”

萧兰草说完，看到甘风池气鼓鼓的样子，他扑哧笑了。

“如果用你喜欢的逻辑学来分析的话，这就是一种假设——我们都知道乔飞不是好人，为了赚钱不择手段，可是这样一个人却协助警方抓凶手，他这样做一定会有他的理由，理由也许有很多，但唯一没有的就是正义，如果是你，你会不会从这个最反常的地方来查？”

“原来如此，我又学到一招。”

“所以啊，警察办案不光要寻找证据，还要有想象力，你们理科生不行，干什么都做死命题，却忘了即使是公式演算出来的答案也联系着相应的原因，是怎样的原因让式子合理地演算下来，一层层反推上去，就会知道他为什么会这样做或是为什么不这样做了。”

“您说得都对，但能不能不要地图炮，你看，全世界的理科生都中枪了。”

“我是就事论事，这个世界很简单，事出必有因，不会有无所谓的结果突然冒出来，但这个世界也很复杂，痛恨也好，报复也好，引起这些感情的原因不会只有一个，就像账号登录密码，有人设定成五个字母，有些人却设定成五十个，你永远都猜不出导致罪犯行凶的到底有多少个因素，好，我说的这番话对得起这两百块吧？”

甘风池听完领导的教育，心情更糟糕了，随便点点头，萧兰草冲他摆摆手走进会场，甘风池其实还有话要问，但想到他急着看时装展，便放弃了，回到车上打着油门，想着接下来要做什么。

他不想回家，不想相亲还是其次，主要是他有件事想做却又不敢做，趴在方向盘上发着呆，车窗突然传来敲打声。

甘风池抬起头，站在车外的是萧兰草，他急忙把车窗落下，问：“科长你不是去看展了？”

“是去办案。”

萧兰草纠正完，转去副驾驶座那边开门坐上车，下巴往前一指，下命令：

“走吧。”

“去哪儿？”

“当然是去你想去的地方。”

“呃……”

甘风池向后晃了一下，心想他的态度这么明显吗？领导是怎么看出来的？

“凤梨仔你这人很不干脆啊，说老实话，我还是喜欢你刚进冷案科时的状态，想做什么就直接去做，哪怕是错了也不怕，可是你现在想得太多了，想多不是坏事，但因为想多而变得优柔寡断就不好了。”

“谁优柔寡断了？哥这叫深思熟虑，是为了少犯错误！”

心思被看穿了，甘凤池红着脸呛声，把车开出去，萧兰草看着他的表现，笑眯眯地系上了安全带。

甘凤池憋了一口气，把车开到了王奶奶住的精神病院，说是住，其实是长期监管，他到了后，向负责人说明了情况，负责人说王奶奶这两天的精神状态还挺平稳的，就是偶尔犯糊涂认错人。

他带甘凤池去了后院，那里有个封闭式花园，攻击性小的患者会被允许定时在花园休息，甘凤池进去后老远就看到王奶奶坐在长椅上晒太阳，旁边还有个护士陪着。

他转头看看萧兰草，萧兰草的手机刚好响了，忙着接电话，给甘凤池摆摆手，示意他先过去。

甘凤池走过去，长椅上放了个鸟笼，里面是王奶奶送给乔飞的金刚鹦鹉，结案后，其他鹦鹉都送人了，这一只比较特殊，萧燃就把它还给了何家，金刚鹦鹉被王奶奶训练得很听话，一直在说护士长得漂亮，把护士逗得咯咯直笑。

鹦鹉看到甘凤池，立刻叫：“帅哥来了，帅哥你好。”

“哎呀凤梨来了，是谁跟你说我在这儿的？你说我本来在中青公寓住得好好的，偏要把我弄到这儿来，说了儿女也不听，真够气人的，你看我都快闷得发霉了，他们都不来看我，我孙女也不来，还是你最好。”

鹦鹉也在旁边附和：“好气哦！好气哦！”

甘凤池在长椅上坐下，护士看他们有话要说，回避了，王奶奶又举起手腕埋怨说戴的东西不舒服，可是人家不让她摘下来，在这里没自由什么的。

王奶奶戴的是智能监控仪，这是院方统一给病人佩戴的，可以准确掌握病人的行动情况，王奶奶不喜欢，唠叨了一会儿，又转身去翻长椅上的包包。

“对了，给你看我孙女的新照片，她跟她男朋友分手了，凤梨你又有机会了，开不开心？咦，我的手机呢？我明明记得把它放包里了。”

她找了半天没找到，突然一拍手，站起来说：“看我这记性，我想起来了，我把手机放屋里了，我去拿。”

鹦鹉也在旁边聒噪，叫道：“拿手机！拿手机！”

甘凤池在一旁看着，心想难怪她能利用鹦鹉扮鬼成功吓到自己，因为这都是她训练出来的啊。

王奶奶要往楼房里走，甘凤池叫道：“王奶奶！”

“这孩子别急，我一会儿就回来。”

“王奶奶，我今天来不是以警察的身份来看您的！”

甘凤池大声说，王奶奶的脚步停下了，转头看过来，甘凤池迎着她走上前，说：“我是以朋友的身份来的，你根本就没有精神分裂对不对？”

“你在说什么啊？什么精神分裂？”

“你不仅没有精神分裂，也没有老年痴呆，你比我们任何人都聪明都清醒。”

王奶奶收敛了笑容，看着他不说话，甘凤池自嘲一笑。

“请不要让我拿出证据，我没有，我有的话就在法庭上说了，但直觉这样告诉我——大脑的很多病变用医学理论无法解释，不过我相信自己的眼睛，你在演戏，从头至尾，甚至到现在你还在演戏。”

王奶奶坐回长椅上，又拍拍座椅示意甘凤池也坐，鹦鹉还在笼子里吵个不停，她把鸟笼门打开，鹦鹉飞了出来，在周围盘桓了一圈后又飞回来了，踩在椅背上梳理羽毛。

甘凤池坐下来，王奶奶问：“你什么时候看出来的？”

她的表情变了，声音也变了，既不是慈祥也不是痛恨，而是一种异常沉稳的语调，让人听了后会觉得她的性格也是很沉稳的那种。

“在你带丫丫放烟花的时候。那时就是一种感觉，觉得不是那么回事，但自己又解释不清楚，刚才看你训练鹦鹉，我就更肯定了，你的犯罪人格为了复仇训练鹦鹉，可你不是，那为什么你也可以这么熟练地指挥它？”

“因为我养了它半年，不犯病的时候照样可以训练它啊，我又不是天天都是犯罪人格的，这算什么证明？”

甘凤池语塞了，王奶奶看到他的反应，扑哧笑了，叹道：“还是年轻啊，等再过几年，你在这一行越做越熟了，你会用十几个理由来反驳我。”

“所以我想知道真相。”

甘凤池把手机和录音笔都拿出来，放到椅子上，说：“别担心，我现在不是警察，也不会套你的话录音什么的。”

“我没有担心这种问题，就算再上一次法庭，我还是可以顺利脱罪，别这样看我，我不是怕坐牢怕受苦，我就是喜欢看到张煦阳、黄飞红还有李颖他们的家人明知道我是凶手却拿我没办法的嘴脸，当初他们是怎么利用网络舆论为自己行方便的，我现在就如法炮制全部还给他们。”

王奶奶说得平淡，甘风池却冷不丁打了个寒战，他想起萧兰草说的水能载舟亦能覆舟，也明白了萧兰草当时为什么会说这句话了。

“所以你从来就没有精神分裂？你是为了复仇整整计划了六年吗？”

“六年算什么？只要能达到目的，十六年我都不介意等，我要在他们功成名就一帆风顺时把他们扯下来，让他们尝尝失去最珍贵的东西时的感受，唆使犯罪的，直接犯罪的，还有为了自己的利益拼命打压被害者的，这些人统统都该受到惩罚！”

“我理解你的心情，但这些人当中也有人为当年的事后悔了，比如李颖，我在调查她的时候发现她是有悔意的，她为了逃避良心的谴责才故意放纵自己……”

“那又怎样？她后悔了，难道就可以让她曾经做的事一笔勾销了吗？”王奶奶冷笑说道：“你可能不知道筱俪出事时她就在旁边，她不仅没有上前阻止那些畜生，还录了像，你说这是一个‘人’能做出来的事吗？你根本什么都不知道，却跟我说什么感同身受，不是很可笑吗？”

甘风池无言以对。

“我就是不明白，明明筱俪才是受害者，却为什么要被所有人谴责？法律要求保护未成年人的隐私，可是受害者的名字身份却被大肆传播，那些正义魔人天天在网上宣扬什么凶手的权益，说他们还小，还有漫长的人生在等待他们，希望再给他们一次机会，可是谁给我孙女一个机会？难道她的人生就不珍贵吗？说这种话的人等事情摊到他们头上，看他们还会不会这么说？筱俪即便死了还被薛华之流的拿出来当反面教材来用，她为什么要受这样的污蔑？”

甘风池不知道该怎么安慰她才好，说：“现在网络也都开始实行实名制了，有了监督，网络暴力情况会慢慢好转的。”

“好不好转我才不介意呢，说起来这次还要谢谢那些正义魔人，我现在可以安然无恙都拜他们所赐，杀人者可以在这里颐养天年，你说是不是很讽刺？成也萧何败也萧何，谁知道网络到底是好还是不好呢？”

甘风池也不知道，他这次来除了想知道真相外还想宽慰王奶奶，现在却发现这位老人要比他想象的坚强得多，她根本不需要任何人的安慰与同情。

“不知道您在这里能不能接触到网络，杨晓和常小路脱离危险了，不过工作丢了，还要接受精神方面的治疗，黄飞红一只眼瞎了，张煦阳最糟糕，他到现在还疯疯癫癫的，见了人就以为是要来害他的。”

“这些我都不知道，他们不让我上网，不过跟我预料的差不多，薛华呢？”

“薛华也不好，被父母接去乡下休养了，不知道她今后还会不会再做美女博士，陈白川的老婆跟他离婚了，他也被校方辞退了，这段时间他的老底都被揭开了，成了过街老鼠，以后大概很难在这行混下去，这也是您所期望的吧？”

“差不多吧，让他们失去他们最在意的东西，比杀他们好多了。”

“我一开始还以为你会杀丫丫，我太笨了，其实你从一开始就没想伤害她吧？”

“当然，我怎么会对一个孩子下手？丫丫很可爱，看到她就像看到了筱俪，”说到孙女，王奶奶的目光柔和下来，对甘凤池说，“你是笨，你怎么会认为丫丫对陈白川是最重要的？那种人最爱的永远是他自己。”

“那你带丫丫出去是？”

“就只是带她出去玩，让她开心一下，仅此而已。”

王奶奶的情绪平复下来，看着甘凤池，微笑说：“我要谢谢你甘警官，谢谢你一直以来对我的照顾，也希望你不要怪我利用你，你是个好孩子，如果筱俪还活着，我多希望你可以成为我的孙女婿，这种心情我没有骗你。”

“我知道，跟您聊天的那段日子挺有趣的。”

“是啊，如果那都是真的该多好啊。”

王奶奶的话声中充满了感叹，阳光照在她脸上，她表情平静，眼睛微微眯起，就跟普通老太太没什么两样，说：“不过我没有后悔这样做。”

“完全没后悔吗？”

“没有，你应该知道我是演员，以前我是在剧团唱刀马旦的，很苦但过得很开心，后来剧团解散了，我转行演戏，这一路走得不太平，别说大红大紫了，就连模样都没被观众记住，不过我还是很满足，因为老头子对我很好，儿女孙女都孝顺，可这一切都被那些人毁了，那时我就想我这辈子什么都不会，我就会演戏，那我就演一出最好的戏来让那些人渣付出代价，我成功了，我对这个角色很满意，我想它该称为我的代表作了。”

她说这话时激动得脸颊都红了，眼睛熠熠闪光，有满足也有喜悦，甘凤池相信她说的话，他没有看过王奶奶演的戏，也无法对她的遭遇感同身受，但他感觉得出她会演得这么投入，复仇只是一部分，她其实更喜欢沉湎在虚幻的假象里，因为只有在假象里她才能获得幸福。

他原本很愤慨王奶奶的犯罪行为，但现在又对她充满了怜悯，想问这出戏她还打算演多久，话到嘴边却是：“您别担心何筱俪的那些录像，我都处理掉了。”

乔飞的收藏太多，甘凤池熬了两个通宵才看完，他找到了何筱俪的那部分，征得萧燃的同意，做了销毁处理，这也是他来见王奶奶的原因之一。

王奶奶的眉头皱了皱，随即便释然了，说：“谢谢。”

“我还有事，要走了，有时间再来看您。”

“不用了，你是警察，跟我少走动比较好。”

甘凤池转身要走，王奶奶叫住他，从包里掏出一个信封递过来，甘凤池诧异地接了，信封封了口，上面什么都没写，他翻到背面，也是一片空白。

“有人给萧兰草的，麻烦你转交给他，你最想知道的秘密应该也写在里面。”

在这个案子里甘凤池最大的疑惑就是王奶奶有没有同党，同党是不是冯斌，他知道王奶奶不会说的，所以也没打算问，没想到她会主动提起，急忙拿着信跑去楼栋里找萧兰草。

萧兰草不在里面，甘凤池去了停车场，就见萧兰草靠在车上看手机，他跑过去问：“你怎么不进去？”

“因为我进去的话，可能王奶奶什么都不会说，你也就无法知道你想知道的秘密了。”

“不是啊，这是王奶奶让我给你的，说跟这个案子有关，你快看看写了什么。”

“王奶奶给我的？”

“不，她说是有人托她转交的，具体内容她没说，你先看看，你看了就知道了。”

甘凤池比萧兰草更急于知道信里的秘密，催着他赶紧看，萧兰草却没着急，拿起信封朝着阳光看了看，又让他去车里找来剪刀，先剪开一个小口，再次检查了一番，才将信封剪开。

甘凤池在旁边看得目瞪口呆，喃喃道：“我以为我在看武侠小说，难不成这信里还藏了毒吗？”

“干我们这行的谨慎点没亏吃，如果你有时间，可以看看冷案卷宗106，那就是一桩把毒粉藏在信中导致拆信人眼睛被毒瞎的案例。”

甘凤池听得一抖：“那凶手找到了吗？”

“找到的话还能叫冷案吗？今后记住，不知名的信纸和包裹拆的时候一定要小心。”

甘凤池掏出小本本飞快地记下了，又探头去看，萧兰草拿出来的不是信纸，而是一张照片。

照片里是个十七八岁的女孩子，留着齐眉的刘海儿，她长得很好看，有点婴儿肥，笑起来一对小酒窝，甘凤池觉得她有点面熟，但突然之间又想不起在哪儿见过。

萧兰草看到照片，脸色沉了下来，甘凤池越发好奇，问：“你认识？”

“嗯……”

萧兰草给了他一个模棱两可的回应，把照片翻过来，照片后有两行字，上面一句是“别来无恙？”，笔锋有力，出于男人之手，再看落款，甘凤池失声叫了出来。

“艺术家！”

自从甘凤池调到冷案科，这三个字简直是如雷贯耳，对他来说，“艺术家”这个人就是典型的反社会人格罪犯，之前的好几起案子都跟他有关，现在再看到这个名字，他立马反应了过来。

“难道伙同王奶奶作案的是这个变态？”

“应该是的，不过他通常不会亲自动手，他只会协助，或者提供策略和计划。”

甘凤池想想也是，王奶奶就算复仇之心再怎么强烈，以她的年纪和社交圈，有些事情做起来还是不那么容易，但如果有个天生的犯罪者从中协助的话，那结果就大不一样了，这也难怪在这个系列杀人案中他们一直被凶手牵着鼻子走，因为“艺术家”实在太了解他们警察的办案手法了。

“他为什么要给你这封信？故意挑衅警察？”

“不，他是胆小鬼，所以只敢利用这种方式来进行恐吓。”

“那这女孩不会是他下一个目标吧？奇怪，我好像在哪儿见过她……”

甘凤池凑过去想细看，萧兰草已经把照片塞回到信封里了，甘凤池想不管艺术家这么做到底是恐吓还是真要再进行犯罪行为，先赶紧汇报萧燃是正题，好让他心里有底，但他还没开口，萧兰草就先说：“凤梨仔，这件事不要跟任何人说。”

“这件事……你是指‘艺术家’给你信？”甘凤池指指萧兰草手里的信封，“他这是在给你下马威啊，谁知道接下来他会做什么？如果萧燃科长不知道，万一……”

“尤其是萧燃，不可以说。”

“为什么？！”

“因为你是我的属下，”萧兰草看着他，严肃地说：“我不介意自己的属下不聪明或是犯错，但我不希望他自作主张，如果你把这件事透露给萧燃，以后就不要再在冷案科待了。”

换了以往，甘凤池一定会说你唬我啊，不干就不干，但现在他刚觉得在冷案科做得有点意思了，让他离开他可接受不了，看萧兰草说得这么认真，不是在唬他，他赔笑道：“不说就不说，您别这么严肃，搞得我也紧张了。”

萧兰草缓和了脸色，将信封收好，上了车，甘凤池跟在他身后，坐到座位上，他还有点不甘心，问：“不说没问题，那你能不能告诉我为什么不能告诉萧燃科长啊？怕他抢功？”

不悦的目光瞥来，甘凤池举手投降：“我开玩笑的，如果不是怕他抢功，那是为什么啊，我就这么点好奇心，科长你就满足我吧。”

“因为关系到一些很重要的事，知道的人越少越好，你算是第三个知情人，目前我只能透露这么多，别再问了，问了我也不会说，就当你没看到这封信，不知道这回事。”

“喔……”

一想连萧燃都不知道的事他知道了，甘凤池有点飘飘然，又想那第二个知情者会是谁，老白？魏正义？似乎都不太像……

既然萧兰草不打算说，甘凤池就知趣地没再多问，车开出去后，他把和王奶奶的交谈转述了一遍，萧兰草听完陷入沉思，甘凤池猜想他是在考虑能不能通过对话找出“艺术家”的蛛丝马迹。

之后好长一段时间萧兰草什么话都没说，靠在椅背上闭目沉思，甘凤池都以为他睡着了，问：“你以前办的案子中，是不是有很多案件背后都有这些让人无法释怀的内情？”

萧兰草睁开眼睛，问：“比如？”

“比如正义到底是什么？我们维护正义，可是却保护不了受害人，何筱俪明明可以活下来的，王奶奶是罪犯，可是我又觉得她很可怜，但我又不能因为她可怜而不抓她。”

“所以你内心很矛盾，你想不通，觉得很苦恼，甚至怀疑自己做警察这条路是不是选错了。”

甘凤池点头。

萧兰草都说中了，这两天他一直在困惑中打圈，刚进冷案科破获案子后的成功感没有了，他现在只感到倦怠，在想这份工作适不适合自己，他学的是数学，也许他更适合搞研究那种比较单纯的工作。

“大概是我一开始想得太天真了。”

“不，这是每个人的必经之路，你只要记住一点，法律维护的不是正义，是秩序，而我们是执法者，换言之，就是依法办事的工具，是不可以掺杂私人感情的，因为每个人心里对正义的定义都不同，只凭感情来判断对错是很可怕的一件事，人的感情太复杂了，比如李颖，或许她在讨厌何筱俪的同时也有羡慕，在开心她出事的同时也为自己的行为感到懊悔。”

甘凤池想起李颖跟小孩子的合照，觉得她内心其实还是向往美好的，说：“她只是一时糊涂走错了路。”

“但有些错误是不可以犯的，一步走错步步错，就算再给她一次机会，她还是会做错，性格决定命运，是无法改变的，李颖是这样，王奶奶也是这样，还有‘艺术家’，他就是个自以为正义的罪犯，他看似帮王奶奶还有其他人报仇雪恨了，但其实却是害了他们。”

甘风池默默品味着这番话，萧兰草的话他都懂，但要完全体会可能还要花些时间，说：“你还记得我刚进冷案科时接的第一个案子吗？那个得了老年痴呆的父亲为女儿复仇的案子让我很震撼。”

“记得，所以我可以体会王奶奶的心情。”

“一个是得了老年痴呆却尽力让自己清醒的人，一个是明明清醒却伪装成老年痴呆的人，真是一言难尽。”

“这世上总有很多让人无法接受的真相，但真相就是真相，不管是对的还是错的，都无法否认它的存在，所以你与其一直在原地困惑，不如往前走，去找到你想要的答案……你这是什么眼神？”

警察局到了，甘风池停好车，转头上上下下打量萧兰草，然后认真地说：“没有，就是觉得有时候科长你跟萧燃科长挺像的，也不知道是谁影响谁。”

“我像他？哈！”

萧兰草一脸不爽的样子，下了车，对他说：“好好休完假，回来上班。”

被萧兰草提点了一番，甘风池的热血又开始沸腾了，看着他走进去，正想着反正回家也没事，要不干脆销假得了，老白的电话打了进来。

“风梨，你要的东西我帮你查到了。”

“什么东西啊？”

甘风池一时间没反应过来，老白在对面吼他：

“就是你让我查的被害者家属的地址啊，臭小子你不会是忘了吧，我要不是看在你上次帮我女儿的分上，我才不会查这些……”

“啊！”

“啊什么啊，你不要告诉我你是真的忘了！”

“没忘没忘，老白谢谢你，你马上把资料传过来，回头我请吃饭，你想去哪里都行，记得啊，别告诉任何人，尤其是科长！”

“好咧，不过你为什么想知道这个啊，这都好多年前的案子了，而且还跟科长有关……”

“所以才不让你告诉科长啊，免得他难受，其实我就是翻旧档的时候看到了，好奇问一下，没事没事。”

甘风池随口敷衍着把电话挂了，心怦怦跳个不停，他搞明白了为什么他会觉得“艺术家”给萧兰草的照片熟悉了，他看过五年前导致萧兰草被调离刑侦一科的那起绑架案，照片里的女生正是受害者啊！

难怪萧兰草看了照片后反应那么大，原来是心里的创伤被触动了，萧兰草一直说他的联想力不行，还真是这样，要不是老白凑巧来这通电话，他根本不会往绑架案上想，他真是猪脑子！

这样一来，萧兰草不希望萧燃知道的行为也解释过去了，这种过失在同事面前提多没面子啊，他家科长又是那么要面子的一个人。

甘风池越想越有道理，他临时改了主意，决定趁着休假去了解下绑架案的情况，希望可以帮科长了结这桩心事，幸运的话说不定还能顺便揪出幕后黑手——“艺术家”送照片来向萧兰草挑衅，说明他就藏在附近，这样才能第一时间欣赏到自己的犯罪成果，甘风池有种感觉，他们离秘密的核心越近，也就离艺术家越近。

所以，他一定要把握住这个抓获凶犯的机会！

卷宗编号 06 捉迷藏

○○❸ 冷案重启 3 深渊之光

CHAPTER ELEVEN 第十一章

自杀前的忏悔

“大家好，我是黄小敏，欢迎收听我的心动之声深夜频道，今晚小敏同样也为大家准备了各种精美的小礼物，期待夜深人未眠的您参与这个节目，讲述曾经让您心动的瞬间，不管是人、事或者任何让您难以忘怀的经历……哇喔，现在已经有听众打电话进来了，喂，您好……”

电台直播间里，黄晓敏跟平时一样做节目，一个冗长又无聊的频道——这话是她自己说的，同期进来的有门路的都往上爬了，没门路的跳槽也好嫁人也好，现在还稳守阵地的只剩下她一个了。

她一点都不喜欢这个节目，用半个大脑想想也知道三更半夜不睡觉，来打电话聊往事的都会是什么人，喝醉酒的、心情不好想找人发泄的，这些都还是好的，她还遇到过预告杀人的，那时候她还是新人，吓得立即打电话报警，结果只是虚惊一场，害得她被领导骂，也不知道是幸运还是不幸，她没被撤下来，所以就一直做到了现在。

第一通电话打进来了，是个喝了酒想撩骚的男人，黄小敏直接挂断了，换下一位，第二位是个少妇，哭哭啼啼地说老公外面有人了，不给抚养费巴拉巴拉，黄小敏翻着白眼安慰她，心想这个节目叫心动之声，不是家庭伦理频道，听女人大有滔滔不绝哭倒长城之势，她直接说了句“这位女士请您出门左拐去民政局办理离婚手续或者右拐去拨打情感热线吐苦水如果两项都满足不了您请认命”后就挂断了。

“黄姐你来大姨妈了？今天这么呛啊。”

坐在对面调音台的小王跟她开玩笑，黄小敏没好气地白了他一眼，“我二姨妈都来了，天天睡我家，逼着我相亲！”

趁着播放音乐，黄小敏喝水润喉，又深呼吸调整情绪，确定声音调到柔和档后，她接听了下一个热线。

“呼……呼……呼……”

电话那头传来沉重的呼吸声，照黄小敏的经验，这次又是个醉鬼，她翻了个白眼，用甜甜的声音说："这位听众，您的热线已经接通了喔，请问您将给我们带来什么样的心动故事呢？"

那边没人说话，依旧是呼呼呼的喘气声，黄小敏懒得应付他了，正要挂电话，他突然说："三十年前……"

声音低沉，还有点醉酒后的大舌头，听不出年龄，接着又是一段长长的停顿，黄小敏只好接上去，说："三十年前啊，还真是漫长的岁月，请问您是遇到了……"

"我看到有人杀人！"

黄小敏给小王做了个又遇到了神经病的动作，调侃道："听起来很恐怖啊，您报警了吗？"

无视她的询问，男人自顾自地说下去。

"那时候我才三十多，喝酒喝得很厉害，那晚我回了家，去阳台抽烟，就看到对面楼栋的男人拿东西砸他老婆，他老婆倒下了，他又扑过去继续砸，砸了很多下，那以后我就再没看到他老婆，他杀了人，后来对外到处说老婆跟汉子跑了，我知道他在撒谎，他一定把尸体藏去了哪里，可是我吓傻了，我不敢说，我怕他害我的老婆儿子……在我死去之前我要忏悔，希望警察可以查出真凶，让那可怜的女人瞑目……"

小王在纸上写了几个字亮给黄小敏——真的？编的？

黄小敏也不知道，因为这种恶作剧太多了，她说："这位先生您喝醉了，我建议您洗把脸清醒一下，然后我们再慢慢聊好吗？又有热线打进来了，让我们……"

她正要挂电话，男人忽然说："我住在白鹭街十八号……呃呃呃……"

一连串稀里哗啦的声音响起，像是东西落到了地上，打断了男人的话，黄小敏侧耳倾听，隐约听到他的呻吟声，声音很痛苦，黄小敏询问他的情况他也没回答，随后电话就断掉了。

黄小敏感觉到了事态的严重性，急忙插进音乐，小王跟她大眼瞪小眼，一脸的严肃。

"这不会是刷存在感的升级版套路吧？"

"不像。"

"我也觉得不像。"

"那还愣着干什么？赶紧打电话报警啊！"

"叮叮咚，叮叮咚，啦啦噜啦啦，啦啦噜啦啦……"

轻快的乐曲声中，甘凤池转头看周围，一楼摆设了七八架大头贴相机，再远处是抓娃娃机，一些穿着萝莉装、女仆装的女孩子进进出出，偶尔看到年轻男人，也是陪女友来玩的，老实说这种地方要不是有女孩子陪伴，他还真不好意思进来。

如果陪他来的是紫言多好啊，但很可惜，梦想是美好的，现实是骨感的……

“凤梨仔！”

裴晶晶从后面跑过来叫他，伸出刚做好的指甲让他看。

“好看吗？”

还不就是那样——甘凤池心里想，但他不敢说出来，免得被抓，这指甲好不好看他不知道，但绝对是抓人利器。

“好看！好看！”

“好看你怎么半路就走了，害得我一个人在那儿做指甲，多无聊。”

——我一个大男人坐在美甲工房里我也很无聊啊啊啊！

甘凤池没跟她讲道理，经验告诉他女人根本就是不讲道理的一群生物，所以他直接讲重点，凑近小声说：“可你是警察，你弄这么夸张的指甲合适吗？”

“我这不是在休假嘛，难得休假，玩一玩怎么了？”

裴晶晶说着，冲前面一指，示意甘凤池跟她上楼，甘凤池摇摇头跟上，看着她背上的粉红小包跟着她上下跳啊跳，心想要是不说，谁会想到她是警察啊。

“姑奶奶你平时休假不会是常到这种地方来吧，真难为你能找到这种桃源圣地。”

楼梯拐角有个大头贴拍照机，看到几个女生凑进去拍照，甘凤池对裴晶晶说。

裴晶晶一脸惊讶：“你没见过这种机器？”

“见过，我只是没想到现在还有人在玩。”

“这种东西就跟塔罗牌一样，永远不会退出流行哒。”

说到塔罗牌甘凤池想起来了，他会在休息日被裴晶晶揪过来，就是因为这位姑奶奶想去玩塔罗牌算命，你说身为警察，你怎么能相信这些迷信活动呢，要是被同事知道了还不被笑死？

像是感应到了他的腹诽，裴晶晶说：“你好像不是很情愿陪我啊。”

“姑奶奶你知道当一个人有约的时候，临时取消约定是种怎样的感受？”

“难道是跟紫言？不对，她今天上班，啊，你劈腿？”

“你再乱说话，我走了！”

“好啦好啦，开个玩笑嘛，抱歉抱歉，我不知道你有事，回头一定补偿你！”

裴晶晶双手合十做出拜托的样子，看甘凤池不生气了，她又往楼上走，兴致勃勃地说：“听说这位塔罗牌大师很出名的，我闺密的表姐的同学说大师算她一周内有桃花，结果还真的有，我也要算算我的桃花。”

“你算姻缘为什么要叫我来？人家说不定会以为我是你男朋友。”

“为了试试她的能力，看她是货真价实的大师还是江湖骗子，如果算得准，下次你带紫言来问问你们的姻缘。”

免了，他还怕他跟裴晶晶私下出来玩这事传去紫言耳朵里，那可真是有理也说不清了。

二楼有好几家占卜的小屋，裴晶晶说的那家占卜屋叫星月，这也是塔罗师的名字，招牌上又是星星又是月亮明晃晃的，来问的人还不少，排队的都是清一色的年轻女孩子，还好裴晶晶事先预约了，大师的助手带他们直接从侧门进去，他们在角落里稍坐了一会儿，就被请进了占卜室。

占卜室装饰得很有异域风情，正前方摆着长方形桌子，桌面铺着黑绒布，一位穿黑衣服蒙着黑面纱的女人坐在当中，她抬手请二人落座，目光在他们之间转了转，问裴晶晶。

“是你要问？”

“对的，是我，”裴晶晶举起手，“我想问桃花，这不是到春天了嘛，我的桃花会不会朵朵开啊？”

“塔罗牌的原则是无事不占卜，假如你有目标的话，我可以帮你解析，但无法预测你的爱情运，毕竟这不是算命。”

这不叫算命什么叫算命？这根本就是赤裸裸的靠耍嘴皮子赚钱的买卖好吧，甘凤池看了一眼旁边的标价牌，在心里吐槽。

不过这位塔罗师的声音很好听，岁数应该也不大，戴的几串银手链很别致，像是花又像是骷髅，她蒙着脸，更衬托出双目深邃明亮，眉心之间有颗美人痣，可以感觉出她一定很漂亮，这里的生意红红火火应该跟她故意卖神秘有关系，你看天桥底下摆摊算命的那些有多少人去光顾啊。

甘凤池正想着呢，裴晶晶的目光看过来，眼睛亮晶晶的，他的小心脏吓得扑通扑通直跳，心想你可别说喜欢哥啊，哥可是有主的人，不要拉我犯错误。

“我定好目标了，现在你就帮我看看能不能追上他吧。”

裴晶晶对塔罗师说，接下来是洗牌列牌阵，甘凤池对这些没兴趣，瞅瞅两边，又想找机会溜走，被裴晶晶发现了，在桌子底下踹了他一脚。

牌很快就列出来了，塔罗师依次把牌翻开，甘凤池看不到她的表情，不过从她的眼神中读解到了笑意。

裴晶晶急着问：“怎么样啊？快说啊？”

“这张牌是战车逆位，战车无法保持平衡的话是很难控制的，你看它是反过来的，下面的狮子要暴走了，你驾驭不了。”

“扑哧！”

说得太准了，甘凤池在旁边憋笑，代价是又被裴晶晶踹了一脚。

她又问：“那如果我倒追的话，有希望吗？”

塔罗师又翻开一张牌，继续摇头。

“这张是宝剑九正位，牌上的人处于烦恼失眠的状态，假如你要追求的话，将会有无数的烦恼和忧虑，要好好考虑清楚啊。”

“唉，这么糟糕啊，”裴晶晶很失望，想了想，问，“是不是我男神有好多追求者，他会升职吧？”

塔罗师抬眼看看她，甘凤池以为她会拒绝回答这种问题，可是塔罗师还是翻开了第三张牌，看到牌上的画面，她的眉头皱了起来。

甘凤池不懂塔罗牌，但牌上的死神他还是看得懂的，好奇心提了起来，问：“这是不是不好的意思？”

塔罗师不说话，裴晶晶急得连声问：“是不是不好啊，你快说啊。”

“这张是死神正位，死神的牌意是结束，这张牌的下方有妇女孩童还有国王和圣职者，它的寓意是不管男女老幼不管尊贵的或是贫穷的都无法逃离死亡，但这也不完全就代表是坏事，死神还有转变与重生的意思，希腊哲学家赫拉克利特曾经说过这个世界上唯一不变的就是改变，有终点才有新的起点，放弃旧的事物和环境，这样才能够重生，简单地说，就是置之死地而后生。”

裴晶晶和甘凤池听得面面相觑，问：“所以还是很糟糕？如果到了死地却无法复生呢？”

“我刚才就说了，塔罗牌不是算命，我只能帮你解释我看到的这些，但解决的办法要靠你们自己去想，从这张牌来看，他的身份对应了圣职者，也就是政府工作人员，推测他的工作很可能会给他带来危险，要一切小心。”

说了半天还不如天桥下摆摊算命的呢，人家就算是胡诌也会给个答案好吧。

如果不是最后这一句话，甘凤池一定把吐槽说出来，他惊讶地看塔罗师，心想她到底是真看出来了还是蒙的，警察的确是公务员，可她是怎么知道的？

裴晶晶眨眨眼，甘凤池感觉她还想继续问，但好巧不巧的，手机在这个时候响了，裴晶晶拿出来看了看，给甘凤池丢下一句让他付钱就跑了出去。

甘凤池真不想付钱，他倒不是不想帮裴晶晶，而是觉得这玩意儿太坑爹了，看看塔罗师，塔罗师也看着他，眼睛笑盈盈的。

甘凤池把钱付了，出去后裴晶晶刚好讲完电话，看她脸色严肃，甘凤池问：“科长不会这么快就出事了吧？”

“你个乌鸦嘴能不能说点好听的！”

“那是？”

“有命案，科长让我销假去帮忙，再见凤梨仔。”

“等等等，我跟你一起去。”

“你不用，这是我们刑侦一科的工作，你还是做你的本职吧。”

“我说你也不能磨完磨就杀驴吧，再说你这不是还没磨完磨嘛，你有车吗？”

裴晶晶想了想也是，是甘风池开车送她过来的，叫车去现场总不如有人开车方便，她说：“那行，到时要是有人问起，你就说是碰巧路上遇到的，不要说我和你来算命。”

“你当我傻啊，我还怕紫言知道这事呢。”

两人上了车，路上裴晶晶要还他钱，甘风池拒绝了，说那是小钱不用介意，裴晶晶把钱放回去，说：“那好，回头我请你吃饭。”

“免了，走得太近我怕别人误会。”

“不会的，你不是我的菜，我的目标还是男神。”

说到萧兰草，裴晶晶收起了笑容，甘风池安慰道：“你还真信那些塔罗牌的说法啊，事在人为，怎么能相信几张牌呢？你努力追吧，我支持你。”

“我不是在意这事，我是在想塔罗师说男神的那番话，你说有没有道理？”

“有个屁道理，塔罗牌就是个工具，说白了，这个游戏就是基于概率学的一种预测方式，跟天气预报、金融预测、地震预测这些一样，说到概率，我们要先聊一下它最基本的两种类型，那就是伯努利分布和二项分布——对塔罗师来说，她的概率是二项分布，例如她预测一百次，如果其中有三十次是不准的，那还有70%的准确度，外人看来就会觉得她很厉害，但是站在我们的立场上，概率却是伯努利分布，事情发现的可能性要么是0，要么是100%，没有中间数，那么假如她预测的可能性没出现，你会觉得我们只是30%里的偶然的小概率，如果出现，你则会认为她是完全不出错的一个塔罗师，而不会想到你的100%其实等于她的30%。”

到红灯了，甘风池停下车，看看裴晶晶的表情，“是不是我说得太复杂了？那我再解释下什么是伯努利分布和二项分布……”

“免了，不用了，我只是有点同情紫言，”裴晶晶伸手拦住，“我决定了，就算以后追不到男神，也绝不会追男神经，整天面对你这种人，我迟早变神经病。”

“你还是让我讲完吧，我以前做家教时看到学生听不懂还硬说懂了，我就特难受……”

“凤梨仔我们要不要来聊聊案子？有点怪异的案子哦。”

裴晶晶这招用得甚是高明，甘凤池的兴趣被顺利吸引了过去，变绿灯了，他照着裴晶晶说的往左拐，问："怎么个怪异法？"

"昨晚派出所接到电台的报警电话，说有人打电话给他们的深夜节目聊以前的案子，半路那个人的情况出现异常，他们担心出问题，就报了他的地址，请警察过去查看，派出所的同事过去后发现有人死在家中，他们处理不了，就转给了我们。"

"还真是很诡异。"

甘凤池的热血沸腾了，觉得这将是他大显身手的案子，将车一路飙到目的地，下车的时候摩拳擦掌，准备大干一番。

裴晶晶冷眼旁观，提醒道："这是我们科的案子，你可不要跟男神那样凡事都插一杠子。"

"不会的，我就看看，随便看看。"

看他两眼放光，裴晶晶用半个大脑想也知道他不可能只是随便看看，叹了口气。

"凤梨仔你越来越像你们领导了。"

"那是，我可是他一手带出来的。"

甘凤池把这话当赞美照单全收了，调整一下斜肩包，大步流星跑进小区。

事件发生地位于比较偏僻的区域，这一片的楼房都挺陈旧的，甘凤池往里走的时候特意留意了一下，别说监控器了，就连保安室也形同虚设，保安老大爷还有点耳背，他本来想问问情况，在几次答非所问后只好放弃了。

老式楼房没电梯，两人顺着楼梯刚走到二楼，就迎面碰上冯震，冯震先看到裴晶晶，正要说话，一歪头瞅到了甘凤池，他有点惊讶。

"你们怎么一起来的？"

"我们在外面碰上的。"裴晶晶说。

"我载她过来的。"甘凤池说。

冯震的眼睛眯了起来，一脸你们俩有猫腻的表情，甘凤池只好解释道："我们先碰上了，接着我载她过来的。"

冯震挥手让裴晶晶上去，甘凤池也想跟，被他拦住。

"我听你们科长说你是在休假，所以你可以回去了。"

"别这样嘛，你看我都来了，让我临场学习下也好，有学习才有进步。"

冯震不听，继续推他，甘凤池没办法了，只好说："感情深一口闷，回头我请吃饭，地点你来选。"

"那三顿。"

呵，一下子就狮子大开口，他倒不怕撑着啊，甘凤池在心里吐着槽，还得用力点头表示同意，冯震心满意足了，挥手让他上去。

“四楼。”

甘凤池走了两步，见冯震往下走，他叫住，问：“你去哪儿？”

“问问周围住户的情况，看有没有什么发现。”

“那我跟你一起。”

“呵，沉得住气了，不急着第一时间去现场？”

“看现场也不急于一时，我们科长平时让我多跟着大家学习，这难得的机会，就让我跟着你学习点经验呗。”

甘凤池其实是看楼房是小户型，他想大家都在忙着搞调查，里面一定很挤，他就别添乱了，免得今后成了拒绝往来户。

冯震被他一奉承，有点飘飘然，挥手让他跟上，还热心地讲了案子发生的始末，所以几分钟的时间，甘凤池除了之前了解的情况外，还知道了死者叫王贵，今年六十一岁，死因是中毒，他嗜酒，就算得了酒精性肝硬化还是忍不住喝酒。

王贵凌晨打电话给电台时也喝了不少酒，用冯震的话来说就是他那种身体还酗酒，根本就是自杀行为，就算不喝毒药也活不了几天的。

毒药掺在酒里，药物成分要等验尸结果出来才知道，不过法医根据死者的死状和呕吐物气味说应该是氰化物之类的药，王贵死亡时门窗紧闭，房门是反锁的，他的老婆跟儿子旅游去了，家里只有他一个人，凶手入室威逼死者服毒的可能性不大，但不排除凶手事先将有毒的酒调换了真酒的可能性。

听完冯震的话，甘凤池耸耸肩。

“是啊，前不久不是还出了件类似的命案嘛，凶手调换了被害人的保健药。”

“凤梨仔你知道吗？大家最讨厌查的案子就是投毒案，因为投毒这事谁也不知道是什么时候做的，查起来特别困难。”

“联络上他的家人了吗？”

“还在联络，刚才问了邻居，他们坐船出海一周，应该是今天或明天就回来了。”

“奇怪，他们一家三口，怎么只有母子出去旅游，留王贵一个人在家？”

“王贵除了肝不好外还有痛风，坚持不去，邻居说他其实是想留家里自在，还可以喝个小酒什么的，所以才不去。”

“这邻居什么都知道啊。”

“因为王贵是个大嘴巴，什么都说啊。”

甘凤池还有个疑问想问，刚好迎面有一对中年夫妇走过来，冯震去跟他们打听情况，话就岔开了。

这对夫妇不是这里的住户，不过男人的父母住在这儿，他是过来看父母的，听说是王贵出了事，一脸的惊讶，说王贵身体不好，家里又不宽裕，会过世不奇怪，但是竟然会暴毙，真是想不到。

这话王贵的邻居也说过，冯震问："你了解他们家的情况吗？比如他们跟谁关系不好，或是结仇什么的。"

"他们家是我小学毕业那年搬过来的，初中我还跟他儿子一个班，他儿子的智力有点问题，听说是小时候脑膜炎治疗得不及时，留下了后遗症，生活上没什么影响，但就是做什么都不像普通人那么好，高中毕业就顶他爸的班进了钢铁厂。"

冯震一边听一边做记录，甘凤池探头去看，冯震做了王家家庭成员的记录，王贵的妻子叫林玉萍，儿子叫王田，就跟他们的家庭一样，三个人都是很普通的名字。

"听说王田还没结婚？"

"是啊，他们家条件差，老公酗酒，老婆身体也不太好，整天跑医院，王田的智力又低了点，听我妈说前几年老两口整天托人跟王田相亲，最后都没成。"

男人说到这里，他老婆追加：

"以前还托我给介绍对象，可这种情况怎么介绍啊，总不能骗人家姑娘吧，所以我都婉言回绝了，最近这两年他们不怎么提了，大概看王田岁数也大了，更找不到，也就不强求了。"

听了他们夫妻的对话，甘凤池先前的疑问得到了解答，难怪王田这个年纪还住家里，还和母亲一起去旅游，原来是这个原因啊。

"他们家平时也会去旅行吗？"

"没听说，他们家的经济条件不好，不会把钱扔这上面，之前小区组织老年团旅游，内部优惠价，他们都没参加。"

可是他们这次却是坐客轮出海旅游，甘凤池觉得有问题，冯震也是这样想的，写完这部分记录，在前面打了个星星记号。

"不过他们也就是经济条件不好，没听说和人结怨什么的，好像连吵架都没有，你看他们都那种情况了，谁会跟他们过不去啊。"

男人说完，看看冯震的表情，他马上说："你别看我不住这儿，要是有事，我妈肯定会跟我说，这个年纪的老太太可喜欢传话了，哪家有点啥新闻，不用一天就传得整个小区都知道了，不信你可以去问别人，说的肯定跟我一样。"

冯震没有不信，因为刚才王贵的邻居也是这样说的，现在他们夫妇都退休了，和外界接触的机会不多，所以他把问题重点放在了王田身上。

“那王田呢？他和邻居之间有摩擦吗？或是在钢铁厂遇到过什么问题？”

“厂子的事我不了解，不过邻居间应该没有过冲突，他脾气挺好的，除了反应跟不上之外没什么大问题。”

冯震问完问题，向他们道了谢，等他们走后，他又去隔壁楼栋询问，听王贵的邻居说楼里有人也在钢铁厂工作，也许会知道王贵父子在厂子里的事情。

他们去拜访了那户人家，不过收获不大，那人提供的情报基本都是他们调查到的那些，他说和王贵共事多年，王贵虽然喜欢喝酒，但工作上没出过错，同事之间还有邻里之间也没有矛盾，硬要说哪里有问题，就是他挺消极的，每次喝了酒后都是长吁短叹，负能量太大，所以朋友不多，不过这也跟他的家庭状况有关系，可以理解。

聊完这些，冯震又去了小区外面的小卖铺，根据他问到的情报，王贵总是在这里买酒喝，店老板算是他为数不多的朋友之一了。

老板姓陈，甘凤池跟着冯震过来找他时，他就站在店门口往小区里张望，冯震说了自己的身份，向他打听王贵，他小声问：“他是不是出事了？好像是暴毙啊？”

“你消息倒是挺灵通的嘛。”

“哎呀，这一早上警车警察就一直在进进出出，我就好奇问了下楼里的住户，是他们说的，王贵真的没了？是自杀？”

“我们还在调查取证呢，这些还不确定，听说他常来这里买酒喝，你们很熟吧，能说说他的情况吗？”

“也没啥情况，就是每天聊聊天说说酒经什么的，最近连酒都不怎么聊了，他的肝不好，不能喝太多的酒，聊了更郁闷。”

“都聊什么天？比如跟谁吵架或是什么郁闷事的有吗？”

“没有，他脾气还不错，就是偶尔埋怨他老伴不让他喝酒，昨天，啊不对，是前天下午，他来我这儿买了两瓶葡萄酒，我还以为他家里来客人要招待，他说老婆跟儿子出去旅行了，趁着他们不在偷偷喝点。”

“他平时也喜欢喝葡萄酒？”

“没有，好的葡萄酒他嫌贵，他都喝最便宜的那种，这次他选了贵的，我还笑他是不是中彩票了，又是旅游又是喝酒，他说偶尔也要享受一下，那是我最后一次见到他。”

“他那时的精神状态怎么样？”

“挺好的，感觉遇到什么好事了，一直笑眯眯的，”老板说到这儿回过味了，问，“跟我卖的酒有关系吗？我这儿都是从正当渠道进的货，没假酒啊。”

“他买的是哪种酒？”

老板把他们带到里屋放货的地方，指着箱子里的酒给他们看。

“这个，有点贵，买的人不多，所以我进得也不多，这还剩了两瓶，他走的时候我还提醒他少喝点，他还说好呢。”

冯震跟他要了一瓶酒说做调查用，老板起先不情愿，直到甘凤池掏钱给他，他态度立刻大转变，收了钱，又仔仔细细擦了酒瓶，还特意找了个礼袋把酒放进去，走的时候冯震留了手机号，说想到什么的话可以随时联络自己，他也忙不迭地答应了。

两人出来，冯震称赞甘凤池说：“挺有眼色的嘛。”

你要是整天被人训练，也会跟我一样有眼色的，甘凤池满腹感叹地想着，说：“听起来王贵出事前的精神状况挺正常的。”

“你不知道，案件中最让人头痛的就是一些看着正常却突然做出诡异行为的人，再问问看吧。”

接下来两人又去了王贵邻居提到的老年人活动中心，王贵偶尔会来这里玩，这儿的人都跟王贵差不多岁数，他们问了一圈，打听到的情况都跟之前问到的大致一样——王贵出事前没有异常表现，跟平时一样打牌聊天，不过他昨天没来，甘凤池根据调查来的消息做出分析——王贵昨天一整天没有出门，陈老板很可能是最后一个见到他的人。

他们做完调查往回走，冯震半路来电话了，甘凤池急着了解现场情况，给他打手势说自己先上去。

他顺着楼梯往上走了两层，过道里传来萧兰草的声音，他在讲电话，声音压得特别低，甘凤池只听到断断续续的几个字——以后别打过来了……嗯，我知道……我联络你……

这语气加这鬼鬼祟祟的行为，要不是萧兰草没结婚，甘凤池一定以为他家领导在外面有小三了，他犹豫着是继续往上走呢还是装什么都不知道下楼去，就听萧兰草在楼上喝道：“谁？”

被发现了，甘凤池只好硬着头皮上去。

“呵呵，是我。”

见是他，萧兰草的语气放缓了，问：“刚才你听到什么了？”

“没有！”

“你的撒谎能力有待加强，不过就算听到了也当没听到，知道吗？”

“知道了。”

甘凤池说完，看看萧兰草往楼上走，他跟上，问："那既然我都听到了，科长你能解释下是怎么回事吗？"

萧兰草停下脚步看过来，甘凤池发出干笑。

"我就好奇一下嘛，你那语气太有老公偷情怕被老婆发现的调调了。"

"好奇心不仅可以杀死猫，也可以让猫卷铺盖卷回老家，凤梨仔，你想当那只猫吗？"

萧兰草笑眯眯地问，威胁之情不言而喻，甘凤池很没骨气地摇头否认了，心里在想科长神神秘秘的，不知道私下在搞什么小动作，等萧兰草上楼他才反应过来，追上去问："等等，这儿不是凶案现场吗？科长你为什么在？"

"这话该我问你，你好像还在休假啊。"

"我……半路遇到裴晶晶，就顺路载她过来，刚才遇到了冯震，我就跟着他去附近做调查取证了。"

"问到什么没有？"

"重要的线索不太多。"

"线索就是线索，在还没有深入调查之前，你不知道什么是重要的什么是不重要的，至少王贵在出事前给我们提供了一条线索——三十年前他目击到杀人事件。"

目击的事在路上裴晶晶稍微提了一些，甘凤池问："所以你是为了那个案子来的？可他是醉鬼，又是三十年前的事了，他的话可信吗？"

"不知道，所以才要调查。"

"啊！"

萧兰草走到门口，听到甘凤池的叫声，他转过头："怎么了？"

"没什么，就是有点肉疼。"

肉疼他被冯震讹的那三顿饭钱，要是早知道萧兰草在现场，他完全可以堂堂正正地进来查嘛，都怪他脑筋不转弯，一着急忘了死者口中提到的旧案。

萧燃走出来，看到萧兰草，给他打了个手势让他进去。

现场勘查已经接近尾声了，甘凤池跟在萧兰草后面，嗅到屋子里奇怪的味道，里面很陈旧，家具式样都是20世纪90年代的风格，屋里通风不好，带了股霉味，再加上死者中毒后的呕吐物的气味，简直一言难尽，甘凤池赶紧跟同事借了个口罩戴上了。

王贵中毒时在客厅喝酒打电话，店老板说的两瓶酒都见底了，盛酒的是普通玻璃杯，也见底了，甘凤池过去时，鉴证人员正把杯子往证物袋里放，他心想如果是有人事先在酒里下毒，被害人不可能喝到最后才毒发身亡，而且门是反锁，所以他自杀的可能性很大。

地上有个圈起的人形图，光是看扭曲的图像就能想象得出死者死前经历的痛苦，座机话筒垂在桌子下面，死者是在跟电台主播通话时毒发身亡的，但因为牵扯到三十年前的旧案，不免又让人怀疑他是被灭口的。

想到这里，甘凤池慌忙摇摇头，把这个想法甩出脑子，科长说过多揣测很容易走进先入为主的误区，还是先了解案情吧。

萧燃带萧兰草进了卧室，甘凤池也跟了过去，卧室里有个看不出原本颜色的衣柜，甘凤池跟在他们后面，就见衣柜抽屉都被抽出来了，最下面的抽屉底下有个互动的木板，取出木板，下面塞了几个大塑料袋，老羊对着塑料袋拍了照，把塑料袋依次拿出来解开，里面居然是一沓一沓的钞票。

钞票都是旧钞，中间用橡皮筋绑住，萧燃说："王田的卧室床底下也放了几个包，里面也是钱，粗略估计，有七八十万吧。"

"这么多。"

甘凤池很惊讶，王贵的家庭不富裕，他心想这位老人不知道要攒多久才能攒出这个数来。

萧兰草也皱起眉，蹲下来翻看那些纸钞，说："这么多钱为什么不存银行？"

"大概是不信任银行吧，觉得钱放在身边最保险，他们夫妻平时又都在家，也不用担心被贼闯空门，不过……"萧燃顿了顿，说，"光靠他的工资攒得出这么多钱吗？"

司徒和两名同事负责清点，甘凤池也在旁边帮忙，最后确定一共是八十七万三千块，金额过大，萧燃让属下先送去警局保管，等林玉萍母子回来后再跟他们确认。

现场处理完毕，甘凤池跟着萧兰草出来，萧燃和萧兰草在前面聊了一会儿，转头看向他。

甘凤池立刻跑了过去，问："这次我们又要联合办案吗？"

"三十年前的案子情况不明，不过既然王贵在临死前提到了，就有调查的必要，凤梨仔你不是还在休假吗？"

"没关系，查案最重要，我马上销假。"

甘凤池大声说，萧燃笑了，对萧兰草说："训练得不错嘛。"

"马马虎虎，马马虎虎。"

萧兰草嘴上说得谦虚，脸上却是"我教出来的能不好嘛"的表情，还好萧燃来电话了，他给萧兰草摆摆手先走了，甘凤池对萧兰草说："领导你能表现得含蓄点儿嘛。"

“我以为我已经表现得很含蓄了。”

“那我们可能对含蓄这个词的理解有误差，”甘风池看着萧燃讲完电话上车离开，他说，“萧燃科长最近好忙啊，几乎看不到他人。”

“还不是在忙那个连环绑架案。”

说到绑架案，甘风池想起来了，之前萧兰草也提到过最近绑架犯罪的类型有很大变化，绑匪的目标不再单纯锁定有钱人，而是稍微富庶的家庭都有可能成为受害者，绑匪的赎金设定也刚好是受害者可以负担的金额，所以大家宁可付钱救人也不报警。

这次的绑架案会被爆出来，是因为被绑的女大学生在被放回来后变得神神道道的，她父母带女儿看心理医生，在心理医生的建议下才选择了报警，但因为事情已经过去了两个多月，当事人的记忆也模糊了，能问到的情报少之又少，而罪犯还在逍遥法外，所以萧燃最近一直在跟这个案子，就是想尽快抓到罪犯，杜绝这类事件再度发生。

“有眉目了吗？”他问。

萧兰草耸耸肩：“有眉目的话，他还会那种脸色吗？真不知道那些被害人是怎么想的，不配合警察也罢了，还认为罪犯收了钱后履行诺言放人，是盗亦有道，呵！”

说到绑架案，萧兰草难得地表现出不满的情绪，甘风池猜想这大概是触痛了他的心事，急忙转换话题，指指对面。

“我的车就停在那边，你要跟我一起吗？”

“好，正好我没车。”

CHAPTER TWELVE 第十二章

人间蒸发

两人上了车，甘风池打着油门，萧兰草系上安全带，随口问："你平时休假不是都喜欢开小跑车吗？今天怎么这么低调？"

甘风池的心咚咚咚跳了几下，他请假其实是偷偷去查案子的，这话可不敢对萧兰草说，道："老用一款腻了，偶尔换个口味嘛，科长你接下来要去哪里？"

话被他顺利岔开了，萧兰草没怀疑，反问："如果是你，你怎么查？"

"既然王贵死亡之前给电台打过电话，我认为先去向主播了解情况比较好，她算是半个现场目击者，可能会提供一些小细节，我们也可以听听当时的录音，还有调查王贵以前工作的地方和住的地方，看是什么情况，虽然他说自己看到了谋杀，但这么久了，到底是道听途说还是他当时喝醉酒看花眼都不好说，所以我们需要实地调查。"

萧兰草给了他一个赞许的眼神。

"那就照你说的去查吧。"

"啊，可以吗？"

每次他提出自己的想法，萧兰草都会找各种理由打击他，这次这么好说话，甘风池反而挺忐忑的，说："科长你还是说说你的想法吧，光是听我的，要是出错了怎么办？"

"错了就错了，下次做对就行了，再说你还没做呢，怎么就知道一定是错的，风梨仔啊，做人不要这么没自信嘛。"

萧兰草说话就像长者一样语重心长，假如忽略他对着车侧镜整理发型的动作，甘风池觉得还是很有说服力的，他对自恋的上司无可奈何，打趣说："您这是要去参加面试吗？"

"见美女主播比参加面试要郑重多了，不重视一下形象问题不行的。"

如果换了别人，这样做多半是为了给美女主播留下好印象，但这条定律在萧兰草身上行不通，甘凤池百分之一百二地肯定他会在意外表是因为他想证明谁更出众。

遇到这样的上司也是没准了。

不过萧兰草的行为提供给甘凤池一个信息，他问："你查过那位主播了？"

"简单查了下，她叫黄小敏，今年二十九岁，毕业后就一直在电台工作，其间换了几个部门，现在担任深夜频道主播，有一批固定的死忠粉，未婚，交过几个男朋友，现在处于单身状态，男友征集中——后面这些是我从她的网页里看来的，挺漂亮的。"

萧兰草调出黄小敏的专栏，点大头像给甘凤池看，甘凤池趁着等红灯瞟了一眼，她看上去比实际年龄要小很多，不知道是不是照骗，在上次的案件中接触了薛华后，他对所谓的美女博主这类噱头都不是太相信了。

"她没趁机在专栏炒新闻？真难得。"

"又不是每个人都像薛华那样，她还挺低调的，专栏里大多是与工作有关的话题。"

萧兰草和甘凤池聊完，又打电话给老白，说了这次的案子以及牵扯到的三十年前的事情，让他和林紫言分工合作调查，看有没有接近的旧档记录。

他打完电话，甘凤池问："正义呢？他做什么？"

"在你提出建议之前，正义已经去王贵以前住的地方了，他在调查方面的灵感天线挺强大的，跟那片的警察又熟，方便打听。"

居然跟前辈的想法一样，甘凤池有点沾沾自喜，心想这是不是表示他距离有经验的老警察又近了一步？

他们来到电台，向负责人说明身份，那人带他们去了接待室，说黄小敏马上就过来。

半夜出了事，黄小敏没有回家，直接睡在公司，她进来时手里还提着塑料袋，脸上虽然补了妆，但气色不太好，把塑料袋里的快餐一样样拿出来放到桌上，自嘲地说："幸好我没回家，否则你们就要追到家里问案了，我可不想被人看到我蓬头垢面的样子。"

不愧是做播音的，她的声音很好听，一开口就让气质又提高了一大截，萧兰草说："美女就算是蓬头垢面也是美的。"

黄小敏原本心情不好，听了萧兰草的话，她扑哧笑了，坐下来，说："你比刚才来问案子的那两个会说话多了，也帅多了，他们就一直问一直问，烦死了，那口气好像我是罪犯似的。"

“这也算是职业病吧，询问什么的都喜欢打直球，节约时间嘛。”

“那为什么同一个案子要分两拨人来问？”

“因为我们不同组，他们负责新案，我们负责电话中提到的那件旧案。”

“哦哦，你们还真要调查他说的事啊。”

黄小敏眼睛发亮，萧兰草向她微笑说：“是啊，既然是旧案，也不差这一时半会儿的，你慢慢吃，等吃完了再聊，我们不赶时间。”

“没事，一边吃一边说，你们不介意吧？”

甘凤池做了个请的手势，黄小敏筷子都拿起来了，看看他们又放下了。

“算了，在帅哥面前，我得维持形象，我先回答你们的问题好了，不过其实该说的我之前都说过了，你们同事简直穷追不舍地问，应该没有遗漏的，喏，这是录音。”

她把王贵打电话的录音放出来，甘凤池专心听着，放完一遍后萧兰草又按了重播键，等结束了，黄小敏很好奇，问：“我听你们同事说这个人死了，他是被杀的还是负疚自杀的啊？”

“暂时还不知道，还要继续调查，你当时吓坏了吧？”

萧兰草不露痕迹地反问回去，黄小敏耸耸肩。

“还好，这种人我见得多了，99% 都是恶作剧的，有的演得比他还夸张，所以我一开始都没当回事。”

“但最后你还是相信了，选择报警。”

“因为直觉告诉我不对劲，女人的直觉很灵的，尤其是干我这行的，整天面对各种骚扰电话，一般听声音就能听出个大概了。”

甘凤池想起了林紫言，觉得林紫言应该也挺适合干这行的。

他感兴趣地问：“那如果有人以前打过电台电话，之后再打来的话你能听出来吗？”

“你是说死者吗？他是第一次打热线电话的，通常我听过一次声音，基本就能记住了，不过仅限于电话，你们知道一个人实际的声音跟在电话里的不太一样。”

“那你见过这几个人吗？”

萧兰草在王贵家里拍了他们的合照，他递给黄小敏，黄小敏看完后摇摇头。

“没有印象，不过也许见过，我做主播很多年了，有不少粉丝，他们常常买东西送过来，要不就是打电话来示爱，还有暗中跟踪我的，想想挺不舒服的，可惜我不是大明星，请不起保镖……抱歉，我说多了，这些跟案子都没关系。”

“没事，就是随便聊聊，你想到什么说什么。”

“那我能抽烟吗？”

甘凤池想阻止，黄小敏已经把烟拿出来了，他看看萧兰草，萧兰草点了头，他只好把话咽了回去。

黄小敏点着烟开始抽，又拿起萧兰草的手机重新看了照片，最后摇摇头。

“想不起来，不过像这个岁数的男人打热线电话的特别多，为什么呢？因为一把年纪一事无成啊，还要每天看老婆脸色，所以就想起初恋的美好，来打电话回忆往事了，说白了，我的节目就是垃圾桶，整天听这些生活上不如意的人倒垃圾。”

她说的是王田，甘凤池没接触过王田，不知道他喜不喜欢听这类节目，他记录下来，还想接着问案子细节，萧兰草却开启了闲聊模式，和黄小敏聊工作聊人生聊有没有对象想不想结婚或是继续单着，等都聊完了，黄小敏也与他混得熟熟的了，还主动要了他的手机号，至于甘凤池，呵呵，全程被无视。

幸好萧兰草半路给了黄小敏一盒喉糖，说抽烟影响到嗓子，还是喉糖好，所以黄小敏的烟抽了两口就灭掉了，让甘凤池避开了抽二手烟的痛苦。

他们起身告辞，黄小敏还有点恋恋不舍，萧兰草说打扰到她休息了，她连连摆手，说：“没事，这个节目马上就要停了，我可以大休一阵子。”

“是被昨晚的事拖累了？”

“不单纯是这个原因，这个深夜节目的收听率本身就不高，上个季度就有人提出要删掉，能苟延残喘到现在已经不错了，早上领导找我聊了，大概再做两期就不做了。”

“有什么打算吗？”

“还不知道，放假的时候好好想想。”

黄小敏的手机响了，她跑去一边接电话，甘凤池和萧兰草告辞离开，隐约听到她说什么相亲啊没兴趣什么的，他偷偷对萧兰草说：“她是对你有兴趣。”

“你又知道。”

“哎哟，看我平时一个人查案，那桃花运杠杠的，可是刚才你看，我简直从头到尾都是透明的，实在没有存在感。”

“行，我把这话告诉紫言。”

“别别别，我就开个玩笑。”

电梯来了，甘凤池请领导进去，他按了下楼键，又说：“说正事，王贵的案子和黄小敏没关系吧，她只是偶然接到了这个热线电话而已。”

“这个节目是两人担当的，为什么王贵会特意选择黄小敏负责的时间段打电话进来？”

根据他们调查的情报，黄小敏的节目时间是一三五，另一个女生是二四六，不过这说明不了什么问题，甘凤池说："也许只是碰巧？"

"也许不是，所以我不想放过任何一个'也许'，因为'也许'的细节很可能就是破案的关键。"

甘凤池想了想，觉得萧兰草说得有道理，他点点头。

"行，我来负责调查她。"

两人从电台大楼出来，刚好魏正义的电话打进来，说已经与王贵以前住的那片的派出所联络上了，不过进展不大，让他们先过来，具体情况等到了再说。

甘凤池开车来到魏正义报的地址，这一片都是新开发的小区，派出所的外观也挺新的，魏正义站在门口，看到他们，直摇手。

甘凤池找了个空地停了车，魏正义跑过来，问："凤梨仔你不是在休假吗？这就上工了？"

"嗯，我就是那颗最坚强的螺丝钉，哪里需要哪里上。"

魏正义不说话，一脸看傻 × 的表情，甘凤池觉得玩笑引不起共鸣不是他的错，是前辈的笑点太低，他问："现在什么情况，说说看。"

"你们也看到了，这里都拆迁了，包括王贵家住的那栋楼，我到派出所来问，这边的同事也来来回回换了几批，三十年前的事太遥远了，没人记得，我问了下，有个姓梁的老前辈一直在这片做，他可能比较了解当时的情况，他已经退休了，我托同事跟他联络上了，他住得不远，我们直接走过去就行。"

"先看看王贵以前住的地方。"

"就那边，跟我来。"

新小区就在派出所后面，走几步就到了，说是新开发的，其实也有二十年了，楼栋外壁都翻新过，倒是不显得陈旧，里面规划得也挺好的，面积不大，楼房靠得也比较近，魏正义说楼栋排列跟以前几乎一样，建筑商也想多盖房子多赚钱，倒是给他们的调查提供了方便。

甘凤池打量着，问："这里不错啊，王贵的房子被拆了，应该可以分到一套吧？"

"不，他当初是租亲戚的房子，所以拆迁这事跟他一点关系都没有，"魏正义指指对面，说："从位置来说，这栋楼的五楼就是王贵曾经住的地方，他说的对面楼，应该就是那边的 B 栋楼，年代太久远了，当初是谁住在那一层的要慢慢查，我们先去问问老梁，他要是记不得的话，只能我们自己去查旧资料了。"

"不能在电脑里查？"

"三十年前的资料啊大哥，而且那个年代居民流动也频繁，只怕不好查，"魏正义拍拍甘凤池的肩膀，语重心长地说，“加油吧。”

也就是说这工作归他了？想象着架子上一摞一摞尘封的旧档案，甘凤池只觉得眼前乌云盖顶。

“这样好了，我们分工，我在这片打听下看有没有居民记得王贵和以前的邻居，凤梨仔你和正义去见老前辈。”

萧兰草交代完任务，溜溜达达地走了，甘凤池总觉得他家领导的行为不靠谱，问魏正义。

“三十年前的事，你觉得有戏吗？”

“不知道，不过他这人挺神的，经常会发掘到大家不注意到的事情，而且这种事挺适合他做的，因为可以有机会散发他作为男神的魅力啊。”

魏正义说完，转了个身去了相反的方向，甘凤池搞不懂他这是在揶揄领导还是说真心话，追了上去。

作为普通人，他还是踏踏实实地做事好了。

老梁的家和这片小区隔了两条街，步行连十分钟都不用，他们登门的时候，老梁正在阳台上给花浇水，手里还拿着小喷壶，招呼他们落座，又沏了茶，打量着魏正义说：“我认识你爸那会儿，他也就比你大一点吧，现在连你都干警察了，时间过得真快。”

“你跟我爸认识？”

“认识，就差了两届吧，后来他一路爬上去，我却一直待在小派出所里，你别误会哈，我挺喜欢在派出所做事的，没什么大事件，整天还可以跟邻里互动什么的，挺好的。”

老梁唠叨了一会儿，把话转去正事上，说：“我听说你们在查三十年前的居民情况，这可不太好查啊。”

“是啊，所以来跟您请教，您在这片做了这么久，一定很熟悉，如果发生过什么特别的事件，应该有印象吧。”

魏正义把王贵的事简单地说了，他的存在感大概太低，老梁皱眉想了好久，最后摇头。

“这个人没印象，不过他说的命案有点诡异，我敢保证没人来报过案，这么大的事，如果有人来报案，哪怕是说失踪人口，所里也一定会派人查的，像是邻里纠纷啊，家里两口子打架啊，只要谁跑来说一声，肯定会过去调解，我们这儿说是派出所，其实做的就是居委会的工作。”

魏正义做了记录，甘凤池问：“有没有一种可能是丈夫杀了妻子，连夜毁尸灭迹什么的。”

“你想多了，杀人又不是杀鸡，总会留下血迹和移尸的痕迹吧，你当写侦探小说呢，随便什么人都可以杀人藏尸，是不是杀了人后还把尸体藏墙壁里和地板下，当左邻右舍都是死的啊，”老梁冲他笑道，“一看你就是新人，你不知道这些邻居老太太有多喜欢闲聊，就算是现在邻里来往少了，在小区转悠一圈也能听到一大堆八卦，更何况是三十年前，一个大活人突然不见了，很扎眼的。”

甘凤池摸摸鼻子，有点不好意思，老梁却一拍大腿。

“不过你提醒我了，我看看我的鸡毛笔记，说不定能挖掘到什么。”

“鸡毛笔记？”

“那些邻里纠纷啊夫妻打架啊不都是鸡毛蒜皮的事嘛，所以我都叫它鸡毛笔记，东西太多，你们俩来帮个忙。”

老梁带着他们去了隔壁的小房间，里面放了一些日用品，最里面有个大纸箱，他拍拍纸箱，说：“这些都是我这几十年的资料，没啥机密的，退休时我就当纪念都带回来了，老伴一直嫌这些是废物占地方，你看这不是派上用场了嘛，搬去客厅，咱们慢慢找。”

老梁动嘴，甘凤池和魏正义两人动手，把大箱子搬去客厅打开。

里面还真像老梁说的，摞了一堆堆的笔记本，还好上面都写了年份，按照年份来找还是挺容易的，老梁翻着笔记，感叹道：“还是现在好，一个平板什么都搞定了，不过我还是喜欢写字，笔记上写出来的不光是事件，还有满满的回忆啊。”

“那您肯定能跟我们科长做朋友，别看他那么年轻，在档案保管上的心态跟您一样一样的。”

甘凤池跟老人闲聊着，按照年份找了一会儿，找到了1987年的资料，为了保险起见，他顺便把1985到1989那几年的也找出来了，三人一人一本开始看。

这算是老梁的工作日志，不管大小事只要是出外勤的他都做了记录，各种芝麻大的纠纷也都写得很详细，比较严重的是有一次发生过煤气中毒，还好大家救助及时，有惊无险，甘凤池看着日志，不由得敬佩起这位老前辈了，这些事件看似都很平常，但可以看出比他们刑警的工作更累更繁重，难得的是他这么投入地干了一辈子。

“是不是觉得我们这种片儿警也挺厉害的？”

老梁跟甘凤池打趣，甘凤池点头：“是挺不容易的。”

“是啊，经常有人三更半夜说有急事，打电话让过去，结果过去就是普通的夫妻吵架，这种还不算什么，关键是你都不知道什么时候得罪了人，被背后闷一棍子，我有个同事就这样，下班回家的路上遇害了，凶手到现在都找不到。”

“有这样的事？”

“嗯，那是1988年吧，快过端午那会儿，逢年过节的我们都特别忙，他下班挺晚的，那晚还下大雨，第二天他被发现死在道边上了，后脑勺被砖头砸烂了，这事当时闹得可大了，局里出了好多警察来调查，最后什么都没查到，都怪那晚下雨，就算有线索也都被冲掉了，而且那时候的鉴证技术也不像现在这么先进，那时他儿子才三岁，挺可怜的，他调过来后就跟着我干，我这些年一直在想要是那晚我不让他加班就好了，我也一直想找到凶手，可是到我退休这个心愿都没达成，欸你们不是专门查悬案的嘛，帮我查下吧，就当是我的一点小请求。”

老人说到这里眼圈都红了，甘凤池听得热血上涌，大声说：“没问题，等这个案子结了我就来查！”

魏正义瞪了他一眼，老梁也从伤感中缓过来了，说：“看我，一说这事就忘了正事，咱们先查那个发生命案的人家吧，先查他。”

三个人继续找起来，老梁的记录写得太详细，甘凤池看了很久，只看到各种家长里短，他又不敢快翻，免得错过重要的线索，看看挂钟，正想着今晚是不是也要耗在这儿了，老梁突然说：“我想起王贵这人了。”

甘凤池一下子来精神了，急忙问：“接触过？”

“接触过他儿子，你们看这里，这是1985年9月傍晚发生的事，他儿子被同学欺负了，在道边哭，是我送他回去的，后来听说这孩子小时候得过病，比同龄人要笨点，不过挺懂事的，之后他经过派出所都会跑来跟我打招呼，原来就是他爸看到命案了啊。”

老梁说的就是王贵的儿子王田，甘凤池问：“那1987年之后，他和你提过这类事吗？或是他有没有什么变化？”

“他不是常来，我不记得他有什么变化，但他肯定没提命案那类事，否则我一定会问的，王贵有没有说命案是什么时候看到的？”

“没有，他只提了晚上，没说月份。”

“那我看看能不能从门牌号上来找人，王贵家的门牌知道了，他家对着的应该是B栋的502，五楼……五楼……”

老梁把1987年的翻完了，又去翻1986年的，翻到一半，他说：“找到了，502住的是一对夫妻，王贵没说错，这家的老公是常常打老婆，我去劝过几次，那家伙还挺横的，说那是他自己家的事，让我们别管，我就说你再打信不信我拘留你，他才不敢了，倒是他老婆说没事，说是她自己不小心摔倒撞的，脸都被打青了，谁信啊。”

老梁把当时的记录拿给甘凤池和魏正义看，记录和他讲述的一样，男人叫杨跃，他老婆叫王春秀，两人还有个孩子叫杨昱书，甘凤池说："看这孩子的名字，家里大人挺有文化的啊。"

"是啊，王春秀是个知识分子，长得也不错，不知道为什么跟个大老粗结了婚，杨跃只有小学文化，好像是做生意的，他平时喜欢喝酒打牌，输了就迁怒他老婆，后来我听邻居说他是怀疑老婆偷汉子，有些人的心态很奇怪，不想老婆比自己强，就是自卑心理作祟吧，只可怜了孩子。"

"那这家人后来呢？"

"后来……我这边就没记录了，我们去所里查吧，有名字要查就方便多了，跟我来。"

老梁做事风风火火，拿起 1987 年的记录跑了出去，甘凤池还想收拾摆了一地的笔记，被他阻止了，说备不住回头还要用到呢，就那样放着就好，甘凤池跟在后面，心想这心态也跟他家领导挺像的，是不是上了岁数的人都这样啊。

两人跟着老梁一口气跑到派出所，在前面值班的小年轻看到老梁，跟他打招呼，说："那案子挺严重的啊，连您都惊动了。"

"是啊，我发现线索了，要是回头破案了，记得给我颁奖旗，"老梁说着跑进了里屋，叫道："老王，电脑借我用下，我查到线索了！"

派出所的王所长闻声抬起头，坐在他旁边的男人也从一大堆文件里探出头来，甘凤池跟魏正义一起叫："科长！"

萧兰草眯眼笑了起来，"看来是我早了一步啊。"

"这是你们领导？"老梁很惊讶，指着他对甘凤池说："看着比你们俩都年轻啊。"

萧兰草脸上的笑容更灿烂了，甘凤池心想这一定是他最开心听到的话，他跑过去，问："你怎么在这里？难道你已经查到线索了？"

"就问到了杨跃的一点事，过来看看他们家的资料。"

"怎么查到的？！"

后面一句甘凤池没问出口——怎么可以比我们更快！

"凤梨仔，现在有个平台叫朋友圈，我就在小区的朋友圈里找找老人家，这里住的可能有当年的老住户，所以我就碰碰运气问问看，你猜怎么着，还真让我碰到了。"

"怎么现在的老人家玩朋友圈都玩得这么溜了吗？"

"别看不起老人，有些玩得比你更溜，我就说谁认识王贵？我小时候就住他对面楼上，其中有一位刚好就住在杨跃那栋楼，听我说有对夫妻老吵架，她就附和，把她知道的都说给我听了。”

这样也行?

甘风池很震惊，掏出笔记想记下来，魏正义冲他摆摆手。

“这东西不用记，你学不来的，你要是那样做，多半会被怀疑是诈骗犯。”

甘风池默默将纸笔收了回去，心想他长得有那么像坏人吗?

老梁走过去看看电脑，对萧兰草称赞道：“你挺厉害的嘛，难怪年纪轻轻就当上科长了。”

“前辈过奖了，我只是觉得有时候人的大脑的记忆比这些死数据更深刻，所以就走了个捷径，其实真正做事还是要像你们老前辈这样脚踏实地的才行呐。”

萧兰草的表情跟他说的话完全成反比，偏偏老梁没看出来，连连点头说：“领导太谦虚了，工作有成效就好嘛，你们查到杨跃一家的新住址了吗?”

“没有，不过查到一点有趣的记录。”

萧兰草翻开边角都泛了黄的资料让他们看，“1987 年 12 月 16 号，杨跃来派出所报案，说他老婆跟人跑了，让大家去抓人，19 号，这里的调查结果说王春秀没有回娘家，也没有去她的工作单位百货公司上班，就是整个人都消失了，结合他们家的情况，警方也一度怀疑是不是杨跃在殴打王春秀时误杀了她，为了逃避罪责才主动报案的，所以去他家做过调查，但没有发现问题，这件事就不了了之了，第二年夏天，他们家就搬走了。”

“这么大的事我怎么没印象?”

老梁很惊讶，翻自己的笔记，又对照着资料看，猛地一拍脑袋：

“看我这记性，我想起来了，年底那会儿我请长假了，家里的老人突然生病住院，我回家住了一段时间，王春秀失踪刚好就是那时候发生的。”

魏正义问：“那杨跃搬去哪里了?”

“这里没有记录，电脑上也查不到，他们不是本地户口，我听老住户说他们搬家的时候，进进出出都是孩子一个人张罗的，那年他才七八岁大吧，挺不容易的，走的时候他还特意挨家登门道谢加道别，他们说孩子像妈妈，长得好看，也有礼貌，可惜跟了个虐待狂的父亲。”

甘风池思忖道：“老婆失踪半年就搬家，杨跃是不是做贼心虚啊?”

“这很难说，不过后来那一片的楼房拆迁，房子里没有出现女尸，或许他老婆真的是跑掉了，等老白调到王春秀老家的记录再说。”

萧兰草复印了杨家的相关资料，跟王所长和老梁道了谢，从派出所出来，老梁对萧兰草有点英雄相惜的意思，一直把他们送到停车场，又说有什么需要的话，可以随时联络，他退休在家里没事干，二十四小时待命。

萧兰草本来都要上车了，听了这话，又临时退回来，说："那能把您的记录借给我们用用吗？等结案了会完璧归赵的。"

"没问题，希望能帮上忙，就是我写得挺乱的，你们别笑就行。"

老梁把笔记本给了萧兰草，他们的车开出老远，甘凤池还看到老梁站在原地冲他们摇手。

萧兰草打开笔记看了看，放去了甘凤池的包上，说："你没事时看一下吧，兴许能找到什么线索。"

"咦，不是你想看的吗？"

"没，我是看老人家挺热情的，就顺着他的意思要了，让他觉得退了休还可以发挥余热。"

魏正义在后面笑了起来："你知道老梁为什么那么热情吗？"

"为什么？"

"因为凤梨仔揽了个新活。"

魏正义把甘凤池答应帮老梁调查的事说了，萧兰草的手指敲着膝盖不说话，甘凤池心里忐忑，小声问："我是不是不该乱答应？"

"那倒不是，我们的职责就是调查没解决的案子，只是在没有线索而你又不了解案情的时候不该贸然答应，你给对方希望的同时不要忘记你可能会让他更失望。"

甘凤池越想越有道理："那我要不要……"

"不过既然答应了，就做吧，等把眼前的事解决了，那案子就由你负责调查。"

"谢谢科长！"

不知是不是相处久了，甘凤池觉得萧兰草越看越顺眼了，也越来越好说话了，心想在冷案科做事其实也挺不错的嘛，不一定非要挤去第一线。

三人回到局里已经是傍晚了，刑侦一科那边这一天也问到了不少情报，司徒去王贵父子工作的钢铁厂询问过了，王贵退休很久了，在职的时候也没有跟谁结过怨，王田就更不用说了，他爸就是这个厂子的职工，所以老同事都很照顾他，他为人老实，工作也做得不错，所以没人欺负他捉弄他，而且他的生活圈很窄，基本每天就是两点一线。

而林玉萍是家庭妇女，她的针线活挺好的，平时靠这个赚点小钱，也没和人红过脸，具体情况还要等他们母子回来后再问，验尸报告出来了，王贵确实是死于氰化钾中毒，他的指甲里沾有少量的药物粉末，酒瓶和酒杯里都有药物成分，但房子里没有找到放氰化钾的容器。

葡萄酒跟冯震从陈老板店里买的酒成分一致，两个酒瓶上也都有相同的指纹，推测是陈老板本人的，这一点还要进行进一步的核实，另外王贵用过酒瓶瓶底有半个指纹，警局内部的资料库没有找到配对的指纹，除此之外酒瓶上只留下了王贵的指纹。

从目前掌握的线索来看，报复投毒杀人的可能性不大，而王贵的肝硬化非常严重，他自己也透露过厌世情绪，再加上他指甲里的药物存留，所以不排除他因愧疚自杀的可能性，只是家里找不到氰化钾这一点说不过去，除非是他在自杀之前都处理掉了。

甘凤池看完调查记录，问裴晶晶：

“那王贵和林玉萍的亲戚那边呢，有没有提供到什么情报？”

“他们两边的亲戚几乎都不走动了，我问了几家，都是因为他们家总借钱又拖欠不还最后都翻脸了。”

“可是他们家却藏了几十万呢。”

“是啊，这就是奇怪的地方，只能继续查了，你们呢？问到什么没有？”

甘凤池把他们查到的线索跟大家说了，萧燃听完，说：“所以这至少证明王贵临死前说的话不完全是臆想，杨跃这家人是存在的，至于当时到底发生了什么……”

他看向萧兰草，萧兰草微笑说：“这部分我们会继续查的。”

CHAPTER THIRTEEN 第十三章

案中案

他们回到冷案科，林紫言查到了王春秀的家庭地址，王春秀的父母已经过世了，她上头还有个哥哥，林紫言打电话向他询问王春秀的事，他说几十年都没有妹妹的消息了，是生是死也不知道，林紫言和他约了明天去拜访，他答应了。

老白查了三十年前失踪案的存档，都没有王春秀的，他说应该是当初派出所没把王春秀的走失资料递交过来，可能是处理过程中遗漏了，也可能是出于其他什么原因，毕竟三十年前的流程还不像现在这么正规，这些情况都是有可能的。

甘凤池想起了老梁说的警察被杀案，那个案子性质严重，当时大家的调查重点肯定都放在那上面，导致王春秀的资料被忽略了吧。

“那杨跃呢？他从老住所搬出来后去了哪里？”

“这也查不到，他就好像人间蒸发了似的，我现在能查到的就是他曾经住的地方，我和户籍科那边打过招呼了，让他们查他老家户籍，不过希望不大，那时候改名换姓还是挺简单的事，他不是做小买卖的嘛，很有可能赔了钱就卷款潜逃了，换个名字重新来过。”

萧兰草摸着下巴，说：“那个年代做买卖想赔钱也不是件容易事啊，而且他儿子走之前还很有礼貌地跟邻居们打了招呼，不像是跑路。”

甘凤池说：“所以我们的推理回到原点了——杨跃杀了妻子王春秀，畏罪潜逃，他儿子什么都不知道，才会和大家打招呼。”

“现在掌握的情报还太少了，一切皆有可能，明天继续调查，紫言，你去向王春秀的哥哥打听清楚她失踪前的情况，正义你看能不能找到那个孩子上的学校，总之三个人的情况都打听得越详细越好，老白你配合……”

萧兰草看过去，老白已经把自己缩去了电脑后装隐形人，他有点无奈，说：“你最近体重严重超标啊，你喜欢当死宅没问题，但不能当死肥宅，没前途的。”

老白探出头：“没前途是什么意思？”

“就是我会把你踹去别的部门的意思。”

“科长不要啊！”

“所以给你三个选择——出去查、健身、调离岗位。”

“出去查案！”

“那好，你协助正义去调查杨家三口的情况，顺便查下黄小敏的交友关系还有骚扰她的那些人，看他们和案子有没有联系。”

萧兰草布置好任务，说：“今天就到这里，大家都辛苦了，去隔壁粥铺吃饭吧，我请客。”

“咳咳……”

甘凤池刚喝进一口水，听到这话他差点喷出来，萧兰草拿起外衣，看到他这样子，问：“怎么了？”

还能怎么了，这不都到月底了嘛，还请客，科长你有钱吗？

甘凤池说：“没，我突然想起我还有事，我先走了。”

“什么事这么急？”

“今天本来约了朋友的，结果被……”看看林紫言，甘凤池及时把话咽回去了，说：“我得去一下，否则就太没礼貌了。”

他拿起包挂到肩膀上跑了出去，到门口时又冲萧兰草摆摆手。

“科长，你过来下。”

萧兰草走过去，甘凤池看看里面，其他三人在整理各自的东西，没注意这边，他小声问：“你有钱吗？”

“凤梨仔你要借钱？”

甘凤池忍住了翻白眼的冲动，说：“我是问到月底了，你不是要交房租，你有钱请客？”

“喔，还好，刚到手的衣服不合意，退了，小进一笔。”

也就是说他家领导要把还没捂热乎的钱又丢出去了，甘凤池觉得房东先生要拿到这个月的房租大概又遥遥无期了，他感叹地说：“你到现在还没被扫地出门真是走狗屎运了。”

“什么？”

“喔我的意思是说……你最近小心点……”

“哈？”

“我一个朋友吧，她塔罗牌玩得挺好的，她说你……说我们科最近可能有麻烦，你是科长嘛，首当其冲，所以你要小心点。”

“你朋友？没听你说有朋友会玩塔罗牌。”

萧兰草的狐狸眼睛眯了起来，甘凤池怕他瞒不过去，说完掉头就跑，等其他三人走过来，他已经跑没影了。

林紫言说：“凤梨仔怎么了？好像神神秘秘的。”

“不是好像，是确实神神秘秘的，”魏正义说，“而且他最近挺忙的，三天两头请假，老白知道情况吗？”

萧兰草看向老白，老白赶忙摇头。

“我哪知道啊，嘿嘿……”

“真的？”

“真的！真的……”

“阿嚏！阿嚏阿嚏！”

甘凤池开着车，连打好几个喷嚏，他揉揉鼻子，心想这是谁在念叨他，不会是狐狸科长吧。

想到他瞒着萧兰草偷偷搞调查，甘凤池打了个寒战，老天保佑不要被发现，否则不知道会被怎样，希望不要像对付老白那样把他也踹出去。

应该不会，他可不是老白那种死肥宅，至少他长得还算符合领导的审美观。

甘凤池自我安慰着，又想到那个诡异的塔罗牌预测，理智告诉他没必要相信，但心里还是惴惴不安，尤其是在看到了艺术家向萧兰草下的挑战书后，他总有点疑神疑鬼，偏偏这事不能和别人说，别提心里多难受了。

路上经过一家很有口碑的甜点店，甘凤池进去买了盒甜点，来到要拜访的住户家。

他按了门铃，主人问了他的名字，回应的口气不太好，不过总算给他开了门。

开门的是个四十多岁的女人，她长得很胖，头发用卷发器一缕缕卷住，甘凤池还是第一次在现实中看到这种打扮，他忍住笑赔礼道歉。

“对不起，我来晚了，这是一点小意思。”

女人本来一脸的不高兴，直到看到甜点，表情马上变成了一朵花，把点心盒接了过去，说：“哎呀，这怎么好意思呢，你们当警察的都忙，时间不定点可以理解了，理解万岁理解万岁。”

看到她的反应，甘凤池松了口气，不由得暗中敬佩下自己的先见之明。

“不好意思这么晚打扰你。”

他跟着女人走进去，房间很大，整理得挺干净的，女人进了客厅，一只京巴跑过来围着她的腿打转，目光一直不离她手里的点心盒。

女人把点心盒放在一边，抱起她的爱犬，又让甘凤池坐，甘凤池正要坐，沙发突然动起来，吓了他一跳，仔细看，原来上面趴了只大白熊犬。

“家里还有一只呢，生病了，送宠物医院了，你喜欢喝什么饮料？”

“您不用忙活了，我就是来问一下情况，问完我就走。”

甘凤池看看周围，男主人好像不在，时间不早了，他待久了也不方便，从包里掏出笔记，做出记录的样子。

女人也没跟他客气，抱着京巴在对面沙发上坐下，说：“都过了这么久了，你怎么突然想问苏钺的事了？”

“我是冷案科的，专门负责调查没有破获的案件，苏钺的案子还存在很多疑点，所以我想再和相关人员确认下，之前跟你先生聊过，他说他整天都在外面跑，对情况不了解，让我等你回来直接问你，听说你在澳洲一住就是个把月。”

“谁说不是呢，那边气候好，也清净，没人惹我心烦，我是比较喜欢那边的，反正回来家里也就我一个人，在哪儿都一样。”

女人的话中透了股怨气，摸着怀里的狗狗说：“要不是担心这些孩子，我会在那边住着不回来的，你说你们男人就知道整天在外面忙，只有累了困了才回来，这是家，又不是旅馆，我也不是佣人。”

甘凤池不知道该怎么回她，只好堆着笑连连点头，心里却暗想要是领导在就好了，他最擅长应付这类女人。

不过他不敢叫萧兰草来的，不仅不敢，连他这次的行动都没跟萧兰草提过，因为他在暗中调查的正是五年前导致萧兰草调离刑侦一科的那件绑架案。

绑架案的受害人叫苏钺，当时才十五岁，因为萧兰草的判断失误，她和绑架犯被一起炸死，当时她的父母都在国外工作，她寄宿在表姨家，也就是甘凤池今天来拜访的这位女人。

女人叫吴美薇，她结婚后一直没小孩，老公做生意，还在外面养小三，整天不回家，刚好苏钺父母不在身边，她就把苏钺叫来自己家住，说是做伴。

不过据甘凤池最近调查的结果，吴美薇实际上和苏钺的关系并不好，吴美薇的老公说她每次都跟自己抱怨说苏钺的叛逆心太重，说说她，她就不回家，给人养孩子太操心了，而苏钺的同学则说苏钺告诉她们吴美薇脾气不好，动不动就发火，再加上一些小摩擦，苏钺很想搬出去住。

现在看到吴美薇本人，甘凤池觉得同学的话可信度挺高的，因为吴美薇的气场就透着神经质，整天跟她在一起，压力应该很大。

“事情都过去那么久了，我都不太记得了。”

吴美薇玩了会儿狗，打开了话匣子，“虽说不该说死人的不是，不过苏钺那事吧也不能都怪绑架犯，这就跟有些女孩就喜欢夜跑一样，你一个年轻女孩晚上不回家，总喜欢在外面玩，被坏人盯上的可能性当然就很大啊，而且我们家也不是不出赎金，是突然之间拿不出来那么多啊，要一千万呢，虽然我老公做生意，但要一两天之内搞到一千万现金，很难的好吧！”

眼看着她的抱怨短时间完不了，甘风池及时打断了。

“苏钺经常夜不归宿吗？案子是发生在她下课回家的路上，那时天还没黑。”

“她喜欢到同学家玩，都很晚才回来，也不知道是什么同学，那个年纪的孩子很难管的，我又不是她妈，也没办法说重了，她肯定是晚上常在外面玩才会被盯上的，所以才被绑架，要不怎么人家不绑架别人，就绑架她呢。”

甘风池觉得她说话有点受害人责任论，不过他还要问问题，所以忍住了没反驳，说：“你再想一想，有关绑架犯你一点印象都没有吗？”

“这事我说过很多遍了，没有，我们这边住的都是有钱人，怎么会跟穷逼有交集？肯定是苏钺跟着她那些乱七八糟的同学混才会这样的。”

甘风池看看他手里的资料，绑架犯的家庭出身是不好，从小父母离异，高中没毕业就出来工作了，后来开了家小修车公司，结了婚，但没几年就离了，公司也倒了，他欠了一屁股的债，所以才铤而走险，但他为什么会把苏钺当成目标？

苏钺上的是贵族中学，进进出出的学生家境都非常好，相比之下苏钺寄宿在亲戚家，不管关系再怎么好的亲戚，让他一下子掏出一千万赎金，可能性都不大，如果他是绑架犯，他会选择确定能拿出钱的人家，如果说绑架犯是临时起意，他就不会要这么大的金额，像最近频出的几起小额绑架勒索案，他觉得那才比较合乎情理的。

不过萧兰草也说过，不要高估罪犯的智商，否则每天就不会有这么多犯罪了。

甘风池又问了几个与绑架案相关的问题，吴美薇回答得很不耐烦，每次都强调自己说过很多遍了，他明明可以去直接查资料的，跑来问自己简直就是浪费时间。

甘风池装作听不懂她的暗示，说：“那件事之后，她父母好像再没有回来。”

“是啊，把骨灰接走了就再没跟我们联络过，搞得好像是我们的错似的，虽然我是有点错了，对孩子的关心不够，但出事后我们也努力筹钱了啊，那时候她父母做什么了，还在太平洋那边呢，虽然女儿死了，他们伤心可以理解，但这边还有家人和一大帮亲戚呢，整整五年都不回来说不过去吧？”

女人又是一顿牢骚，甘风池安慰说：“我理解你的感受，钱凑不到就是凑不到，没办法的，又碰上是周末。”

“是啊是啊，总算有人能感同身受了，你说那个绑匪笨不笨，周五傍晚才来电话要钱，谁家可能有这么大一笔钱？就算公司有，银行也不给办理啊，可事后大家都觉得是我们处理得不及时，她才会遇害的，你说我这是招谁惹谁了。”

“你想多了，大家都理解的，只是当时状况紧急，说话可能急躁了点，你别放心上。”

“不会不会，这事都过去这么久了，要是凡事都在意，那不是自虐吗？”吴美薇说着话看看表，“要不今天就先到这儿吧，我约了朋友打牌，你还有问题的话我们再约？”

“不好意思，今天是我先失约了，耽误你休息了，如果有事我再联络你。”

甘风池看得出她所谓的打牌只是托词，他便顺着说道，吴美薇送他出门时，他说：“我突然想到一个问题，绑架犯在周五那天打过三次电话，到傍晚那次才说要赎金，到底是为什么？”

“我怎么知道啊，我要是知道的话我不也跟罪犯一样了，他第一次打的时候是中午吧我记得，问了好几声都什么也不说，我还以为是推销电话，急着出门也没在意，第二次也是，不过这次是信号不好，我一直听不清，这……不关我的事吧？”

“不不不，我就是随口一问，跟你没关系的。”

甘风池从吴家出来，刚好隔壁的邻居老太太也出门，看到他，表情有点暧昧，甘风池心想他不是被误会了吧，正琢磨着该不该解释下，免得空穴来风，老太太主动凑过来跟他打招呼。

“小伙子，你是侦探吧？”

甘风池的脑门上弹出了好几个问号，对着旁边某辆车的车窗整整衣服，感觉他跟着萧兰草混久了，气质越来越不像是警察了。

“呃，嗯……”

他含糊过去了，老太太捂着嘴笑，跟着他一起往前走，说：“哎哟，不用装了，看得出来的，她又雇侦探调查她老公了吧。”

“啊……嗯……”

“她老公整天不回家，她又没孩子，肯定胡思乱想，又拿周围的人撒气，她家的佣人没一个做过一个月的。”

老太太还挺喜欢八卦的，甘风池问：“以前她家住了个女学生，您知道吗？”

“知道知道，是表外甥女，挺好的一孩子，可惜了。”

“可惜？”

“你不知道吧，我跟你说啊……”

老太太把苏钺的事详详细细说了一遍，一直到了小区门口她还没说完，又拉着甘凤池说了好久，内容都是甘凤池知道的，他找了个理由摆脱老太太，跑去了自己停车的地方。

甘凤池上了车，先抹了把冷汗，又把记录的资料看了一遍，不由得泄了气，因为他问的这些都是资料里一早就有的，他只是多花时间做无用功罢了。

不，也不能说都是无用功，甘凤池在心里安慰自己——至少通过向几位当事人了解，他接近了案子的核心，绑架犯只是棋子，是“艺术家”利用他实施绑架案的，他是个大老粗，没那个脑子和警察进行周旋，但“艺术家”的目的又是什么？肯定不是为了钱，否则不会拣周五来实施犯罪，难道他是单纯想享受挑衅警方的乐趣？如果是这样，那还真是变态啊。

甘凤池回到警局，看到隔壁的“白吃”粥铺，忽然感觉饥肠辘辘，他停了车，跑去粥铺买了饭，提着盒饭往回走，经过警局的停车场，看到有人站在一辆车旁探头探脑，身材苗条，从后面看应该是个年轻女人，行为鬼鬼祟祟的很可疑。

他感觉奇怪，走过去问：“你在干什么？”

女人听到了，掉头就跑，甘凤池几步追上她，拉住她的胳膊正要质问，她突然拿出防色狼喷雾喷过来，又扯开嗓子喊道：“非礼啊！救命啊！”

她戴着口罩，声音却十分尖锐，隔壁粥铺刚好有几位客人出来，听到声音跑过来，冲甘凤池吼道：“你干什么？快放手！”

甘凤池吃过喷雾的亏，只顾着躲闪，又怕他们误会，松了手，女人趁机跑掉了，他只来得及看到女人上半边的脸，一瞬间觉得很熟悉，还没来得及细想，就被那几个人围住了，说他胆子肥，居然敢在警察局门口非礼小姑娘，他解释了好半天，把警察证都拿出来了，那些人才信他没说谎。

等甘凤池都解释完了，女人早就不见影了，他转回女人刚才徘徊的地方，居然是萧兰草的车位，他首先的想法是坏人会不会在车上装炸弹，转了一圈检查，却看到雨刷下压着的一张塔罗牌。

这牌面甘凤池再熟悉不过了，因为他今天才见过相同的牌，牌是反的，他心里涌起不好的预感，用手机拍了照，又掏出手绢去拿牌。

“你在干什么？”

声音从身后响起，甘凤池本能地往旁边一跳，他现在都习惯了，不回头就知道是谁，问：“科长，这么晚了你怎么没回家？”

“你不也没回家？”

“我年轻啊，熬夜没事。”

萧兰草不说话，笑眯眯地看过来，甘凤池知道他说错话了，手一指塔罗牌，转移领导的注意力："我发现了这个！"

萧兰草的目光从他身上转到牌上，甘凤池把刚才的经历说了一遍，他听完点点头，伸手把塔罗牌拿了起来，甘凤池想阻止已经来不及了。

"也许牌上有指纹啊。"

"没有，这些人做事不会这么不小心。"

萧兰草把牌翻过来，背面正中写了字，甘凤池凑过去一看，竟然是"艺术家"三个字，他失声叫道："'艺术家'是个女人？"

"不，各种线索表明'艺术家'是个男人。"

"那这也许是他的信徒，他的新利用目标，我们去调监控器。"

"这里刚好是死角，她挺聪明的。"

萧兰草话声轻松，看上去不是很在意，甘凤池无法理解他的心态，说："总有监控器拍到她，我来查。"

"不用，我来查就好了，"萧兰草把死神塔罗牌放进口袋，交代道，"凤梨仔，老规矩，这件事不要跟任何人说起。"

"可是你会有危险啊。"

"别担心，我心里有数。"

萧兰草上车走了，甘凤池站在原地看着车跑远了，越发觉得萧兰草这次的反应很奇怪，好像心里有底似的，他挠挠头往局里走，心想上司大概有对应策略了，他是属狐狸的，想的比自己多，他说没事肯定就没事。

甘凤池在心里说服自己，进了局里，乘电梯往上走的时候，他一直在琢磨那女人是谁，忽然想到塔罗师星月，不由得啊的大叫出来。

电梯里还有两个同事，被他吓到了，指责的目光射向他，甘凤池赶忙堆起笑脸说没事，脑子却在迅速运转——虽然女人没有美人痣，但如果把假睫毛啊黑眼线啊这些都去掉的话，眼睛很像，而且死神塔罗牌也是她摆出来的，说不定她一早就知道他们是谁，故意摆出那张牌来警告。

嗯，她是"艺术家"那边的人的话，了解他们部门成员也不奇怪，但她一天打出两张死神牌，只是单纯为了警告吗？这好像不太符合"艺术家"的风格。

虽然甘凤池没有跟"艺术家"直接接触过，但通过几次解决案件，他对"艺术家"的行为有一点了解，虽然萧兰草对他说不用担心，可他还是很不安，等电梯一停同事出去后，他就打电话给裴晶晶，第一句话就是问："晶晶，那个塔罗师你对她有多了解？"

"哈……凤梨仔你脑壳坏掉了？我们在忙查凶案，你还顾得上塔罗师？"

“我这也是在查案，我觉得她有问题，你到底知道她多少事情，讲讲看。”

“喔，没有很多，我也是最近才听说的，她好像在那里做了两个多月吧，等回头我问问闺密。”

两个月前不正是“艺术家”寄信给萧兰草的时间吗？甘凤池觉得时间也对上了，忙叮嘱道：“问得越详细越好啊，急，在线等。”

大概裴晶晶觉得他烦，他刚说完就被挂了电话，甘凤池看看手机，有点担心她这么忙会不会转头就忘了。

甘凤池回到冷案科，时间很晚了，同事们都下班了，他打开灯，给母亲留言说有案子，这段时间不回家了，甘妈妈没多问，回信说让他别太拼，凡事欲速则不达，让他安下心来慢慢做。

看到留言，甘凤池反省了一下，自从知道了“艺术家”寄照片来挑衅后，他是有点浮躁，他想早些查清案件，帮萧兰草去除心病，如果成功抓住“艺术家”的话，萧兰草说不定还能再调回刑侦一科。

萧兰草是个有能力的人，这样的人如果放在第一线上，一定可以发挥更大的功效，至于甘凤池自己要不要去刑侦一科，他反而不是很在意了。

甘凤池打开老白给他的资料，将苏钺绑架案相关人员的证词又从头看了一遍，再回想吴美薇跟他聊时的表情和一些小动作，他感觉吴美薇并没有像她自己说的那样对苏钺之死感到懊恼，反而有点幸灾乐祸，或许时隔五年，她觉得没必要掩饰了，字里行间流露出了对苏钺的厌烦，反而是她老公在讲述案子时表现得很惋惜。

所以不能怪苏钺常常夜不归宿，让他每天面对吴美薇这样的人，他也会受不了的。

趁着大家都不在，甘凤池把调查的资料都做好了，又写了明天的调查预定表，笔尖掠过塔罗师的名字，他犹豫了一下打了个问号，因为看目前的工作情况，他不肯定明天有没有时间偷偷做调查。

事情搞定，甘凤池去值班室休息，快睡着时外面开始下雨了，他就在噼里啪啦的雨声中沉浸了梦乡。

不知睡了多久，突然一个响雷传来，他惊醒了，发现自己居然站在雨中。

路不太宽，四周很黑，大雨倾盆泼下，看不到一个人影，他看看表，表壳被雨打花了，看不清时间，好像是十点又好像是十一点。

衣服都被淋湿了，甘凤池打了个寒战，正想着去大路上碰碰运气叫车，忽然看到一个男人从对面匆匆走过来，他穿着雨衣，头低着，看不到模样，眼看着快走近了，却转了个身去了道边。

男人的动作很突兀，甘风池怀疑他有问题，他跑了过去，刚好一道闪电划过，他看到男人趴到了地上，旁边有个人从上面按住他，手里拿着砖头狠狠地砸到了他的头上。

“住手！”

甘风池大喝一声冲过去阻拦，可是明明近在眼前，他却不管怎么跑都无法靠近，只能眼睁睁地看着那个人将砖头一下下砸在男人的头上，血顺着雨流了一地，男人的四肢起初还发颤，很快就不动了，攻击他的人这才停下手，将砖头丢开了。

雨更大了，但凶手的呼吸声竟然盖过了雨声，他伸手抹了把脸，一张脸都被血糊住了，甘风池瞪大眼想看清他的模样，却除了一张血红的脸庞外什么都看不到，忽然，那人停止重喘，向他看过来。

甘风池的双脚像是被钉在了地上，他看着凶手朝自己举起砖头，却就是动不了，凶手终于冲到了他面前，发出类似野兽般的吼叫，一张脸扭曲变形，眼看着砖头砸过来，甘风池的心跳快到了极点，四肢突然间可以活动了，他迎着凶手撞过去，大叫：“住手！”

扑通！

疼痛从身上传来，不是头部，而是肩膀，甘风池疼得睁开了眼睛，周围漆黑一片，他趴在地上呼呼喘了半天才反应过来——他做噩梦了。

梦中动作太激烈，他直接滚床下了，甘风池摸摸撞痛的肩膀，爬起来打开灯，才两点多，额头上全是冷汗，回想梦中的情景，到现在都心有余悸。

甘风池躺回床上，心想这事可不能让大家知道，否则他的糗事又多一件了，不过话说回来，他平时很少做梦，更别说噩梦，是不是最近一直在暗中调查“艺术家”，压力太大了。

梦中场景历历在目，甘风池闭着眼睛回忆了一遍，发现噩梦跟“艺术家”没关系，他是白天听了老梁说的案子，记到了心里，潜意识中就做了相关的梦。

他躺回床上，再也睡不着了，一闭上眼，眼前就浮现出血腥的一幕，雨停了，寂静的空间却让人心神不定，他在床上烙了一会儿大饼，终于忍不住了，穿上衣服，跑去了档案室。

1988 年档案架上摆放着一排排的卷宗，由于技术等方面的限制，久远年代的悬案特别多，甘风池将卷宗取下来，它比其他的文件夹要厚很多，可见当时为了查找凶手警方投入了多少人力物力，却最终没有结案，凶手依旧逍遥法外。

甘风池靠着架子就地一坐，翻开档案夹慢慢阅读，被害人陈丰树，现役警察，身高一米七六，遇害时二十八岁，上头还有一个哥哥一个姐姐，毕业后一直在派出所工作，上司对他的评语是为人沉稳，热爱工作，做事认真热情，从未与人有过争执。

照片里的陈丰树面相和善，目光坚毅，甘凤池想上司没有言过其实，陈丰树应该是个与人友善但是会坚持自己想法的那种人，他又是在派出所做事的，每天处理的都是鸡毛蒜皮的事，跟人结怨的可能性不大，可是从凶案现场照片和鉴证结果来看，凶手对他抱有了极度的憎恶感，陈丰树的私人物品没被动过，也就是说凶手深夜埋伏在雨中偷袭，目的就是杀人。

甘凤池翻开一张张现场照片，情不自禁又带入了梦中的场景，心想双方如果有仇的话，陈丰树看到凶手在雨夜等候自己，他应该警觉才对，可是鉴定结果却是他完全没有反抗。

当时到底是一种怎样的状态，才会让身为警察的他对凶手毫无戒备呢？

甘凤池看着各方面的记录，越发疑惑，根据验尸报告上陈丰树颅骨创伤面的位置以及现场状况来看，凶手至少要有一米八以上的身高，所以当时所有符合这一特征并与陈丰树有过接触的人都被作为调查对象，警方也锁定了几个人，但后来都因为证据不足而放人，调查陷入胶着，最终成了悬案。

甘凤池看了那几个嫌疑人，都是陈丰树处理的邻里纠纷的当事人，还有一名是被陈丰树抓现行的盗窃犯陈大明。

陈大明有过数次偷窃和抢劫伤人的罪名，被陈丰树抓住后还曾对他出言恐吓，所以陈大明的嫌疑最大，并且没有时间证人，照片里的男人长相凶恶，一看就不好惹，甘凤池觉得他被定为嫌疑对象完全可以理解。

但陈大明最终还是被排除嫌疑了，除了没有确凿证据指证他之外，还有个原因是他当时忙着结婚，杀人动机不足，这的确可以解释过去，好事将近的人正常情况下不会报复杀人。

甘凤池将案卷翻完一遍，他有点理解这个案子会成为悬案的原因了，警方投入的人力和时间特别多，调查到的线索也特别多，这造成了线索多而散乱，无法统一成完整的主线，萧兰草曾说过有时候案子会变成悬案，不一定是案子本身有多复杂难办，而是大家在一开始就弄错了调查方向，导致南辕北辙，真相离他们越来越远。

如果换个方式和方向调查的话，也许会有新发现，就比如……

甘凤池抱着档案夹跑出档案室，去萧兰草的桌上翻了翻，找到了老梁的那本笔记，他拿着笔记坐去座位上看起来。

他翻过老梁其他的笔记，对他记录要点算是了解，所以看得特别快，除去老梁12月份回老家那段，所里大大小小的事件他都有记录，甘凤池没发现奇怪的地方，他翻完一遍，拿笔在笔记本上写下陈丰树的名字，又在旁边写了杨跃一家的名字，在两者之间划了条横线。

从1987年冬王贵看到杨跃家发生凶杀案到1988年陈丰树被杀，中间仅隔了半年，接着没多久杨跃就带着儿子搬家了，假设王贵没有说谎，那么在同一个地方短期内发生了两起凶案，这不可能只是巧合，两者之间必定有联系！

可是它们的连接点是什么呢？如果陈丰树通过某种途径了解到杨跃杀妻的事，他身为警察一定会处理，可是派出所没有相关记录，如果陈丰树并不知道杨跃家的事，那杨跃杀他的理由就不存在了。

甘风池用笔在纸上乱画了半天，后知后觉地发现了一件事，杨跃虽然长得壮实，但他应该没有很高，否则陈丰树一案的调查资料上一定会留下有关他的调查记录！

他在杨跃名字后面标注了身高，准备明天拜托林紫言在调查时顺便问一下。

等记录都做完了，甘风池又查了陈大明的资料，天也蒙蒙亮了，他打了个哈欠，往桌上一趴睡了过去。

CHAPTER FOURTEEN 第十四章

神秘的塔罗师

睡得正香时，鼻子传来刺痛，呼吸不顺畅，甘凤池睁开眼睛，魏正义捏着他的鼻子，把压在他手臂下的笔记本扯出来。

“凤梨仔你这么拼啊，昨晚没回家？”

“唔……”

魏正义翻动他的笔记，甘凤池往前一扑，把笔记本抢了回来，里面记了他调查苏钺的记录，要是被魏正义看到，再大嘴巴一张扬，那他可就吃不了兜着走了。

“你是不是做坏事了？这么紧张。”

魏正义没跟他抢，目光在笔记本和桌上的档案夹之间转了转，甘凤池慌忙把档案推过去。

“都是乱写的，你看了一定会笑。”

“写的什么？”

“就是老梁说的那个案子，昨晚做梦梦到了，就查了下。”

甘凤池把自己的调查和怀疑说了，林紫言和老白先后到了，听到他讲案子，都凑了过来，魏正义说：“你的怀疑不是没道理，不过这都是你的猜想，支持我们调查的证据半点都没有。”

“我觉得可以问问看，我们今天去和王春秀娘家那边的人谈话，顺便问下杨跃的情况。”

林紫言听了甘凤池的拜托，她同意了，老白也跑去电脑前敲敲打打，说：“我查下陈丰树的履历，看有没有什么发现。”

“老白，你再顺便查下 1987 年前后三年里那一片有没有其他案件发生。”

“哟呵你科长啊，指挥我指挥得这么顺溜。”

“哪有，我这不是请求你嘛，你看如果我们顺利把这个案子破了，说不定还能揪出杀害王贵的凶手，我们赶超刑侦一科，咱们科长脸上多光彩啊。”

“你小子越来越会说话了，行，我查。”

萧兰草还没来，四名组员开始分工合作，老白还想借给甘凤池帮忙赖在办公室，硬是被魏正义拉出去跑外勤了，林紫言将桌上的塑料袋拿过来递给甘凤池，甘凤池还以为她要说案子，一看袋子里面，居然放了早餐。

“你怎么知道我没吃饭？”

“我猜的。”

“那你还能猜到我喜欢白吃粥铺的花卷啊。”

“是不是不要？不要我就给科长。”

林紫言作势要拿回，甘凤池抱着袋子躲开，顺便拿出一个花卷塞进嘴里，林紫言没跟他计较，说：“我先走了，有消息联络你。”

林紫言走了，甘凤池几口把花卷吃下肚，又打开豆浆咕嘟咕嘟喝，心里正美滋滋着，座机响了。

是裴晶晶打过来的，说王贵的妻子儿子都来了，冯震在跟他们谈话，又顺便说闺密把塔罗师的情况也传过来了，回头她转送给甘凤池。

一听有消息了，甘凤池哪有心思吃饭，几口把豆浆喝完，叼着花卷冲去了楼下。

大清早刑侦一科里就一副忙碌的气氛，裴晶晶在整理资料，看到甘凤池，冲他招招手，说：“你来得也太快了吧，我还没传呢。”

“我这不是着急嘛。”

“心急也吃不了热豆腐，冯震还在跟他们聊，你别妨碍，先看塔罗师吧。”

裴晶晶把手机递给他，里面是闺密给她的塔罗师资料，塔罗师原名不详细，大家都习惯叫她星月老师，长相也不详，因为她总是蒙着面纱，跟那些常年在网上开专栏算命积攒人气的塔罗师不一样，她可算是横空出世的，娱乐中心原来的塔罗师生病休养，她就顶替上岗了，据说算得特别准，所以短短的时间里名声就传开了。

甘凤池看完，问：“就这些？”

“哎呀，人家是大师啊，当然要神秘操作了。”

“我是想知道她的姓名和地址这些，不是什么大师的噱头传闻，而且她算什么大师啊，一点都不准。”

“她又不是罪犯，我们用什么理由查她的身份地址？等等，闺密说在某家酒店见过她，好像是……这家。”

裴晶晶在手机上戳了几下，调出酒店的地址，那是家四星连锁酒店，说：“她应该住在这里，闺密那天去找朋友，看到她跟大堂要房间钥匙，闺密还和我说她靠算塔罗牌赚好多钱啊，可以天天住酒店。”

“她戴着面纱，你闺密还能认出来？”

“没有，她戴口罩的，不过她有美人痣啊，而且她戴的手链很特别，和她占卜时戴的一样，闺密就确信了。”

可是她昨晚在科长车上偷放死神牌的时候，眉心是没有痣的，那颗痣根本就是幌子吧，而且……

看到酒店地址，甘凤池的眉头皱了起来，这个地址他很熟悉，和萧兰草住的公寓在一条街上，可以说根本就是正对着公寓——她不会是在暗中监视萧兰草吧！

想到有人整天用高倍望远镜监视萧兰草，甘凤池不由得毛骨悚然，裴晶晶看他脸色很差，担心地说：“你为什么老是问星月的事，她是不是有不法行为？”

“我还在查，有情况再跟你说。”

“现在就说嘛，你不知道我的好奇心有多重。”

“说什么？”

萧兰草走过来问，把两人吓了一跳，裴晶晶直摇头，又使劲给甘凤池使眼色，其实她不用暗示甘凤池也懂，堆起笑敷衍说：“我们在聊案子，科长你什么时候来的啊，怎么神出鬼没的。”

“一早就来了，听冯震给林玉萍母子录口供。”

“有突破吗？”

“没有，林玉萍一直哭，都是王田在和冯震聊，不过他也说不出什么来，你过去看看吧。”

甘凤池看看萧燃，萧燃点点头同意了，他立刻跑去隔壁审讯室。

林玉萍很憔悴，眼睛都哭肿了，冯震给她找了把有靠背的椅子让她可以坐得舒服点，王田回答提问的时候她偶尔会插几句，都是念叨说不该出门不该把王贵一个人撂在家里，如果陪着他，他就不会出事了等等。

她脸上皱纹很多，比同龄人要老，王田看起来很老实，说话有点啰嗦，给甘凤池的感觉是他有宅男气质，怕见生人，不太有主见，这也难怪为什么他每次相亲都不成功了。

王田在说他们参加旅游前的事，说父亲的精神状态还挺好的，心情也好，没提过跟谁有争执，他是个心里藏不住话的人，如果有事一定会说出来。

不过他也说觉得父亲这次很奇怪，他偷瞒着他们买的船票，让他们去旅游自己却不去，他想票都买了不能浪费，而且母亲平时也挺辛苦的，所以就陪她去了，船昨天傍晚进港，他们一回来就听说父亲出事了，母亲一晚上都没睡，一直在哭，他的心也很乱，不知道该怎么办。

冯震问起有没有人跟他们交恶，两人都否定了，说到和亲戚家都断绝来往的事，林玉萍面露惭愧，叹气说不是不还，是手头上真的没有钱，钱不是买药了就是被相亲的人骗走了。

冯震说到在他们家找到了八十多万，两人的反应都极度震惊，林玉萍连连摇头说不可能，还以为冯震骗她，说要是有个十几二十万的，她早还钱了，直到冯震把几个藏钱的地方的照片给她看，她才信了，却不知道是怎么回事，王贵生前什么都没和她提起过。

冯震说会尽快把钱还给他们，两人的反应也没有特别激动，看得出比起钱，他们更悲伤于家人的去世，冯震都说结束问话了，王田还在重复出事前的情况，像是希望多说一些就能协助他们尽快找到凶手。

他们从审讯室出来，萧兰草拐拐甘凤池，将事先写好的纸条递给他，甘凤池看了后，跑过去问王田。

“我们问到一些情况是王贵有过厌世情绪，说他的病治不好又拖累人，你们觉得他会不会是自杀。”

王田没说话，倒是林玉萍很激动，冲他叫道：“不会的，他最近精神特别好，还说接下来我们都有好日子过，他一定是被人害死的，你们一定要抓住凶手，替他报仇啊！”

“可是他提到了三十年前的案子……”

“没那回事，他喝了酒就喜欢说说大话，根本不是真的，他从来没跟我们提起，要是他真看到了什么，不会连我都不说吧！”

林玉萍说得太急了，半路咳嗽起来，王田急忙帮她敲背，气得瞪甘凤池，其他人也不满地看过来，甘凤池惹了众怒，低头缩去了萧兰草身后。

萧兰草做和事佬，说他们也是为了尽快破案，所以需要多方了解情况，在他的安慰下，林玉萍冷静下来，和儿子离开了。

等他们走了，甘凤池才敢站出来，埋怨萧兰草说：“为什么惹人讨厌的事让我做？”

“因为这种事平时我做多了，他们都……”

萧兰草看看周围，甘凤池顺着他的眼神看过去，有点理解了，科长这是不想做坏人，就让他来做啊，不过这也教了他一课，那就是就算对方是受害者身份，也不能为了顾及对方的感受而避开追问。

“希望我问的那些有用吧。”他嘟囔道。

冯震把记录本拍到了他手里。

“你问的有没有用不知道，我问的有点用，自己看。”

在甘风池来之前，王田说了不少情况，王贵的病情恶化后情绪一直不好，直到最近有人给王田介绍对象，是二婚的，条件不错，也没带小孩，两人处了一阵子，都比较满意，王田说父亲因为这事心情变得很好，反而是母亲很忧郁，担心女方嫌他们家有病人，又担心没钱结婚，父亲安慰她说他有办法，让她放宽心，他们都以为父亲是随口说的，都没放心上。

“那些钱也许就是王贵‘想办法’弄来的。”

“可是他是怎么弄来的，林玉萍和王贵都不知情，王贵的交际圈也很小，手机来电都是几个老牌友的。”

萧兰草问：“家庭电话调查得怎么样？”

“王贵出事前三个月的来电都查了，这两个月内有过几通公用电话显示，都是一两分钟就挂断了，可能是推销电话，也可能是打错了，不管怎样，这种电话没办法查，不过有一点你们一定想不到，王田是个宅男。”

“这点不用想，看都看得出来。”

“但这个宅男每天都追深夜电台呢，还是黄小敏的粉丝，”冯震指指记录，说：“有没有太巧合？”

甘风池看了那段记录，王田没什么业余爱好，他说晚上听电台打热线，主要是可以兑奖什么的，而且黄小敏的声音也好听，算是她的粉丝。

不过他说没见过黄小敏本人，也没逛过她的专栏，他不喜欢上网，觉得网络暴力太可怕了，至于父亲出事前打电话给黄小敏这事，他很震惊，觉得无法想象，甚至认为父亲的死是自己造成的。

萧兰草看完，说：“王田是个内向但又有着浪漫主义情怀的人，他不适合上网追星，网络让明星都透明化了，容易造成梦想破灭。”

“不知道王田收听黄小敏的节目和他父亲临死前打电话之间有没有必然的联系。”

甘风池嘟囔道，直到萧兰草的目光看过来，他才猛然惊觉，糟糕，昨天他答应上司调查黄小敏的，结果后来出了一连串的事，所以到现在他都还没做。

萧兰草给了他一个“我就知道你忘了”的眼神，说：“我查了，黄小敏的家庭情况很简单，她是独生女，母亲去年过世了，父亲喜欢摄影，组了老年人摄影团，大多数都在外地转悠，黄小敏为了工作方便，在单位附近租了间单身公寓，工作关系，她的社交圈不大，休息日大多去健身房做运动，或是听音乐会，现在没有男朋友，我昨天和她聊过，她提到被人跟踪的事，暂时还不确定和本案有没有关系。”

萧燃说：“我已经派人暗中保护她了，目前还没有收到汇报，有情况会跟你们说的，你们昨天查得怎么样？”

萧兰草看向甘凤池，这是让他当代表，甘凤池便把昨天的调查和他在陈丰树一案上的推测说了，最后看看大家的表情，他心里没底，问：“我会不会想太多了？”

“大胆设想，小心取证，挺好的，既然你有怀疑，那这部分就由你负责调查，冯震继续查王贵一案。”

萧燃做了简单交代，离开了，冯震的脸拧成了苦瓜，可怜巴巴地问裴晶晶。

“我一个人查，腿都跑断了，姑奶奶你也搭个手吧。”

“不行啊，司徒这两天啥都没问出来，所以科长让我去给被绑架的受害人做知心姐姐，也不知道能不能沟通，唉，真搞不懂现在的孩子，被绑架了还认为绑架者情有可原，智商都被狗吃了。”

裴晶晶摇着头走掉了，甘凤池知道她说的是连环绑架案，他问冯震。

“还没进展？”

“有进展的话我还用这么累吗？现在科里的要么去保护黄小敏，要么去查绑架案，人手根本不够啊，兄弟，你什么时候调过来，哥哥随时欢迎你。”

被认可了，甘凤池开心得不得了，正要跟进，一抬头看到萧兰草，他立刻端正态度，严肃地说：“这个我无法做决定，要问我们科长，做事去了，回见。”

他说完就跑掉了，冯震叫都叫不住，只好对萧兰草说：“你是怎么把他训练得这么听话的？”

“这个嘛，大概是因为我有领导魅力吧。”

甘凤池一口气跑到停车场，打开车门正要上去，萧兰草跟了上来，他表情一僵，问：“科长你这是要跟我一起？”

“不然呢？”萧兰草像是没看到他的反应，上了车，说，“你准备去哪里？”

“那个……我……”

甘凤池其实是刚弄到一点星月的情报，想第一时间去找她，但他不敢跟萧兰草说啊，萧兰草已经交代不让他插手了，要是知道他在偷偷调查的话……

“我查到了陈大明的地址，想跟他了解下陈丰树的案子。”

他灵机一动，说道，萧兰草没怀疑，说：“不错，一起去吧。”

“这个……”

“不想跟我搭档？”

“没没没！”

生怕萧兰草看出来，甘凤池下一秒跳上了车，把车开出去，心想幸好他昨晚查了陈大明的资料，现在派上用场了，那就先查陈大明好了，塔罗师的事放到后面查。

路上萧兰草一直在看手机，甘凤池没话找话，说："科长你是什么时候查黄小敏的？"

"觉得你太忙，所以昨天趁着空闲查了下。"

"咳咳！"甘凤池有点心虚，"最近事是挺多的，不过科长放心，下次你交代的任务我一定做好！"

"你不用做好，你别背后搞小动作就行。"

"没有，怎么会，呵呵。"

甘凤池心跳加速，萧兰草话里有话，他心想难道科长看出来了？不会吧，他还真是狐狸了，什么都未卜先知。

车拐过十字路口，萧兰草的电话来了，听声音好像是个女人，甘凤池的耳朵竖了起来，就听萧兰草问："有人跟踪你？你确定？"

那边不知说了什么，萧兰草说："别担心，我会跟上头反应，派人去保护你，什么？要我亲自保护？我还有事……这样啊，那好，我先过去。"

他挂了电话，甘凤池问："黄小敏？"

"嗯，她说今天凌晨下班回家的路上，好像又有人跟踪她，最近绑架案频发，她担心自己也是目标，又说跟踪她的可能是王贵案的凶手，让我去保护她。"

"萧燃科长不是派人暗中保护她了吗？"

"你也说了是'暗中'了，其实黄小敏还没有完全从嫌疑者名单中剔除，萧燃的做法一半是保护一半是监视，所以我没跟她提，免得她警觉。"

"萧燃科长也怀疑她啊。"

萧兰草在查案中疑心病很大，这个甘凤池知道，他没想到萧燃也是这样，挺意外的，萧兰草看到他的反应，笑了。

"你是不是觉得萧燃科长特善良？"

"嗯……"

甘凤池看看自家科长，想说至少比你要善良得多。

"你要真那样想就太天真了，总之黄小敏还不知道自己被监视，她说的感觉被跟踪很有可能指的是我们警方的人，我去看一下吧，说不定能顺便问到什么情况。"

萧兰草要走，甘凤池简直是求之不得，不过还是问："该问的不是都问过了吗？"

"比起资料上那些死的数据，我更喜欢听对方直接讲的。"

萧兰草让甘凤池把车停去道边，下了车，关门时对他说："查到什么记得回头来汇报，我不介意属下私下做小动作，但不能偏离轨道，耽误正事。”

甘凤池心里咯噔一声，再看萧兰草笑眯眯的表情，他有种感觉，领导什么都知道了，他这就是在警告自己啊！

既然如此，那不如早死早投胎吧！

他鼓足勇气正要坦白，萧兰草已经把车门关上了，扬长而去，留甘凤池在车里惴惴不安，去找塔罗师的路上他一直在琢磨科长到底知道多少，他是只坦白塔罗师这部分好呢？还是干脆把自己暗中调查苏钺的事也一起坦白了更好呢？

这个问题直到到达了目的地都没想好，甘凤池停了车，跑到娱乐中心二楼的占卜区，星月塔罗牌的摆设和上次他们来时一样，摊子外面也是排了好多人，年轻女孩居多，甘凤池过去，听她们叽叽喳喳说老师占卜好灵验什么的，让他真想提醒她们别信那女人，她就是个大骗子。

他绕到摊子后面，要进去时被助手拦住了，请他去前面排队，不要搞特殊化。

一板一眼的警告让甘凤池听得火大，提醒道："我昨天来过，陪我朋友来的，我们也是从这里进去的，你还记得我吗？"

"每天来请老师看牌的人这么多，我哪记得住啊，除非你长了张明星脸。"

"长得不帅真是很抱歉哈，那这个能不能帮你加强记忆？"

甘凤池不想把时间花在纠缠上，直接亮他的证件了，助手看了，一脸的警觉。

"我们这是正当营业，没有触犯法律的。"

"我知道，只是我现在调查的案子需要老师的协助，能给行个方便吗？"

他软硬兼施，助手乖乖跑进去询问，很快又跑出来，冲他招招让他进去。

"老师说可以帮忙，但你不要打扰我们做生意。"

"没问题。"

星月这么痛快，甘凤池有点意外，他还以为她会百般推拒的，心想她是不是确信自己没证据指证她，才有恃无恐，没关系，他有的是办法揭穿她的秘密，每次两百块的学费可不是白交的。

占卜的客人出去了，屋子里只有塔罗师一人，她和昨天的打扮一样，脸上戴着面纱，眉目深邃，化着很浓的眼妆，她给甘凤池做了个手势，示意他坐下，说："听说你是警察，是希望我用牌帮你们查案吗？"

甘凤池不说话，盯着她看，星月的穿着和发型都没变，说话也很柔和，但给他的感觉却大不一样，尤其是眼神，她的眼神更成熟，昨天那个更偏于明亮。

"可以麻烦你把面纱摘了吗？"

女人好像不太高兴，不过稍微停顿后还是摘下来了，面纱下是张漂亮又精致的脸，明显是整过的，所以不太好看岁数，甘凤池又看看她的手腕，戴着各种造型花哨的手链，但是没有昨天那串，他更加怀疑，说："昨天在这里占卜的女人不是你吧？"

"怎么会？我一直都在这里……"

"小姐，请你实话实说，我们是警察，要调查你是不是星月很简单的，你也不希望我们查出你撒谎把你请去警局聊吧？"

他这样说了，女人收起了服务性微笑，把头纱也扯了下来，说："不是，不过这有问题吗？我又不是骗子，我也是塔罗师，我也在这行混很多年了，你看我的专栏，粉丝很多……"

她拿过手机点开给甘凤池看，看粉丝数量还有大家的留言，她应该挺有人气，甘凤池问："那你为什么要冒充星月？真正的星月在哪里？"

"她是不是有问题啊，切，我就知道这种好事不会找我，原来是想让我背锅，警察先生我跟你说，我和她完全不熟的，她要是犯了什么事那是她的个人问题，我什么都不知道。"

女人发了一大通牢骚，接着说："我们都是塔罗师协会的成员，我跟星月是在协会认识的，我虽然在网上有人气，但不擅长和人面对面解牌，之前和她聊天时聊过这事，昨天她联络我说她有事，没办法继续在这里做了，租金付了半年，反正要不回来，问我要不要接摊，我觉得不错就说试试看，就这样。"

"她的联络方式，还有她的真实姓名。"

"名字我不知道，我们都用专用名，手机号是这个，不过我们都用 mail 来往，她说她喜欢 mail 的方式。"

女人把手机号和 mail 都写给了甘凤池，甘凤池又问她们有没有合照，她说没有，给了他协会的其他成员的手机号，让他问问看，运气好的话也许可以问到。

甘凤池从娱乐中心出来，气哼哼地想星月太狡猾了，居然被她逃脱了，开车去裴晶晶说的酒店，路上试着打星月的电话，手机提示是空号，mail 也是免费的那种，根本就别想查到她。

他又打给协会其他成员，大家众口一词，说星月是两个多月前来的，不太和大家来往，所以大家都对她不了解，也没有她的照片，她岁数应该不大，喜欢化很浓的妆，要不就是把脸涂得黄黄的，仿晒黑妆，不过塔罗师这行很多人都喜欢在衣服和化妆上标新立异，她的妆容并不显眼。

甘凤池猜星月她这样做是不想被记住长相，就算被拍照，大概也很难推测出她的真实样子，她岁数不大，那就更容易被"艺术家"洗脑，就和最近被绑架的女生那种的。

甘凤池到了酒店，把自己的怀疑写进笔记本，去大堂询问，他没有照片，只能提供一部分外貌特征，大堂经理听了他的描述，说他对这个小姑娘有印象，很快就把入住者的记录调出来了。

她登记用的身份证名字叫邢月，今年二十一岁，照片是个留长发长相秀丽的女孩子，星月原来就是邢月的谐音，经理说她在这里住了两个多月，今天一早就办理了退房手续。

又晚了一步！

甘凤池很懊恼，不过想想人家一大早就跑路了，就算他听了裴晶晶的情报立刻赶过来，只怕也是来不及的，只能说这女人太狡猾了，不，也许该说在后面控制她的“艺术家”太狡猾。

他向经理请求去查看邢月住过的客房，经理同意了，还让清洁员陪同，清洁员每天负责打扫邢月的房间，今天也是她清理的，垃圾都丢掉了，毛巾被套也都送去清洗了。

她告诉甘凤池说邢月人不错，每次遇到对她都很客气，是个家教很好的女孩，应该也很有钱，穿衣打扮都挺有品位的，但她不太喜欢说话，也没见有朋友来找过她，感觉是个很孤独的人。

甘凤池在客房里找了一圈，连根头发都没找到，他不抱希望地问清洁员邢月有没有提过为什么常住酒店，她在本市没家吗？清洁员摇头说不知道，不过前几天她见过邢月打电话，说别担心，她有分寸什么的，还说不要来找她，看起来挺生气的样子，这跟她平时的气质很不一样，所以清洁员就留心了。

除此之外清洁员就什么都不知道了，甘凤池等她离开后，走到窗前往外看，这里正对着萧兰草的公寓，不近，但也不远，用个高倍望远镜应该可以看得挺清楚的，从高度来看也刚好是萧兰草住的楼层，也就是说邢月选这间客房是有目的的监视。

想想每天被监视，甘凤池觉得心里毛毛的，暗骂了一句变态，又打电话给老白，让他查邢月。

老白正忙着，听了他的请求，大嗓门气呼呼地说：“你当我是专用黑客啊，动不动就让我查查查，我在出外勤好不好，查东西需要电脑的好不好。”

看起来出外勤让老白炸毛了，甘凤池不敢惹他，赔笑说：“老白你这么厉害，一个平板还不搞定了？这件事关系到咱们科的生死存亡，拜托一定帮帮忙。”

“呵，你小子学会夸大其词了，行行行，我去查，等我消息。”

甘凤池才没夸大其词，要知道这件事关系到萧兰草的生命安危，如果科长大人有事，那他们科不就岌岌可危了吗？所以这真的是生死存亡的关键啊！

老白做事很麻利，甘风池还没到陈大明的家，他的消息就传过来了，甘风池找了个地方停下车，打开看完，他懵了，急忙打电话给老白。

“我说老白你是不是搞错了？邢月在美国留学，不在国内？”

“你知不知道怀疑一个专业人士的后果？”

“不不不，我就是一问，马有失蹄嘛，我这边拿到的资料是她住在酒店好久了。”

“我和海关那边确认过了，邢月近期没有入境记录，所以要么是她用了假护照入境，要么是别人偷用了她的身份证，后者可能性更大，这孩子不大啊，她犯了什么事吗？”

“我还在查，等有消息了再跟你说。”

甘风池挂了电话，再次感叹他又被摆了一道，老白的调查不太可能出错，所以最大的可能是星月偷用了邢月的身份证，至于她是怎么弄到别人的身份证的，那调查范围就太广了，也可能是邢月在国外遗失了身份证，也可能是她根本没带身份证出国。

甘风池靠在椅背上想了想，找人去询问邢月本人的话过程太烦琐，能不能问到情报还是未知数，所以比起这条线，在这边调查可能还更快一些。

他在本子上做了记录，转换心情先去找陈大明。

CHAPTER FIFTEEN 第十五章

走访嫌疑人

时隔三十年，陈大明的变化很大，他开了家运输公司，自己当老板，与当年的照片相比，他整个人胖了一圈，头发白了一半，还戴了副金边眼镜，曾经凌厉的眼神消失无踪，说话眉眼都是笑的，以至于甘凤池问了两次他的名字，生怕自己认错了人。

他有点后悔来之前没有仔细调查陈大明的资料，陈大明跟他抱有相同的想法，上下打量他，问：“你真的是警察，现在的警察怎么都长这么秀气了，抓得了罪犯吗？”

“只要有人犯罪，我们就一定会抓。”

甘凤池说得太严肃，陈大明被他的气场镇住了，赶忙堆起笑脸请他就座，又让人送茶过来，一副和气生财的模样，举止中再也找不到昔年抢劫犯的影子。

“我这里的年轻人挺多的，是不是谁在外面跟人有摩擦了？严不严重啊，如果不严重的话，我来出面调解。”

陈大明完全误会了甘凤池的来意，甘凤池说：“不是，我是专程来找你的，我想跟你打听一下陈丰树这个人。”

陈大明脸上的笑容消失了，眼镜片后的目光在一瞬间锐利起来，甘凤池看着他的反应，确定了一件事——哪怕过了将近三十年，陈丰树这三个字他也从没忘记。

“看来你对这个人记忆犹新。”

“是啊，对我来说他是与众不同的。”

陈大明在甘凤池对面坐下，收起了生意人的招牌笑容，正色问：“为什么你要打听他？是不是要重查他遇害的案子？”

“你怕吗？”

“我怕？哈哈，你这样说肯定是看了那些调查资料了，你是觉得我是杀人凶手吧？不，我不是，不仅不是，我甚至比任何人都希望找到凶手。”

甘凤池觉得陈大明不像在说谎，他问：“为什么？”

“他是个好人，可以说没有他就没有我的今天，我也曾想过悬赏找凶手，除了让陈丰树瞑目外，也为了还我自己的清白，不过后来没做，我老婆不让，她怕我招惹麻烦，说既然那件事不是我做的，我就问心无愧，没必要在意外人怎么看。”

陈大明的话和调查档案里的记录截然不同，甘凤池说：“如果你真的这样想，那现在就有机会达成所愿，我们在调查一个案子，怀疑和陈丰树的案子有关系，你是当年最大的嫌疑人，我想听听你的想法和看法，从你的视点讲出你和陈丰树的恩怨。”

他掏出录音笔，“不介意我录音吧？”

“不介意，不过我要先说明一点，我和陈丰树之间只有恩，没怨，当初他抓我，害得我被关了很久，我是怨过，不过后来他给我做思想工作，还主动帮我找工作，那时候有案底的人工作不好找，他帮了我很多忙，我都记在心里呢。”

工作稳定后，陈大明认识了女朋友，也就是他现在的老婆，两人交往顺利，开始谈婚论嫁，不过他老婆的父母非常不满意这门亲，提出高额彩礼故意刁难他，为了顺利结婚，他终于没忍住，无视了陈丰树的忠告，再次铤而走险去偷东西。

那晚的偷窃很顺利，他把彩礼给了岳父，之后没多久警察就来找他问话，他一开始还以为是自己偷东西被发现了，谁知他们是问陈丰树的事，原来陈丰树刚好就是在他偷窃那晚遇害的。

他没杀陈丰树，但他也没办法提供自己的时间证明，所以只能一口咬定那晚哪都没去，后来警察反复问过他很多次，俨然把他当凶手来看，因为这事亲事差点黄了，还好证据不足，他解除了嫌疑，但陈丰树的死对他的刺激很大，他很懊悔没听陈丰树的忠告，之后那几年他靠搞运输送货拼命赚钱，将偷的彩礼钱原封不动地归还了失主，后来生意越来越好，就正式挂牌营业，开了这家运输公司。

上个月陈大明的孙子刚出生，可以说事业上一帆风顺，家庭也和睦美满，要说有什么遗憾，那就是陈丰树的案子，他以为不可能有希望了，没想到甘凤池会突然登门，所以到现在他都不敢相信警察会重查三十年前的旧案。

说到往事，陈大明眼圈都红了，甘凤池做着记录，就听他说：“我到现在都无法理解，那么好的一个人怎么会有人害他，还是用那么狠毒的手段，简直就是丧心病狂啊。”

“‘好’这个定义是很广泛的，也许对你来说他是好人，但对其他人就未必。”

“你会这样说是因为你不了解陈丰树，他对谁都特别热情，有次……就是我去找他借钱那次，有个孩子拉着他一直说让他抓坏人，却半天都说不到点子上，换了别人早就不耐烦了，可是他一点都没有因为对方是小孩就敷衍，很认真地听他讲，你说你能做到吗？”

甘凤池摸摸鼻子，觉得他大概还真做不到。

“你去跟他借钱？”

“他当初跟我说我们都姓陈，五百年前是一家，让我有什么困难尽管去找他，别把他当外人看，所以那次彩礼钱我是想向他借点的，但他一直在和那孩子说话，我等了很久，又听他说要带小孩去吃饭，突然想到他这人对谁都这么好，又怎么可能攒得下钱，就算有钱，我也没脸全都借来啊，索性一咬牙就重操旧业了，这三十年，我觉得我做得最不爷们的事就是答应了他不犯罪却食言了。”

“但至少你在这三十年里有堂堂正正地做人，这应该就是他最期待看到的。”

甘凤池安慰他，合上了笔记，起身告辞，陈大明一直把他送到门口，又反复叮嘱说如果案子破了，一定要告诉他，让他好安心。

甘凤池答应了，他开车回到局里，傍晚同事们也陆续返回，萧兰草最后一个回来，西装起褶了，白衬衣的衣领上还有块红，像是口红蹭上去的。

几位属下相互看看，都心照不宣地无视了，萧兰草把西装外套挂去衣架上，没好气地说：“不是你们想的那样，是黄小敏喝醉了，我扶她的时候蹭的，我这衬衫很贵的，也不知道回头能不能洗掉。”

“科长，难道对你来说，一个漂亮女孩还不如一件衬衣重要吗？”

“不如，衬衣是我花钱买的，是属于我的，女孩又不是我的，漂不漂亮与我何干？凤梨仔，你说我能不能向她请款？”

萧兰草问得很认真，甘凤池听得目瞪口呆，很想怼他——人家想追你啊，你还想着怎么请款，活该你单身狗。

萧兰草用手绢沾了水擦了半天也没把口红印擦掉，他放弃了，丢开手绢，说：“不搞了，先说案子，我刚才去刑侦一科了，有关王贵一案的调查结果出来了，是自杀。”

“不可能！”

几位组员异口同声说，萧兰草耸耸肩。

“这是根据鉴定数据做出的结论——氰化钾毒性非常强，从王贵喝完两瓶酒，在喝最后一杯酒才毒发这点就可以看出中毒时间是由他本人控制的；盛放药物的容器找不到，鉴证人员在马桶外侧发现了零星灰烬，推测药粉是用纸包住，下毒后王贵把纸烧掉，冲进了下水道；还有，他出事时门窗都锁着，而他的指腹和指甲里沾了药粉；他选择在妻子和儿子旅游的最后一天自杀，大概是不希望影响到他们游玩，这些都证明他是自主服毒的，只是不排除有人教唆。”

“怎么教唆？”

“有八十多万，你说可不可以让一个重病患者为了它自杀？”

甘凤池想辩解，但也觉得这是最合理的解释，从王家三口的收支来看，他们根本攒不出那笔钱，可是理智上认可了萧兰草的推论，感情上他却无法接受有人为钱自杀。

林紫言说：“那些钱都不是新钞，更像是一点点攒下来的。”

“新钞的话太显眼了，万一警方没收这笔钱的话，那他就白死了，旧钞就不同了，我们没有证据证明钱币来源不正，所以必须归还。”

老白问：“他会不会是因为受良心谴责而自杀？”

“不排除这个可能，不过一个退休重病号，他们家甚至连网都没有，他从哪里弄到的剧毒？萧燃说教唆自杀和自主自杀两条线一起查——教唆犯不可能从银行取钱，先查地下钱庄，看有没有线索，同时继续排查王贵平时接触的人，看他有没有渠道弄到剧毒。”

从目前掌握的线索来看，甘凤池个人的观点是倾向于教唆自杀的，但他想不通教唆犯的目的，他为什么要让王贵死亡？王贵临死前打电话给电台也是出于他的授意吗？如果他只是希望三十年前的案子被重查，他大可以来警局询问，解决的办法有很多，为什么他要采取最偏激的那一种？

话说回来，假如杨跃杀妻案被重查是犯人的目的的话，那他又是谁？为什么在三十年后的今天旧案重提？

萧兰草拍拍手，打断了甘凤池的思索。

“总之目前我收到的联络情报就是这样，刑侦一科他们会继续跟王贵的案子，有消息他们会通知我们，接下来来说我们这边的调查结果，争取早日破案，凤梨仔你先来。”

甘凤池收回胡思乱想，把自己问到的情况说了一遍，又播放了陈大明的录音，大家听完，一起看向林紫言。

林紫言说：“他应该没说谎，他在讲述中声音起伏没有一定的规律，这说明这不是出于他理智的控制，尤其是讲他对陈丰树感到抱歉的时候，声音的颤抖频率很乱，这里他显得特别激动，真情流露，哪怕是演员都未必能把声线掌握得如此自然，当然，不排除他有表演天赋，靠做戏来蒙蔽大家。”

“我是突击去找他的，没有训练的普通人很难有这种应变能力，我认为他没说谎。”

“而且他的解释合乎情理，我也觉得他说的都是真的。”

老白看他们三人异口同声，便点点头表示赞同，萧兰草说：“所以陈大明不是凶手这件事基本是确定的，而且我们确定了一件事，陈丰树对工作热忱，并且关心照顾周围有困难的人，虽然说再好的人也有人讨厌，但讨厌到置之死地的程度，那陈丰树与凶手之间必然有着很复杂的关系和矛盾，他的作风问题呢？”

这个甘凤池倒是忘了问，还好关键时刻老白伸出援手，翻着资料说：“应该没有，陈丰树工作繁忙，孩子又小，他没时间也没机会和异性交往。”

“未必是交往，像他这样的人被女性喜欢挺正常的，不排除因爱成恨的可能性。”

甘凤池急忙举手：“可是当年凶手判断是一米八以上身高的男人，女性不可能。”

“所以当初把女性排除在外了，要推翻这个很简单，凶手让陈丰树低头或是蹲下就可以了，所以陈丰树才会在毫无反抗的情况下被击中。”

“这样的话，就和杨跃杀妻案连不上了啊。”

“我没说一定是这样的，这只是我的推测，我们调查冷案的方针就是把重点放在曾经排除的人和事情上，当然凶手也可能是男人，一个未必有一米八身高的男人，老白，这部分你来查一下吧。”

“好。”

老白点头应下，又开始说他今天的调查结果。

杨跃身高一米八一，他曾被列在陈丰树被杀案的嫌疑人名单中，但经过调查，他当晚出去喝酒，有时间证人，而且他和陈丰树没有纠纷，所以在第一次排查时就把他剔除了。

杨跃没有兄弟姊妹，他很早就出来做小买卖了，家乡那边的人对他不了解，能确定的是这些年来他没有回去过，连母亲过世下葬都没露面，当时几位叔伯长辈曾试着打电话找他，但他已经搬走了，联络不上，这些年家里的亲戚几乎都把他这个人遗忘了。

听了老白的调查，甘凤池打开笔记本，在杨跃名字后面打了个叉，觉得自己先前考虑太多了，也许这两件案子只是碰巧，杨跃与陈丰树被杀没关系。

接着林紫言说了王春秀娘家这边的事，王春秀有个哥哥，他听说林紫言来问王春秀的事时，面露惭愧，说妹妹会受委屈都是因为他。

他们家条件普通，他又天生六指，因为这个一直找不到对象，后来杨跃追求王春秀，一点不心疼钱，父母看中了杨跃有钱，硬是拆散了王春秀原本谈的对象，把她嫁给了杨跃，彩礼钱加上王春秀婚后王家还三不五时地要钱，导致两人经常吵架。

后来王春秀的哥哥靠着这些钱结了婚，过得挺好的，反而王春秀和杨跃的关系更加恶化，杨跃那段时间做生意被骗了，他心情不好时就喝酒，喝完酒就打老婆，王春秀一开始还跑娘家，提过要离婚，但她父母一是嫌丢脸，二是觉得有了孩子，为了孩子忍忍就好了，慢慢地王春秀就不回来了，虽然她什么都不说，但他能感觉得出她的怨恨。

杨昱书九岁那年，某一天杨跃突然跑过来大发雷霆，说他们王家不地道，靠着他的钱致富了，就想过河拆桥，让他们把王春秀交出来，否则一定把他们告上法庭，王春秀的哥哥一问才知道她跑了，跑去了哪里不知道，因为王春秀没有联络过他们。

他们也曾怀疑妹妹是不是被杨跃打死了，过来反咬一口，但后来听说杨跃已经去报警找人了，警察也去杨家调查过，什么都没查到，王春秀的父母想到她整天遭受打骂，也开始怀疑她是不是跑路了，再加上杨跃隔三岔五地就来闹一次，他们也不堪其烦，只想着赶紧找到人好解决这件事，直到半年后杨跃搬家，他们这才得以清静。

不过杨跃搬去了哪里，他没讲过，王家也不知道，他们现在唯一在意的就是那个孩子，算起来也三十靠后了，不知道过得怎么样。

林紫言问起杨跃对杨昱书是否也有家暴，王春秀的哥哥说没有，杨跃对他儿子倒是挺好的，从来没动过他一根手指头，有几次还是杨昱书求情，杨跃才停止暴行的，后来打王春秀时就会背着儿子，不让他知道。

听完林紫言的讲述，甘凤池忍不住了，气道："真是人渣，不过王春秀的家人也是渣，女儿都被打成那样了，他们也不闻不问，就为了那么点钱。"

"不光是钱的问题，还有他们怕丢脸，即使是现在，也有很多父母为了不丢脸让女儿忍着，更何况是三十年前。"

"是啊，据王春秀的哥哥说她被打得最严重的那次是胳膊断了，是他带王春秀去看医生的，他父母还说让她要讲是不小心摔的，王春秀从医院出来时跟他说了一句话——就当我死了吧，那时他就有种不好的预感，没想到后来真的是活不见人死不见尸。"

"我去杨昱书以前上过的学校问过了，当初杨跃为杨昱书办理了转学手续，但他没有去新学校，我查了其他几所学校，也没有杨昱书的记录，不知道杨跃把他带去了哪里。"

魏正义把杨跃一家人的照片调出来，影像投在对面的白布上，杨跃一看就是五大三粗很暴躁的那类人，王春秀跟他恰恰相反，是个相貌清秀的温婉女人，杨昱书长得像母亲，眉眼都很秀气，他的照片是从学校的学生档案里找来的，说是九岁，但看起来比同龄人要小很多，眼神怯怯的，可见就算杨跃没有打过他，在那种环境下成长起来的孩子还是少了正常儿童应有的朝气。

"他也消失了啊，"甘凤池双臂交抱住，看着投影，说："这么说来，王贵口中提到的杀人案中，三个相关的人都不见了，真像是捉迷藏，为了掩盖某个秘密，全都藏起来了。”

“如果真是捉迷藏的话，那他们会藏去哪里，而且一藏就是三十年。”

面对萧兰草的疑问，甘凤池挠挠头，回答不出，老白说：“如果这个孩子还活着的话，算起来现在也有三十九了。”

“应该是活着的吧，除了他以外，还有谁会在意三十年前杨跃杀妻的事？我怀疑王贵就是被他唆使自杀的，他的母亲被杀了，可是因为王贵没报案，凶手逍遥法外，而凶手又是他的父亲，他又不能自己去告发，于是怨恨的矛头都指向了王贵。”

但如果只是怨恨，他满可以直接干掉王贵，可是他却给了王贵一大笔钱让他自杀，并在自杀前说出三十年前的案子，所以……

甘凤池在脑子里捋顺线索，讲出来。

“所以他真正想要的是通过当事人把案子讲出来，把事情搞大，这样警察才会着手调查三十年前的案子，作为儿子，道德观让他无法主动出来告发父亲，他甚至希望父亲没有杀母亲，但这些都需要我们来调查，你们说我说得有道理吗？”

萧兰草摇头，甘凤池很惊讶：“我说错了？”

“早就跟你讲，要站在罪犯的立场上考虑问题，如果你是儿子，母亲突然间人间蒸发，三十年中音信皆无，你最想做的是把凶手投进监狱，还是找到母亲，哪怕只是一具白骨？”

甘凤池豁然大悟，萧兰草轻松就说出了罪犯的心理，他顿觉科长的形象高大起来，林紫言皱眉问：“可是他直接问杨跃的话不是更快吗？杨跃都风烛残年了，他有很多办法让杨跃说实话吧。”

萧兰草看着她不说话，林紫言被看得莫名其妙，魏正义解释说：“算起来杨跃现在也六十多了，他是不是还活着还是未知数，假设凶手真是杨昱书的话，那杨跃已经死亡的可能性很大，他无人可问，才会利用我们警察来调查。”

老白追加道：“是啊，杨跃做的是投机倒把生意的，对头应该不少，很有可能是在杨昱书想问之前他就出了事，杨昱书只能找到王贵问情况，当发现王贵也记忆模糊后，转而想到了借由他的死来找人。”

听了两位前辈的话，甘凤池觉得自己想问题还是太简单了，拿起笔要在笔记本上做记录，萧兰草看了他一眼，他急忙放下了。

萧兰草说：“杨家三口都消失了，证据不足，这些暂时都是我们的推测，大家明天继续调查，首先王春秀到底是被杀还是逃跑，这是案子的关键，紫言你再去王春秀以前工作的百货公司问问看，她当时有没有来往密切的人，还有她婚前谈过的那个对象的情况；正义你调查杨跃做生意时的朋友，这么多年了，可能问不到什么，尽力吧，能问多少是多少，老白，你调查陈丰树出事前的交际情况，尤其是男女关系问题，比如……”

“比如陈丰树和王春秀之间的关系嘛，我懂我懂。”

“还有，你顺便查下1987年后的几年间那片小区有没有什么事件发生，不管大小，所有记录在案的事件都列表出来，如果没有，就把范围扩大再查。”

这次老白没懂，缩缩肩膀答了声得令。

“那科长，我呢？我呢？”

同事们都拿到任务了，甘凤池还在期待萧兰草会安排他做什么，萧兰草却打住了，说了句散会后去了自己的办公桌，甘凤池急了，紧追着问。

萧兰草看了他一眼，慢条斯理地问：“凤梨仔啊，你想要任务啊？”

甘凤池用力点头，想说你这不是废话吗？但他不敢说，回道：“想啊！”

“那我们可得好好谈谈咯。”

“哈……”

“我说过我不介意属下笨，但不希望他自作聪明，你记得吧？”

“记得……”

“你今天去的可不仅仅是这些地方吧，知情不报你想过后果吗？”

萧兰草表情似笑非笑，甘凤池马上知道穿帮了，他苦着脸说：“我不是知情不报，这不是怕你知道了不高兴嘛，你不让我查塔罗师，可是我问到了情况却不查，你说我能忍得住嘛。”

其他三名同事听得一头雾水，林紫言问：“什么塔罗师啊？”

“你问他。”

萧兰草一指甘凤池，同事们都看过来，甘凤池不敢再隐瞒了，将他被裴晶晶叫去找塔罗师星月占卜，后来他又看到星月偷偷往萧兰草的车上放死神塔罗牌，还有他去调查星月，意外发现星月冒充别人的名字住在萧兰草公寓对面的酒店等等详细说了一遍。

林紫言一听完就说：“和警花去算塔罗牌，凤梨仔你的假期真充实啊。”

这话怎么听着酸酸的，甘凤池生怕她生气，解释道：“我真没想去，是她硬叫着我去的，就这一次，绝没……”

话没说完就被老白打断了，指着他叫道：“臭小子，难怪急急忙忙让我查邢月，原来是为了这事啊。”

甘凤池心虚，连连点头赔笑。

林紫言对萧兰草说：“科长，这女人的行动太诡异了，明天我们除了查杨家的事以外也调查她吧，虽然线索不多，但我们三个人查总强过凤梨仔一个。”

萧兰草不置可否，看了看甘凤池，问：“你就调查了这些？”

甘凤池正要点头，老白突然咳嗽起来，他心里咯噔一下，心说他不会是被老白卖了吧，萧兰草看到他的反应，冷笑问林紫言：

“紫言，凤梨仔特意请假跟别的女孩子去玩，你怎么看？”

甘凤池快哭了，趴到萧兰草的办公桌上，苦笑说：“科长你饶了我吧，这都是意外，我请假是为了办事，是裴晶晶临时叫我过去的……”

“办什么事需要特意请假啊？”

甘凤池看看老白，老白摸摸鼻子躲去了电脑后边，他知道瞒不过去了，嘟囔道：“我在调查苏钺的案子，怕你知道不高兴，就没说。”

魏正义和林紫言对望一眼，一点没有惊讶的表示，甘凤池反应过来了，再去看老白，老白完全被电脑挡住了，根本看不到人，他叫道：“老白你卖我卖得够彻底的！”

“是我问的，刚好正义和紫言都在，所以大家都知道了，还知道了你去跟邢星打听过‘艺术家’的情况，可惜邢星只是在工作中和‘艺术家’有过接触，完全不了解内情，所以你改为调查五年前的绑架案，利用休假时间去寻找蛛丝马迹，我说的对不对？”

“科长，你简直就是神机妙算！”

“少拍马屁，你问的这些我都问过了，要是有蛛丝马迹，我早就发现了，还会等到你来？”

萧兰草瞪了他一眼，甘凤池老实了，既然大家都知道了，那他也没什么好隐瞒的，将自己最近调查苏钺被绑架案中相关人员的事说了，也提到了他对吴美薇的怀疑。

等他说完，魏正义第一个先开了口：

“凤梨仔你这就不对了，你有想法想调查这都可以，但不该瞒着我们，我们是一个团队，你知道一个好的团队最重要的是什么，那就是信任无间，如果每个成员都隐瞒自己的行动，那还怎么做到默契合作？”

魏正义难得说得这么严肃，甘凤池低着头一句话都不敢说，就听萧兰草说：“谢谢你为我着想，不过我不需要。”

“对不起科长，我错了，你别赶我出队伍！”

甘凤池急得脸都红了，大声说道，萧兰草白了他一眼。

“谁说我要赶你？”

“那你说不需要是……气话？”

“我只是在说明我的立场，我从来没把因为苏钺一案被调离刑侦一科这事当成是污点，相反我很高兴在冷案科做事，我这个人散漫惯了，其实不适合在一线冲锋上阵，这里更适合我。”

“啊，”甘凤池呆了，问，“那你整天拼命抢萧燃科长的工作，不是为了有朝一日调回去？”

“当然不是，你以为我是你？”

甘凤池摸摸头不好意思地笑了，再看看其他同事的表情，好像也是第一次听说，他心平了，嘟囔道：“全局里大家都这样传的，果然流言害死人。”

“不是流言害死人，而是相信流言才会害死人，我说过多少遍了，要用自己的脑子想事情，到现在你都学不会。”

萧兰草恨铁不成钢，摇了摇头，说：“后来我进了冷案科，发现这里的工作是一种新挑战，查旧案帮助那些被困在阴影里的人也是很有成就感的事嘛，所以我从来没在意过五年前的那件案子。”

“可是苏钺死了啊，你真的不在意吗？”

甘凤池其实想说就算不在意自己被调职，但因为自己的错误导致人质死亡，心里多多少少会有疙瘩吧，一点都不放在心上的话，那是要有多冷血啊。

萧兰草笑了笑，没有正面回答，说：“不管是什么事，只要过去了就别去纠结，这是我做人的原则，我不让你调查是因为‘艺术家’这个人是极度危险分子，他是反社会人格，这种人非常可怕，你干这行还不长，还不擅长对付这种犯罪分子，我不希望你有危险。”

狐狸科长居然这么为他着想，甘凤池感动得都快热泪盈眶了，大声说：“没关系的科长，我做警察的第一天就已将生死置之度外了！”

“凤梨仔啊，虽然我很理解你想破案的心情，可是你出事的话，我也会有连带责任的，我在这里做得挺好，不想再被调职。”

旁边传来林紫言的笑声，甘凤池抹抹眼角，决定把刚才的感动都收回来。

“不过你做得挺好的，这么短的时间里就把相关人员的底都查清了。”

一听这话，甘凤池又一秒来精神了，问：“那科长你是不是也觉得吴美薇有问题？”

“没有证据。”

萧兰草这样说就是等于说他也怀疑吴美薇，这和甘凤池的推测吻合，他很兴奋，正要再问，萧兰草说：“虽然你做得很好，也问到了一些情况，但这个案子已经结了，与其把时间花在已经结案的地方，不如把重点放在我们现在办的案子上。”

甘凤池皱皱眉，萧兰草的意思很清楚，他说得也很有道理，但甘凤池总觉得在这个案子上萧兰草的态度不太对劲。

以他对萧兰草的了解，萧兰草是个追求完美的人，不管是在私事上还是在办案上，只要有一点疑问他都会彻查到底，哪怕是已经结案的案子，更何况苏钺的案子不算完全结案，幕后指使者还没抓到，吴美薇也有疑点，可是他却不让往下查。

这到底是为什么？难道苏钺一案中还有他们不知道的隐情？

“那……”他把话临时改为，“那我明天继续调查杨跃的案子。”

“不，我另有任务给你，”萧兰草笑眯眯地看过来，“凤梨仔，你不介意当几天保镖吧？”

“欸？”

“萧燃的意思是不希望黄小敏知道警方在暗中监视她，她又希望我们派人保护，我想了想，就你吧，你也当过保镖，有经验。”

“科长你本末倒置了吧，她不是想要保镖，她是想要你啊！”

萧兰草一脸迷惑，这让甘凤池恨铁不成钢，他家领导有时候真是清纯得不得了，他居然没看出人家女孩的心思。

“她明明想追你，但又找不到合适的借口，所以才让你就近保护她，你把我派过去算什么？她根本不稀罕我的保护啊。”

“是这样吗？”

“当然是这样，要不你领口上的口红是哪儿来的？”

“那这样的话我就更不能去了，犯错误怎么办？所以还是你凤梨仔，明天你跟她一天，要是她嫌烦，不让你跟了，那正好可以找借口回来。”

说到衣服，萧兰草又是一脸的懊恼，拿起手绢开始擦，甘凤池还想说，被林紫言用手肘拐了一下，摇头示意他答应。

萧兰草还在那儿跟衣领纠结呢，会开完了，大家离开，林紫言举手问：“那塔罗师这边……”

“我来查，”萧兰草打断她的话，说：“我这里有点眉目了，你集中精力调查杨家的案子就好。”

手机响了，萧兰草擦着衣领探头看了一眼，眉头皱了起来，把手绢丢下，拿起手机走出去，甘凤池就听他压低声音埋怨道：“不是让你不要打电话来吗？”

不知对面说了什么，萧兰草叹了口气，一副不高兴又拿对方没办法的反应，甘凤池竖起耳朵还想再听，他已经出门了。

几名科员对望一眼，甘凤池招招手把大家集中过来，说：“咱们科长恋爱了？”

老白忙着摆弄手里的彩票，随口说：“我觉得更像是脚踏两条船。”

林紫言点头：“我也有这种感觉，男人劈腿时都这表现，不过他没有对象啊。”

“所以就更奇怪了,没对象为什么这么偷偷摸摸的?正义,你是不是知道什么?”

魏正义摸摸鼻子要离开,被甘凤池一把抓住,他连连摇头。

“你们都不知道,我怎么可能知道?我说凤梨仔你也别疑神疑鬼了,好好查案知道吗?”

“可是直觉告诉我,科长有这种反应跟查案有关系,我跟你们说啊。”

甘凤池把他在现场看到萧兰草鬼鬼祟祟打电话的事说了,老白听了,一拍手。

“你这么一说,我也想起来了,前两天早上科长也是神神秘秘地打电话,看到我进来,马上就挂了,非常之有问题。”

“看来科长也有秘密啊。”

甘凤池感叹说,三位同事点头附和,他问:“那要问清楚吗?”

大家相互对望,一哄而散,甘凤池说:“你们怎么这样啊,正义你刚才还说我们是一个团队,要互相坦诚……”

“下班了,我要去接儿子。”

“我爷爷叫我去吃饭。”

老白张嘴想说话,甘凤池伸手拦住:“你不用说了,我知道,你要去买彩票。”

“不,我约了前妻吃饭,彩票她帮我买。”

魏正义和林紫言走了,萧兰草讲完电话,回来取外衣,看到甘凤池坐到椅子上打开电脑,他提醒道:“凤梨仔别太拼了,休息好才能工作好。”

“知道。”

“记得明早去电台接黄小敏,她今晚工作,早上才回家。”

早上回家不需要接送吧,大太阳高照着,街上都是上班的人,谁会在这个时候搞小动作啊。

不过任务就是任务,所以甘凤池吐槽归吐槽,还是认真说:“明白。”

萧兰草也走了,最后是老白,他背上背包,又把一个印着卡通图像的蓝色耳机戴到头上,甘凤池这次没忍住,问:“这耳机够潮的啊,你女儿买给你的?”

“我前妻,你不知道她现在有多体贴啊,我随口说句什么她都记得,嘿嘿……”

一大把狗粮即将撒过来,甘凤池把头转回电脑前,决定无视,老白往前走了两步,又退回来,说:“其实我蛮理解陈丰树家人的心情的。”

甘凤池不明白他怎么突然提到陈丰树,老白把耳机挂到脖子上,说:“你知道我老婆为什么和我离婚?她不是嫌我整天忙工作不管家,而是受不了每天担惊受怕的生活,尤其是有好几次我女儿还遇到了危险,我们每天都吵架,每次都是因为这类事,吵到最后两人都累了。”

“后来呢？”

“后来就离了，每天都吵架对孩子也不好，我尽量不去联络她们，现在孩子长大了，我退居后方，关系反而和谐了，你也知道干我们这行的，找对象一般都是内部解决，因为其他行业的人很难理解也体会不了我们的工作有多重，但夫妻关系很奇怪，就算她理解不了，甚至离开了多年，可是说起当年的事，有些我都忘了，我老婆却还记忆犹新，你可以去找陈丰树的妻子聊一下，不是以警察的角度问案，而是随便聊聊，或许能聊到卷宗里没有提到的情况。”

甘凤池转头看向桌上那堆档案，档案很厚，全都是关于陈丰树一案的记录，陈丰树家人提供的证词也记录得很详细，所以他最先只想到去询问嫌疑人，反而忽略了这一点，经由老白提醒他才茅塞顿开。

“好，我去查，不过不知道科长有没有在查。”

“有的话，今天开会他应该会提，看他最近这么忙，可能暂时还没想到这一层，科长毕竟还没结婚，他大概无法体会到夫妻之间那种相濡以沫的感情。”

甘凤池想想也是，换了他是科长，被个变态罪犯整天盯着，还利用塔罗牌吓唬人，他肯定也没办法集中精神查案子的，所以这种事还是让他来吧，帮科长减轻负担，做一个称职的属下。

老白拍拍桌上那堆档案，说：“科长常说电脑不如纸档案，同理，纸档案也不如人的记忆，它记录得再丰富也没有感情，所以怎么都不可能比人的大脑记得更多。”

“谢谢老白！我明天就去查！”

老白满意地点点头，给了甘凤池一个孺子可教的手势，又提醒道：“不过调查归调查，不能耽误你当保镖喔，我因为偷偷帮你查资料，被科长勒令要每天去健身房健身，我容易嘛我。”

“是是是，都是我的错，我一定会做好本职工作的，不会再发生保护对象失踪那种事。”

“你明白就好，这世上没有什么事是做无用功的，你认真做，就总会有结果。”

老白教育完后辈，把大耳机往头上一罩，离开了，甘凤池打开电脑，把自己这两天调查的资料记下来，看着资料推想一些可能性，顺便又找出陈丰树妻子的联络方式。

她叫陆瑗，不过都过了这么多年了，家庭电话说不定早就换了，甘凤池记下来，想着先联络看看，要是联系不上再去问老梁，他肯定知道陈丰树家人的情况。

甘凤池做完事，又去洗了个澡，时间已经很晚了，他躺到值班室床上，迷迷糊糊正要睡过去的时候，突然想到萧兰草交代的任务。

既然要做黄小敏的保镖，那得先了解下她才行，这一想，困意立马飞走了，甘凤池下了个电台 app，收听她主持的心动之声。

直播已经开始了，一个中年男人正在绘声绘色地讲述让他心动的女神的故事，甘凤池耐着性子听了半天，直到男人最后说为了家庭还是跟女神分手了，他这才反应过来——说了这么煽情，你这不过是搞小三嘛。

接下来是一个女学生讲她在大学图书馆的心动经历，很老土的掉书捡书的剧情，甘凤池直打哈欠，听着黄小敏配合对方聊天，他敬佩之心油然而生，换了他，他真的无法如此投入乡土剧情，还要配合着演戏。

电台主持人这行也挺不容易的啊。

终于挨到尾声了，黄小敏出来做结束致辞，原来心动之声这个节目停播了，今晚是最后一期，黄小敏先是感谢听众们长期以来的支持和参与，又说期待能跟大家在其他节目里再会。

为了纪念自己顺利跟着这个节目到最后，黄小敏也讲了让自己心动的一瞬，既不是惊心动魄的冒险，也不是浪漫唯美的恋情，而是童年时代她生重病，醒来的时候看到陪伴在病床旁的父母，那一瞬间她心里涌起的感动到现在都记忆犹新。

黄小敏说那一刻的她觉得自己最幸福，那一幕的记忆也深深刻在了脑海里，之后她上了大学，工作了，经历过令人怦然心动的恋爱，但始终没有一份记忆可以将它替代。

她的声音很好听，柔和又清亮，相同的事由别人来说，或许只是普通的家庭日常，可是经由她娓娓道来，故事就像是水墨画中点缀了几分颜料，让原本平淡的画面一下子灵动起来，甘凤池一开始还觉得枯燥，但不知不觉中竟然被打动了，直播结束，他立刻给母亲留言让她注意身体，又上网订了花寄给她。

黄小敏的讲述很有助眠效果，甘凤池听完后很快睡着了，并且一夜无梦睡到天亮。

早上他在食堂吃了饭，开车去了黄小敏工作的电台，黄小敏在休息室等他，跟上次相比，她的妆容很明显，桌上放了小皮包，甘凤池看了一下，没看到香烟。

黄小敏脸上本来挂着笑，看到来的是甘凤池，笑容马上收敛了，问："怎么是你？"

"我知道你不想看到我。"

其实我也不想来的——甘凤池没敢说实话，他堆起笑，说："但我们科长太忙了，他是领导嘛，要负责的事情很多的，所以今天就把我派来了，你要是觉得不方便，我们换女警也是可以的。"

他说得合情合理，黄小敏只好说："那他什么时候不忙啊？"

“这个……通常是他休息的时候，不过他通常不休息，他是工作狂加自恋狂，全世界我最美的那种，搞得谈了几次恋爱都被踹了。”

甘凤池信口雌黄着，心想科长我只能帮你到这了，黄小敏却冲他冷笑说：“你一定是嫉妒他。”

“嘿嘿，被看出来了。”

甘凤池摸摸头，黄小敏被他的模样逗乐了，说：“你就你吧，虽然差点，但还能将就。”

得，他还是个将就的备胎。

甘凤池面不改色，问：“需要我帮你提包吗？”

“需要，这个。”

黄小敏指指脚下，甘凤池这才看到地上还有个大包，他过去一提，差点栽了个跟头，旅行包重得惊人，摸了摸，好像是书。

黄小敏拿起她的小皮包走出去，甘凤池把旅行包带子挂到肩上跟在后面，说：“小姐你好有学问啊。”

“只是几本心灵鸡汤而已，工作需要的，最重的那些是带给我爸的东西，他上山拍照摔了一跤，现在在住院观察，闲不住，就让我把他的摄影工具都带过去，说要抓拍生活中美丽的风景。”

“那我们接下来要去医院？”

“是啊，刚好你来了，省得叫车了。”

CHAPTER SIXTEEN 第十六章

新案频发

两人上了甘凤池的车，路上甘凤池说：“我昨晚听了你的直播，挺有趣的，你很会炒气氛。”

“谢谢，可惜停播了，你没机会再听了。”

“那你的工作呢？”

“我请了一星期的假，先休息下，回头去做白天的节目，这样挺好的，省得老是昼夜颠倒，很容易老的。”

“王贵那件事后，有没有人再来电骚扰你？”

“没有，倒是有不少热线打进来问他的事，大家都有好奇心嘛，我就说是恶作剧，敷衍过去了。”

“那被跟踪呢？都发生在什么时候？”

“我说咱们能不能不聊这些？我昨天都跟你们科长说了，我不想相同的话再重复一遍。”

“就算每天的经历是重复的，也不代表一切都一样，总会有微妙的不同。”

甘凤池说得很认真，黄小敏只好想了想，说：“昨天我没感觉到被跟踪，大概是萧科长一直陪着我吧，我听说了，那位死者的儿子是我的铁杆粉，老天，希望不是他下毒杀人。”

“为什么会这样想？”

“我听朋友说的，他说他以前做热门话题博主，遇过一些可怕的粉丝，比如暗中监视你啊，或是寄信到你家啊，为了引起关注，有些还偷偷进家安放窃听器，他遇到的最恐怖的事是养了几年的爱犬被粉丝下毒毒死了，他很伤心，在专栏写了悼念狗狗的文章，那人还留言说他终于关注自己了，我听说死者儿子的精神状态不正常，再听了朋友的提醒，就更害怕了。”

甘凤池也听过一些粉丝做的过激的事，不过凡事不能一概而论，王田只是智力稍弱，而不是精神有问题，见黄小敏表情紧张，拿烟盒的手略微发颤，为了缓解她的紧张，他说："放心吧，我们一定会彻查到底，抓住凶手，你想抽烟就抽吧，不用管我。"

黄小敏抽出一支烟，但犹豫了一下又放回去了。

"算了，我爸要是闻到烟味又要唠叨了，那个家伙也要唠叨。"

"那个家伙？"

"就是跟我说粉丝投毒的那个人，他是我朋友介绍的相亲对象，开了家IT公司，据说挺赚钱的，不过不来电。"

"肯定是颜值不高。"

黄小敏的手机响了，压过了甘凤池的嘟囔声，来电的头像是个很有气质的中年男士，黄小敏跟他聊了几句家常，又约了见面的时间地点后挂了电话，甘凤池说："这颜值挺高的啊，你不满意？"

"要是这个还好了，他只是介绍人，我的相亲对象是这个。"

黄小敏调出一张照片，甘凤池趁着等红灯看了一眼，坐右边的是刚才来电话的男人，黄小敏和另一个西装男坐另一边，西装男的头发打得油光锃亮，西装高档，三十靠后的年纪，以这个岁数来说他算是偏瘦的，长得没有特别帅，但也不丑，不过要说气质，还是右边那个男人比较好。

"他是我朋友的客户，我朋友说我和他岁数差得不大，他以前也做过博主，和我应该有共同语言，所以就介绍了，这哪叫差不多啊，他大了我整整十岁。"

"看起来还好啊，男人岁数大点比较有味道。"

"那还不如找我朋友呢，可惜他结婚了，唉……"黄小敏长长地叹了口气，说："岁数大就算了，聊也没话题聊，据说他是学化学还是数学出来的，理工男都那么个调调，木头似的。"

甘凤池觉得自己膝盖很痛，莫名其妙就中了好几枪，他咳咳了两声，说："你别拿我家领导当基准哈，你拿他当基准的话，很难找到对象的。"

"如果不看脸，那我何必跟他交往呢，我找你这款不是一样的吗？"

为什么他不管是当保镖还是当男朋友都是替补的呢？

甘凤池问："既然你觉得不来电，那为什么不拒绝见面呢？"

"因为是朋友介绍的嘛，不太好意思回绝，再说他也没那么差，就说处处看吧，他还挺喜欢讲一些离奇的案子什么的，我蛮感兴趣的。"

甘凤池的敏感天线立刻竖了起来，现在是非常时期，任何接近黄小敏的人都可能有问题，他装作不经意地问："你喜欢聊这些啊。"

“不仅是这些，其实各种奇奇怪怪的事我都喜欢听，做我们这行的，随时都会遇到另类的提问，了解得多一些，便于现场发挥，欸，别光说我啊，你也聊聊你的经历呗，比如有什么离奇的案子或见闻。”

“哦，我们有纪律的，不能随便说。”

甘风池婉言回绝了，还好黄小敏没多问，快到医院时，她去点心店买了一大盒点心，说是给父亲的。

黄小敏的父亲只是崴了脚，伤得不重，他住院主要是黄小敏的提议，觉得他年纪大了，不如就趁这个机会做个全面检查，刚好隔壁病床的病友和他岁数差不多，甘风池陪着黄小敏进去时，两人正聊得开心，看到他们，那老人还跟黄父开玩笑说：“女儿有男朋友了，恭喜恭喜。”

“不是男朋友，是同事。”

黄小敏一边说着一边冲甘风池使眼色，让他去外面等，甘风池吃过一次亏，现在让他保护人，他都不敢离得太远，看看对面窗户，这里是三楼，心想黄小敏应该不会像上次那个记者一样避开自己逃跑吧，就算逃跑，三楼大概她也不敢跳，说：“我就在门口，有什么事叫我。”

“这是医院，有事也是叫医生，你们警察的疑心病也太重了。”

黄小敏不理解他的苦心，把他推出去了，走廊上有座椅，甘风池过去坐下，趁着等人给陈丰树的妻子陆瑷打了电话。

那个家庭电话果然打不通，甘风池又打给老梁询问，老梁一听他已经着手调查陈丰树的案子了，高兴得不得了，把陆瑷的手机号给了他，又说她再婚了，让他问案子时说话注意一下。

甘风池照他给的号码打过去，接电话的就是陆瑷，他简单说了自己的目的，问方不方便见面聊，对方同意了，两人约好时间，甘风池刚放下手机，就见裴晶晶从对面走过来，惊奇地问：“凤梨仔你怎么在这儿？”

“我陪黄小敏来的，你这边呢？”

“问到不少情况，我刚跟科长汇报了，正要回去呢，就看到了你。”

“什么情况？”

裴晶晶拿出平板，调出问到的资料给他看。

“姑奶奶总算是开口了，不枉我浪费那么多口水开导她，喏，这就是绑架犯的样子，受害人提供的，说他下岗了，妻子又生重病，他是好人，是为了给妻子治病才会绑架的，妻子撑不了多久了，他很难受，什么伤心的事都跟她这个绑票说，把她当朋友，不仅没有为难她，还对她很好，要的也不多，才三十万，他们家也不缺这点钱，就不要了，让我们别太难为他，我觉得这女孩有点喜欢绑匪，真不知是该提醒她还是骂醒她。”

绑架犯戴着眼镜，脸盘消瘦，看起来就是个普普通通的男人，甘凤池说：“这就是所谓的吊桥效应吧，她是觉得绑架犯对家庭有担当，对自己有礼，所以就喜欢上了。”

“对，就是这种感觉，亏那女孩还认为这就是爱情，她喜欢玩塔罗牌，坚持说牌意就是这样指点她的，真是的，我都不知道该怎么说她才好。”

裴晶晶随口一句话引起了甘凤池的警觉，问：“她也爱玩塔罗牌？”

“是啊，还是很着迷的那种，我发誓今后再也不玩塔罗牌了，我不想跟这样的人成为同类。”

“喔……”

甘凤池附和着，脑子里飞快运转起来，暗想怎么会这么巧呢，难道又是星月搞的鬼？

裴晶晶又说：“塔罗牌的牌意准不准确我不知道，但我知道绑架犯根本就是惯犯，他有诈骗前科，还有过两次骗婚记录，这才是真相。”

“这么快就查到他的身份了？”

“因为通缉在案啊，萧科有印象，一看他模样就知道了，现在司徒他们已经去抓人了，我们怀疑他是有目的地锁定目标，把这些处于青春期对爱情抱有幻想的少女作为绑架对象，他只要小额赎金是为了今后可以源源不断地骗钱，这种形式的诈骗如果没有确凿证据，很难定罪的，够狡猾吧？”

“被绑架者都被虐待了还指望拿到钱？”

“是啊，就是一边是蜜糖一边是皮鞭的效果，在心理上让对方屈服，继而洗脑，希望这次能顺利抓住他，这样系列绑架案就可以结案了。”

黄小敏从病房出来，裴晶晶打住话题离开了，黄小敏看着她走远，问甘凤池：

“你女朋友？”

“同事，碰上了聊聊。”

甘凤池随口敷衍过去，黄小敏说要离开，他问：“你不用多陪一会儿？”

“不用，老爷子有病友陪，嫌我在这儿碍事，他说我有陪他的时间，不如多陪陪男朋友。”

她指指甘凤池，甘凤池急忙躲一边，黄小敏莞尔，又叹道：“自从我妈去世后，我的单身问题就成了他最大的心病。”

“所以你才会接受相亲？”

“反正我有的是时间，接触下也没什么不好，不过你……”

“放心，我不会当电灯泡，我站远点当保镖就行了。”

黄小敏先回了自己租的公寓，收拾了一些日常用品，说家离医院近，她搬回去住比较方便，反正放大假了，不用昼夜颠倒上班那么辛苦。

“你要不要睡一觉休息下？”

“不用，我都是下午才睡，直到晚上才起来，先去把事办完。”

所谓办事其实就是和相亲男见面，两人来到约好的咖啡厅，相亲男和黄小敏的朋友在闲聊，看到她，立刻站起来冲她招手，甘凤池站得比较远，觉得这男的比照片上要顺眼，和黄小敏还挺般配的，大概是不会聊天，所以被鄙视了。

想到这儿，甘凤池反省了一下自己，觉得同为理科男，他是不是也是因为不会聊天，才到现在都没把人追到手。

他在附近的座位坐下，点了饮料，黄小敏的朋友见她来了，起身告辞，经过他的座位时，突然坐下来，自我介绍说：“我叫方敏。”

甘凤池喝着饮料看他，又看看黄小敏，她已经和相亲男聊起来了，没注意到这边的情况。

看着甘凤池皱起眉，方敏急忙解释道：“你别怪她，是我看到她和帅哥在一起，还以为她有男朋友了，她才跟我解释的。”

“喔，那麻烦你不要再跟那位相亲对象解释。”

“不会不会，我有那个眼力见儿的，而且我跟小敏比跟杨旭英要熟得多，我们名字里都有个敏字嘛，八字挺合的，聊得来。”

他巴拉巴拉说了半天，一副交流八卦的表情，看他岁数也不小了，甘凤池没想到他这么能说，让他原本还不错的气质一下子都塌方了，甘凤池忍不住再次感叹照片就是照骗这句话，他还真被骗到了。

他不喜欢大嘴巴的男人，保持喝饮料的样子不说话，方敏大概自己也觉得无趣，半路闭了嘴，说了声打扰了站起来要走。

“等等！”

甘凤池的脑子突然转过来了，叫住他，问：“你说他姓杨？”

“是啊，怎么了？”

他们在调查的案子当事人不也是姓杨吗？王贵目睹杨跃杀妻，引诱王贵自杀的或许是杨昱书，王贵临死前打的电话是黄小敏接的，现在她的相亲对象也姓杨。

杨这个姓说少不少，说多也不多，真会这么凑巧吗？

“能说说他的情况吗？”

“不是吧，你们怀疑……”

听了甘凤池的话，方敏大叫起来，甘凤池急忙冲他打手势让他闭嘴，一把年纪了，怎么看起来比他还傻 ×。

甘凤池的鄙视表现得太明显，方敏慌忙坐下来，连连小声说抱歉，又看看黄小敏那边，他们聊得还挺投机的，没看到方敏和甘凤池搭上线了。

他又小声问：“你怀疑他？”

“这只是例行询问，你不要脑补太多。”

“理解理解，不过我和他也只是有工作联系，不是太了解。”

方敏掏出自己的名片，递给甘凤池。

“我开了家小印刷公司，主要印名片什么的，小杨是 IT 公司老板，我帮他们公司印名片，又刚好同是一个驴友团的，这一来二去就熟了，他人挺好的，很照顾我的生意，就是理科出来的吧不太擅长和人沟通，整天玩电脑，连爬个山都舍不得放下小电，所以快靠四十的人了还没成个家，他对小敏有意思，听说我和小敏很熟，就托我牵线，我也觉得他们挺般配的，就介绍了，你看他有多内向，和小敏都见过两次了，到现在还要拉着我一起来。”

他一边说着一边连连摇头，甘凤池脑子里开始飞快运转——岁数上和杨昱书对得上；喜欢聊案件事件什么的；长相嘛，过了这么多年虽然看不太出来，但气质上还是有点相似的，可是如果他是杨昱书的话，他接近黄小敏的目的是什么？

“他不会真有问题吧？”

甘凤池的表情太严肃，方敏担心地问，甘凤池摇摇头，问：“对他的家庭你了解吗？”

“他从来没提家里的事，我们也只是合作关系，私人的事平时也不会聊到，”说到这里，方敏眼睛放光了，往前探探身，问：“需要我去旁敲侧击一下吗？”

甘凤池看了他一眼，心想就你这样，一出马就被发现了好不。

“不用了，我就是随便问问，您忙吧，不耽误您的时间了。”

真怕他好心办坏事，甘凤池做出无比诚恳的表情，方敏有点失望，说了句好吧，站起身要走的时候又提醒一句。

“名片上有我的手机号，你要是想问什么，可以随时联络我。”

“没问题，一定。”

甘凤池保持着微笑目送他走出去，扶额心想希望自己到了他这个年纪，不要像他这么啰唆又八卦。

他看看对面，两人还在聊，便在群里留了言，说了自己的发现，老白回应了，说马上调查杨旭英，让他等消息。

没多久，杨旭英又点了点心给黄小敏，他看起来还挺体贴的，及时递上餐具，又不时地为黄小敏倒饮料，甘凤池观察他的举止和表情，他眼神忽闪，表现紧张，餐厅里不热，他却不时地掏手绢擦汗，甘凤池越看越觉得这个人有问题。

他们终于吃完了，黄小敏起身告辞，杨旭英说要送她，她回绝了，甘凤池看着两人走过来，他故意将笔丢到了地上。

圆珠笔滚到了杨旭英面前，他捡起来递给甘凤池，甘凤池赶忙道了谢，等他们出去，他掏出夹链袋，将笔放进去。

他跟随两人出了咖啡厅，杨旭英的车停在门口的车位，他和黄小敏打了招呼，离开了，等他走远了，黄小敏才上了甘凤池的车。

“聊得不开心？”

看黄小敏脸上略带倦容，甘凤池问。

“还好，他又一直在聊杀人事件，一开始还觉得有趣，听多了就烦了，尤其是我最近不顺，很容易自我代入，就更觉得不舒服。”

“我看你们刚才聊得还挺投机的啊。”

“不然怎样，说你很吵请闭嘴吗？我已经表现得很明显了，他双商不够看不出来，有什么办法，”黄小敏自嘲完，说，“他想去旅游，居然不问我的意见就买了票，太大男人主义了吧？”

“不要去！”

杨旭英的身世还有待查明，这时候跟他出去玩太危险了。

甘凤池说完才发现自己的态度过激，还好黄小敏没注意，说：“才不会去呢，我最讨厌这种不尊重别人的人，什么都搞一言堂，好像女人是附属品似的。”

嗯，在杨跃家那种环境下成长起来的孩子，变成这类人大概并不奇怪吧。

“其实我要求也不高，工资少点也无所谓，反正我自己也赚钱的，我爸赚得也不多，但对我妈特别好，我就想照着他那样的找，最好是像萧科长，长得好看又绅士，基本上就差不多了。”

咳咳，这个标准其实不低，真的。

甘凤池嘴上附和着，开车载黄小敏来到她父亲的家，这里的楼房比较旧了，但邻里间的关系不错，他们进去的时候遇到邻居，都很热情地打招呼，黄小敏说她从小就是在这儿长大的，母亲过世后，她原本想在交通方便的小区买房子，她父亲拒绝了，说在这里住久了，有感情，不想搬。

“你父母感情真好。”

“是啊，可惜我妈过世得太早，还好我爸喜欢摄影，否则他整天闷在家里，一定会闷病的，到了。”

黄小敏家在四楼，到了后，她掏出钥匙开了门，甘凤池陪她进去，来到客厅，看到里面的状况，他愣住了。

客厅一片杂乱，东西摔得到处都是，液晶电视的屏幕也被砸花了，书架上的书被翻得乱七八糟，花瓶落在地上，水流了一地，狼藉不堪。

甘凤池看看黄小敏：

“这……不是平常的样子吧？”

黄小敏一开始也呆住了，听了甘凤池的话，她回过神，气愤地说：“当然不是，这到底是谁，太混蛋了，为什么把我家搞成这样？！”

她跑过去把浸在水里的几本书捡起来，最下面是全家福合照，她要拿，被甘凤池制止了。

“什么都别动，报警吧。”

接到报警后，刑侦一科和鉴证科的同事很快就赶到了，黄小敏受了惊吓，在女警的照顾下去卧室休息，甘凤池配合冯震他们做调查，没多久现场勘查做完，结果却是一无所获。

“作案人是个老手，几乎没留下痕迹，”老羊说：“锁头被撬过，不留意的话很难发现，不知道是小偷作案，还是跟王贵的案子有关。”

“我不希望是后者啊，因为这个案子，这两天我们科的人都被搞得晕头转向了。”

冯震捂着头呻吟，陪黄小敏的女警过来说黄小敏检查了家里的贵重物品，丢了两千块钱和母亲的一些金饰，怀疑是不是小偷没偷到值钱的东西，才会借由打砸物品来泄愤。

司徒也回来了，他去上下层邻居那里询问，邻居家里都没人，这个时间段大家都去上班了，一楼有位老太太在家，但她说没听到声音。

冯震拍拍墙壁，“这房子不怎么隔音，要是砸东西不会听不到啊，难道是大白天趁大家都不在家时砸的？可真够大胆的。”

“很有可能，白天大家都上班了，这里的监控镜头也不多，有经验的小偷要混进来挺容易的。”

甘凤池去外面转了一圈，看了小区的保安情况，回来跟大家汇报，小区的两名保安都说没见到可疑人出没，让他们调监控看，结果一台是坏的，另一台镜头偏了，只拍到了一半，一问才知道这片小区都是老住户，治安非常好，所以在管理上就懈怠了。

听了甘凤池的汇报，冯震摊摊手，叹道：“我还能说什么呢。”

甘凤池说：“既然都是老住户，有新面孔进来，应该挺扎眼的，大家都没注意到，说明他是伪装成快递或是电工什么的进来的，费这么多心思到这种看上去没多少油水的地方偷东西，好像说不过去啊。”

“所以有目的来报复的可能性很大。”

冯震给萧燃打电话说情况，甘凤池去隔壁黄小敏的房间，她的情绪已经稳定多了，苦笑说：“还好今天有你，要是我一个人遇到这情况，都不知道该怎么办了。”

“别太担心，我们会尽快找出嫌疑人，”甘凤池安慰完，说：“你再仔细想想，最近还有没有什么让你觉得奇怪的人或事，比如你说的那些跟踪者啊，你觉得会不会是身边的人？”

黄小敏想了一会儿，摇摇头，甘凤池说：“没关系，我们会继续查的，在这期间会有警察全天保护你，对了，杨旭英这人你觉得怎么样？”

“你怀疑他？”

“不，只是例行排查，通常这种情况我们是从身边的人开始调查的。”

“他还好吧，我们总共也只见过三四次面，对双方的家庭了解得不多，他只知道我住电台附近的公寓，不知道这栋房子，至于其他朋友，大家平时来往得不多，我上夜班，时间上没法配合，还有同事……工作上是有些不合拍的人，不过倒不至于暗中跟踪我或是潜入我家搞破坏，这是犯罪吧？”

黄小敏说了半天，没有提供到明确的线索，又担心父亲，拜托他们不要将这件事告诉老人，甘凤池安慰了她一会儿，冯震从外面探进头，甘凤池走过去，冯震告诉他说萧燃科长会让裴晶晶全天陪黄小敏，他们去电台把这几个月黄小敏的节目录音都要来，看能不能从录音上找缺口，这么做就等于说刑侦一科把黄小敏作为调查王贵一案的主线了。

这样一来，甘凤池就不需要继续当保镖了，刚好老白的调查结果也传过来了，杨旭英出身单亲家庭，跟父亲住，毕业后来外地工作，没有犯罪记录。

甘凤池曾经遇过有人利用身份证冒名顶替的事，他对这种纸面上的记录不敢太相信，冯震问他要不要跟自己一起去电台，他拒绝了，把沾有杨旭英指纹的笔给了冯震，说了自己的怀疑，让他转给鉴证科。

裴晶晶来了后，甘凤池从黄小敏家出来，看看时间差不多了，他开车来到陆瑷住的地方。

在来之前，甘凤池通过老梁了解了一些关于她的情况——陈丰树遇害后，她带着孩子过了几年，后经人介绍和一个私人企业的小老板结了婚，后来又生了个孩子，她和陈丰树的儿子前两年结了婚，她现在退休没事，就每天和朋友打打麻将带带小孩，过得挺好的。

甘凤池到了她家按了门铃，她来开了门，一个小不点儿抱着她的腿探头看过来，叫：“叔叔好。”

甘凤池和他打了招呼，又做了自我介绍，陆瑗请他进来，笑着说：“现在的警察跟以前不一样了，走在街上，肯定看不出你们是做警察的。”

“是不是气场不够啊？”

“够够够，而且还都很帅。”

陆瑗染了头发，穿得也挺时髦的，比同龄人要显年轻，小不点是她孙子，仰头看着甘凤池，嘟囔说：“不如哥哥帅。”

“不如哪个哥哥帅啊？”

甘凤池逗他，小孩子跑进客厅，小手往前一指，对面挂了个鸟笼，一个男人正站在鸟笼前逗鹦鹉，他转过头来，甘凤池的嘴巴张大了：

“科长！”

甘凤池张张嘴想解释他怎么会来这儿，不过萧兰草笑眯眯的表情证明黄小敏那边的情况他都知道了，甘凤池挠挠头，苦笑着想老白还是低估科长了，他们都想到的线索科长怎么会忽略过去呢。

小不点还在一旁添乱，跑去萧兰草身边，指着他对甘凤池说：“不如这个哥哥帅。”

比起谁帅的问题，甘凤池更在意称呼——他比科长还小好多呢，凭什么科长是哥哥，到他这儿就变叔叔了。

陆瑗倒了茶过来，听到他们的话，笑着说：“萧科长也刚来，好多年前的事了，你们突然来问，我都不知道该说什么了。”

“那就聊聊鸟经吧，我可喜欢鹦鹉了。”

萧兰草一本正经地胡说，甘凤池负责在旁边翻白眼，陆瑗又笑了，让他们坐，说：“现在领导和下属的关系也不一样了，以前啊所长说什么，丰树绝对是百分百地响应。”

“喔，以前是什么样子的？”

“那个年代不管什么都是比较严格的，不过这也跟丰树的个性有关，他就是那种一板一眼的人，做什么都特别认真负责，他是个好警察，不过不是个好丈夫，结婚好几年，他都没怎么在家里一起吃个饭，有时候回来得晚，我都担心是不是出了什么事。”

陆瑷的儿媳妇进来跟两人打了招呼，把小不点抱走了，让他们好好谈。

等他们走了，陆瑷叹了口气，说："他出事时，孩子还没有大宝大，我那时觉得天都塌下来了，不知道该怎么办，又不相信他的死是真的，他那么好的一个人怎么会被人恨到那种程度呢，那阵子真是过得生不如死，想不开，一直想一直想到底是谁害他的，一定要抓到凶手给他报仇。"

她说得很平静，但是从颤抖的声线中不难品出内里压抑的感情，那段经历对她来说是终生难忘的，即使过了这么多年的时光。

"后来……"气氛挺沉重的，甘凤池开口加以缓和，"后来还是挺过来了啊。"

"是啊，多亏有孩子，不是有句话说为母则强嘛，为了孩子，咬牙也得撑过来，时间慢慢过去了，我不再像一开始那么不甘心了，案子到最后也没破，他所里的同事都来安慰我，不过那时候我都想开了，再怎么恨，人也活不过来，我还有小孩，我要好好抚养他。"

陆瑷缓缓说完，半晌回过神，哑然失笑。

"你看我，你们是来问案子的，我却说了这么多不相干的事。"

"不，你说的这些都对我们的查案有帮助，所谓魔鬼藏在细节里，任何一点细节也许都是查案的关键。"

萧兰草说话温柔，陆瑷放了心，说："其实要说细节，当年我提供的笔录要比现在我说的详细得多，都这么多年了，哪能记得比当年更清楚啊，而且他工作那么忙，尤其是逢年过节的几乎不着家，我对他的了解还比不上他的同事呢。"

"我们去问过他以前的同事，都说他工作特别认真，不管多小的事都会仔细去做，比如下了班听说哪边有邻里纠纷啊，还特意跑过去劝解。"

"是啊是啊，他就是个热心肠，哪家的猫猫狗狗丢了他也去帮忙找，比失主还担心，捡猫捡狗还捡小孩，有次带了个孩子来吃饭，我还笑他下次是不是要带个女人回来，他就生气了，他是个老实人，不经逗。"

甘凤池心一动，看看萧兰草，萧兰草笑着问："捡小孩又是怎么回事啊，没听他同事说过。"

"这种事他才不会说，好像是孩子的父母吵架什么的，孩子就离家出走了，被丰树遇到，带回来让他吃了饭，又送他回去，挺好的一孩子，白白净净的很懂礼貌。"

"那个年代的小孩也敢离家出走啊，见识到了。"

"大概八九岁吧，这个年纪的小孩就有自己的想法了，像大宝这个岁数其实是最听话的，再大一大心思就敏感了，还好是个男孩子，女孩应该更头疼。"

"叫什么啊？我堂哥以前也住那片，他小时候也特别调皮，说不定就是他。"

“叫什么……”

陆瑷揉揉头，“想不起来了，他就去过我家两三次，丰树叫他小什么小什么来着，大概是小名，肯定不是你堂哥，他很文静，不怎么说话，不过很有眼色，我做什么都帮忙，丰树说他家情况挺特殊的，好像有家暴吧，但这事他妈妈不说，大家也没办法管，听说后来他妈妈忍受不了家暴跑走了。”

最后一点和杨家的情况不太一样，甘风池有点混乱，心想难不成当初那片小区的家暴这么多？

萧兰草一拍手掌：

“我知道了，那不是我堂哥，是我堂哥的发小，姓杨，也是爸爸打妈妈，后来妈妈死了，他爸爸就带着孩子离开了，你还记得那孩子的情况吗？他后来去哪里了？我堂哥和他特别玩得来，一直想找到他，但一点消息都没有。”

“抱歉帮不到你，我跟他没有联络，他总共也来我家没几次，最后一次还吵起来了，好像是因为他妈妈跑了的事，他怪丰树不帮忙，丰树也挺无奈的，后来丰树的追悼会上他也来了，送玩具给我儿子玩，幸好有他，我儿子都没怎么吵闹。”

“那天他没跟你说什么？”

“说了，说我儿子现在和他一样了，说的时候样子特别可怜，我到现在都记得，他手背上还有伤，肯定是他爸爸打的，他妈妈跑了，他爸爸一定把火气都发在他身上，我当时就觉得他和我儿子一样可怜，这么小就没了亲人，我抱着他哭了好久，他也哭了，好多人在旁边劝才停下，后来他就再没来过了。”

陆瑷说到这里，掏出手绢抹眼泪，叹道：“不知道为什么，都过了这么久了，那天的记忆却特别深，这么多年了，也不知道他过得好不好。”

“我有堂哥发小的照片，他一直让我带着，说有消息就打听，您帮我看一看。”

萧兰草调出杨昱书的照片递过去，陆瑷一看，立刻点头：

“就是他，就是这孩子。”

“你没记错？我堂哥说他母亲出意外过世了。”

“不会记错的，虽然名字记不住了，但他的长相我记得很清楚，他参加过追悼会啊，还照顾过我儿子，怎么可能忘记。”

接下来萧兰草又问了一些不相干的问题，陆瑷完全没怀疑，配合着答了，送他们出门时还直向他们道谢，搞得甘风池都不好意思了，说：“您别这么客气，案子都还没破呢。”

“不管最后破没破，都要感谢你们帮忙，这么多年了，我都避免去想这件事，还以为都忘了，没想到原来记得这么深，希望这次的调查有结果，所以你们有什么问题，尽管随时来问。”

她说得很真诚，甘凤池心有所动，两人从陆瑗家里出来，他说：“我们揭开她旧年的伤疤，她应该很难受吧？”

“这是肯定的，但她同样期待案子侦破，不希望后半生留下遗憾，这也是属于警察配偶的坚强。”

“为什么要拐弯套话？”

“因为我们对当年真实的情况一无所知，我们所了解的都是通过资料掌握的，回忆对她来说没有经过任何修饰，很完整，但也易碎，假如我们像调查普通案件那样询问的话，她有了先入为主的想法，记忆很可能会进行修改，这是人的本能，可能连她自己都不会觉察，所以让她在无防范的状态下讲出的回忆才是最真实的。”

甘凤池拿出笔想记下来，看看萧兰草，又放回去，说：“看来我们最初的设想没有错，杨家的案子和陈丰树被杀案有关，可是我们目前掌握的情况是王春秀遇害的可能性很大，为什么陈丰树却说她跑了呢？科长，要不我们再去所里查下陈丰树当年处理的案件资料吧，也许可以找到什么。”

萧兰草不置可否，沉吟着慢慢往前走，甘凤池明白他的心情，说：“我知道资料留下来的可能性不大，否则当年地毯式的搜查不会查不到杨跃这条线上，根据陈大明和陆瑗所说的，我的推想是陈丰树可能从杨昱书那里听说了母亲逃走，希望他帮忙找回，但孩子的拜托不算是正式报案，所以陈丰树没有做报案记录，他是利用业余时间调查的，但他在调查中发现王春秀不是逃走而是遇害，杨跃担心事情败露，才会杀人灭口，杨昱书应该知道杨跃杀人，才心怀抱歉去参加陈丰树的追悼会吧？”

萧兰草的脚步突然顿住，甘凤池也跟着停下。

“我的推理有问题？”

“首先杨跃那晚没有作案时间，退一步说就算他伪造了不在现场的证据，可陈丰树既然知道他是凶手，又怎么会毫无戒备？陈丰树是好人，但同时他也是警察，不可能连基本的警惕心都没有，其次假设王春秀死亡，那尸体在哪里？还有，如果杨昱书知道是杨跃杀了陈丰树，那也会猜到他杀人的动机，也就是说他该知道母亲遇害了，又为什么在三十年后逼迫王贵自杀，重启尘封了三十年的旧案？”

“这……”

甘凤池想不通，挠挠头，萧兰草说：“如果陈丰树真的找到了王春秀遇害的线索，照他的性格会第一时间向上汇报，他没有汇报，还跟妻子说王春秀跑了，这要么是他撒谎，要么就是真相。”

“我们有保密纪律，就算是家人也不能透露案情，他直接这样说就行了，陆瑗肯定理解，他没必要撒谎，所以……”

“所以那就是他查到的真相——杨跃没有杀人，王春秀只是被虐待得受不了跑掉了，而王贵看到的仅仅是杨跃打人的画面，两栋楼之间有一段距离，他又喝醉了酒，看花眼很正常。”

“那这样就说不过去了啊，杨跃没杀人，他为什么要杀陈丰树？为什么要在陈丰树遇害后匆匆搬家？”

萧兰草看着他不说话，甘凤池心虚了，心想难道他又说错了，萧兰草说：“你第一时间想到杨跃杀人，其实是犯了和当年警察一样的错误。”

“哈……”

萧兰草快步向前走去，甘凤池站在原地愣了几秒，突然间反应过来，追上去，结结巴巴地说，“科长你不会是认为……不可能啊……他还是个孩子啊，而且陈丰树对他那么好……”

“这是我们推理到最后唯一一个合乎情理的答案。”

这样说也有道理，至少解释了杨跃有不在现场的证明还有他急于搬家的原因，可甘凤池还是无法接受这个结果，萧兰草见他表情纠结，拍拍他的肩膀。

“有些人有反社会人格，这跟他的年龄和阅历没有关系。”

甘凤池想到了“艺术家”，杨昱书给他的感觉很像“艺术家”，还好“艺术家”的岁数在四十靠后，杨昱书还不到四十，他松了口气，心想幸好他们不是同一个人，也希望他们两人没有遇到过，否则那就太可怕了。

“虽然希望不大，不过还是先去派出所找找陈丰树的记录吧。”

“好！”

CHAPTER SEVENTEEN 第十七章

塔罗师的真面目

路上萧兰草打电话给萧燃，说了他们查到的新情况，萧燃也在排查黄小敏身边的人，把杨旭英列在嫌疑人名单里，不过目前调查到的情报和老白的一样，没发现他有问题，他说会继续跟踪调查，黄小敏身边除了裴晶晶外，还派了其他警察暗中保护，让他别担心。

萧兰草结束通话，来到派出所，王所长听了他们的请求，找来几个同事，一起帮忙把旧档都找出来，大家分工合作，寻找1986年年底到1988年年中的报案记录，尤其是陈丰树负责的那部分。

大家奋斗了几个小时，陈丰树负责记录的资料都找出来了，除了杨跃自己的报案外没有其他相关记录，王所长不死心，又去仓库里找，甘凤池也过去帮忙，仍然一无所获。

这也算是意料中的答案，甘凤池向王所长和同事道了谢，两人出了派出所，路上随便吃了饭，赶回警察局。

路上甘凤池联络了老白他们，大家都已经回来了，说收获不小，他急着交流情报，一进走廊直冲电梯，半路才发现萧兰草没跟上来，而是拐进了刑侦一科。

他只好也追着领导去了刑侦一科，抱怨道：“科长，我们自己的事儿就一大堆了，你不要总去管……”

后面的话没说出来，因为房间里太安静了，空气中流淌着平时没有的肃穆感，再看看大家的表情，甘凤池放低声音，问：“出了什么事？”

冯震靠在办公桌上，一脸的悻悻。

“找到绑架犯的窝了，人也找到了。”

“这不是好事嘛。”

“死的。”

“呃，应该不是畏罪自杀吧？”

“除非他可以从后面用刀子割断自己的喉咙。”

冯震指指桌上的资料，鉴证科的同事把现场勘查结果报告送过来了，死者躺在小房间里，头朝窗户方向，俯身趴在地上，上半身都浸在血泊中，双目圆睁，即使透过照片，甘风池也能感觉得到那双瞳孔里布满的恐惧。

“法医说凶手的手法熟练，动作快准狠，被害人从被袭击到死亡的时间很短，过程没有太痛苦。”

“他和凶手是认识的吧？”

从现场照片来看，是被害人开门让凶手进去的，然而在他转身往里走的时候，凶手从后面下了刀，被害人喉管被割断，跌倒了，周围都是飞溅的血点，报告上还写到凶手没有留下任何痕迹，可见这种事情他是做惯了的。

甘风池说：“所以绑架犯至少有两个人，问题是他同伙怎么知道我们找到了他们的线索，所以提前杀人灭口？”

“不知道，要说为什么，大概是因为这家伙本身就是天生的犯罪者吧。”

冯震指指对面的投影机屏幕，屏幕上的嫌疑人图片是手绘的，里面的男人大约五十上下，留着小胡子，气质斯文，表情阴郁，尤其是眼神，充满了凶气。

甘风池啊地叫出声，这照片他再熟悉不过了，这不就是一直在逃的凶犯“艺术家”吗？

他看向萧兰草，萧兰草面无表情，他只好问冯震。

“已经确定是他了？”

冯震没说话，萧燃走过来，说：“这是数据分析出来的结果，凶手的杀人手法很像‘艺术家’，这次系列绑架案的做法也和‘艺术家’的相似，‘艺术家’喜欢绑架型犯罪，技术人员对他的侧写是他幼年受过虐待，所以内心迫切成为强者，这种心态表现在他喜欢欺凌弱小，享受她们的恐惧，进而控制和操纵对方的思想，这样他才会坚定自己是属于强者的信念。”

甘风池再次想到了杨昱书，除了岁数不符合外，这两个人总有一种微妙的相似感，杨昱书幼年也经历过家庭暴力，虽然杨跃的施暴对象不是他，但那也算是一种精神虐待。

他又看看萧兰草，原本想说五年前的案子，话到嘴里临时又咽了回去，问：“所以这次的绑架案又是他暗中操控的？”

“是的，这种操控别人，让他按照自己的想法去行动的方式也很符合‘艺术家’的作风，苏钺一案后他就消失了，时隔五年再次出现，并且又是以绑架案作为开始。”

“他其实从来没有消失，他一直暗藏在某处，引诱那些意志不坚定或是心里有鬼的人犯罪。”

萧兰草终于开了口，萧燃看了他一眼，问：“你有什么想法？”

“我的想法是他其实并不知道我们追到了绑架犯的行踪，他杀人只是因为对方的犯罪方式冒犯了他，就像技术人员对他的侧写说的那样，他在犯罪行为上有种变态的固执，他做事有一定的规律，有强迫症和稍微的洁癖，他无法容忍自己的工具做出违反他想法的行为。”

叶长鸿问：“你怎么知道？”

“因为我了解他。”

“如果你了解他，五年前就不会……”

叶长鸿的话半路打住了，萧燃把话接过来说：“作案动机暂且放一边，至少我们的判断结果一样，绑架犯是‘艺术家’杀害的，所以我们的首要任务是尽快抓住他，他是个穷凶极恶的罪犯，随时都会再犯案，我们要在他进行下一步犯罪之前抓获他。”

“是！”

大家大声回应，甘风池偷偷看看桌上那一大堆资料，他发现今天的气氛这么紧张，不单单是因为追踪的犯人被杀，而是他们还要面对变态的凶徒——连萧兰草都栽在了他手上，可见“艺术家”有多么的可怕。

“绑架犯住的地方的监控器有没有拍到什么啊？”他问道。

萧燃把任务分配下去，大家又开始忙碌起来，冯震带甘风池去看录像，一名同事正在检查，看他们过来，把座位往旁边移了移，让他们方便看。

“死者是个诈骗惯犯，他住的地方周围监控器特别少，屋子也是用假身份租的，这是附近唯一的一个监控器，也没拍到可疑的人。”

冯震让同事按快进，镜头里偶尔出现一两个人，外形也和“艺术家”完全不同，甘风池说：“他那么狡猾，肯定一早就注意到监控器的存在，没走这条路。”

“是啊，对了，凤梨仔，这次你立大功了。”

“我？”

甘风池指指自己的鼻子，没反应过来，冯震说：“你取的杨旭英的指纹，我们和在黄小敏家找到的指纹对照过了，完全吻合，但黄小敏的证词是杨旭英没有去过她家，还有啊，你还记得你花钱在陈老板家买的那瓶酒吗？”

甘风池当然记得，因为冯震不想掏钱嘛，所以最后他就掏了，说：“不是对照过了，酒瓶上只有老板和王贵两人的指纹？”

“你忘了瓶底还有一小半指纹，我们的指纹库里找不到，就暂时搁置了，谁知这次一对照，那半个指纹和杨旭英的也吻合！”

“这么巧！”

“不是巧，是天网恢恢疏而不漏，所以这次多亏了你警觉，否则还真不容易注意到那家伙呢。”

萧兰草走过来，问：“你确定没搞错？”

冯震冲他翻了个白眼。

“你怀疑我们没关系，但不要怀疑鉴证科的人啊，他们可都是干了十几年的老手了，还能犯这种低级错误？”

萧兰草看向萧燃，萧燃点点头：

“我们核对了几次，确定没问题，凤梨仔干得不错。”

其实他也是瞎猫碰个死耗子碰运气碰上去的，被表扬，甘凤池挺不好意思的，摸摸头，萧兰草问：“那黄小敏主持的直播节目里，杨旭英一定也打电话给她了？”

“萧科你真是料事如神，没错，鉴证科那边分析了广播的录音数据，这两个月来有一个人给黄小敏的电台打了几十个电话，聊天内容和节目要求完全不同，都是说一些无聊的笑话或是新闻，晶晶在想办法弄杨旭英的声音录音，如果声音吻合的话，那他的嫌疑就更大了。”

“你们也很厉害啊，这速度够快的啊！”

甘凤池给了冯震一拳，冯震嘿嘿笑道：“兵贵神速，‘艺术家’那边已经被摆了一道了，要是这个案子我们再搞不定，那真要回家卖红薯了。”

萧兰草没像他们那么高兴，问萧燃：

“已经控制杨旭英的行动了？”

“没有，目前证据还不充分，为了避免打草惊蛇，现在只是暗中监视他，我们还在对他的身份进行详细核对，如果他和杨昱书是同一人的话，那所有线都可以顺利连上了，要谢谢你及时提供的情报，不过……”

萧燃的话稍微顿了顿，像是有些难以启齿，萧兰草一笑：

“我懂，我只要专心去追三十年前杨跃和陈丰树的案子就好，新案子我不会插手的。”

“抱歉，我不是怀疑你的能力，而是……这案子和五年前的有关联，你……情况比较微妙。”

“理解理解，那我先上去了，黄小敏这边的案子我跟没问题吧？这个案子要是有新情况，麻烦和我说声。”

“好。”

萧兰草出去了，甘凤池正要跟上，目光划过监控视频，刚好有个人在镜头里闪过，他啊地叫出声。

“怎么了？”

萧燃问，甘凤池看看萧兰草，萧兰草在门口等他，他急忙摇头，说：“我想起今天翻的档案里有个疑点了，我这就去查！”

他生怕萧燃看出来，说完就追着萧兰草跑出去，萧燃冷眼看着他们离开了，转去看视频。

“往回倒一倒。”

属下把视频倒回去，萧燃看了一会儿，让他把视频复制一份给自己就进了办公室。

甘凤池追着萧兰草跑进电梯，萧兰草按了关门键，责怪道：“又怎么了，一惊一乍的。”

“我……”等电梯门完全关上了，甘凤池才说：“你猜我在监控视频里看到谁了？”

“塔罗师？”

“你怎么知道？”

萧兰草不说话，甘凤池一秒反应过来，“原来你也看到了，你看到了不说？”

“说什么？”

“说……”

想起萧兰草交代他不要把塔罗师的事跟别人说，甘凤池闭嘴不说话了，萧兰草看着他的反应，解释道：“你也看到了，萧燃那边忙成那样，跟他说塔罗师的事，只会让事情变得更复杂，而且‘艺术家’是个心狠手辣的人，他一旦知道我们掌握了塔罗师的事，说不定又会杀人灭口，这条线是我一直在跟的，我来追强过他们瞎子摸象。”

这话乍听有道理，但越琢磨越不是那么个味儿，甘凤池狐疑地看萧兰草，他就算再傻也看出萧兰草的心思了，萧兰草既不是自己想追，也不想萧燃他们知道塔罗师这条线，他这样做当然不是怕被抢功，那到底是为什么呢？

甘凤池想不通，便说了自己的看法。

“科长，我觉得你有一点说错了，‘艺术家’知道我们查到绑架者的行踪是有可能的，别忘了被绑架的女孩喜欢玩塔罗牌，他的棋子星月就是塔罗师，她或许就是通过塔罗牌占卜接触到了被绑架者，从她口中探听到她暴露了真相，继而转告‘艺术家，所以‘艺术家’才会抢先我们一步杀人。”

“相信我凤梨仔，他不知道，他只是想杀人而已，他其实不想自己动手，这不符合他所谓的杀人美学，可他控制不住。”

“为什么你这么肯定？”

萧兰草没回答，甘凤池不死心，又问：“你这么肯定一定有原因，不能说吗？”

“对，暂时不能说，但我希望你相信我。”

还说一个团队最重要的就是相互信任，都不跟他交底还要让他相信。

要不是萧兰草的表情太严肃，甘凤池一定直接对他吐槽，再联想到他这两天的表现，心里一动，故意说：“王贵的案子快侦破了，你好像不开心啊，是不是这次被萧燃科长抢先了一步，面子上过不去？”

“你是不是想我踢你出冷案科，凤梨仔？”

“啊科长你一定是听错了，我是说我们已经锁定嫌疑犯了，所有证据都证明杨旭英有问题，现在就等最后收网了，为什么你还忧心忡忡的？”

“你不觉得奇怪吗？从凶手策划王贵自杀和有目的地接近黄小敏等行为来看他应该是个城府很深的人，又怎么会在黄小敏家留下了指纹？”

“因为他气急败坏啊，看他打碎那么多东西就知道他当时有多愤怒了，这世上不存在完美犯罪，再谨慎的人当他愤怒时也会出现小失误的。”

“那他为什么对黄小敏感觉愤怒？如果他就是杨昱书，他想了解当年母亲死亡的真相，那他生气的目标应该是王贵，而王贵已经死了，警察也开始调查当年的旧案，他要做的是耐心等待，为什么反而继续犯案，把警察的注意力拉到黄小敏身上？”

这是个好问题，甘凤池想了想，一拍手：

“啊……我想到了！”

他把晚上听黄小敏直播时聊到的内容说了，道：“杨旭英这是嫉妒啊，因为他从小生活在那种家庭里，肯定羡慕黄小敏这样的家庭，而且他是黄小敏的忠实粉丝，每晚都听她的直播，当听了她讲的故事后就受到了刺激，愤怒地跑去她家进行破坏，我记得她的全家福都被砸了，一定是出于这个原因！”

萧兰草眉头微皱不说话，电梯到了，两人走进冷案科，其他三名组员站在白板前说话，看到他们，魏正义抢先说：“我刚听老叶说了他那边的情况，看样子很糟糕啊。”

“是啊，不过我们今天的收获不少，你们呢？”

“也挺多的，就是不知道用不用得上。”

魏正义把他们调查到的资料都写在白板上了，老白向陈丰树以前的同事打听了他的作风问题，结果是他是正人君子，跟妻子关系很好，曾经有过被倒追的情况，他一口拒绝了，还把女孩介绍给自己的同事，促成了一段姻缘，至于他和王春秀之间应该没有过交集，至少同事们都不知道。

甘凤池也说了他们的调查结果，老白听完，拿笔把那段划掉了。

“看来我这条线追错了，一切都是杨旭英……或者该说是杨昱书做的。”

林紫言举手说：“我找到了王春秀婚前谈过的对象，他和王春秀分手后没多久就结了婚，生活得挺好的，据他说是王春秀甩的他，他觉得是因为穷被看不起，为此气了好久，也没再和王春秀接触过，更不知道王春秀婚后的情况。”

“后来我又去了王春秀工作的百货公司，大家都退休了，目前找到的人当中，只有两个人对她有印象，王春秀是突然没去上班的，也没办理离职手续，在那个年代这种事不常见，所以后来好长一段时间大家都在讨论这件事，她们记得很深刻，王春秀的家庭关系一直不好，据她们说，王春秀是售货员，有时候脸被打了也得面对顾客，挺可怜的，不知道为什么不离婚，她失踪后大家都在说她是受不了打，跟男人私奔了。”

她指指白板，王春秀的名字旁边有个 X，两个名字用线连在一起。

“她们说王春秀失踪前的一段时间常有个男顾客来找她买东西，其他售货员他都不用，专门找王春秀，还有人看到男的给她跌打油，大家都说他们私下好上了，但是真是假不清楚，我问了那个男人的情况，她们说不知道，要问当时和王春秀关系好的同事，不过这个同事去国外了，要找她得花点时间，我会继续追查的，对了，王春秀失踪后，杨跃去她单位闹了很久，领导见了都怕，后来花了笔钱消灾，他才不折腾了。”

甘凤池听完，说：“一个人莫名其妙失踪了，为什么大家都认为她是跑掉了，一个女人，还是个有孩子的女人她怎么会抛弃自己的亲生儿子跟人偷跑，就因为杨跃各种折腾闹事，大家就先入为主地认为她是私奔了吗？”

“不排除这个可能性，但问题是认真如陈丰树，他也说王春秀是跑了，毕竟我们不是她，无法理解她在那种环境下的心态……正义，你那边呢？”

“科长，你总算问到我了，我今天可说是把腿都快跑断了，三十年前杨跃是做个体生意的，根本无从问起啊，我把当初住一个小区的人家都问遍了，总算问到点情况，和杨跃一起做生意的人是找不到了，不过找到了他的牌友，杨跃除了喜欢喝酒抽烟外，还喜欢打麻将，算钱的那种，他牌运不好，常常输得要借钱翻身，牌友说他的生意好像被谁顶了，做得不顺，就整天和大家搓麻将混日子，他一直说要找机会赚钱翻身，大概后来是真的赚钱了，搬家的时候不仅把欠款都还上了，还付了利息。”

“是只有这个牌友的钱还上了？还是所有人的欠款都还上了？”

“是所有人的，都是他儿子杨昱书去还的，说杨跃欠了这么久的钱，不好意思自己出面，就把儿子派出来，炕头上的汉子，只会打老婆，外面的事连亲自处理的勇气都没有。”

魏正义随口嘟囔道，甘凤池看到萧兰草在听了这话后，眉峰微微挑起，他有了心理感应，话不经大脑地冒了出来：

“也就是说从他要搬家到搬走，前前后后都是他儿子一个人打点的？”

“是啊，那种家庭环境的小孩通常早熟，我问起牌友，大家都说他很懂事，谁想到三十年后，他也变成了他父亲那样的人。”

萧兰草问老白：

“1987年后的事件表你查得怎么样了？”

“还在查，我把查到的部分先列表了，暂时没发现有什么特别事件。”

老白把查到的资料递给萧兰草，萧兰草看完后，甘凤池也拿过去看，他浏览了一遍，都是人口走失啊连续闯空门啊甚至还有工地闹鬼啊，这些都是未破获事件，但又算不上是特别的问题。

“明天再扩大范围查一下，照你的经验查，怎么扩展都行。”

“明白。”

“那今天先到这儿，这几天特殊情况，大家有什么新发现随时联络。”

大家陆续走了，甘凤池拿起外衣，看看萧兰草坐在办公桌前看电脑，没有离开的意思，他问：“科长你不下班？”

“我今晚留下，你回去休息吧。”

“那我也留下。”

甘凤池把衣服放下了，萧兰草的目光从电脑上转到他身上。

“凤梨仔，休息好才能工作好，现在王贵一案的嫌疑人已经被暗中控制了，‘艺术家’的案子又不需要我们插手，余下的也不急于一时，你留下来干吗？”

“那你为什么要留下来？”

“因为回家也没饭吃啊，房东不在没人做。”

萧兰草往桌上一趴，有气无力地摆摆手示意甘凤池离开，这是个好借口，甘凤池没话说了，拿起外衣，说：“那我走了，有什么事叫我，我二十四小时待命。”

“知道了。”

萧兰草趴在那里继续摆手，甘凤池才不信他的借口，从科里出来，心想接下来他该做什么呢，两件案子都有人负责了，他偷偷调查苏钺的案子也被发现了，好像除了待命外也做不了什么，可……就是哪里不对劲！

甘凤池上了车，开着车往家走，路上经过萧兰草住的公寓，时间还不算太晚，行人来来往往，他心一动，把车拐去道边的空地停下来。

——星月被发现之前就是藏在酒店里偷窥萧兰草的，虽然她逃掉了，但是以“艺术家”对她的洗脑，她一定不甘心就这么无功而返，所以会不会有可能继续在附近监视？如果是的话，她会选择什么样的地方？

甘凤池下了车看看周围环境，稍远的街道上还有两家酒店，除此之外就是一些商业大楼，要临时在商业大楼租店面不太容易，租房子的话手续也挺烦琐的，所以最好的方式还是住酒店，不过她已经被追踪到一次，会那么没大脑地再去住酒店吗？

嗯，科长说过，不能低估犯罪分子的狡猾，但也不要把他们想得太聪明，反正现在也没线索，就去问问呗，也花不了多少时间。

主意打定，甘凤池开车先去了远处那家酒店，前台帮他查了半天没查到，他又去了另一家，先照邢月这个名字查，没有，甘凤池又提供了她的照片，详细描述了她的服装和首饰特征，前台一位工作人员记起来了。

“她是昨天来入住的，长得挺漂亮的，应该是从国外回来的，说话和举止都不太一样，对了，她手上戴的那串链子造型和你描述的很像。”

甘凤池本来都不抱希望了，听了这话，整个人都振奋起来了，问：“她住哪间房？”

“她出去还没回来，要不……”工作人员说到这里，目光落到门口，忽然说，“就是那个人！她回来了！”

甘凤池转头看去，星月刚走进酒店大门，她今天没穿那种古里古怪的服装，而是连帽衫和牛仔裤，戴着个圆圆的眼镜，脑后梳了个马尾，还背着双肩包，她看到甘凤池，脸色一变，掉头就跑，甘凤池立刻追过去，大喊：“站住！”

他不喊还好，听了他的叫喊，女生跑得更快，她对这一片挺熟的，冲出大门，拐进了旁边的小胡同，还顺便把旁边的自行车一扯，自行车倒了，刚好挡住了路。

甘凤池忍不住翻白眼了，面对这种电视里常出现的智障逃命法简直无从吐槽，他直接从自行车上跳了过去，再次喝道：“站住！”

女生没反应，继续没命地往前跑，甘凤池在后面追，他没想到女生这么能跑，眼看着快跑出小路口了，外面街道上车来车往，生怕她又故技重施，大喝一声：

“再跑我就开枪了！”

这句超级管用，女生下一秒刹住了脚，还很配合地举起双手，甘凤池走过去，做出举枪的架势，喝道：“转过来！”

女生转过身，一只手想往口袋里伸，甘凤池冷冷道：“子弹不长眼，这么近，你怕我打不到你吗？”

“你……那是手枪吗？”

女生眯眯眼睛看他的手，甘凤池没在出任务，当然没带枪，他手里拿的是管圆珠笔，女生看清了，想放下手，甘凤池警告道：“圆珠笔也能打伤人的，你要不要试试看？”

“你是警察，警察可以随便打人吗？”

“警察不会随便打人，前提是对方是好人。”

“我也是好人啊。”

“叫警察色狼，还向警察喷防色狼喷雾的好人吗？”

听了甘凤池的吐槽，女生扑哧笑了，这让她看起来有那么一丁点可爱，既不同于占卜时神秘的塔罗师，也不像是鬼鬼祟祟在萧兰草车上放死神牌的女人，甘凤池愣了一下，借着不远处的灯光打量她，越看越觉得她很面熟。

不是因为他们曾经接触过，而是更早之前他就见过这个人，他迟疑道：“你……”

“哎呀，手举这么长时间，都酸了。”

女生把手放下来，扯过背包拿东西，甘凤池下意识地伸手挡，女生又笑了，掏出钱包，拿出身份证递给他。

甘凤池警惕地接过来，看了眼身份证，以为自己看错了，又抬头看女生，再接着看身份证，不管是证件上的标注还是女生的长相都证明他没有认错人，一瞬间萧兰草近期各种奇怪的举动都得到了解释，他失声叫了出来：

“苏钺！”

CHAPTER EITHTEEN 第十八章

隐藏在身边的凶手

半小时后，两个人站在萧兰草的家门口，脚下还放了一大堆甘凤池从超市买来的食物和苏钺的行李箱。

甘凤池靠在墙上滑手机一言不发，苏钺的东西全部都被没收了，她站在旁边很无聊，探头往甘凤池那边看看，甘凤池把手机移开，免得她偷窥，她终于忍不住了，问："我说，为什么我们要在这里啊？"

"因为门锁着进不去。"

"你们警察都学过反扒吧，撬锁对你来说很简单的有没有？"

"你的意思是让我撬我顶头上司的门锁？你是成心不想让我在局里混了吧？"

"这么大火气……"

苏钺小声说，想想之前戏弄过他，他有火气也是可以理解的，小声说，"对不起啦，是萧科长不让我说的，不光是对你，对任何人都是这样。除了我父母，在其他人眼中，我早就是个死人了。"

她说得楚楚可怜，甘凤池看向她，其实他并没生气，在确定了她的身份后，他就明白了上司的苦心——苏钺在五年前的绑架案中并没有死，而是出于某些原因做出假死的决定，负责这案子的是萧兰草，所以做出决定的肯定是萧兰草。

难怪萧兰草听说塔罗师在他车上放死神牌，反应那么平静，还禁止他追查这件事，甚至不让他在大家面前说出塔罗师在绑架犯家附近出没过，这样做都是为了保护苏钺啊，让所有人都以为她死了，这样她才能真正避开"艺术家"的追击。

刚才他打电话给萧兰草，当听到他和苏钺已经见过了，萧兰草的声线难得地出现了动摇，这让他有一丝丝报复后的小快感——谁让你先骗人呢，哼哼，可惜哥太聪明了，不是那么容易被骗过去的。

他看看苏钺的身份证，上面写的是苏月，苏钺说："那件事后我父母就给我改了名字，还把我带去国外，不让我跟以前的人来往，但我还是喜欢苏钺，平时用的也是它，苏月太弱了，萧科长也说苏钺这个名字适合我，等以后有机会，我还是会改过来的。”

这也就解释了绑架事件后苏钺的父母连直系亲戚都不联络的原因，也都是为了保护女儿。

甘风池问：“那邢月呢？她又是谁？”

“她是我国外高中的室友，我们是封闭式学校，我们关系特别好，无话不谈，不过我没跟她提被绑架还有‘艺术家’的事，只是说我曾经遇到过危险，有人救过我，我想报答他，但不想让他知道，她就把自己的身份证借给我了。”

“你是说萧兰草？”

“是啊，就是萧科长，你是不是觉得他很帅？”

“没，我觉得我很帅。”

“嫉妒令人变得丑陋。”

苏钺鄙视地看甘风池，又点点头：“也可以理解了，他是那么优秀的人，不被嫉妒才奇怪呢，不过我说的帅不是指他的长相，而是当初他冒险救我，绑架犯畏罪自杀，引爆了炸药，爆炸的时候幸亏有他的保护我才活下来，我只是被震晕了，而他却受了伤，这才是真正的帅。”

甘风池不了解当时的情况，但光凭想象也知道情况有多危险，不过……

“他是警察，这样做也是他的职责所在吧。”

苏钺没好气地白了他一眼，甘风池豁然醒悟——这女孩喜欢他们领导！

“不管怎么说，那个案子也结案了，都过了这么久，你不好好在国外上学，跑回来干什么？”

被他问道，苏钺的表情有些难过。

“几个月前我无意中听到父母的对话，才知道萧警官怕我再被坏人盯上，隐瞒了我死亡的真相，因为这个他被调离一线，他那么喜欢警察工作，这对他来说一定是很难受的一件事，所以我办理了休学，回来想找出当年绑架案的幕后主使，虽然我没看到他的人，但听过他的声音，假如……”

“假如抓到了‘艺术家’，你就不需要一直假死，萧兰草也可以回一线了是吗？”

“是啊是啊！我回来后就在他家对面的酒店住下了，准备找个机会见他，我是偷偷跑回来的，酒店费用是靠我在国外占卜赚的钱付的，不客气地说，我在当地可是小有名气的塔罗师呢，完全可以靠占卜养活自己，可谁知我爸妈看了我的留言，急得不得了，打电话给萧警官，萧警官就跟我联络上了，他知道我回来，不仅不高兴，还说太危险，让我马上回去，我没答应。”

“你可真够任性的，你知不知道这样做有多少人担心，你也知道罪犯有多恶毒，你这条命算是捡回来的，都不知道珍惜吗？”

“知道，但我更不想让自己有遗憾，也不想萧警官为我背黑锅。”

太想多了，萧警官才不在意背黑锅呢，他在冷案科做得不知道有多自在。

“所以你给我们占卜时，就知道我们是谁了。”

“知道啊，我要帮他，当然要了解他的同事都是什么样的人，不过占卜是真的，那个死神牌也吓到我了，可我打电话提醒萧警官，他一点都不在意，我就更担心了，就模仿‘艺术家’的口气去他车上塞了一张牌，心想这样的话他就会在意了，谁知被你看到了，我只好跑掉。”

就因为这姑奶奶“善意”的举动，害得他把案子走向都想歪了，甘凤池没好气地问：“那你为什么不解释？让我以为你和‘艺术家’是一伙的。”

“因为我解释的话，我的身份就暴露了啊，萧警官一定会不高兴的，他不让我接触你们，怕我有危险，所以我只好暗中帮忙。”

是暗中搅和吧，导致案情变得那么复杂。

他叹气道：“所以你就玩起了捉迷藏。”

“是萧警官提醒我的，说你们都发现了，‘艺术家’可能也发现了，让我马上离开，我怕他生气，就只好搞拖延战术，偷偷搬去了另一家酒店，我的想法是‘艺术家’要对付萧警官嘛，他很可能在附近出没，我一直在周围转悠的话，说不定能碰到他，谁知还没碰到他，先被你查到了。”

甘凤池原本的推测是塔罗师被“艺术家”洗脑，守在附近监视萧兰草，没想到推理过程不同，结果竟然是一样的，他吐槽道：“做坏事总要有点智商，你打东家换西家，不被发现那才叫奇怪。”

苏钺很不忿，张嘴要反驳，电梯门打开，萧兰草走了出来。

一看到萧兰草，苏钺立刻换了表情，做出甜甜的笑脸迎上去，萧兰草没理她，走过来问甘凤池：

“为什么来我家？”

“她想来。”

甘凤池一指苏钺，苏钺扬眉想辩解，甘凤池问：“要不还是回酒店？”

苏钺没脾气了，指指房门。

“还是这里好，萧哥哥，你不会拒绝吧？”

“错辈了，他太老你太小，你该叫他叔叔才对。”

两对冷光射到了甘凤池身上，他审时度势，闭嘴后退，萧兰草掏出钥匙开了门，苏钺及时跟上，那堆买来的东西还有行李箱被她踢给了甘凤池。

甘凤池一手拿购物袋另一只手推行李箱，屁颠屁颠地跟在后面，看萧兰草的脸色就知道他心情不好，甘凤池没敢冲到一线当炮灰，进去后就拿着袋子去了厨房，把东西都塞进了冰箱。

“凤梨仔，倒三杯水。”

萧兰草在对面吩咐，甘凤池照办了，苏钺举手说要咖啡，他没理会，倒了三杯凉白开，一杯放去苏钺那儿，说：“厨房的咖啡机是房东的，动不得，你就喝水吧。”

苏钺看看萧兰草的脸色，捧着水杯小心翼翼地坐去对面，萧兰草问甘凤池：

“说下你是怎么找到她的？”

“因为她傻……因为我聪明，外加运气好。”

甘凤池把他的发现简单说了，萧兰草听完，问苏钺：

“你现在还认为‘艺术家’找不到你吗？连凤梨仔都找到了。”

苏钺低着头不说话，萧兰草说：“你明知道这样做很危险，你是唯一和他接触过的人，如果他知道你还活着，你说他会怎么做？”

“我不是唯一一个啊，他做的雕塑到处卖，应该有好多人都跟他接触过。”

“呵，知道得不少嘛，那你知不知道他在接触那些人时做了变装？”

苏钺有点心虚，缩缩肩不说话了。

“说吧，你是怎么查到绑架犯那里的？”

“因为被绑架的妹子也喜欢塔罗牌，她不知道从哪儿听说了我，就来求我占卜她的爱情运，我听了她说的事情，感觉跟我被绑架那次很像，唯一不同的是绑架她的人要的赎金少，我的太多，我就怀疑那人会不会也是‘艺术家’唆使的，就从妹子口中套出了绑架犯的地址，过去查看，我还录了像。”

“这么重要的事为什么不跟我说？”

“怕你生气啊，所以就想等我弄到更多的情报再找你，喏，你看。”

苏钺把手机里的录像调出来，递给萧兰草，一副“我很努力做事，你不要骂我啊”的表情，甘凤池看在眼里，想说真是一物降一物，苏钺对着他就那么凶悍的，一转头面对他家领导，立马变小绵羊了，女人果然是用逻辑无法解释的动物。

他凑过去和萧兰草一起看，苏钺录了很多，还分不同的角度拍，有些是录像，有些是照片，把进进出出的人都拍下来了，他赞道：“你挺能干的嘛。”

苏钺立刻竖起大拇指，萧兰草的目光瞥过来，她缩回手，打手势让他们继续往下看。

看了一会儿，萧兰草在一张照片上停了下来，甘凤池来回看看，照片只拍到了侧脸，又因为较远，拍得有点模糊，照片里的男人正在往公寓里走，他说：“有点像杨旭英？”

“他就是‘艺术家’吗？太好了，这段我还录了像，动态比较好认。”

苏钺一听这话高兴了，调出录像给他们看，镜头里男人从公寓匆匆出来，先是左右张望，又抬手看手表，在门口稍微停留后离开了。

这段录像拍得很清楚，正是杨旭英没错，他手里拿了个大包，要放凶器什么的绰绰有余，甘凤池看完后问萧兰草。

“等等，这件事和杨旭英什么关系？他不会真的是艺术家吧？”

萧兰草皱眉不答，甘凤池一想到这个可能性，背后就凉飕飕的，觉得这事也太巧了，但仔细想想又可以连接得上——杨旭英、也就是杨昱书在暴力环境中成长，尽管周围的人都对他称赞有加，但实际上他的性格是扭曲并且暴力的，“艺术家”也是这样，他们的性格非常相似，当初他在调查杨家的案子时就不止一次想到“艺术家”，由此可见他的潜意识里已经把这两个人联想到了一起。

苏钺不知道杨旭英是谁，不过甘凤池的话她听明白了，得意地说：“看，我还是帮你们忙了不是？”

萧兰草不说话，又把录像重新看了一遍，甘凤池说：“如果他们真是一个人的话，那我们在查的两起案件……不，算上王春秀和陈丰树的案子是四起，这四起案件的凶手是同一人，简直太诡异了，科长，快跟萧燃科长汇报吧，别暗中盯着了，赶紧抓了他，这家伙是老狐狸，别让他又跑掉了。”

苏钺也在旁边用力点头附和，萧兰草打了个手势，示意他们冷静，说：“根据我们调查来的线索，“艺术家”是四十靠后的年纪，杨旭英才三十九，他最多和杨昱书是同一人，和“艺术家”的年纪不吻合。”

“你刚才也说变装了，他留个小胡子再画几条皱纹在脸上变变装，活脱脱的四十靠后啊。”

甘凤池说完，苏钺再次点头：“我记得他的声音很年轻的，绝对不是中老年的嗓音！”

“你看，年纪得到解释了不是？”

事情突然柳暗花明了，甘凤池既兴奋又紧张，偏偏萧兰草特别沉得住气，说：“但这些都无法解释杨旭英去绑架犯公寓的原因，他去杀人？可是却连个口罩都没戴，这不符合‘艺术家’的性格特点，而且他的表现也不像是杀人后逃离的反应。”

“因为他不知道有人在偷拍啊，好，他是不是‘艺术家’可以暂且不论，但至少他出现在凶案现场，我们就有足够的理由请他去局里配合调查了。”

或许是被甘凤池说动了，萧兰草把照片和录像转去自己手机上，传给了萧燃，又走去一边和他讲电话，苏钺在后面听着，悄悄对甘凤池说："你说我这次是不是立大功了，我帮萧警官找到凶犯，他就可以官复原职了？"

"他现在也是科长，无所谓复不复职。"

萧兰草和萧燃说了什么甘凤池听不到，不过萧兰草的反应实在太平静了，让他有点惴惴不安，把事件前前后后完整地想了一遍，再次觉得自己的推理没问题，所以现在唯一需要做的就是找到杨旭英作案的证据，证明自己的推理。

萧兰草讲完电话转回来，先是看苏钺，苏钺一副跃跃欲试的模样，谁知萧兰草对她说："你待在这里，哪儿都别去。"

苏钺鼓起了腮帮子，萧兰草说："你不是很希望我回一线吗？所以我需要你的配合。"

这话成功地说服了她，点头道："没问题！"

"那我呢？"

见萧兰草拿起外衣要走，甘凤池急忙举手，萧兰草说："你留下陪她。"

"我陪她？"

"她现在暴露了，很可能有危险，需要有人保护，你先陪一晚，明天我考虑让紫言来。"顿了顿，萧兰草又微笑说，"你把她的东西都拿过来了，不就是认为这里安全吗？"

科长这是故意的，绝对是故意的！

甘凤池气愤地瞪他，萧兰草视若无睹，过去拍拍苏钺的肩膀，说："你要凡事都配合凤梨仔，这样我也不容易分神，相信凶手很快就会抓到的，到时我请你吃饭。"

"嗯！"

"东西挺多的，去收拾一下吧，客卧在那边。"

"好，我这就去收拾。"

苏钺拿着她的行李去了客卧，等门关上，甘凤池立刻对萧兰草说："科长你对付小女生真有一套。"

"我训练你也是有一套的。"

"呵呵。"

"别大意，刑侦一科那边已经控制了杨旭英，不过'艺术家'没那么容易露马脚，我倒觉得杨旭英更像是他计划中一个随时可以舍弃的小卒，所以我得跟萧燃再好好谈谈。"

甘凤池想起之前的珠宝案，也是艺术家利用某个大学生犯罪，引开了他们的注意力，要不是萧兰草事先有准备，那真正的目标就危险了，所以听了这话，他说：

“那会不会是艺术家通过某个途径知道了杨旭英幼年的经历，找机会接近他洗脑他，让他重新燃起复仇之火，所以才会出现之后的王贵被杀案。”

“不排除这个可能，但是杨昱书跟杨旭英的性格相差太远，作案手法也相差太远，这种事只会越做越熟练，不会越来越漏洞百出，我还是倾向于他们是两个人，我先回局里，有事再联络。”

甘凤池其实还想再细问，萧兰草把备用钥匙给了他，步履匆匆出去了，他把门关上，心想萧兰草都没和杨旭英接触过，怎么就断言他们性格不同？不过说到作案手法，如果当年陈丰树的案子真是杨昱书做的，那他的确是老练狠毒得多，相比之下，杨旭英就太弱气了。

“凤梨仔！”

苏钺在房间里叫他，甘凤池翻了个白眼，对这种自来熟的人真是无可奈何，跑过去问：“什么事？”

苏钺换上了睡衣，头上戴了个粉红兔子发带，盘腿坐在床上，他再看床，除了凌乱堆放的衣服和日用品外，还有一堆塔罗牌。

“要来占卜一下吗？看在你是萧警官搭档的分上，给你免费。”

“谢了，我不信这东西。”

甘凤池说完要出去，苏钺说：“难道我上次算得不准吗？我算出有人要对付萧警官，结果‘艺术家’就真的出现了。”

甘凤池转回来，坐去她对面，问：“那你能靠这牌算出‘艺术家’是谁吗？”

“不能，但可以算出蛛丝马迹。”

“蛛丝马迹是靠查的，不是靠算的，你还是洗洗睡吧。”

甘凤池起身要走，看她整理塔罗牌，手腕上的链子很抢眼，他问：“你好像很喜欢这手链，走到哪儿都戴着。”

“是啊，是五年前萧警官买给我的，我被救出来后精神状态很不好，萧警官说戴着它可以给我带来好运，是真的，我这五年都特别顺，在网上占卜算命都可以赚很多，当然，我也是很认真讲牌的。”

甘凤池皱起眉，他想到了一个可能性。

“你是不是去哪儿都戴着？”

“是啊，就连洗澡睡觉都不摘。”

“所以在有心人眼中，你变装跟不变装一点区别都没有，只要看手链就知道是你了！”

“除了你之外，谁会注意这个啊？”

还有“艺术家”。

甘凤池飞快地思索——绑架犯的绑架活动是由“艺术家”暗中操纵这一点几乎可以确定了，以他的心机，很可能会暗中跟踪那些被绑架过的女孩子，那女孩曾去苏钺那儿占卜过，那么“艺术家”也有可能留意到了苏钺。

苏钺改了名字，还蒙面换装，“艺术家”最早应该不知道她是谁，但她的手链太显眼了，她又常在萧兰草的公寓附近转悠，假如“艺术家”再看到相同的手链，一定会注意到的，手链造型独特，在一个大都市里连着遇到两个戴相同链子的人，以“艺术家”的疑心病，他一定会查下去的。

也就是说他一早就知道苏钺的存在了，也想到了苏钺就是五年前诈死的女孩，可是他却没动手，为什么？

联想到刚才萧兰草看到录像后的表现，甘凤池猛然间反应了过来，“艺术家”没有动苏钺，是笃定她认不出自己，让他有种猫躲在暗处戏弄老鼠的优越感，而且苏钺可以当棋子来用，比如借由她的手录像，给警察提供线索！

“喂，我的牌都被你弄坏了。”

一张塔罗牌被甘凤池攥在手里搓成团，苏钺去抢，甘凤池将牌丢去一边，对她说：“你挺幸运的。”

“啊？”

“‘艺术家’很可能早就知道你的存在了，他没杀你是因为他想利用你。”

听了甘凤池怀疑，苏钺的脸色有点发白，但还是强调说：“这几年我一直在练拳击，我已经不是五年前被歹徒抓到就吓得要死的小孩了！”

“如果有人突然背后捅刀，你就算是拳击冠军都躲不开。”

“可是他没杀我，是不是就等于说他不会杀我了？”

“不，只是那时候你还有利用价值，等你没有价值了，他依然会动手的，现在你明白萧兰草执意让你回去的原因了？”

苏钺没话说了。

“可现在他都知道了，再走也没用了，还不如发挥下我的价值，也许可以找出真凶。”

“比如？”

“比如把你们说的那个杨……什么的录音传给我啊，也许我能听出他是不是‘艺术家’。”

甘凤池觉得如果他没推断错误的话，杨旭英就只是个棋子而已，但反正手头上也没线索，倒不如试一试，棋子说不定也会知道下棋的人在哪里呢。

“先休息吧，等明早我跟同事要。”

甘风池在客厅睡了一晚，一大清早就被吵醒了，他睁开眼睛从沙发上爬起来，响声来自厨房，苏钺正在煮早餐呢。

“你起得这么早。”

甘风池跑过去，苏钺把粥端到餐桌上，说：“因为我想早点知道结果啊。”

“那边还没来联络呢，你起得再早……”看看挺丰盛的早餐，甘风池把话改为，“挺有用的，可以吃饭了。”

“那是，我就想吧，会做饭的话，以后追萧警官也多一份底气，便宜你了。”

两人吃着饭，甘风池看了同事的留言，杨旭英已经被带去局里配合调查了，冯震说他胆子挺小的，稍微一吓唬，他就什么都说了。

杨旭英常常打电话参与黄小敏主播的节目，说一些跟节目内容不相干的话，也尾随过她回家，不过不是跟踪，是为了保护，他还给黄小敏打过无声电话，因为他喜欢听黄小敏的声音，把她奉为女神，每天累的时候一听到她的声音就觉得特别放松。

他其实没有做过网络博主，当然也没有发生宠物被毒死的事件，那么说只是为了和黄小敏有共同语言，顺便暗示她不要和狂热粉丝过多接近，以免遭遇危险。

他承认去过绑架犯住的公寓，但那是黄小敏让他去的，说朋友的电脑有问题，让他过去帮忙看一下，可是他过去后黄小敏又告诉他说不用了，他当时还觉得奇怪，但女神的话就是圣旨，他也没多想，就这么回了家。

警察检查了杨旭英的手机来电，黄小敏的来电是她家里的号码，杨旭英知道她的号码，所以完全没怀疑，但黄小敏的说辞则是她根本没有给杨旭英打电话请他修电脑，是杨旭英撒谎，而杨旭英也不承认他去黄小敏的家里打砸，他一直强调说黄小敏是他的女神，他对女神敬畏有余，怎么敢冒犯她？更别说去破坏她的家了。

至于杨旭英的出身也调查清楚了，他的家庭是有点复杂，因为父母离异，童年很不愉快，所以他从来不跟外人多谈这些事，但他的父母都健在，已经联络过了，和杨跃一家完全没关系。

苏钺凑在旁边看了，说：“哎哟，他果然是被推出来当祭品的小卒，亏我还拍了那么久。”

“也不能说你做的都是无用功，至少你证明了‘艺术家’的存在。”

“可他费了这么多工夫，利用我陷害杨旭英，被你们不到半天时间就查清了，他做这些完全没意义了。”

“这世上没有没意义的事，只是我们还没发现他的真正目的。”

甘凤池又往下看，裴晶晶把杨旭英的声音也传给他了，那是杨旭英打给黄小敏的一段电话录音，他直接跟黄小敏交流和他打电话去电台时的表现完全不一样，一句话说得结结巴巴，很像小学生被老师点名后的感觉，他讲电话时旁边还有人，偶尔笑声顺着话筒传过来，他被影响到，变得更紧张了。

苏钺在旁边连连点头。

“嗯嗯，跟女神说话是会紧张的，我和萧警官说话时也特紧张，我觉得他不是坏人，他胆子这么小。”

“坏人不会在脑门上贴标签说我是坏人的。”

“可他的声音也不像啊，这绝对不是‘艺术家’的声音，艺术家说话很温柔很文雅，完全不像是穷凶极恶的人，就像在大学讲堂上课的老教授。”

“你确定？”

“要不你把录音传给我，我再好好听一听。”

时隔五年，尤其是苏钺当时还处于被绑架的恐惧状态中，甘凤池对她能不能真听出“艺术家”的声音表示怀疑，但她一直在旁边吵，甘凤池就传给她了，图个清静。

平板传来响声，甘凤池拿过来一看，是老白连上了视频，手机里还有他的留言，说刚查到一个案子，不知道和他们现在调查的有没有关系，案子的发生地和杨跃住的小区相隔不到十里，因为比较离奇，他就做了记录传给大家。

甘凤池打开他上传的资料，资料里记录的事件发生在二十五年前，某栋旧楼拆迁的时候，施工人员在楼房的电梯井里发现了一具尸骨，后经检查，确定是男尸，死亡时的年纪大约在三十到四十之间，当时局里还派了特别调查小组去调查这个案子，但由于楼房位置较偏，又废弃已久，平时没人靠近，他们寻访了附近的住户，没人提供到有力的线索，对照走失人口排查也没结果，最后成了悬案束之高阁。

甘凤池看完后，脑子里冒出了一个可怕的想法——杨跃搬家时是杨昱书出面向邻里道别的，也是杨昱书去归还欠款的，杨跃始终没有出面，也没人看到他们搬家，大家听到的搬家都是从杨昱书嘴里说出来的。

或许在杨昱书向他们道别的时候杨跃就已经死亡了，他死在废弃楼的电梯井里，别说没人靠近，就算是靠近也不会想到里面有尸体，直到杨昱书离开的五年后尸骨才重见天日，那时候杨跃老家的人认为他赚了钱，不想和穷亲戚来往，邻居则以为他搬家去外地淘金了，就算发生了尸骨案，也没有人把它和杨跃联想到一起，没人报警，案件就这样成了悬案。

杨跃早就死了，所以王春秀到底是遇害了还是跟人私奔了，这一切杨昱书都无从得知，他找了三十年，终于找到了当年目睹现场的王贵，他迫切地想知道真相，所以不惜再次杀人。

房间很温暖，甘凤池却背心发凉，一方面觉得这个推想合乎情理，一方面又不敢相信自己的推理，因为真相太可怕了，他无法接受这样残酷的人性。

杨昱书当年到底是出于怎样的心态和目的把自己的父亲推下电梯的？他搬家后去了哪里，在之后的三十年中又经历过什么，这一切甘凤池都无从想象，也不想去想，因为那是让人非常不舒服的事。

所以还是等抓到他，让他自己做出解释吧。

萧兰草不在对面，甘凤池问他去了哪里，老白和林紫言都说不知道，从早上就没看见他，老白忙着把新情报转给刑侦一科，甘凤池正想问紫言什么时候过来换班，苏钺突然在旁边叫起来。

“凤梨仔！凤梨仔！”

老白的耳朵竖了起来。

“哟，凤梨仔你在哪里啊，怎么听见女孩子的声音了？”

“错觉错觉，你听耳机听多了，耳朵出问题了。”

甘凤池一边大声掩饰一边给苏钺打手势让她别过来，苏钺现在的身份很敏感，他猜萧兰草还没有向大家说明，要是紫言误会就惨了。

谁知苏钺先误会了他的意思，拿着手机跑过来，一脸紧张地说：“‘艺术家’！我听到‘艺术家’的声音了！”

“你不是说杨旭英不是‘艺术家’吗？”

“不是他，是后面的声音，你听听，后面有笑声。”

甘凤池刚才也听到笑声了，声音是从话筒传过来的，不是很清楚，而且是好几个人，他狐疑地看苏钺，苏钺重放录音，说：“你再听听，这个，这个嘿嘿……”

视频那边的人不知是怎么回事，盯着这边看，甘凤池侧耳倾听，笑声混在一起，隐约有个人发出嘿嘿声，在他听来这声音没有特别出奇的地方。

“你确定吗？”

“确定！当初他也是这样冲我笑的，嘿嘿……嘿嘿……就是他，你快告诉你同事去抓人啊！”

苏钺抓住甘凤池的衣服来回扯，甘凤池急忙打手势示意她少安毋躁，冲对面说：“你们听到了，她说录音里发出笑声的人就是‘艺术家’，你们去刑侦一科问问看，杨旭英是在哪里打电话的，周围都有谁，把名单都列下来，其中一个很有可能是凶手。”

魏正义去了，甘凤池怕大家注意到苏钺，关了视频，让他们有后续再跟自己说。

“会不会马上就抓到他啊？”

苏钺问，甘凤池抬起头，她坐在对面，脸色有些苍白，尽管过去了五年，她仍然没从那段恐惧中走出来，甘凤池安慰道："一定会抓到他的。"

没多久，魏正义的电话打过来，告诉甘凤池杨旭英是在公司打电话的，当时在办公室的只有几个同事，他报了同事的名字，两个二十靠后的和三个三十多的，岁数都和"艺术家"不符合，冯震和司徒已经去调查了，魏正义要了份名单，说回头传给他。

过了一会儿，名单传过来了，那是杨旭英提供的职员履历表，上面还附了照片，他说这五个人都在公司做很久了，工作也不错，不像是犯罪分子。

苏钺凑过来看，她把两个最年轻的撇开，说："肯定不是他们，这三个的话五年前最多也就三十吧，不知道声音是什么样的，能不能让你同事弄个声音来听听。"

"再等等，先找到人再说。"

"要是五年前看到他的真面目就好了，我就能一眼指出他了。"

"真要看到的话，你早被他灭口了，而且他不会整容啊。"

甘凤池随口吐了句槽，忽然心里一动，说到整容，这很有可能啊，否则曾经接触过"艺术家"的人给的肖像图就不会相差那么大了，但整容也有好多种，比如……

铃声响起来，打断了甘凤池的思绪，是苏钺的手机，她拿起来看看，又亮给甘凤池，是个没有号码显示的来电。

甘凤池示意她接，她接听了，刚"喂"了一声就发出尖叫，把手机丢了出去，手机落在地上，那一头传来嘿嘿笑声，甘凤池的心提了起来，他没想到"艺术家"胆子这么大，居然直接打电话过来挑衅。

他上前把手机捡起来，冷冷道："你就是'艺术家'？你所谓的艺术就是用这种下作的手段吓唬女孩子吗？"

嘿嘿笑声停下了，男人说："你站在桥上看风景，看风景的人在楼上看你。"

甘凤池本能地看向窗外，马上又想到玻璃是特制的，从外面看不到里面的情况，他回敬道："说人话。"

"你应该感谢我的仁慈，凤梨仔，我其实有好多次杀死苏钺的机会，她不知道她拿望远镜偷窥的时候，我一直都在欣赏她，挺有趣的女孩子，我还蛮喜欢她的。"

甘凤池看了一眼苏钺，她被吓到了，失去了先前的雄心壮志，缩到沙发上一动不动。

正像苏钺所说的，"艺术家"的声音温和并带有磁性，挺好听的，唯一的缺陷是他柔得过度了，让人不舒服，像是软体动物贴在肌肤上的那种滑腻腻的感觉。

甘凤池要感谢"艺术家"没直接对苏钺这样说，否则她更受不了。

“纠正两件事，”他说：“一、我跟你没有很熟，请叫我甘警官；二、别把自己说得那么善良，你只是想利用她而已。”

“NoNoNo，你们理科出来的不会理解我们搞艺术的人的想法，面对美丽的事物我下不去手，既然五年前输给了萧兰草，那就该服输，而不是赶尽杀绝，那太没有品了。”

“这是搞艺术的人被黑得最惨的一次，罪犯就是罪犯，别把自己说得这么高尚，你打电话过来到底有什么目的，别兜圈子，直接说吧。”

“因为我打不通萧兰草的手机。”

甘凤池的脸囧了三秒，得，他又是个备胎。

“但游戏时间都设定好了，我不想重新修正，这大概也是搞艺术的人的一点偏执吧。”

甘凤池尽量无视他的自诩，问：“是什么？”

像是没听到他的问话，艺术家自顾自地说：“我小时候玩捉迷藏很厉害的，大家都找不到我，直到很久以后我才知道，他们根本就没有找，而是直接回家了。”

“听起来你的人缘不咋地。”

“后来我就想到了一个办法，把他们喜欢的东西藏起来，他们想拿回去，就得和我玩下去。”

“把别人的东西藏起来那不叫做游戏，那叫盗窃。”

“可是我最后都归还给他们了啊，完好无损的，做游戏也是有规则的，我讨厌定了规则却自己不遵守的人，不遵守却又去制定，不是很奇怪吗？完全没有职业道德。”

“所以你杀了绑架犯，是因为他在拿到钱后还想要得到人。”

“不，是因为他骗人，他明明是想从被绑架者那里套钱，却说喜欢她，真恶心！”

通话后“艺术家”首次把情绪表现得这么明显，甘凤池心里活动开了，推想他为什么会纠结这种小地方，是因为对方的行为刺激了他的隐痛吗？

他不说话，希望“艺术家”再激动些，利于他套话，可惜对方很快就恢复了平静，继续往下说：“这就是我的游戏规则，明白了？”

明白个屁啊，这变态到底想说什么？

甘凤池现在有点希望萧兰草在身边，因为只有变态才了解变态。

“你不会是希望我和你玩游戏吧？‘艺术家’，你别再异想天开了，你犯罪累累，我劝你尽快自首，这样也许还能减轻你的罪行，否则……”

“你搞错了一件事甘警官，我不是希望，而是要求。”

“什么？”

“一刻钟以内我会再次犯罪，如果你能在我犯罪之前找到我，我就乖乖俯首，这个捉迷藏的规则你还满意吧？”

你这个丧心病狂的变态！

要不是怕刺激到犯罪者，依着甘凤池的脾气他早就骂出来了，忍着气问：“你要犯什么罪？”

“也许是杀人，也许是绑架，看我的心情。”

“你！”

“不不不，我考虑了一下，还是绑架好了，血腥的事情不太符合我的艺术风格，你猜我想绑架谁呢？”

鬼才能猜到你想绑架谁。

甘凤池在心里努力提醒自己要冷静，免得着了罪犯的道儿，故意把声音放轻松，说：“给点提示吧，否则范围这么大，怎么猜啊。”

“嘿嘿，你这点不太像萧兰草，要是萧兰草的话，他一定不会来跟我求提示，嗯……既然我是出题者，那就给个提示吧，我接下来的目标是你近期接触过的人，想到是谁了？十秒钟内如果你答对了，那我就放过这个人，怎么样，这个游戏很公平吧？”

甘凤池的心飞快地跳起来——近期接触过的？那肯定是在这几次案子中出现过的人，可是最近他见过很多人，这些人又或多或少都和“艺术家”有一些牵连……

“1……2……3……4……”

“艺术家”开始计数的同时，旁边传来震动声，甘凤池瞥了一眼，他的手机显示出留言，他跑过去按开，是林紫言打过来的，说她不能过去和他交班了，现在正在去医院的路上——她和王春秀那个去了国外的同事联络上了，同事不知道追求王春秀的男人的名字，不过听她提过几次，好像是姓黄，他们怀疑是黄小敏的父亲，所以要去确认并实施保护。

看到这段话，甘凤池脑子里嗡的一声，瞬间明白了为什么王贵临死前会特意给黄小敏的节目打电话，为什么黄小敏的家会被砸，科长说得对，任何看似偶然的线索可能都是必然的结果，所以不管它看起来多么不重要，都不能掉以轻心！

他回过神，“艺术家”已经把数报到了九，他急忙大声说：“我知道了！”

“喔，是谁啊？”

“你要下手的对象是黄小敏的父亲！你就是杨昱书吧，你整容了，让自己看起来像是四十八九，实际上你才三十九，你记恨当年你母亲跟着黄小敏的父亲逃走了，所以才想找各种机会害她……”

“当然不是！你这白痴！”

“艺术家”骂得气急败坏，甘凤池一愣，不知道是自己猜错了，还是因为猜对而刺激到了对方，问：“难道你要绑架的不是黄小敏的父亲？”

“艺术家”很快就恢复了平静，冷冷道：“不是，真让人失望，还以为你是萧兰草一手带出来的，会跟他一样机智，现在看来你也不过如此。”

“喂，等等，你的目标到底是谁？”

“你猜，嘿嘿……”

几声冷笑过后电话挂断了，甘凤池回拨，电话接不通，他把手机放到茶几上，抓着头发原地打圈，不断地想“艺术家”会不会是在骗自己，但他似乎没有理由特意打过来骗人，直接实施犯罪就行了，那如果不是骗他的话，他的目标又会是谁呢？

“他跟你说了什么？”

苏钺还没从惊吓中缓过来，小声问甘凤池，甘凤池不知道该怎么答，摆摆手说没事，又打电话给萧兰草想汇报情况，萧兰草的手机占线，大概发现了新情况，他在忙着处理。

甘凤池看了下手表，他只有一刻钟的时间，同事们都已经赶去医院了，再临时改去别的地方，不管怎么赶都来不及，更重要的是他还不知道“艺术家”真正的目标是谁。

会是谁呢？

甘凤池看向苏钺，苏钺也表情紧张地看着他，这让他想到一件事——为什么“艺术家”会打电话给自己？他一直视为敌手的是萧兰草，对他来说，亲眼看到萧兰草输给他才是最大的期待，但他打给自己了，会不会是不得不这样做？

因为和苏钺在一起的是他？还是只有他才能在一刻钟之内赶去现场？或是两者皆有？

甘凤池啊地叫出声，他想起吴美薇了，说到一刻钟的路程，吴美薇的家就在这个范围内，而且吴美薇在苏钺被绑架案中的表现有疑点。

科长说“艺术家”总自诩是正义人士，他协助一些人犯罪也是出于替天行道的立场，吴美薇有问题，可是五年前却没有得到制裁，这会不会就是“艺术家”实施犯罪的动机？

“我要离开一下，你哪儿都不要去！”

甘凤池说完，拿起斜肩包背上，苏钺也想跟着去，但张张嘴就在他的气势下咽了回去。

甘凤池放缓语气，说：“我知道你很想帮我们，但这次不行，犯罪分子不仅狡猾，而且凶残狠毒，他可能又要实施犯罪，我得马上赶过去。”

“去哪里？”

“还不确定，但很危险，目前还不肯定“艺术家”是不是真的放过你了，所以除了我和科长外，不管谁来你都不要开门，如果你真想协助我们抓到艺术家，就在这里等我们回来，这就是最好的协助，你明白吗？”

他的严肃影响了苏钺，她连连点头，“我明白，我一定不会乱跑的！”

甘凤池跑了出去，走到门口，苏钺在后面叫：“凤梨仔，你也要小心啊。”

“放心吧，不会有事的。”

甘凤池其实说得很没底，毕竟那是个连萧兰草都觉得头痛的对手，不过人命关天，容不得他多加犹豫，冲下楼上了车，一路赶到了吴美薇的家。

他上前要按门铃，发现门是虚掩的，心中涌起不好的预感，提高警觉推门走进去，他没带枪，顺手抽出放在门口的高尔夫球棒，慢慢走进去。

一只京巴从走廊对面跑过来，冲他呜呜叫，那是吴美薇的爱犬，黄色衣服上和一条腿上都沾了血，随着它的奔跑，走廊上多出了好几块血印。

甘凤池顺着血印跑过去，客厅里传来呻吟声，他走近，就见一个男人仰面朝天躺在地上，腹部插了把匕首，躺在那里不能动弹，是吴美薇的老公。

甘凤池注意着周围的情况靠近他，他还有意识，刀子没拔出来，血流量不是太大，看到甘凤池，他喘息着叫：“救命……救我……”

“是谁做的？吴美薇呢？”

“不认识……一个男人，我老婆……他带走了……我要死了，救命……”

甘凤池简单检查了他的伤口，没有伤在要害，伤口也不深，这证明“艺术家”没有想要他的命，否则他活不到现在，他安慰道：“振作一些，你不会有事的，我马上叫救护车。”

他站起身要打电话，就在这时，铃声响了起来。

甘凤池顺着声音看过去，茶几上放了只手机，拿起来一看，上面显示的竟然是“艺术家”的名字。

他赶忙接通了，嘿嘿的笑声从对面传来，带着遗憾的口气说：“凤梨仔你又晚了一步，比起你的上司，你的反应能力差远了，你不适合当警察，还是趁着年轻转行吧。”

“这手机是你留下的？”

“是啊，专门为了告诉你不用叫救护，因为我已经帮你叫了。”

“捅了人又叫急救，你到底打的什么主意？！”

“那是个意外，是他先向我动手的，真是个笨蛋，他居然以为他老婆跟我有一腿，我崇尚和平，只好让他暂时安静一下。”

这种思路甘风池觉得他完全跟不上，问：“你把吴美薇带去哪里了？”

“带去捉迷藏的基地，第一局你已经输了，还要继续玩下去吗？”

“捉迷藏？好，奉陪到底，你有什么花招就尽管使出来吧！”

“呵呵，虽然你不够聪明，但总算还有点胆量，那就拿着这只手机，在一个小时内找到我，记住游戏规则，不可以切断通话，不可以把你从我这里得到的任何情报透露给别人，否则你找到的就将是一具尸体了。”

——透不透露你怎么知道，难道你还有千里眼不成？

甘风池正想着，他自己的手机响了起来，萧兰草的电话竟然在这个时候回拨过来了。

事情太赶巧了，他犹豫了一下，“艺术家”问：“你上司的电话，不准备接吗？”

“你怎么知道？”

甘风池转头看周围，很快就发现了旁边花瓶里有个小亮点，他凑过去拨了拨，找到了里面的微型监视器。

真够变态的！

他冷声问：“你什么时候偷放的？”

“不太久，大概在你来找吴美薇聊苏钺案子之前吧。”

甘风池的手攥住了监视器，艺术家说：“你可以毁掉它，我也可以随时毁掉她。”

“我没你想的那么蠢，这里的监视器不止这一个吧？”

“嘿嘿……”“艺术家”笑完了，说，“还是接听下吧，我有点怀念他的声音了，不过该怎么说你要有数。”

甘风池接听了，萧兰草问：“你那边出事了？”

“科长你在哪里？”

“在……外面，正义他们已经赶到医院了，黄小敏的父亲很安全。”

“我这里也很安全，别担心。”

“苏钺还好吧？”

“都挺好的，对了科长，你还欠我一百万呢，啥时候还啊。”

这是以前萧兰草训练他时开的玩笑，说要是哪天自己被绑架了，让他拿一百万来赎人，他说这话时心里突突直跳，担心萧兰草听不懂这个梗，又担心“艺术家”听了会怀疑，那吴美薇就危险了。

萧兰草发出冷笑。

“我是你的上司，借你点钱而已，你至于每天都跟着要吗？”

“这不是突然想起来了嘛，没事了没事了，回头再联络。”

隐约听到远处传来的救护车的声音，甘凤池很希望萧兰草也听到了，他说完挂了电话，“艺术家”没怀疑他们的对话，揶揄道：“这钱大概不好要，他挺穷的，把钱都用在打扮和享乐上了。”

“你还真是了解他啊。”

“我得了解自己的对手，现在你可以把自己的手机丢掉了。”

甘凤池把手机放到一边，“艺术家”提醒道：“你好像忘了关机，对面好像有个鱼缸。”

甘凤池当然看到了，心里咒骂这老狐狸够狡猾的，踌躇道：“我这可是新买的手机啊。”

“难道在你心中，人命还不如一只手机值钱吗？”“艺术家”冷冷道，“快点，我的耐心是有限的。”

甘凤池只好关了机，把手机丢进了鱼缸，里面有好多假山，手机卡在假山里，不仔细看的话看不到它的存在。

救护车的警报声已经近在眼前了，甘凤池不敢耽搁，匆匆跑出去，跑到门口时那只大白熊犬不知道从哪里冒出来了，和京巴一起扑过来蹭他，他揉揉两只狗狗的头，又拍拍它们的背，安慰道：“你们的主人不会有事的，你们乖乖地等她回来。”

“真看不出警察也这么有爱心。”

手机那边传来“艺术家”的揶揄，甘凤池跑出去，回了一句：

“我除了对犯罪分子以外，都非常有爱心。”

“呵，说话这么尖锐，就不怕我一生气杀了她。”

“你不会的，因为你是艺术家，并且是尊重游戏规则的正人君子。”

不知道“艺术家”有没有听出他的反讽，嘿嘿笑起来，甘凤池抖了抖，起了一身鸡皮疙瘩，他来到外面，救护车的警报声更近了，远远地可以看到车上转动的红灯，他跑去自己的车位准备上车，“艺术家”制止了。

“你要开的车在小区外面。”

“呵，特别为我提供的车？”

“对，特别为你定制的。”

甘凤池心里一百个不信，快步向前跑，半路和救护车擦肩而过，跑到小区外，照着“艺术家”说的在外面转悠了好一会儿，才看到道边停了辆黑色小轿车。

车身看起来脏脏旧旧的，“艺术家”说车钥匙放在驾驶座下面，甘凤池打开车门探手摸了摸，顺利找到了，他坐上去，首先看到车窗两边都挂了窗帘，接着是挂在方向盘上的耳机。

“提供得还挺全面的嘛。”

甘风池把耳机插好，塞进耳朵里，又看看车里面，问：“你把监视器安在哪里了？”

“你猜？”

这么说就等于承认车里有监视镜头了，甘风池翻着白眼把车开出去，冷笑道：“车门都没锁，幸好没被偷，否则这个游戏就玩不下去了。”

“放心，没人敢偷我的东西。”

“说得这么肯定，附近是不是有你的人在监视啊？”

“你现在还是集中精力追目标吧，在规定时间内找不到吴美薇，就算审问技巧再好也没用。”

“艺术家”冷冷丢下这句话后就不言语了，甘风池本来还怀疑他是不是有同党配合，但这句话提醒了他，当前最主要的是救人，其他的先暂且放一放。

前面是红灯，甘风池趁着等红灯重新捋了一遍和艺术家的对话，这只老狐狸很鬼，看似说了很多，但实际上都是障眼法，关键词一个都没透露，所以他现在脑子里是一团乱麻，无从理起。

该死的，这混蛋肯定是故意的，笃定他什么都查不到，所以跟他玩猫捉老鼠的游戏……不，他也不是一点线索都没有的，至少苏钺和他说了个很重要的情报——在杨旭英给黄小敏打电话的时候，“艺术家”就在他身边！

当时在场的五个人刑侦一科那边都调查过了，看起来都跟这案子没关系，假如苏钺没听错的话，那只有两种可能，一个是那五个人中有一个有问题但暂时还没被查到，还有种可能是当时还有第六个人。

一个办公室里职员们进进出出的很正常，杨旭英又在给黄小敏打电话，他没留意到不奇怪，这一点相信刑侦一科的前辈们都会想到，他们肯定会挨个排查的，不管怎么说，先去杨旭英的公司看看吧，这算是当下唯一的一条线索了。

后面传来喇叭声，甘风池回过神，已经变绿灯了，他急忙启动车辆，把车开去杨旭英的公司。

CHAPTER NINETEEN 第十九章

捉迷藏

幸好之前调查杨旭英时，甘风池仔细看过他的资料，记得公司地址，一路风驰电掣来到公司楼下。

杨旭英的IT公司规模不大，只是在某栋商业大楼里租了两个房间而已，出乎甘风池的意料，公司竟然没人，他推推门，门上了锁，里面也没有开灯。

看来是老板被带去协助调查，公司也临时休假了，这时候甘风池要感谢萧兰草对他的训练，熟练地掏出别针，捅进锁眼里来回转了转，锁顺利打开了。

谢天谢地这不是密码锁，否则他真不知道该怎么办了。

甘风池暗叹侥幸，进去打亮了灯，开始翻找起来。

这里跟普通公司的摆设不太一样，办公桌的形状各不相同，有方正的也有椭圆形的，而且是随便摆放的，桌上的电脑每一台都比老白用的要大，再加上各种书籍资料摞成了山，随便一坐一趴，直接就被电脑和书掩埋了，甘风池看了一圈，更觉得自己的推测是正确的。

他翻了下几位职员的桌子，都是些工具书，再拉抽屉，抽屉是锁着的，目光掠过桌上的座机电话，心一动，故意探手去拿话筒。

耳机里传来微微的哼声，带着轻蔑又玩味的调调，甘风池临时把手收回来，看向周围，问："你是不是也在这里安了监视器？"

"你猜？"

"看来跟技术股整天在一起，压力也挺大的，备不住什么时候就被窃听了。"

"嘿嘿……"

"艺术家"很狡猾，多余的字一个都不说，甘风池没有真想打电话，他只是试试而已，"艺术家"的反应让他确定自己猜对了，否则以他的性格早就开始夸夸其谈了。

他探头看看对面的桌子，大家桌上的摆设都差不多，连名片盒子都一样，他看不出哪张桌子是杨旭英的，心想这个追求者做得不称职，桌上至少该放个女神的相框嘛……

等等，名片！

甘风池半路又退回来，看向刚才翻过的桌子，电脑前放着名片塑料盒，再看隔壁的，也有，又跑去其他桌前，大多都放着，就是那种印刷公司刚印制好，放在透明塑料盒里的那种。

“我开了家小印刷公司，主要印名片什么的，小杨是IT公司老板，我帮他们公司印名片，又刚好同是一个驴友团的，这一来二去就熟了……”

这是方敏向他自我介绍时说过的话，方敏和杨旭英很熟，负责杨旭英公司的名片印刷，也是他介绍黄小敏和杨旭英认识的，更重要的是有关杨旭英的情况都是方敏透露给自己的，他正是听了那些事情后开始对杨旭英产生怀疑的。

该死，这么明显的线索他居然一直没有注意到，因为方敏身上的小市民气息太重了，大嘴巴还喜欢八卦，他压根就没把这种人和犯罪分子联系到一起，所以怀疑推测的方向从一开始就出现了死角，杨旭英一定和他一样，不自觉中忽略了方敏的存在！

想到这里，甘风池气得差点敲自己的脑瓜子，掉头就往外跑，耳机那边传来“艺术家”的声音，问他想到什么了，他直接无视了，跑出公寓上了车，把车开去了方敏的公司楼下。

方敏给过甘风池名片，所以地址他记得很清楚，不知是凑巧还是特意的，他的印刷公司和杨旭英的公司只隔了两条街，甘风池到了后等不及电梯，顺着楼梯跑到他的公司楼层。

方敏的公司今天也没开，从外面看去，里面黑乎乎的，甘风池掏出铁丝想故技重施，手碰到把手，吱呀一声，门自动开了，这里竟然没上锁。

甘风池吃了一惊，马上想到绑票会不会就在这里，他提起警觉慢慢推开门，里面静悄悄的，不像是有人的样子，他在墙上摸了摸，找到开关把灯打开了。

房间亮堂起来，当看到里面的状况，甘风池再次感到吃惊，办公室里空空如也，除了基本的办公桌椅外什么都没有，墙上还留着挂过东西的痕迹，但都被取走了，这里给人的感觉就是公司关门大吉，老板卷款跑路了。

说到跑路，方敏……不，杨昱书也算是很有经验了吧。

甘风池在心里冷笑，走到桌前，打开抽屉翻找，出乎他的意料，抽屉里倒是挺满的，放了一些报纸和杂志，上面专题报道了这几年来发生的几起重大案件，甘风池想这些案子“艺术家”应该都参与过，所以才特意收集来自我满足。

没找到线索，甘风池又跑去隔壁两个房间搜查，里面也都是空的，他不死心，敲打墙壁，希望墙壁当中有暗格，说不定绑票就被藏在暗格里，但没多久就失望了。

这里都是实心的，他甚至连监视器都没找到，看来方敏早在案件发生时就已经做好了跑路的打算，所以没有留下一点可以追踪到情报的东西。

“你比我想的要聪明，这么快就找到我的公司了，你是怎么猜到的？”

“用脑子猜的，”甘凤池环顾四周，冷冷道：“我以为你跑路时会把监视器也一起收走的。”

“忘了提醒你，除了这里，我还可以看到大厦里面的监控视频，所以别想搞小动作，你的行为很可能导致严重的后果，嘿嘿……”

这家伙还真是网络高手，居然可以截看到监控视频。

甘凤池其实对方敏的说法抱有怀疑，但正如他所警告的，自己不能因为怀疑就冒险，“艺术家”手上已经沾了很多人的血了，他一定不在乎多加一条人命的。

甘凤池什么都没找到，他不敢在这里耗费时间，转身跑出去，他来到楼下，经过邮箱时脚步顿了一下，过去打开了。

邮箱里塞了一些宣传单和杂志——方敏离开时应该都清理过了，这些是那之后派发的，甘凤池不抱希望地翻了下，在看到一份揪团登山的联络单时停住了。

第一次方敏主动跟他聊天时提供了很多情报，比如他和杨旭英都是登山驴友，他了解山上的情况，而且进山的路上也不用担心被交通监控器拍到，像他这种需要靠监控器控制别人的人，潜意识上应该会对监控装置有忌讳，可是这里的山说多不多说少也不少，会是哪里呢？

眼前晃过抽屉里那些犯罪记事的报纸剪辑，甘凤池的心怦怦跳起来，方敏不仅是反社会人格，还是智慧型罪犯，他把其他东西都清空了，偏偏留下那些，会不会是在故意提供线索？

换了正常人肯定不会这么做的，但放在他身上，一切都变得很有可能，他的自负还有凌驾于他人之上的优越感都促使他会这样做！

甘凤池不知道自己的判断是否准确，但眼下他别无选择，跑回车上，开车朝王奶奶作案的山间别墅冲去。

一路上他尽量避开有交通监控的路口，耳机也被他扯掉了，专心开车，方敏中途提醒他剩余的时间，他为了不引起对方的警觉，嗯了两声当回应，进了山路后继续加速，终于在堪堪快到一个小时的时候赶到了别墅。

由于曾经发生过凶案，别墅四周拉了封锁线，甘凤池远远地没看到有车，他心里一沉，首先想的就是自己推测有误，索性开着车冲过封锁线，直接停在了门口。

他刚跳下车，别墅一侧人影一晃，有人走过来，手里拿着公文包，头发梳理整齐，一身西装革履，典型的公司白领的气质，要不是跟他有过接触，知道他犯下的累累罪行，甘凤池无法把他和凶狠的罪犯联系到一起。

“方敏，你被捕了！”

他大喝一声冲了过去，方敏一愣，随即就笑了，甘凤池以为他会反抗，谁知他掉头就跑。

甘凤池追着他跑过去，别墅后面是一大片空地，那里停了辆车，方敏完全没有害怕的反应，一边往车那边跑，一边转头冲他笑道：“你挺厉害的嘛，看懂我提供的线索了？”

“站住，不许动！”

甘凤池很后悔没有带枪，否则以他的枪法也不至于拿方敏没办法，不过出乎他的意料，方敏没上车，而是绕着车子转了一圈，跑去了后面的室内停车场，看他那夸张的跑法不像是为了逃避追捕，而是单纯在玩游戏。

不错，这还真是个游戏，这个变态把自己当上帝，拿人命当筹码来跟他玩。

想到这里，甘凤池就更恼火，喝道：“这个游戏你输了，快把人质交出来！”

“我这不是在带你去找她嘛，在这里。”

方敏跑进了停车场，甘凤池怕里面有陷阱，进去的时候提高警惕，这里原本是给剧团成员停车用的，里面很宽敞，又没有灯，刚一进去眼睛适应不了，随即眼前传来冷风，方敏抡起一根长棍向他劈来。

甘凤池闪身躲开了，他随身带的包包现在派上用场了，拿下来，把有带子的那头甩过去，方敏的脸被打到，疼得叫起来，甘凤池下一鞭敲在方敏的手上，他拿不住棍子了，被甘凤池趁机踹开棍子，又顺便踢了他两脚，把他踢倒在地。

方敏失去了攻击能力，捂着胸口喘息着叫：“你们警察果然都是暴力人种！”

甘凤池又一脚踹过去，把他踹了个煎饼翻身，要是照他以往的脾气，一定会回一句“哥最暴力的时候你还没见识过呢”，喝道：“对付你这种毒瘤需要留情吗？你杀了多少人，你还有脸说别人暴力！”

“犯罪也是一门艺术，你根本不懂。”

“嗯，我不懂，我就知道怎么揍你！”

甘凤池提起脚又要踹，方敏抬手指向对面，冷笑道：“你再对我施虐，她就是你害死的。”

甘凤池转头看去，停车场太暗，他刚才没注意到，原来吴美薇竟然被倒吊在梁上，她身上都是血，已经晕过去了，一点动静都没有。

“你知道塔罗牌里有一张倒吊人吗？看她现在的样子像不像？”

方敏站起来了，摸着脸嘿嘿笑道，甘凤池的回应是一拳头挥过去，方敏应声倒地，他被打晕了，趴在地上没反应了。

甘凤池顾不得绑他，跑去吴美薇面前，她的眼睛被蒙住，嘴里塞了布，两只手分别往两边伞拉着，衣袖挽到上臂，手腕上被各划了一刀，颈部也有一道刀口，刀口很深，血顺着划伤一直往下滴，把地面都染红了。

他触摸吴美薇的鼻息，呼吸很弱，再看血流不止，他急忙掏出手绢绑住她的手腕伤口，又要去绑另一只手时，对面传来话声。

“别急，我没划动脉，她一时半会还死不了。”

甘凤池抬起头，方敏从地上爬了起来，他的头发乱了，整理着头发说：“看我多仁慈，即使游戏时间过了，还是给了你最后的机会。”

“你这变态！”

“这怎么能叫变态呢，我是替天行道，当初要是她配合绑架犯及时交钱的话，绑架犯就不会死，苏钺也不会差点被害死，萧兰草也不会受伤，她是罪有应得啊，可是这五年里她却没受到惩罚，这不是很奇怪吗？”

甘凤池懒得听他耍嘴皮，撕下吴美薇的一块裙摆，帮她包扎了颈部和另一只手腕的伤口，方敏在对面冷冷问：“你是警察，你怎么可以救恶人？”

“你给我闭嘴！”

“我对你们真是太失望了，你们毫无能力，只会好大喜功，你救了恶人，就等于害死了好人，我不会允许你这么做的！”

叫声尖锐，甘凤池抬起头，就见方敏手里多了把手枪，枪口对准他，狞笑道：“她是我的作品，我不允许任何人破坏。”

被枪指着，甘凤池不敢再乱来，嘲讽道：“这也是你的艺术道具吗？”

一个手铐丢了过来，方敏用下巴指指旁边的铁架，说：“把自己铐起来。”

“你的装备还挺丰富的。”

“所有武器中，我最讨厌的就是枪，这是一群低智商动物才用的道具，所以不到万不得已我不想用它。”

“这也是你的游戏规则吗？”

“对。”

方敏持枪走过来，甘凤池拿起手铐，做出要往架子上铐的架势，却趁机将手铐甩了过去，方敏差点被打中，他火了，对准甘凤池再次开了枪。

甘凤池就地滚开，奈何车库里除了个倒吊人外什么障碍物都没有，他不由得暗暗叫苦，自责不该在敌我力量悬殊的时候激怒对方，他心里都做好了挨枪子的准备了，就在这时，门口传来大喝："不许动！"

一听这声音，甘风池感动得都快哭了，来者不是别人，正是他家领导萧兰草，再看到萧兰草站在前方，举枪对准方敏，一身威风凛凛，这一刻在甘风池心中他完全就是神了。

看到萧兰草，方敏不再去追杀甘风池，将枪口转向他，微笑说："萧科长，别来无恙啊。"

"放下枪！"

"你明知我不会放的，为什么还要说这种蠢话？"

"那我换个方式说——捉迷藏游戏已经结束了，作为输的一方，你该投降了。"

"你怎么知道的？"

萧兰草从口袋里掏出一个微型录音笔。

"我的部下比你想的要聪明得多，你和他在吴美薇家的对话他都录下来了，塞在了宠物狗的衣服里，白熊犬很大只，有它挡着，就算房间都是监控器，你也未必能发现。"

萧兰草说得没错，甘风池想到要对付的是变态罪犯，所以在进吴美薇家之前就打开了录音笔，他没想到这招还真用到了，后来他就借着两只狗狗蹭他的时候把录音笔塞在京巴的衣服里，他想以"艺术家"的心机，一定会让同伙伪装成医护人员，趁乱混进房间毁掉或是收走监控器，但他们不会留意宠物犬，只要萧兰草和同事追到这条线，就可以发现录音笔的存在。

说起来这要感谢正义的指导，没有他整天训练自己反扒技术，他还真不敢铤而走险。

被领导称赞了，甘风池有点小激动，嘿嘿了两声，趁着他们两个拿枪互指，他跑去救吴美薇。

方敏不敢把枪口移开，只能任由他救人，冷笑道："你终究还是搞鬼了，胜之不武。"

"废话，游戏是你设定的，主导者也是你，还不兴我想办法自救啊，还胜之不武，你绑架人杀人就有理了？"

方敏不理他，问萧兰草：

"你又是怎么找到我的？就凭一个录音笔？"

"我去找王奶奶了，问了她一些有关你的事。"

王奶奶是之前连环杀人案里的凶手，听萧兰草说到她的名字，方敏脸色一变，萧兰草说："第一次来这栋别墅，看到凶案现场的地狱油画时，我就有种强烈的感觉，那种地狱设计是‘艺术家’搞的，我追踪了他五年，了解他的癖好，也许他极力做了掩饰，但一个人的创作风格很难完全抹掉，我想他费那么大心思创作了恐怖艺术，大概不舍得用一次就丢弃，也许什么时候他还会再用到。”

甘凤池把吴美薇放下来了，她的手腕和颈部经过包扎，血慢慢止住了，看状况暂时没有危险，他听了萧兰草的话，突然想起萧兰草第一次看到地狱油画时的神情，当时萧兰草的表情很严肃，害得他都没敢多问，原来那时候萧兰草就已经怀疑到“艺术家”了。

“不过我没想到你就是‘艺术家’，跟我想象中的罪犯不太一样。”

“因为我是‘艺术家’啊，怎么可以跟凶气十足的犯罪分子扯上关系？”方敏微笑说，“所以还是放下枪吧，你不是我的对手。”

“你可以试试。”

“这是个好建议，”方敏嘿嘿冷笑，忽然枪口一转，指向甘凤池这边，“这里有两个人，你猜我手一抖会先射中谁？”

萧兰草脸色一变，举着枪大踏步走过来，方敏喝道：“站住！放下枪！”

萧兰草已经走到了甘凤池身旁，他停下脚步，枪口依旧对准方敏，方敏再次向他大声警告，甘凤池趁机站起来，躲去了萧兰草身后。

萧兰草一哂：“你至于把怕死表现得这么明显吗？”

“我只是个小警察，拿死工资的，有危险当然是领导先上啊。”

听了他们的对话，方敏冷笑。

“嘿嘿，看你的部下也不过如此，还不放下枪，否则我杀了她！”

方敏用枪口指指吴美薇，她还昏迷着，对眼前的状况毫无知觉，萧兰草扫了她一眼，将枪丢开了，方敏就在等这一刻，在萧兰草丢枪的同时将枪口指向他，扣下扳机。

砰！

枪声响起，发出痛叫的却是方敏自己，他手腕中弹，捂着手腕疼得跪倒在地，手枪也掉到了地上。

萧兰草往旁边站开一步，甘凤池举枪指向方敏，萧兰草掏出手铐丢给他，赞道：“干得好，凤梨仔。”

“哪里哪里，这都是您教导有方呐。”

甘凤池把手枪还给萧兰草，拿着手铐走到方敏面前，方敏很不甘心，忍痛问：“你怎么会有枪的？你临时出来，不可能有配枪！”

甘凤池冲他一笑，贱贱地答：“你猜。”

方敏气得说不出话，甘凤池收起笑容，把他铐上拖了起来，萧兰草揶揄道：“看来你只擅长背后搞鬼，实战经验差多了。”

“哼！”

“今后你可以在监狱里学习实战技术，假如你还有这个机会的话。”

方敏瞪着他不说话，被甘凤池像拖死狗一样拖了出去。

没多久，救护人员和刑侦一科的同事赶到了，吴美薇被送去急救，甘凤池把方敏交给他们，冯震和司徒留下来检查现场，萧兰草看到他们把弹头捡起，放进证物袋，对甘凤池说：“其实你是故意逼方敏开枪的吧，好提醒赶过来的人你们在哪里。”

心思被看出来了，甘凤池不好意思地挠挠头。

“真蠢。”

甘凤池的挠头动作停下来，瞪萧兰草。

萧兰草说：“虽然我很想捉到罪犯，但不希望靠部下的牺牲达到，以后你再这么蠢，就不要在我手下做了，免得大家以为我这个当领导的也蠢。”

“那领导，我可以把这个理解为是担心吗？”

萧兰草斜瞥他不说话，一副“你想多了，这怎么可能”的表情，甘凤池不在意，反正他现在够了解自己的上司了，傲娇的人说话都这调调。

“你们来看，这家伙还妄想跑路啊。”

冯震找到了方敏的公文包，打开一看，里面除了手提电脑和一些美钞外，还有他的护照。

那是伪造护照，年龄和出生年月都是杜撰的，只有名字，他改成了杨昱书，冯震把这些东西放进证物袋，甘凤池有些感叹，等冯震走开，他对萧兰草说：“他最终还是想改回最早的名字。”

“因为只有这个名字是真的，可笑，他所有的东西都是伪造的，却执着于一个真名。你知道吗？他和王奶奶合作的那段时间，报的名字就是昱书，他一直自称艺术家，所以王奶奶还以为他这个名字也是谐音杜撰的。”

“他跟王奶奶说了真名？这怎么可能？”

“大概王奶奶身上有他想拥有的家人的感觉吧，有人这样叫他，会让他感觉自己还在童年时代，还没有被母亲抛弃。”

“呵，他和王奶奶只不过是合作犯罪的关系，他这不是异想天开吗？”甘凤池啼笑皆非后，又点点头，“不过可以理解，我跟王奶奶聊天，也有种跟自己奶奶在一起的感觉。”

萧兰草微笑看过来，甘凤池打了个哆嗦，“你想说王奶奶是故意那样做的？不可能吧，‘艺术家’是什么人？他是罪行累累的歹徒，他难道还会被王奶奶骗到吗？”

“凤梨仔，你要相信一个影后的演技，那不是当下那些什么流量明星可以比的。”

萧兰草走出停车场，甘凤池紧跟在后，问：“你去找她了？”

“是啊，就在大家去保护黄小敏的父亲时，我去了王奶奶那儿。”

“科长你还真是不务正业。”

“其实我去过好几次，她都回避不见，今天是我撒了谎，说又有女孩将会被杀，让她想想自己的孙女，她才见我，她承认别墅里的油画都是‘艺术家’设计的，而且‘艺术家’来过这里很多次，很喜欢这里，所以当听说了捉迷藏游戏后，我就想到了这里。”

“其实早在你第一次来别墅的时候就想到了吧，那时候你什么都没说，你要是一早就说，我就不会从杨旭英的公司追到方敏的公司再追到这儿，老实说刚赶到的时候我心里一点底都没有。”

“在没有确凿证据的时候，说了反而会弄巧成拙。”

“科长你根本就是老奸巨猾啊。”

“要不怎么能当你领导呢，”萧兰草说完，又正色说，“其实你自己也想到了，只是你没有特意用理论来推，只以为这是潜意识的直觉，就像直觉告诉你，我的后腰上还插了把枪。”

“那不是直觉好吧，是你亲口说的，你以前跟我说过出任务的时候永远都带两把枪的，”甘凤池吐槽道，“跟您这样的领导搭档，作为属下，不机灵点可怎么行啊。”

CHAPTER TWENTY 第二十章

冷案再次重启

身背数案的罪犯“艺术家”终于被捉拿归案了，几起连环案也都告破，大家都松了口气。

更出人意料的是方敏很配合，爽快承认了自己就是杨昱书，三十年前警察陈丰树被害一案是他做的，因为他去派出所报案，说父亲杀了母亲，让他们抓人，陈丰树却不受理，只说帮他寻找，可是后来不断拖延，又说没有发生命案，是他误会父亲了，他痛恨警察不作为，一气之下就杀了陈丰树。

那是他第一次杀人，心里还是很紧张的，但比起紧张，他更觉得出了口恶气，不知道是那晚雨下得太大，毁掉了线索，还是他的岁数太小，存在感太弱，自始至终都没有人怀疑过他。

之后半年里他向杨跃旁敲侧击询问母亲的尸体藏在哪里，被打了很多次，后来杨跃准备去外地发展，给他办理了转学手续，那时他就想好了除掉杨跃的计划，有了第一次的经验，这一次他做得很稳妥，骗杨跃说在废楼里发现了金条，杨跃利欲熏心，丝毫没有怀疑他，深夜带他去查看，被他推进了电梯井里。

后来他就搬了家，改名换姓去了别的城市，那些年里他遇到过很多人，也做过很多工作，还找机会顶替了别人的名字，顺利上了学，那期间他开始学习黑客技术，不过他最喜欢的还是艺术，不管是绘画还是雕刻。

他承认了最近的系列绑架案的主使是他，杀害绑架犯的人也是他，没有特别的原因，只是对方在拿到赎金后还欺骗绑票，这种行为在他看来不仅龌龊，还增加了危险性，这是身为“艺术家”的他所无法容忍的。

不过他否认参与五年前苏钺的绑架案，由于当时的嫌疑人已死，单凭存留在现场的部分物证和苏钺的证词无法指证方敏，所以无法就此案起诉他。

而且他否认了自己逼迫王贵自杀，强调说王贵是心里愧疚才会选择自杀的，因为他见过王贵，指责王贵三十年前明明看到了罪行却闭口不言，至于酒瓶上为什么会有杨旭英的指纹他也不知道，黄小敏的家被砸也不是他做的，他和黄小敏还有杨旭英都无冤无仇，不存在害他们的理由，他也没有同伙和搭档，他作案向来是独来独往的。

由于警察没有在吴美薇家里搜到监视器，甘凤池的证词无法得到证实，任凭萧燃怎么审问，方敏翻来覆去都是这番话，甘凤池在审讯室外看得火大，说："明明就是他的同伙拿走了，我就不信调查不出来，他到底想抵赖到什么时候？"

裴晶晶说："问题是查不到，当时大家都忙着救人，谁会想到救护人员中有伪装的啊，我真是搞不懂，以前的案子他大部分都承认了，连陈丰树的案子他也认了，为什么否认苏钺和王贵这两件？总不可能他真的不是凶手吧？"

"不可能，凶手一定是他！"

"那这是为什么？"裴晶晶指指手里拿的资料，说，"这三十多年来他参与的案子至少有十几宗，有确凿证据起诉他的就有七八宗，多一件少一件对他来说没什么区别，难道他还以为少这两件可以减刑吗？"

"当然不是。"

甘凤池直接否定了，可是原因是什么他却讲不出来，挠挠头，觉得这个疑问还得他家科长来解答，刚好萧兰草从外面进来，甘凤池急忙冲他招手。

"科长你去哪里了？萧燃科长碰到钉子了，那家伙死活不肯承认苏钺和王贵的案子，你知道是为什么？"

"知道。"

"啊？"

萧兰草回答得太快，甘凤池一时间没反应过来，叶长鸿等警察也一起看过来，萧兰草耸耸肩。

"如果你们比赛射击输得很惨，一定也不想让人知道吧？"

"当然。"

"方敏也是一样，他有人格缺陷，这样的人通常都有极度的自尊和自负，别人认为无关紧要的事情，对他来说则是奇耻大辱，五年前的苏钺一案中，他一直以为自己是赢家，直到最近他才发现被我耍了，你们认为他会承认自己输给别人了吗？而且还输给了他最痛恨的警察。"

大家默然，甘凤池问："那王贵呢？他否认王贵的案子又是为什么？"

"我刚从医院过来，和黄家父女聊了以前的事，相信方敏听了这个，就会开口了。"

萧兰草扬扬手里的录音笔，用下巴示意甘凤池跟上。

甘凤池莫名其妙地跟在领导身后进了审讯室，萧燃看到他，停止问话，方敏也往桌上一靠，微笑说："萧科长你终于出现了，还有凤梨仔，还是你们问吧，这位科长太无聊了，我跟他说话都快睡过去了。"

甘凤池不得不佩服方敏的精神强大，他连着被审了这么久，却一点疲惫表现都没有，面色红润，谈笑风生，对他来说这里就像是咖啡厅一般的自在。

萧兰草无视他的搭话，看向萧燃，萧燃的目光从他手上扫过，起身把自己的座位让给了他，甘凤池也赶忙从墙角拖过把椅子，靠着萧兰草坐下来。

萧兰草坐下，直视方敏，方敏毫不畏惧，也微笑看向他，两人对视了十几秒后，萧兰草说了两个字。

"傻 ×。"

欸！

一瞬间甘凤池以为自己听错了，但他看到在旁边做记录的冯震也明显向前晃了一下，这证明他的耳朵没问题，真是萧兰草在骂人。

方敏的表情也僵住了，似乎没想到萧兰草一张口就出言不逊，审讯室里只有萧燃面不改色，因为和萧兰草认识多年，他太了解这个人的做事风格了。

方敏终于反应过了，冷笑道："你们警察怎么也骂人啊，真让我大开眼界。"

"这不是骂人，是陈述——你是傻 ×。"

"……"

"傻人有傻福，傻 × 没有。"

"……"

方敏忍不住了，转头对萧燃说："你是负责的对吧，如果你不给我个解释，我一定投诉他，告他侮辱我，就算我犯了罪，我也是有人权的……"

"扑哧！"

萧兰草笑了，他看着方敏，像是在看小丑。

"和你做对手多年，我一直以为你很厉害，现在有点失望。"

方敏的表情更僵了，冷冷问："那么请问是哪里让萧警官失望了？"

萧兰草理了下桌上的那一大摞卷宗，拿出其中一本。

"现在整容成风，我不歧视整容，毕竟人人都想变得更美，但整得比以前丑比以前老是什么意思，花钱让自己变老，只为了躲避警察的调查，这不是傻 × 是什么？你明明有其他更好的逃避方法。"

"说得有点道理，怪我当初没想那么多，我接受你的责骂。"

甘凤池震惊了，这两位审问和被审问的画风都太清奇，他有点跟不上节奏，冯震的手也放在键盘上，不知道该不该打，萧燃向他做了个继续的手势。

方敏动动身子换了个坐姿，说："我是个虚怀若谷的人，不会因为一点小事就暴怒的，真让你失望了，说来说去，你骂我无非是想激怒我，让我坦白王贵的案子，其实这么多案子足够你们起诉了，何必一直追着这个不放？"

他伸手一指眼前那一摞案卷，说："当然了，如果你们想给死者家属一个心理安慰，我也可以承认是我做的，反正都这么多了，我不在乎再多一条。"

他一副无所谓的口吻，萧兰草不在意，回道："既然不在乎多一条，那就把你杀害王贵的动机和做法讲述一下吧。"

"你说真的？"

方敏盯着他问，萧兰草冷冷道："这是审讯室，我们的每句话都真得不能再真。"

方敏的笑容收敛了，向前一探身，正色问："萧科长，你说什么是恶？"

萧兰草不说话，其他人也不说，甘凤池只好先说了：

"犯罪就是恶，尤其是像你这种无视法律，因为自私欲而去杀害无辜者的行为。"

"也许在大众眼里，我是恶人，可大多时候却是我在做善事，你们在作恶。"

"你在说笑吗？"

"比如王奶奶，如果你们警察有作为的话，她的孙女就不会惨死，而真正犯法的人却可以逍遥法外，法律保护她了吗？法律保护的是那些未成年的犯罪分子，如果不是我，她一定无法为孙女报仇，对她来说，我就是善！还有王贵，你们穷追不舍，一定要我承认作案，你们想过没有，如果我真的承认了，那八十多万就要被充公，王贵本来就是重病晚期了，对他来说活着只是遭罪，他早死一点还可以为家人留下一大笔钱，现在就因为你们他无法达成所愿，王贵的家人要继续贫苦地生活，所以你们才是恶人！"

他说得慷慨激昂，最后一拍桌子指向萧兰草，一脸的正气凛然，可惜没感染到萧兰草，听完后往椅背上一靠，说："真投入啊，看起来这套谎言编得很成功，你看你把你自己都感动了。"

"我只是实话实说。"

"不，你连对你自己都不敢说实话！你这样说只是为了顶着一张善人的面具，来掩盖你真正的想法！你不肯承认杀王贵，那样的话，你一直以来坚信的真相就会破灭，因为你清楚地知道王贵并没有真的看到你父亲杀你母亲，他只是看到你父亲家暴，那些杀人藏尸都是小区的流言，事实上你母亲王春秀失踪后，派出所派人调查和寻找过，尤其是陈丰树，他是最了解案情的人，他没有敷衍你，你母亲是惧怕你父亲的殴打，和情人一起私奔了，他甚至还找到了你母亲，所以他没有接受你的报案，因为杀妻事件从一开始就不存在，他也不想把这件事闹大，那样会牵连到你母亲……"

"你胡说，我妈死了，她早就死了，是被杨跃杀的，虽然他到最后也没说出真相，但那晚是我亲眼看到我妈倒在地上，脸上都是血，我想去救她，可是杨跃把我关在房间里不让我出来，第二天她就消失了，我说她死了，可没人相信，这都是你们警察不作为，杨跃常常打我妈，我报警过很多次，你们都不管，还有那个陈丰树，他就是个伪君子，说帮我调查，最后却敷衍我，还说让我忘了不愉快的事，今后好好地生活，我无法忍受不杀他，一想到他那副虚伪的嘴脸我就想吐！"

这是方敏被带进审讯室后头一次表现得这么激动，甘风池知道萧兰草的话戳中了他的痛处，他做好准备，以防方敏冲动之下突然攻击萧兰草。

跟方敏的激动表现正相反，萧兰草相当冷静，说："他没有骗你，他的确找到了你母亲，但你母亲拒绝跟他回去，不仅如此，她也没和娘家的任何人再联系。"

他打开带来的录音笔，里面传出一个男人低沉的声音：

"我们都没想到陈警官会找到我们，春秀当时很害怕，求他不要告诉杨跃，也不要告诉她的家人，陈警官是个好人，答应了不说，但春秀还是非常在意，所以那之后不久，我们就又搬家了，刚好我老家村里有个远亲表姐过世了，岁数和她差不多，我就给了他们家一大笔钱，把尸体偷偷下了葬，又让春秀顶了她的名字，又过了几年，我们的生活稳定了，小敏也长大了，我曾问过春秀要不要联络她的家人，她死都不肯，说那些所谓的亲人为了自身的利益抛弃了她，在她心里，就当他们都死了，她唯一感到抱歉的是儿子……"

听到这里，方敏的拳头握紧了，骨节都泛了青，甘风池以为他会发飙，但他什么都没做，头微微垂下，继续往下听。

"她很想念儿子，但她没办法，她没有勇气回去，如果她回去找儿子，就等于自寻死路，以杨跃的性格，躁狂之下可能会杀了她，和杨跃结婚后的那些年里她一直生活在恐惧中，那份恐惧都渗入了骨子里，就算过去了几十年她都忘不了，有时候还会半夜醒来大声叫嚷……"

说到这里，男人顿了顿，接着是萧兰草的声音。

"但后来她还是去找杨昱书了吧？"

"那是十多年后的事了，我们回去找过，那时候小区早就拆迁了，我们打听了新住户，没人知道杨跃这个人，后来我去派出所打听陈警官，谁想到他早就过世了，就是在我们逃走的第二年，回去后我们俩都心照不宣地再也不提找人的事了，我有种直觉，陈警官是杨跃杀的，他没问出春秀的下落就一气之下杀了人，如果他找到我们，也会杀了我们一家的，我无所谓，但我不允许任何人伤害到我的女儿，春秀应该也明白的，所以直到过世，她再也没提过这件事。”

听到这里，甘凤池想他们猜错了，陈丰树的死亡虽然跟他们私奔有关，但杀人者却是另有其人。

萧兰草问：“她是什么病过世的？”

“乳癌，从发现到走不到半年时间，开始医生说如果好好养，其实还可以活很久的，但她没有求生的欲望，后期也拒绝治疗，她一直说她没尽到一个做母亲的义务，这是老天在惩罚她，我不想看她那么痛苦，就顺着她的意了，这些年虽然她从来不说，但我感觉得出来她心里很难受，一方面是对杨跃的恐惧，一方面是对儿子的负疚，去世对她来说是一种解脱，我很爱她，不忍心看着她那么痛苦，虽然我不知道她对我的感情，她跟我私奔到底是喜欢我多一些，还是想找人逃出火坑的冲动更多一些……”

声音中夹杂了几丝泣音，之后是长长的沉默，萧兰草把录音笔关掉了，对方敏说：“这是黄小敏的父亲跟我说的，他原本拒绝回答，后来听说找到了你，才说了这番话，他说他本来打算把这个秘密带进坟墓的，连女儿都不告诉。”

“不是！他在撒谎！他老婆姓方，我妈姓王，而且他老婆都已经死了，都火化了，谁能证明她就是我妈，这都是他的一面之词！”

方敏两只拳头捶打桌面，抬起头来看萧兰草，冷冷道：“别以为可以骗得倒我，我不吃这套！”

“所以我才说你傻 ×，不仅骗别人，还一直在骗自己！”

方敏不说话，血红的眼睛瞪萧兰草。

萧兰草说：“你心里明明白白的，你只是无法接受母亲抛弃你，和情人私奔的现实，你说是因为痛恨陈丰树不作为而杀了他，其实是怕他说出你内心最恐惧的事，这与你杀杨跃的理由一样，因为死人才不会编造谎言，他们死了，他们说的话是真是假就都不重要了，你只要相信你愿意相信的那个就行了。”

听到这里，甘凤池猛然想起之前提到方敏杀绑架者的时候，他的反应异常激动，原来是出于童年阴影，他痛恨绑架者这种欺骗行为。

“你从一开始就没有想对黄小敏的父亲怎样，尽管你心里恨不得把他千刀万剐，却不会真的那样做，因为那样就承认了一件事——在你母亲心中，她的儿子还不如认识几天的男人重要，但你心里还是很在意的，否则你就不会和黄小敏认识，跟她起了相同的名字，还和她成了好朋友，世上没有这么巧合的事，实际上你是通过某些途径打听到了一些有关王春秀的消息，但那时候王春秀已经过世了，你只能找机会认识黄小敏，却不敢多问，因为你担心那个答案不是你想知道的。”

“可是你又不甘心这件事永远石沉大海，所以你找到了王贵，王贵是怎么跟你说当年那件事的，这个不重要，你杀他只是在迁怒，认为他和警察一样不作为，他身为目击者却不挺身而出，所以你要他死，你不是在做善事，你是在报复！如果你真是善人，何不干脆给他八十万，让他在有生之年好好养病，而你却是逼他在钱和死亡之间做出选择，你这不是善，你是把自己摆在了死神的位置上，享受可以决断对方生死的优越感！”

方敏喘着气不说话，他的头又低下了，甘风池无法看到他的脸部表情，但想象得出他的狼狈，假面被一层层剥下来的感觉可不好受，他最怕的事被萧兰草当众说出来，他已经没有伪装的余地了。

“王贵临死前拨打电台热线也是你要求的，你认为这样就可以让警察重查三十年前的案子，你特意选择了黄小敏主持的节目，大概是出于看热闹的心态，就像你暗中跟踪她，目睹她惊慌失措为乐一样，这是种病态的快感，虽然你不知道当年的真相，但潜意识中你把黄小敏当成了假想敌，只要她不开心不快乐，你就满足了。”

“我们原本没想到黄小敏会和王贵的案子有关系，是你自己忍不住，那晚听了黄小敏在节目中说到有关家庭的那番话，你无法忍受，在邻居都去上班后，冲去她家把家砸了个稀巴烂，尤其是那张全家福，但你冷静下来后发现自己做错了，你用了杨旭英的指纹做掩饰，又特意在甘警官面前透露杨旭英的事，企图把我们的注意引到杨旭英身上，我们问过杨旭英，他说黄小敏喜欢听恐怖事件和怪异案子的话都是你告诉他的，也是你鼓励他经常打电话给电台热线，说可以引起黄小敏的注意，你从一开始就把杨旭英当棋子使用。”

“杨旭英给黄小敏打电话被录音的那次，你大概是觉得他太可笑了，所以失声笑了出来，事后你也想过会不会被录音，但一切都无法挽回，苏钺听过你没有伪装的声音，可那时候你已经没机会杀她了，所以我们很有可能查到你身上，或早或晚而已，与其处于被动状态，不如变被动为主动，你绑架吴美薇，强调自己在维护正义，可当初指使绑架的人不就是你吗，你有什么资格说正义二字！”

接下来是良久的沉默，方敏不说话，萧兰草也不说话，甘风池看看审讯室的几位，想着他要不要开口打破僵局，就在这时方敏抬起了头，愤怒懊恼的神色在他脸上一闪而过，取而代之的是无所谓的笑容。

“是啊，是我教唆王贵自杀的，但你们有证据吗？如果没有，就不要妄想用这一条来起诉我了，你们明明有十几条罪名可以起诉我的，何必一定执着这一条呢，人都死了，好歹让他死得其所点，毕竟有八十多万，一条命也值了。”

甘风池握紧拳头，如果打人会被允许的话，他一定不介意揍这个人渣。

萧燃发现了，伸手按在他肩上，问方敏：

“你为什么要陷害杨旭英？你跟他没有过节。”

“其实谁都可以的，只是他更适合而已，我就是要看你们警察诬陷好人还自以为正义的丑陋嘴脸。”

“那让你失望了，我们从没认为他是凶手。”

“谁说的，你们明明把他抓起来了！”

“逮捕他只是为了让真正的凶手放松警觉，这样才有机会抓到你。”

“不可能！”

“如果不是这样，你一定早就溜掉了，而不会玩游戏，你野心太大，要我们一次不够，还想要第二次，扮演正义人士的角色，想亲眼看到我们出丑，我们在别墅的停车场找到了针孔摄像头，如果这次你的捉迷藏游戏成功，视频一定会在网络上大肆传播，借以打击我们警察的形象，我说得对吗？”

方敏脸上露出悻悻的表情，甘凤池以为他又要捶桌子，但他没做，忽然咧嘴一笑，自嘲地说：“当一个人的能力可以驾驭他行动的时候，他可以对任何事情毫不畏惧，我早就听说警界双萧的大名了，果然是这样啊，我承认小瞧你们了，你们双剑合璧，真没什么案子是查不出来的，栽在你们手里也值了。”

要不是场合关系，甘凤池差点喷出来，这叫什么，死猪不怕开水烫？知道自己逃不掉了，就直接来一套让自己下台阶的戏码？可是凭什么在称赞的时候不带上他啊，要知道在调查这个案子上他也出了不少力。

萧兰草没理会方敏的调侃，起身离开，走到门口时，方敏叫住他：

“那个叫黄什么的我不认识，我妈在三十年前就死了，我杀王贵只是为了报复，八十万什么的我不知道，我虽然是杀人犯，但也是君子，违背承诺的事我不会做的。”

萧兰草的脚步顿了顿，甘凤池还以为他会跟以往一样说一句“我是不听派的”，谁知他转头问：“八十万现金都是旧钞，是他要求的？”

方敏耸耸肩，“大概旧钞会让他感觉安心吧。”

这句话就证明钱是他这里流出去的，但他不承认，警察也拿他没办法，甘凤池追着萧兰草跑出去，两人来到刑侦一科的大屋子里，迎面就被叶长鸿堵住了，他沉着脸，后面还跟着司徒和裴晶晶等人。

看到这阵仗，甘凤池直接躲去了萧兰草身后，要不是冯震还在审讯室里，他敢断言冯震也会加入队伍里来的。

萧兰草挑挑眉，叶长鸿大踏步走到他面前，头一句话就是：“你好啊你！”

甘凤池把头探出来，问萧兰草，“你又怎么惹他了？”

“不知道。”萧兰草问叶长鸿，“所以你能告诉我吗？”

裴晶晶说：“这还用说吗？五年前的绑架案，你欺骗了我们所有人，我们都以为被害人死亡了，谁知她在国外过得舒舒服服，还成了有名的塔罗师。”

“原来是为这事啊，难怪今天我来，大家都鼻子不是鼻子脸不是脸的。”

“你才看出来？”

甘凤池再次震惊了，觉得他家领导在某些地方还真是迟钝得可以。

“不过我要更正一下，我没有瞒所有人，咱们局长知道，舒法医也知道，还有凤梨仔……”

喂，你死也不要拉着我啊！

看着众人谴责的目光齐刷刷落到自己身上，甘凤池觉得他真是太冤枉了，连连摆手道：“不不不，大家别误会，我也是才知道了没几天，我不算的。”

“你们别生气了，这次的情况比较特殊嘛，如果凶手发现苏钺没死的话，她一定有危险，所以我们这也是迫不得已，不过不管怎么说，隐瞒大家的确是我的错，应该赔罪，今晚大家不忙的话，就一起来聚一聚吧，我请客，地点你们来选，凤梨仔你也来。”

萧兰草都这样说了，大家也不能拿他怎样，裴晶晶最开心，跑去上网找餐厅，甘凤池听到她说要大宰一顿，他小声问萧兰草。

“你有钱付账吗？”

萧兰草摇头，又指指他，甘凤池气坏了。

“你请客，我付账？”

“哎呀凤梨仔，我们是搭档啊，前不久我还救了你一命，分得这么清楚就不好了。”

甘凤池握紧了拳头，看着眼前这张英俊的脸，琢磨是打他鼻子好呢还是揍他眼睛好呢。

萧燃走了过来，萧兰草把甘凤池推开了，笑着对他说：“萧燃科长你这招做得真漂亮，故意把杨旭英抓起来，好让方敏大意，连我都被骗过去了，要不是你带人及时赶到，吴美薇就危险了。”

“哪里哪里，比你萧科长可差远了，”萧燃皮笑肉不笑地回他，“当了五年的无名英雄，把我们一科的人耍得团团转。”

火药味太浓了，其他人都悄悄避开了，免得当炮灰，甘凤池也想学着同事们溜掉，谁知脚刚抬起来就被叫住了，萧燃冲他一甩下巴。

“凤梨仔，到我办公室来一下。”

甘凤池转头看萧兰草，想求救，萧兰草却老神在在地说：“去吧去吧，说不定有好事等着你呢。”

他说完就走了，甘凤池气得冲着他的背影直瞪眼。

有个屁好事啊，你惹出来的麻烦让搭档来背锅，你好意思嘛你！

他在心里气愤地想着，跟随萧燃进了办公室，萧燃坐下，说：“你也知道你家领导的做事风格，所以我才让你盯紧点，你就是这么盯的？‘艺术家’老早就丢出挑战书了，你却不跟我说，对了，最近都没看到你汇报工作了，你身在曹营心也在曹了吗？”

“不是啊科长，您别误会，您听我解释，我是真不知道苏钺这事，后来我知道了，想跟你说来着，可我们科长就是不让我说，还威胁我说如果我敢透露出去，就踢走我，您也知道我记录不好，要是被踢走了，我就没处可去了。”

“不如到我这里来？”

“啊？”

甘凤池揉揉耳朵，以为自己重听了，萧燃看到他的反应，笑了。

“你不是一直想调过来吗？我想好了，这次行动中你的表现非常不错，我这边正需要人，我跟上头提一下把你调过来。”

幸福来得太突然，甘凤池张大嘴巴定在了那里，他还以为萧燃特意把他叫来是要骂他呢，谁知竟然是调动，换做一年前，他一定开心得分不清东西南北，可真正到了这天，居然没有特别高兴，反而有种微妙感。

萧燃半天不见他回应，问：“有问题？”

“没……问题，那个……可以等一下吗？”

“等一下？”

“嗯，再等等，等我把手头上一些事处理完，我最近挺忙的……”

“写结案报告整理文件对吧，那家伙最不擅长搞这个了，他总喜欢推给属下做，你也辛苦了，这事不急，反正还有时间，你再慢慢考虑。”

“谢谢科长。”

甘凤池从办公室出来，出了刑侦一科，正想松口气，嘴巴刚张开，旁边冷不丁有人问：“他找你干吗？”

“咳！”

一口气没顺利呼出，甘凤池大声咳起来，掉头一看，萧兰草靠在墙上滑手机，平时从来没见科长好心地等他，今天见鬼了，居然等他出来。

他哪敢转述萧燃的话，眼下两位科长的关系本来就很微妙了，如果萧兰草知道属下被撬墙脚了，备不住会干出什么来，慌忙摇头。

“没、没什么！”

“真没什么？”

“真没什么！就是叫我过去鼓励了几句，呵呵……”

萧兰草狭长的眼睛微微眯起，像是审视犯人似的，甘风池被他盯着，小心肝怦怦怦地跳，就在他以为萧兰草会戳破自己的谎言时，他往前走去。

“晶晶订好餐厅了，咱们也回去收拾下，叫上正义他们，晚上好好聚餐。”

“好！”

甘风池松了口气，抹了把冷汗，心想先庆功再说，反正调职的事萧燃科长也说不急了，他就再慢慢考虑吧。

他追上萧兰草，问：“科长，我有问题，虽然现在问有点事后诸葛亮了，不过我还是想知道，你不是因为犯错才被发配到冷案科的吧？”

“当然不是，我怎么可能犯错呢？”

“那是？”

“当然是为了隐瞒女学生的死亡消息啊，人质死了，总得有人背黑锅……啊不，局长的意思是得有人来承担责任，正好局里刚设立了冷案调查科，我觉得挺适合我的，就毛遂自荐了。”

“……”

发现一直在他心中是悲情男一号的人根本就是幕后大玩家，甘风池很无语，萧兰草没懂他的意思，还奇怪地问：“有什么问题？”

“没……”

要是硬说有的话，那就是他有点理解萧燃不快的心态了，任谁被隐瞒了五年，心情都不会愉快的。

“科长，您自求多福吧。”跟在萧兰草身后，他小小声地说。

一周后，几起案件都陆续结案了，方敏的案子也顺利转给了检察官，只等那边确认完毕，就可以正式起诉方敏了。

吴美薇的老公伤势不重，在医院里治疗了几天，伤势好转后就出院了，吴美薇也因为营救及时，除了受惊导致精神状态比较差以外没有太大的问题，在警察的追问下，她坦白了五年前绑架案背后的真相。

因为她老公平时就有拈花惹草的毛病，还对苏钺动手动脚，她很嫉妒苏钺，认为苏钺抢了她的老公，所以在前两次接听绑架犯的电话时故意挂断了，直到傍晚绑架犯再次来电话时才向警方寻求救援，她一直不知道苏钺还活着，再加上被方敏绑架，恐惧心作祟，不用警察多问就将真相原原本本都说出来了。

因为绑架犯已死，苏钺也不想就这件事告她，所以警方只是口头警告，吴美薇早吓破了胆，老老实实接受警告，并保证今后绝对不再做触犯法律的事。

黄小敏也销了假，重新回电台上班了，她接手做一个叫世界怪奇专栏的节目，专门和大家聊各种离奇诡异的事件，这次杨旭英倒是真帮上忙了，整天跟她探讨这类故事，据说两人还聊得挺投机，所以黄小敏直接把萧兰草 pass 了，说他这款的档次太高，不适合自己，她还是找普通人谈恋爱比较幸福。

甘凤池是从裴晶晶那边听说这件事的，看到萧兰草从医院回来时悻悻的表情，他很想笑，表面上还得忍住，找话去安慰。

萧兰草抛开莫名其妙被甩这件事，告诉甘凤池说黄小敏的父亲已经出院了，跟朋友组团准备出去旅游拍照，黄小敏始终不知道王春秀的事，她忙着新工作的安排，对案件也没有太关注，她对方敏竟然是凶手表示震惊，却压根没想到方敏和她的关系，更想不到她也是被利用的棋子。

“有些事情也许不知道是最好的，毕竟人是要朝前走的，而过去却改变不了。”

“科长，这话的风格可一点都不像你，我以为你会说不管真相残酷与否，当事人都有知道的权利。”

“就算有，也该是黄老先生自己去说。”

甘凤池想黄先生肯定不会说的，否则他不会一出院就跑去旅游，大概也是为了逃避吧，而方敏本人坚持说他母亲已死，还反咬一口说是警察无能找不到尸体，所以这是笔糊涂账，黄小敏还是不要被牵扯进去比较好。

魏正义说：“听说那八十万已经还给王家了，不知道该怎么形容方敏这个人，他杀人不眨眼，心狠手辣，却在某些小事上特别坚持。”

“没办法，自以为正义的人都是这调调，他们喜欢打着正义的口号做鸡鸣狗盗之事，但一旦牵扯到自身利益，绝对脸变得比谁都快。”

“不管怎么说，王贵的家人接下来生活能得以改善，他也可以瞑目了，对了科长，苏钺怎么样了？她后来跟你联络过吗？”

方敏被捕后，险情解除，苏钺就从萧兰草的家搬出去了，具体情况甘凤池不是太了解。

谁知听了他的问话，萧兰草的目光投过来，不悦的气场十分明显，甘凤池被弄得莫名其妙，还想再问，萧兰草反背双手溜溜达达地走掉了。

不会是又被甩了吧，连着两次被甩是挺伤人的，看着萧兰草的背影，甘凤池心想苏钺也真是太不够意思了，怎么说科长也帮了你一把，离开前至少该给个联络吧。

儿天后，冷案科全体成员正在办公室举办内部庆功宴时，苏钺出现了。

她今天既没搞塔罗师的那种神秘造型，也没像上次那样扎马尾扮嫩，而是穿了一件粉红色连衣裙，长发垂下来，再加上淡妆，全身散发出成熟女生的气息，唯一不变的是手上那串链子。

她买了一大盒甜点送过来，说是大家查案辛苦了，这是一点小心意，刚好大家在庆功，她的甜点送得恰到好处，魏正义把点心放进盘子里，让豆豆端给大家品尝。

苏钺这次是来道别的，她说订了明天去美国的航班，回去后要补落下的功课，短时间内不会再回来了，她向萧兰草道了谢，指着手上那串链子说："这是你送我的，我会一直戴下去。"

这暗示多明显啊，就连甘凤池这种不了解少女心的人都听得出来，原来他家领导没被甩，还挺受欢迎的。

他嚼着点心，用手肘拐拐魏正义，小声说："我听说那链子是科长当年为了缓解她的不安，特意买给她的，样子挺稀奇的，是定做的吗？"

"不是，是我们家某个亲戚强卖给他的。"

"强卖？"

"哎呀，谁家都有这么一两个亲戚喜欢杀熟，东西卖不出去就塞给家里人，我们都深受其害，科长说反正留着也没用，就转手送人了，没想到人家女孩一直放在心上呢，他可真够渣的。"

甘凤池点头，深感英雄所见略同。

苏钺道完谢，还没有走的意思，拉着萧兰草一直聊，魏正义便让豆豆把点心端过去，顺便找机会把话岔开。

豆豆很机灵，过去送点心，又称赞苏钺的衣服好看，然而苏钺根本没理会这个小不点，把接到手的点心盘放到桌上，问萧兰草：

"我相信一见钟情，你信吗？"

"我信。"

"所以我不会放弃的，你为我牺牲了这么多，让我明白了一个好警察的定义，我在大学学的是心理学，我做塔罗师也是为了做心理学研究，我的目标是将来做侧写师，回来在你身边协助你，和你并肩作战，做一名优秀的警察。"

豆豆听不懂，跑回来问魏正义。

"爸爸，什么叫侧写师？"

魏正义忍住笑，说："就是研究分析人的心理活动的工作。"

"为什么要想知道别人的心理活动啊？"

“因为……”

话被打断了，苏钺对萧兰草说：“我喜欢你，从你救我的那一刻起我就认定你了，所以不要再拿年纪来说事，我不在意你比我大很多，真正的爱情与年纪无关。”

所有组员站在一边，忍笑看萧兰草，萧兰草的脸色不太好，低声嘟囔说：“其实我在意。”

“在意也没关系，我会用实际行动来证明的。”

苏钺说完，探身拥抱了萧兰草一下，不敢看大家，红着脸跑出去了，老白在一旁摇头，啧啧说：“看看，多好的姑娘啊，科长你还是从了吧。”

甘凤池跟着起哄说：“就是，你英雄救美的时候就该知道人家会以身相许了，这桥段电视里都讲烂了，我觉得她挺不错的，要不要处处看？”

萧兰草的眼刀扫过来，甘凤池一激灵，魏正义往他这边靠靠，小声说：“凤梨仔你怎么哪壶不开提哪壶？你看不出科长不开心嘛，赶紧去安慰下。”

甘凤池最不擅长的就是安慰人了，挠挠头，跑过去说：“你要是真不喜欢，也不用太担心了，她才二十，等她毕业还有很久，有足够的时间让你去拒绝，如果她再读个博士什么的，时间就更长了，到那时你都四十多了，那么老了，她大概也没兴趣，不用你提就会主动放弃了。”

萧兰草看向他，笑容里充满杀气，其他三人都自动往后退，除了豆豆不了解情况，还站在一边吃着点心看热闹。

“凤梨仔，我觉得从你进咱们科，我都没给你小鞋穿，真是太对不起你了。”

“别这样科长，我这不是实话实说嘛。”

“嗯？”

萧兰草盯着他不放，甘凤池觉得科长今天的目光特别瘆人，背后寒气嗖嗖嗖地往上升，赔笑说：“科长您可以别这样看我吗？我这不也是为了让你安心……”

他的话还没说完就被一把推开了，转头一看，这才发现原来萧兰草一直看的不是他，而是他后面的挂钟，说了声糟糕就拿起外衣匆匆跑了出去。

甘凤池丈二和尚摸不着头脑，问：“科长你去哪儿？”

“取钱，交房租，”萧兰草看看表，出去时又瞪了甘凤池一眼，“房东涨房租了，凤梨仔，这笔账回头我一起跟你算。”

这年头除了工资外什么不涨啊，涨房租也不关他什么事，科长你这么迁怒是不好的。

甘凤池还在心里犯嘀咕，魏正义一巴掌拍在他肩上，问：“凤梨仔你是故意的吧，你明知道科长不喜欢别人说他老。”

“明明是你让我安慰他的啊，可是除了年纪老以外，我又找不到科长其他任何毛病。”

“说得也是。”

林紫言和老白点点头，有人支持，甘凤池更有底气了，豆豆用小叉子叉着蛋糕往嘴里塞，摇头叹道：“可怜的小表叔，不知道还有没有钱交房租啊。”

“别担心，他少买一件西服，房租就出来了。”

甘凤池随口回应了，半天突然发觉不对劲，他记得萧燃和魏正义是亲戚，豆豆上次来的时候叫他表叔，怎么萧燃科长也没钱交房租?

“豆豆，你说萧燃科长？”

“不是呀，萧燃是大表叔，我说的是小表叔。”

豆豆噔噔噔跑去萧兰草的办公桌前，拿起他的相框举给甘凤池看，看到相框里穿警服摆着自恋姿势的某人，甘凤池震惊了。

“科长是你小表叔，那不就是正义……”他指着魏正义问：“你表哥？”

“是啊。”

“可、可萧燃不才是你表哥吗？”

“没错，萧燃科长是，咱们科长也是，俩都是我表哥。”

“都是你表哥？还都姓萧？”

“是啊，我们家族很大的，他们俩之间还是远房堂兄弟的关系，所以是亲上加亲，整天都被亲戚们拿来比，很烦的，简直就是既生瑜何生亮。”

“正义你也太不够意思了，还是你说我们是一个团队，彼此不该有隐瞒，可你从来没提过这事。”

“因为大家都知道啊。”

甘凤池看向林紫言和老白，两人同时点头，甘凤池再次震惊了，喃喃地说：“你们都知道，却没人跟我讲。”

林紫言说：“我以为你知道啊。”

老白说：“我以为这事不知道才叫奇怪。”

“不知道很正常好吧，正义从来就没叫过科长表哥。”

“这是我们家的规矩，在外都照着职位叫，否则整个系统一大堆人都跟我有关系。”

豆豆跑去翻出爸爸平板里的照片，拿过来给甘凤池，那是张大合照，里面有男有女，大家都穿制服，所以唯一一个穿西装的人特别明显。

豆豆指着他说：“这是我小表叔，他是警察，旁边是大表叔，也是警察，这个是我爷爷奶奶，他们也是警察，这是我姥姥姥爷，一个是警察一个是检察官，后面这排最漂亮的是我的小表姨，她和我堂叔都是特警，这个是我爷爷的哥哥，他是法官，已经退休了，这是爷爷的弟弟，他和我另外两个堂叔都是军人，这里面只有我大表姨是律师，其他的都在公检法，这叫一门忠烈。”

剩下没说的还有好多人，甘凤池都被绕糊涂了，魏正义拍拍儿子的头，说：“又是你妈乱教，豆豆，一门忠烈不是这样用的。”

“呵呵，正义你们家的人还真多啊。”

“这还用说嘛，像我们干警察的谁不是一抓一个粽子串啊，我们都是子承父业，七大姑八大姨堂兄弟表兄弟基本都跑不了。”

甘凤池心想难怪之前科长说是他让正义来冷案科的，还说他不敢不来，他问：“正义，你是不是有点怕咱们科长啊？”

“不光我，我们所有亲戚都怕他，除了燃萧科长。”

“为什么？”

“因为他不敢得罪萧燃科长啊，人家一不高兴把他踢出门，他就抓瞎了，就他那点工资还整天买买买，能有个地方住就不错了。”

老白插进话来，“说到这个，我听说萧燃科长厨艺不错的，咱们科长那么懒，现在又有吃的又有住的，他怎么敢跟萧燃科长对着干呢。”

等等等！

甘凤池的大脑更混乱了，想了好几秒才把重要环节给捋顺了。

“你们不会是说咱们科长整天念叨的房东先生就是隔壁的萧燃科长吧？”

“是啊。”

三位同事一齐点头，甘凤池抓狂了。

“为什么从来没人跟我说？还说大家一个团队，你们是不是把我当外人了！”

三人对望一眼，林紫言说：“我以为你知道的。”

老白说：“亏你还是警察呢，用半个大脑想也能想到啊，咱科长又没钱又喜欢买买买，那个地角他最多只能租个浴室，要不是看在亲戚的分上，萧燃科长怎么会租房子给他？”

魏正义点头说：“所以说萧燃科长人真的挺不错的，咱们在这里悄悄说哈，他有洁癖的，凤梨仔你还自作主张把苏钺带去住了好几天，你想想看他有多生气，但他又不能拿你怎样，所以……”

“所以科长才被涨房租了！”

终于弄清了前因后果，甘凤池抱着头蜷去椅子上，抱着最后一线希望，他问大家：

“我刚进冷案科那会儿，萧科让我监视咱们科长的行动，随时汇报给他，我通风报信了好多次，还说了咱们科长好多坏话来着，你们说他会不会不知道啊？”

老白扑哧笑了。

“你说呢凤梨仔，他们是一起长大的堂兄弟，是同一届毕业的，还住同一个屋檐下，你说他不知道的可能性有多大？”

林紫言也同情地看甘凤池。

“咱们科长做事经常不照程序来，虽然对查案有帮助，但肯定会得罪人嘛，我猜萧燃科长会那样指派你，是想着如果科长闹出什么问题，他好及时解决，不是想挑毛病对付他。”

就是因为有萧燃做后盾，萧兰草才能在调查案子时放心大胆地去做，他经常甩锅给萧燃，不是任性，而是那都是萧燃默许的啊，说不定萧兰草也是知道萧燃会出任刑侦一科的科长，他才会主动提出调去冷案科的，他们兄弟合作这么久，都习惯了一个唱红脸一个唱白脸，不可能连这点默契都没有，他怎么会蠢得没发现，一开始还跑去跟萧燃说想进刑侦一科，萧兰草那时候没把他一脚踢出去，已经够仁慈了。

想起以往自己做的种种蠢事，甘凤池双手捂脸，欲哭无泪。

“喔……让我去死一死，你们谁都不要拦我。”

“没人拦你凤梨仔，”魏正义提醒道：“不过比起这个，你还是先想想今后该怎么表现吧，毕竟科长都说了要给你小鞋穿的。”

难得的周末休假，甘凤池却过得心惊胆战，周一一上班他就冲进了办公室，萧兰草已经来了，靠在椅背上看报纸，桌上还有一杯热气腾腾的咖啡。

甘凤池跑过去，正要把这两天准备的道歉台词重复一遍，萧兰草先开了口。

“凤梨仔你来得正好，我有话要跟你说。”

“什、什么？”

萧兰草打开抽屉，掏出一沓纸钞放到桌上，都是一百元的，甘凤池更糊涂了，萧兰草看着他的反应，笑了。

“这些都是你交的学费，忘了？”

“没，可你这是……”

“你不会以为我真要你的钱吧？这只是刺激教学，免费得来的东西通常不会珍惜，所以我才适当地收一些，算是帮你存钱了。”

萧兰草看看厚度，对他笑道：“赚得还不少呢，不知道是你太笨还是我适合当老师。”

“都有都有。”

其实甘风池更想说科长您现在还要努力交房租呢，这钱正好用上，您也不容易，就别勉强自己了。

但他生怕这么说刺激到萧兰草，改为——“谢谢科长的指导，跟着您，我学到了很多东西。”

“接下来还有更多的知识需要你去学习。”

萧兰草递过来一张纸，甘风池接来一看，是份推荐信，推荐他进刑侦一科工作，他很震惊，瞪大眼睛看萧兰草。

“我知道你一直都很想进萧燃的班，他们冲在第一线上，对刑警来说，那是最锻炼人并且提高能力的地方，正好他们那儿需要人手，我就推荐了你。”

甘风池想起前两天萧燃跟他说的话，他问：“这是……萧燃科长跟你提的？”

“不是，这是我个人的想法，你做事有冲劲有干劲，这是做我们警察最不可缺少的部分，虽然有不少小毛病，不过不伤大雅，萧燃是个好老师，你跟着他可以学到更多的东西……”

“不！我要留下来！”

甘风池打断了萧兰草的话，声音太大，其他三个同事都看过来。

甘风池的脸颊涨红了，他其实也不知道自己为什么会拒绝得这么干脆，就是觉得他挺喜欢这里的，比起在第一线上冲锋陷阵，他更喜欢接触冷案，解决那些封存久远的老案子。

萧兰草很诧异，问：“为什么？你不是一直想过去吗？”

“对，一开始是那样想的，但跟着科长你调查那些旧案后，我发现我还是喜欢现在的工作。我刚进来的时候就有人跟我说，那些十几二十年的案子根本不可能找到凶手，线索少证据少，案子很难侦破，就算侦破了，可能凶手早已作古，而且调查这种案子要花费大量的人力物力财力，最后还不一定能破案，很可能是忙活一顿却没有实际成绩。”

萧兰草点点头。

“是这样的，虽然我们最近调查得很顺利，查清了好几起悬案，但是跟档案室里的那些悬案卷宗相比，只不过是沧海一粟。”

“但正因为如此，才更有调查的意义，我觉得他们说得不对，实际成绩不是摆在桌面上的那些，而是给被害者和他们的家人一个公道，让他们不需要再为未解决事件而一直在意，不管结果是好的还是难以接受的。”

魏正义走过来，上下打量他。

“哟，凤梨仔，提高觉悟了嘛，放假这两天去哪里了？”

“我去见了一些人。”

其中有曾接受过陈丰树帮助的人陈大明，也有陈丰树的妻子和他以前的一些同事，都是一大帮年过半百的人，却在听到破案结果后痛哭流涕，这也让甘凤池意识到那些尚未破获的案件并没有被遗忘。

案卷是冷的，但人是活的，他跟着萧兰草办了六个案子，每一个都触目惊心，不单单是案件本身，还有更多的是长年积累下来的不甘和怨恨，这里面有加害者的，也有被害者家人的，就像萧兰草所说的，只要有一点线索，他们就要彻查到底，对他们来说，这只是档案架上的一份卷宗，但是对被害者家人来说，这也许是他们最后的希望。

想到这里，他把推荐信还给萧兰草，郑重地说：“我觉得我需要学习的地方还有很多，刑侦一科的案子很多人都可以做，不差我一个，但这里是我一开始起步的地方，我希望可以尽自己最大的努力去查清楚更多的悬案，所以科长，我想留下……不，是请让我留下来继续跟你搭档！”

萧兰草看着他，问：“你想清楚了？难得萧燃对你的表现很满意，觉得你可以去试试。”

魏正义也提醒道：“是啊，在这里整天跟旧档案混，将来升职什么的很难轮到你啊。”

“想清楚了，我如果是为了升职的话，一开始就不会选择当警察！”

“那这封信我先留着，如果你改变想法了，随时跟我说，这个我也保管着。”

萧兰草把推荐信放回抽屉，顺手把那一沓钱也放回去了，魏正义小声对甘凤池说：“钱可以周转去交房租了，科长肯定开心得不得了。”

“开心的可不止科长啊，”老白在旁边摆弄着彩票，用下巴努努林紫言，“某人嘴上说为了查案留下，其实是为了追女孩子吧，毕竟这里才近水楼台。”

林紫言脸红了，甘凤池气得冲老白叫：“才没有，你不要乱说话！”

“难道你不是在追紫言？哦，我忘了，你跟裴晶晶的关系也不错嘛，还一起去算塔罗牌呢。”

“老白你再乱说，你小心彩票一张都中不了！”

甘凤池气得冲过去揍他，被魏正义拦住，老白继续摆弄彩票，对林紫言说：“所以你要看紧点，现在有钱又笨的人不好找了。”

“我去倒茶。”

林紫言跑去了茶水间，甘凤池气得冲老白丢了个纸巾盒，老白拿起键盘挡，萧兰草在旁边微笑看着他们吵吵闹闹，觉得在这里工作还是挺美好的。

电话铃响起，打断了大家的打闹，萧兰草接了电话，表情严肃起来，听了一会儿放下电话。

甘风池感觉到有情况，问：“出了什么事？”

“有人在废弃工厂里纵火自焚，伤得挺重的，还在抢救，萧燃让我们过去看看。”

“这是新案子，跟我们没什么关系啊。”

“萧燃让我们看的不是自焚案，是另一个案子，他们在焚火现场发现了一具干尸，法医说尸体在那里至少有十几年了，所以萧燃希望我们来配合调查。”

“我去取车，科长，我在门口等你！”

一听有案子，甘风池来干劲了，抄起他的包跑了出去，魏正义对萧兰草笑道：“你们合作越来越默契了。”

“我也觉得我的搭档挺不错的，”萧兰草拿起外衣跟上，对三位属下说，“大家打起精神来，争取在刑侦一科前面破案！”

（全文完）